安息日.1

月下桑 著

"他挺与他拐走于乐园了"

月下桑

中国·广州

图书在版编目（CIP）数据

安息日.1 / 月下桑著. — 广州：广东旅游出版社，2024.8
ISBN 978-7-5570-2710-0

Ⅰ. ①安… Ⅱ. ①月… Ⅲ. ①幻想小说－中国－当代 Ⅳ. ①I247.5

中国版本图书馆CIP数据核字（2022）第051432号

安息日.1
ANXI RI.1

著　　者	月下桑
出 版 人	刘志松
责任编辑	梅哲坤
责任技编	冼志良
责任校对	李瑞苑

广东旅游出版社出版发行

地　　址	广东省广州市荔湾区沙面北街 71号首、二层
邮　　编	510130
电　　话	020-87347732（总编室）020-87348887（销售热线）
投稿邮箱	2026542779@qq.com
印　　刷	嘉业印刷（天津）有限公司印刷
	（地址：天津市静海经济开发区北区银海道48号）
开　　本	710毫米×1000毫米 1/16
印　　张	20.5
字　　数	470千字
版　　次	2024年8月第1版
印　　次	2024年8月第1次印刷
定　　价	88.80元（全2册）

本书若有倒装、缺页影响阅读，请与承印厂联系调换。
联系电话010-57735449

目 录
Contents

楔子
道标 001

第一章
当世界只剩我俩 003

第二章
两个破破烂烂的机器人 025

第三章
到处都是 047

第四章
欢迎光临鄂尼城 073

第五章
矿工家属 095

第六章
女矮人 117

第七章
永恒之塔 137

第八章
三级匠师资格证 161

第九章
体面的荣贵和小梅 181

第十章
大黄的新装 207

第十一章
斧头、怒火与友情 225

第十二章
再见！叶德罕城与朋友们 253

第十三章
紧急调令与约书亚 279

楔子
道标

永昼的天空一片黑暗。

在那无边的黑夜中,只有居于中心的那一抹光。

柔和却又绚丽的,那是几乎可以被称为光辉的存在。

那是一名歌者。

黑暗中仿佛只有他一个人,这一刻,他是这片黑夜的中心,所有隐没在夜色中的观众席静静地悬浮在空中,仿佛行星。

而他是唯一的恒星。

华丽的,仿佛圣咏一般的音乐从他的口中吟唱而出,顶级的音响设备忠实地将他的声音原封不动地传到每位听众耳中,仿佛贴耳的呢喃。

整首歌达到高潮,一对巨大的白色羽翼自歌者的双肩后忽然挣出的时候,那是怎样的美景啊——

现场的观众几乎同时屏住了呼吸,不少人激动到流泪,而他们本人甚至完全意识不到这一点。

直到那白色的羽翼忽然在空中碎成一片白色光点,消失,如雷的掌声才从黑暗的四面八方传来。伴随着巨大的呼喊声、口哨声,中心的歌者微笑着向观众席挥手。

周围仍然是一片黑暗,歌者仍然是黑暗中唯一的光。

黑暗中,坐在歌者正前方某个位置的男子忽然站起来。

那是本场演唱会最好的一个位置。像真正的行星,可以按照主人的意愿围绕歌者转动,以此实现在演唱会全程都能保持最佳观看视角。

千金难求的位置,他的主人如今却舍弃了它。最后看了一眼准备演唱下一首歌曲的歌者,他迈开长腿,头也不回地沿暗阶而下,动作间,一对和歌者几乎完全一样的羽翼忽然从他背后绽放,那雪白的羽毛隐隐发出金属摩擦的清脆声响。

看起来那么柔软,但那对羽翼居然是由金属构成的!

钢铁羽毛的主人即将走出被黑暗笼罩的演唱会现场,前方出现了一片光明,白色的天空,白色的地板,白色的墙壁,那是这个世界惯常的永昼。

光终于照在他脸上的那一刻,这个一直隐藏在黑夜中的男人终于也露出了他的真容。

那是一张异常端正的脸孔,几乎可以用完美来形容。

白金的发色,比发色稍深的瞳孔,笔挺的鼻梁高且直,下方是两片薄唇。

所有见到他的人几乎都会忽然愣住,却并非因为他完美到几乎无法形容的容貌,而是因为他的脸、身躯至少有四分之三微微闪耀着金属光泽,和身后的羽翼一样,他身体的大部分竟是由金属构成的!

踏出黑暗的那个瞬间,他忽然回过头,歌者的声音仍然若有似无地回响在耳边,而在黑夜中,以他现在的角度,却什么也看不到了。

于是他抬起脚,毅然离开。

"陛下,最后的准备已经完成,现在出发的话,我们将在五分钟后抵达目的地,然后,再经过一天一夜,您就得到永生了。"数名身穿华丽白色衣袍的男子迅速而恭敬地围了过来,小心翼翼地与男子保持着距离,眼中满是狂热和尊敬。

"走吧。"至此,男子终于说了一句话。

他的声音冰冷而清亮,也仿佛金属一般。

梅瑟塔尔历99年2月12日,梅瑟塔尔陛下获得了"永生"。他的统治得以长久而永恒地持续下去,听闻这个消息后,生活在"永昼"的臣民流下了眼泪,他们纷纷从家中冲出来,向着远处白色高塔的方向膜拜,用各种方式表达着自己内心的狂热与激动。

这一天后来被认定为不知道自己生日的梅瑟塔尔陛下的诞辰,人们将它当成一个节日来庆祝。

然后——

混沌历349年,某一天。

仍然是黑夜之中。

不同于那场演唱会人为制造出来的黑暗,这里是真正漆黑的。

空气中散发着一股淡淡的异味,即使看不见,用嗅觉也可以判断出,这里的环境并不会好。

他站在门前。

在获得永生,大脑与智能脑融合的岁月中,乏味的工作之余,他曾经无数次推演着当年的各种情形,就像一道数学题,他将各种条件代入,每一次推演的结果都是一样的。

仿佛被命运选择了一般,无论在哪一种情形中,他都将登上最高的权力王座,最终获得所谓的永生,被束缚在乏味的岁月中。

各种推演成了他唯一的游戏。

而如今,就像过去无数次推演一般,当他真的站在门前的时候,一开始,他会以为这只是某个梦境,某个模型,某次过于真实的推演。

直到他忽然想了起来,是的,过去的每一次,他都推开了这扇门。

其他各种变量的变化模拟都是打开门之后,他一直没有选择"不推开门"这个选项。

因为他讨厌黑暗。

他本能地觉得"不推开门"意味着"死路"。

然而——

静静地看着眼前的门片刻,伸出的手最终慢慢垂了下去。

转身,他毅然向门的反方向走去。

推开门后的各种命运尽在他掌握之中,这一次,他决定选择"不推开门"这个选项。

死路又如何呢?

他已经经历过比死更加糟糕的事情了。

黑暗中,他轻轻地离开了那扇门。

之前,他在这扇门前开始了他的新命运。今天,他在这扇门前结束了他的命运。

第一章

当世界只剩我俩

"┝┙┙┼┼?"

晕晕乎乎的时候，荣贵看到一行字。

说是看到不完全正确，然而也不能说是听到，更像是做梦的感觉。

"你说啥？"他张了张口，呃……他是想张口的，然而还没等他找到能开口的位置，他的"声音"就传出去了。

好吧，说是"声音"也不完全正确，他压根听不到自己的声音。

他越发肯定自己是在做梦了。

不等他想明白，下一个问题又来了。这一回他听懂了对方的提问。

"问题：1+1=?"

"2。"荣贵没好气地回答。

"问题：11+11+11+11+11=?"

"55！"这是梦到上课了吗？还是小学的课程！

不过梦到上小学总比梦到上大学来得好，天知道他大学根本没毕业，上高中的时候很多课程就跟不上了……

荣贵那样想着。

不过没等他庆幸的时间再长一点，又一个问题来了。

"问题：1+11+111+1111+11111+……=?"

变成奥数了吗？妈呀！

荣贵没有吭声。

然后问题就更复杂了：一张又一张复杂的曲线图出现在他面前，他、他一张也不认识，对方"说"的明明是中文，然而他居然一个字也不懂。

死寂的气氛中，令人头大的数学课终于结束，接下来是语言课。

各种稀奇古怪的语言符号从他"眼"前滑过，之所以他还能知道那是语言符号，是因为他看到了几个英文字母，不过好些英文字母上面又多了一些其他符号，看起来有点像拼音，又像是其他语言，他不确定。

"问题：请问是否能够制作传说级料理满汉全席？"对方又换了个方向。

"啥？"

"问题：请问是否能够制作传说级料理满汉全席？"由于荣贵没有给出答案，对方又"问"了一遍。

"不会。"我又不是厨子！

"问题：请问是否能够制作入门料理番茄炒蛋？"

"不会！"

一边回答，荣贵一边想：问题越来越奇妙了吧！

接下来又是各种各样的问题,十分遗憾,对方的问题荣贵基本上全都无法给出肯定的答案,最终,对方提了最后一个问题。

"问题:请问你认为自己掌握了什么技能?或者,你认为自己唯一的优点是什么?"

这次荣贵没有犹豫,非常爽朗地给出了答案:"哈哈哈!我最大的优点当然是长得好看啦!

"身材好,脸蛋好,哪个角度都好看!"

这个答案一出,那个声音再也没有响起来。

然后他就被塞进补习班了。

说是补习班也很奇怪,因为他什么也看不到,然而却能感觉到有很多东西被强行灌入了他的大脑。

那些东西在他的"脑"中,他"看"得到,却完全不会用。

最后他被灌得头都大了,眼前一黑,彻底被灌晕了。

等他再次醒来,惊讶地发现自己能看到东西了!

不再是之前那种诡异的视角,这一次他是真真切切可以用眼睛看到了。

不过说是"用眼睛"不完全正确,总感觉……他看到的东西和平时不太一样……总觉得他看到的不是实体,而是影像,而且……周围似乎是一片黑暗,他怎么能在这么暗的地方看到东西呢?他平时夜视能力很差的好不好……

等等……平时?

他一骨碌爬了起来。

然后,他"看"到了坐在他前方一把破破烂烂椅子上的……那是……玩具?机器人?

和他差不多大的一个机器人,不是那种电影里看过的类人的一看就很高级的机器人,而是那种普普通通的,更像是小孩子玩具放大版的普通机器人。

荣贵呆住了。

"你好,很高兴你在能量消耗完毕前及时被激活,然而同时有一个坏消息,机器已经在你接受完所有常识前停止了。"那个机器人竟然还说话了!

荣贵呆呆的,很快想起之前诡异的上课的情形。

"不……这对我来说应该是个好消息……"他不爱上课,超级不爱!

直到这一刻,荣贵才发现从他口中说出的根本是他完全不熟悉的语言!比这个还要可怕的是——

他的声音呢?这根本不是他原有的声音!而是一种非常奇怪的金属音!

那个机器人又"说话"了:"你原本的语言系统过于陈旧,我给你做了最新的语言系统。"

"这很正常。"他说。

"一点也不正常好不好!"尽管内心在狂吼,荣贵将话说出来的时候,又是那种奇特的金属音,音色平坦,无法表达任何情绪。

"也对,确实有点不正常。"那个机器人点了点头,"芯片那么小,只能灌入一种语言系统的,我只见过你一个。"

荣贵:"……"

这句话他听懂了,这是说他头脑不好来着。

这机器人嘴真毒。

想要撇撇嘴,没撇成,低下头一看,荣贵发现自己的胳膊被一双简陋的金属手臂代替了。

他愣了愣,又看了看自己的肚子、脚丫……不用再看更多了,不用照镜子他也知道自己现在的长相:和对面那个机器人一模一样呗!

"我……我的六块腹肌呢?"最后,荣贵用金属音发出了一声惨叫。

"你的六块腹肌应该在这里。"天知道荣贵根本没想过得到回答,然而对面的机器人居然真的从椅子上跳了下来,指了指前方,对荣贵说道。

顺着他手指的方向望过去,荣贵这才"看"到前方竟是一面墙,墙上是密密麻麻的格子,每个格子都有锁,站起来,荣贵呆呆地跟着那个机器人朝"墙"的方向走了过去,眼睁睁着那个机器人在其中一个格子上一按,然后那个格子就缓慢地向外推了出来!

棺材!

还是半透明的!

不过也正因为"棺材"是半透明的,荣贵才得以看清里面装着的东西,看清的瞬间,荣贵吓了一跳。

"很遗憾,你的六块腹肌似乎不见了。"他听到那个机器人淡淡道。

"妈呀!这是我呀!"没工夫搭理对方,荣贵扑在了装着自己身体的"棺材"上。

大概是他扑过去的力气太大了,"棺材"的顶部被他撞开了一条小缝,冰冷的气体从里面溢出,荣贵机械手的表面肉眼可见地微微冻出了一层霜,一只苍白僵直的脚随即从那条小缝里伸了出来,老实说,那只脚干瘦僵直,看起来简直是一段枯枝,然而荣贵还是立刻托住了那只脚。

"我的脚丫子哟!"荣贵随即发出一声惨叫。

"变成这样你还能认出来?"身后,那个机器人问话了。

"怎么看不出哦!你看,我脚丫的骨骼这么匀称,第二根脚趾和脚拇指一般长,据说长得好看的人才这样哩!还有,你看我的小脚趾下面有一颗痣,在内侧不太容易看出来,可是你看你看……"

荣贵身后的机器人:"……"

要多自恋才能对自己脚趾内侧的痣都如数家珍。

不知道身后机器人的想法,荣贵只是心疼地抚摸着自己的身体,掌握不好目前这具机器人身体的力道,就用非常轻的力道碰触,慢慢地向上,忽然,他被棺材里多出来的第三条腿吓了一跳。

"妈呀!这里怎么还有一个人?"荣贵险些丢掉了自己手里捧着的大腿,不过好在重新接住了。

"那是我。"金属音自他身后传来,那个机器人再度开口了。

于是捧着自己大腿的荣贵呆住了。

半透明的"棺材"被端端正正地摆在正中央的桌子上,里面两具身体暂时摆在一起,身体的主人则站在桌子旁。

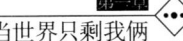

没有灯,借助现在这具身体才有的夜视能力,荣贵终于知道打量自己周围的环境了。

"这是哪儿啊?"他呆呆地问。

"四十分钟零五十九秒。"站在他对面的机器人忽然道。

"哈?"

"这是你从醒来到问出这句话所用的时间。"机器人语气平淡道,"同等条件下,正常人一般会在清醒后五分钟内提出这个问题。"

荣贵一脸黑线。

好在对方没有在这个可能暴露他智商的问题上纠缠太久,很快,那个看起来是机器人,其实应该也是个人的家伙继续和他说话了。

"我在冷冻舱内查到过你的资料,你应该是在2017年2月12日由于重病被放入冷冻舱冷冻起来的病人。"

"哈?"荣贵还是没有反应过来。

说着,对面四肢短小的小机器人忽然伸出机械手指了指自己的头:"你,似乎是这里不好的样子。"

"喂——"我知道我头脑不好,可是你也用不着翻来覆去一直暗示好不好?

荣贵正要生气,对方却继续说话了:"你的大脑部分区域存在当时无法治疗的病灶,在亲属的要求下,在你陷入昏迷后对你进行了冷冻——这是当时针对这种情况的唯一解决方法。"

荣贵忽然抬起头来:"亲属?"

"最初签字的人名字叫荣福,由于冷冻期过长,中途监护人变更了数百次,再后来监护人就缺失了,不过他们留下了足够多的金钱,这才让你的身体长久地保存了下来。"机器人说着,将一张卡片一样的东西放了桌子上,"这是我从档案中抽取的关于你的资料,你现在的身体上有读卡口,有时间可以读读看。"

荣贵看着那张小小的卡片,半晌将它轻轻抓了起来。

荣福……这个名字好熟悉啊……

他有点想不起来了,然而奇异地,就在他"想"了一会儿之后,一名女子的影像却栩栩如生地出现在他的"脑海"中。

是了,那个女人就是荣福,是和他一个孤儿院长大的姐姐啊……

最早离开孤儿院,之后却固定时间回来看望他的荣福,是孤儿院其他所有孩子的姐姐。

而他是老二。

荣贵愣了愣。

低头看了看手中的卡片,半晌后他抬起头向对面的机器人问道:"能教教我怎么……怎么……读这张卡片吗?"

对方没有拒绝。

于是,在对方的帮助下,荣贵小心翼翼地将卡片塞入了胸口下方隐藏在盖子下的读卡口,这是一种奇妙的体验,插入卡片没多久,荣贵发现自己多了一段记忆。

荣福的脸出现在那段记忆的最初。

"阿贵,是我帮你做出这个决定的,你的病……以现在的科技无法治疗,只能选择以冰冻的方法暂时拖延,搞不好几年之后就有解决方法了呢。"荣福的脸看起来有点憔悴,虽然用粉饼很好地遮掩了,然而荣贵还是看了出来。

不过片刻后荣福忽然笑了:"放心,我会妥善保存你的身体,不过你要是醒得太慢,腹肌可能就没了,这个我可没办法了。"

这段影像很快消失了。

接下来的影像大部分是荣福的,除了荣福,还有孤儿院其他的兄弟姐妹,他们偶尔一起来,更多的是单独过来,帮他护理身体,和他说话,在此过程中也会和他聊大家的近况,直到——

大家都慢慢变老了。

荣福生了儿子。

荣禄最早离开了大家。

然后荣福也走了。

接下来的影像里过来的就是他们的后代了。

开始有人喊荣贵"爷爷"。

慢慢变成了"曾爷爷"。

还有人朝他抱怨明明不想要孩子,可是祖上有命令一定要生个孩子,孩子要过来继续伺候他这个"祖宗"。

虽然抱怨,不过这个人还是生了孩子,高高兴兴地带着小朋友过来。

那个小朋友长得可好看了,几乎和他一样好看!

在短短的时间里,荣贵以人类难以达到的速度飞速读取着这些过去的"记忆",直到最后一位照顾他的人在事故中去世了,由于没有后代,高额保险金全部留给了他,用作他的后续治疗费用……

记忆卡中的记忆就储存到这里为止。

荣贵摸了摸自己的脸颊,什么也摸不出。

没有温度,也没有眼泪。

这具金属构成的身体没有感知能力,也根本没有流泪的能力。

"读完可以拔出来,你的脑容量有点小,以后可以找更大容量的芯片插入扩容。"对面的机器人对他说。

荣贵摇了摇头:"不用了,就让它在这里吧。"

"可是你的脑容量真的很小。"对面的家伙不解风情道。

"那又怎么样?我的脑容量本来就不大!我的优点不是脑袋而是脸蛋和身材啊!"荣贵没好气地回答道,说完却又愣住了。

啊……是的……

这句话,当时和荣福一起聊天的时候他也说过的,每当荣福教他数学题他死活学不会的时候,荣福敲他的头,他就会梗着脖子这样回答。

又一段原本模糊的记忆被修复了。

有点亲切。

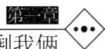

当世界只剩我俩

他忽然有点开心。

于是等他重新抬起头来,就又是一副没事的样子了。

"那……现在是什么时候了?我……怎么变成这样了?我的病治好了吗?"他总算想起问这些了。

对于别人的隐私并无兴趣,对面的机器人只是看看他:"你的问题我只能回答一个。

"我并不知道对于你来说,现在应该是什么时候,因为你生活的时代并未在我们这里的历史书上出现,而现在是混沌历349年。"

他顿了顿,半晌又补充道:"今天是2月14日。"

看来他刚才八成是去确定时间了。

荣贵愣了愣。

对方继续说道:"你的病应该还没有好,颈部以上由管子与专门的仪器连接,这个研究所已经废弃多年,如果不是当年注入的营养液够用,你八成已经没有生命迹象了。

"所以,我唯一能够告诉你的,就是你为何变成这样。

"前天我无意中误入这里,这里的空气不适合人类生活,在自己的身体受到致命伤害前我发现这里所有的冷冻舱只有你的还在正常运行,于是我把我的身体放进你的冷冻舱一起冷冻。至于你为何变成了现在这样,算是我分享你的冷冻舱的酬劳,如果不是我将你的意识代码整理转移到现在这具简易身体上,你即使醒来大概也不会是你了。"

这段话对于荣贵来说有点复杂,好在他现在是机器人,使用重复功能重新听了一遍之后,他呆呆问道:"是……怎么转移的呢?"

虽然对方的脸是一张滑稽可笑的机械脸,然而荣贵总觉得自己还是从对方的脸上看到了些许轻蔑的表情,下一秒,果然——

"虽然我可以解释,可是我认为你听不懂。"

对方的声音明明没带任何语气,可是每个字都能听出轻蔑。

可惜他竟无法反驳。

用机器人的身体艰难地起伏了一下胸膛,做了一个深呼吸的样子,下一刻,荣贵觉得自己又可以平心静气地和对面的家伙说话了。

"好吧,我的脑容量确实可能不太够……

"不过……"

他也在自己的体内找到确定时间的地方了,按照对方刚刚说的时间校正了日期,注意到今天的日期,荣贵抬起头来。

"才发现今天是个节日呢。那么……"

对面的机器人不解地抬起头来。

"情人节快乐。"荣贵笑了。

机器人并没有理会荣贵的问候。

转过头,他又在身后那些废旧的计算机周围忙碌起来,荣贵看不懂他的行为,不过也没有想弄懂的意思。身子不够高,荣贵就观察一下四周,拖了一个高度最合适的机箱当作

垫脚石，最终站在了装着自己和对方身体的"棺材"前。

即便如此，想要达到俯视自己身体的目的仍然有点困难，他不得不踮着脚尖巴巴儿地看。

原本掉出来的脚早已被对方塞了回去，对方塞得很粗鲁，隔着半透明的棺材，荣贵看到自己的脚以一种非常不雅且不舒适的姿势横在里面。

他倒也没法批评对方胡乱对待自己的身体，因为"棺材"里那人自己身体的姿势明显更糟糕！荣贵简直可以从那身体的姿势联想到那个机器人是如何冷着脸将自己的身体当作衣服一样胡乱丢进去的。

荣贵本想推开冷冻舱调整一下自己的姿势，顺便帮对方也调成一个美美的姿势，不过就在他的机械手刚刚碰触到舱顶，还没来得及发力的时候，那个机器人不知怎的发现了他的动作，冷淡的声音随即自他身后传来。

"最好不要再动，现在外面的空气都是有毒的，冷冻舱内的身体表面有一层结晶，可以在一段时间内避免剧毒空气对肌体造成的伤害，超过一定时间，结晶融化后就无可奈何了。"

"这种事要早说啊！"荣贵赶紧将手拿开，生怕自己刚刚控制不好轻重不小心移开了冷冻舱，还拖着用作垫脚石的机箱环绕冷冻舱看了一圈，小心翼翼确认冷冻舱完全闭合，这才松了口气。

然后他不知道该做什么。

没事干的时候他就转身看另一个机器人在干什么，他看着对方在那些疑似计算机的大型机器上敲敲打打，从里面卸下一个又一个零件，林林总总堆了一大堆，然后又瞄准了身后原本是冷冻舱的位置。

"过来帮忙。"对方叫了他一声，他便跟过去了。

"一会儿我从上面扔东西，你在下面接住。"那个机器人对他说。

他赶紧点了点头。

然后他就看着对方开始攀爬。

大概是机器人的身体不好用的缘故，对方攀爬的姿势并不好看，仔细看还有点滑稽，荣贵一开始是想笑的，不过一想到自己现在的样子和对方大概一模一样，就笑不出来了。

小小的机器人仰着头。

无数格子天罗地网般出现在他的视野。

每一个格子内都是一个冷冻舱，或许每个冷冻舱内都有一个和荣贵同样遭遇的人。

而如今，只有曾经装着荣贵的格子是一个黑洞，只有那个格子的冷冻舱被拿出来了，其余的冷冻舱仍然被封存在原处，在这个没有任何能量迹象，也没有人类管理者的地方，这些冷冻舱的命运可想而知。

死亡。

荣贵忽然打了一个寒战。

那是一种敬畏——

对死亡，对生命的敬畏。

荣贵赶紧将视线再度转移到上方正在攀爬的小机器人身上，他已经爬进某个冷冻舱了，每当他从上方扔出一样东西，荣贵就赶紧跑过去接住。

接到的东西仍然是荣贵叫不出名字的。

每接住一样，荣贵就小心翼翼地将它放在一旁，虽然不懂每种零件是做什么用的，但他依然凭外形将它们分门别类摆放。

过了一会儿，上方的机器人又扔东西下来了，荣贵身手敏捷地接住：是一只看起来有点眼熟的机械脚。

他看了看手上捧着的机械脚，又瞅了瞅自己这个身体的脚。

"我的脚掉了。"果然，上方传来了对方平静的声音。

荣贵整个机器人都蒙了。

很快，上方又传来对方的声音。

"接住我。"伴随着对方冷冰冰的金属音，荣贵看着对方的机器身体呈自由落体状坠落，来不及思考，荣贵的身体已经条件反射般朝对方落下的位置跑去。

噼里啪啦——

荣贵的身体散架了。

"都是你啦！干吗忽然从上面跳下来哟！"荣贵的身体彻底散架了，只剩下头和半个肩膀连在一起，其余部分散成了他自己都不认识的零件，还是破破烂烂有点生锈的那种。

看到那些锈痕，他就更气愤了。

"一定是你，给我使用了不合格的材料！"他愤怒道。

"问题一，我并非忽然从上面跳下来，我有通知你。"罪魁祸首早已站了起来，由于少了一只脚，他开始有点摇晃，不过很快便学会了用一只脚站立。

"问题二，我并非跳下来，而是掉下来，早在我的脚掉落的时候，你便应该考虑到后续这种可能。"拍了拍身上的土，他开始给自己装脚。装完自己的脚，他又给荣贵重新装身体。

小机器人的动手能力很强，很快，荣贵的身体重新成型。

绝对不说自己有点羡慕对方，荣贵兀自说着："你刚刚把我的脚装到你自己身上了。"

"是吗？要我拆下来给你换回去吗？"对方一边飞快地动作，一边和荣贵说着话。

"不用，你的脚比较好看，你看，你给自己选的材料比较高级……"荣贵小声说道。

手里拿着荣贵爪子的小机器人："……"

荣贵很快重新站起来，就在荣贵重新习惯刚刚组装好的身体时，对方已经跑去收拾之前得到的零件，不知道从哪里找了一块破烂的脏布，把之前弄到的零件和荣贵分好类的零件全部混在一起，一股脑地装进了破布里，胡乱系成一个包裹，然后将包裹扔到放着两人身体的冷冻舱上。

"哎哟！这么脏的布，这么重的东西，怎么能放到我的脸上啊！"荣贵心疼地跳起来——包裹砸到的位置下方，刚好是"棺材"内他的脸蛋。

"而且这个包裹这样系太不结实了，你这绑法也太不讲究了。"荣贵将包裹拿下来，将里面的零件重新整理好，然后装入包裹，他整理得非常好，原本差点塞不下的包裹被他

这么一弄竟然多了不少空间，最终，他将多出来的两根边角作为系带，将包裹绑在了冷冻舱上，封口的时候，还系了一个挺漂亮的蝴蝶结。

对于荣贵自作主张整理包裹的事，机器人并未反对，在荣贵做完之后他才重新开口。

"弄好了？那就走吧。"

"走？去哪儿？"

"不知道，不过要离开这个地方。"

两个机器人进行着毫无意义的对话，一人一头抬起了装着两人身体的冷冻舱。原本被放在冷冻舱尾部的包裹顺势滑了下来，好在荣贵绑得很结实，包裹最终吊在了冷冻舱的中央，冷冻舱就像一根扁担，稳稳的。

小心翼翼地抬着自己的棺材……不，冷冻舱，在那个机器人的带领下，他们朝前方行进。

"外面是什么样子的啊？"荣贵这时才想到这个问题。

"不知道。"

"会有很多人吗？"

"不知道。"

"那……你叫什么名字啊？"这个问题，荣贵同样是这时候才想到要问的。

"艾什希维·梅瑟塔尔，我允许你称呼我为艾希。"

"阿什（音同'十'）？"

"艾希。"

"阿什？"

"你的语言能力果然也很差。"

"被你看出来了，嘿嘿，我的英语考试就没及格过，不过英语老师常说我发音特别像俄语，搞不好是学俄语的天才哩！要不……叫你小梅？"

"谢谢，你还是叫我阿什吧。"

就这样，两个机器人一边"亲密"地聊着天，一边抬着冷冻舱朝未知的远方走去。

他们抬着自己的身体，宛若两名抬棺人，朝着未知的命运前进。

"还是小梅你的名字好听啊！虽然我完全发不出音来，可是一看到那么多字就觉得高大上啊！"黑暗中，只有荣贵一个人的金属音在响，"而我这个名字一听就很随便，说得好听点像下人小厮，说难听点简直像是宫里的，对了，宫里的是什么你知道吗？"

"不知道，以及，请叫我阿什。"

"叫你阿什你老不理我啊！我刚刚说了半天，你一句也没回我，叫你小梅一下子就回复，证明你更喜欢小梅这个名字啊！"

"……"

"也难怪，小梅听起来比阿什可爱好多倍！真是看不出，你是喜欢可爱昵称的类型哩！"

"……"

012

明明用的是和自己一样的声线，对方愣是能把一成不变的金属音运用得仿佛有声调，由于机器身体不会口渴，这家伙简直一刻也没停过！

　　如果知道不推门会遇到这样一个聒噪的家伙，搞不好当时他就立刻开门出去了！

　　曾经的艾什希维·梅瑟塔尔陛下、如今的机器人小梅心里想着。

　　不过他最终没使用任何方法让荣贵住口，第一，他现在这个身体完全是临时拼凑的，没有降噪设备，第二，如果开口阻止对方的话，非但达不到目的，反而只能让对方聊得更开心——虽然认识没有多长时间，但他已经意识到这点了。

　　说来也奇怪，虽然一开始觉得有点烦，不过听久了，他竟可以把荣贵的声音当作背景乐来听，在这个一片死寂的世界里，不可否认，有点声音总是好事。

　　他们走了三天两夜，这期间，艾什希维曾经几次想：对方大概无法忍受了，并非生理上的无法忍受，而是心理上的无法忍受。他并未告诉对方外面是什么样子，会有什么，中途也几乎没有与对方说过一句话，这听起来似乎没什么，然而身处现在这种完全黑暗的环境，除了自己再无一人说话，对外界一无所知，对前途迷茫彷徨，对还需要忍耐多久无法估计……很多人会因此崩溃。

　　在他的以往经历中，有一名典狱长就是因一种极端模拟此类环境的监禁形式而闻名遐迩的。

　　所有的刺头囚徒都会被送到他那里，等待他们的是无边的黑暗，百分之六十的囚犯在被关押一星期后乖乖招供，剩下的百分之四十，一部分会发疯，最后剩下的则会被秘密处死。

　　"监狱里不需要如此善于隐忍的囚犯，这些未来的隐患必须立刻处理掉。"对此，典狱长本人是这样解释的。

　　报告上的原话就是这么写的，艾什希维·梅瑟塔尔亲眼看过这份报告。

　　和每次都会登顶的他相同，那位典狱长每次也会成为禁域的最高管理人，某种程度上，他们算是没见过面的老熟人。

　　黑暗中，他想起了一些经历。

　　他这边想着自己的事，而身后的荣贵已经无话可说了，像是慎重地思考了一下，他听到荣贵对他说："要不，我给你唱首歌吧？"

　　"不必，我们即将离开这里。"曾经听过的，那天籁般的歌声仿佛仍然回响在他的脑海之中，短时间内，他并不希望别的什么噪音将它的效果打折。

　　艾什希维及时阻止了荣贵机器人的提议。

　　"要出去了？你要早说啊！你知道没话找话有多辛苦吗？"荣贵先是有点高兴，不过随后又小小抱怨了一下。

　　"用那么可怜的脑容量想话题，你确实辛苦了。"艾什希维道。

　　"你……天知道我是为了谁哦！还不是担心小梅你怕黑，我才这么累地说了一路。人家平时可是一名安静的美男子呢！"荣贵的抱怨再次传来。

　　艾什希维停顿了一下，这个停顿太短暂，短到荣贵根本无法发现。

　　他最终什么也没有说，只是在踏出出口的时候，平平说了一句："我们出来了。"

　　"哦哦哦！终于出来了啊！让我看看外面是什么样……"荣贵随即激动地抬高了声

音,他的步子也加快了。

然而等到他终于出来,"看"到眼前的景象,之前没有说完的"的"字最终没能说出口。

"好黑哦。"荣贵小声道。

机器人内置的时间装置让他知道现在的时间是白天上午10点,按理说应该是大白天,然而此时此刻呈现在荣贵眼前的却是无边无际的黑暗。

他们刚刚出来的地方是一个镶嵌在山体中的山洞,而前方是一片……很难形容的丘壑。

看不到任何生命体,没有活物,也没有植物,竟是一片死地。

"这里是哪儿?"荣贵小声问。

他没指望得到回答,对方是个不爱说话的人,这点他早就察觉到了。

只是他是习惯了热闹的人,没人说话,他就浑身不得劲。

不过,出乎他的意料,对方这次居然回答了他的问题。

"这里是梅瑟塔尔,我的故乡。"

"哦哦!就是小梅你的姓嘛!你的姓氏原来是故乡的名字哦!"

"嗯。"艾什希维没有否认。

"那你家在哪儿?我们快去你家看看吧?"荣贵随即产生了兴趣,小个子机器人异常兴奋,催促着艾什希维向前行进。

对他的催促不置可否,艾什希维维持着原本的速度向前方行进着。

他的心中原本没有所谓的"近乡情怯"的念头,也没有什么期待,这里早就没人了。

毕竟,他已经离开太久太久。

久到这里在他脑中已经成为了传说。

只是不知道为什么,或许是那个名叫荣贵的家伙一直在旁边唠叨故乡什么的,还用他们的古老语言说了几句描写归乡的诗歌。

一时间,他心中竟然荡起了一圈小小的波澜。

那是一种名为期待的胆怯。

那是有点美妙的悸动。

这是一片极为空旷的土地,偶尔有一两栋房屋的废墟,然而那些废墟看起来真的很破烂,一看就是早就被人抛弃了。

风很大,好几次荣贵都心惊肉跳,担心自己的身体会被吹跑,幸好小梅给他做的这个身体材料不怎么样——透风,不过也正是因为如此,每当风吹过,他的身体总会吱吱嘎嘎响,一开始听起来挺别扭,不过很快他便找到了乐趣。

于是,如今已经成为小梅的机器人听到身后的风声变了调子。

从一开始吱吱嘎嘎的诡异声音变成了更诡异的……吱吱嘎吱吱嘎。

不规则的诡异声音变成了规则的诡异声音,而且似乎还变出了更多的声调,饶是再没有好奇心的人,也实在忍不住回头去看身后的人在干什么。

小梅做的身体是可以360度转头的,他的回头就是身体不动,头转了180度,身后的荣贵被他这一转头吓了一跳,手当即就从胸口掉了下来。

机器人小梅问："你在干什么？"

一个丑陋的机器人摸着自己胸口的样子……有点伤眼睛。

虽然被小梅诡异的转头方式吓了一跳，不过荣贵的胆子还是比较大的，他很快就用垂下去的手臂重新摸上自己的胸口，有点炫耀一般，在自己胸口透风的地方灵巧地按压着。

"嘿嘿，小梅你看，我的身体不是有好多缝隙漏洞吗？你看你看，按压住不同的缝隙会发出不同的声音，我的身体会唱歌！"

小梅："……"

他倏地把头转回去了。

身后那家伙的声音却还在继续。

"你听你听，还挺好听的呢！像不像竖笛？我小学学过吹竖笛哩！"

大风中，两个机器人就这样，一个发出变调的笛声，一个发出有点规律却仍然没调的笛声，平稳地向前走着。

不知道是不是被荣贵在耳朵边念叨久了，小梅还偷偷在存储器中查了查什么是竖笛，居然真的查出来之后，觉得自己当真长得像一支竖笛，两支竖笛排着整齐的队伍往前走……这个画面简直不能忍！

他决定找到地方之后立刻就把两人身体的缝隙和漏洞堵上。

等到他们终于走到目的地，荣贵已经能够吹一首简单的小曲儿了。

"到了。"站在一片相对完整的旧房子前，小梅宣布抵达目的地。

"就这儿？"荣贵的"笛声"戛然而止，前方这一片实在不像有人居住的地方，他又瞅瞅小梅。

小梅没有继续说话，而是抬着冷冻舱的一头继续朝一个方向走，他这一动，为了不让冷冻舱掉下去，荣贵也只好跟着走。

在一片破旧的房子中，他精准地找到了最边角的一座，然后带头走了进去。

"你随意。"说完这句话之后，小梅便缩在一个角落不吭声了。

看看一脸高冷的小梅，荣贵决定将他的表现理解为思乡。

老家一个人都不见了，这不是死了就是逃难了啊！打量了一下四周，他认为得推翻一开始心中对小梅的设定。

鉴于小梅之前的表现，荣贵以为他是有钱人，不过他老家这样子，怎么看也不像有钱啊！而且小梅这房间虽然看着还算宽敞，不过两个人的冷冻舱一塞进来几乎就满了，敢情根本不是宽敞而是没东西的缘故！

等等——好像没那么简单。

荣贵越看越觉得哪里不对头。

视线在冷冻舱和房间内游来荡去，最后落在角落里小梅小小的身体上，他忽然了悟。

这房间虽然看着正常，然而和他原本的身材比便不正常：这里所有东西的型号都比正常的型号小好几圈！

之所以没有在一开始就发现，是因为他现在的身体太小了，换成原本的身体他肯定一

早就发现了!

荣贵觉得自己发现了一个秘密:难道……小梅是侏儒?

不过这个念头立刻被他打消了:他是见过冷冻舱里小梅的腿的,虽然比自己的细且短,可是绝对不是侏儒的五短身材。

可是……

荣贵吧嗒吧嗒走到外面看了一圈,挨个"参观"了一圈邻居们的家之后,越发肯定了:就算小梅不是小个子,这里之前住着的邻居绝对都是小个子。

所有的器具都小小的,还挺精致,不过看这堆积的尘土……邻居们应该离开蛮久了。

他连地窖都去过了,一粒米都没有剩——邻居们离开的时候打包得可真彻底。

不过很快荣贵意识到自己用不着找食物——他现在是机器人。

将周围的环境了解得七七八八,荣贵回到最初的房间,看到小梅还坐在那里"思考人生",也不打扰对方,而是去了一下厨房,看到桌上有块看起来像抹布的破布,他眼前一亮,将抹布抖干净,去外面勤快地擦拭起来。

"床底下有块板,板下有水。"看到荣贵在做什么,原本一动不动的小梅居然主动和他说话。

这时候告诉他有水显然不是让他喝的,而是让他打扫卫生用的,荣贵很快理解了对方说的话,当他把不大的床铺重新整理干净之后,坐在角落的小梅很快站了起来,迅速却又不失矜持地坐到他刚刚整理好的床铺上。

脏兮兮的小机器人坐在勉强被收拾得干干净净的床上……荣贵有点看不过去,于是朝对方招了招手:"你身上全是土,我给你擦干净再坐。"

小梅斜了他一眼,到底没有拒绝他,于是当荣贵擦完小梅,要求小梅也给自己擦的时候,小梅到底没有拒绝。

虽然造型仍然不怎么样,不过两个机器人还算干净地坐在勉强干净的床上了。

不知道为什么,明明是机器人的身体了,荣贵忽然觉得有点困,身体靠在搁着自己身体的冷冻舱上,慢慢睡着了。

小梅挺直的脊背变成了他睡前脑中最后的影像。

"睡得好饱!好久没有这么好的睡眠了呢!"再次醒过来的时候,荣贵觉得自己精力充沛极了,他把自己的感受分享给了小梅,还夸奖了一下小梅家的床,"你家的床真好睡。"

小梅心想:"其实你只是没电关机了而已,觉得精力充沛是因为我帮你充好电了。"

荣贵之前所有的感动和惬意瞬间消失得无影无踪。

"谢、谢谢啊。"嗫嚅着,荣贵道了声谢。

"不客气。"

说完这句,小梅又不动了。

一动不动的小梅,看起来就和真的机器人一样。整个房间只有自己发出的动静,老实说,这种安静让人感觉怕怕的……

荣贵想着,就从床上跳了下来,推开破旧的窗户向外望去,室内室外一样黑,没有任何光亮。

"小、小梅,早就想问了,这里为什么这么黑啊?连月亮和星星都没有哩……"

在地道内这么黑是无可厚非的,可是出来了还是这么黑,就十分诡异了。

"因为这是地下,还是最底层的地下,这就是我出生的地方。"小梅的答案一出,荣贵惊呆了。

他看看天空,然后又看看地面,仔细观察一下,就能发现小梅说得没有错,只是他从未往这个方向想过而已。

好吧,就算小梅的故乡就这么……海拔低,可是人呢?原本居住在这里的人呢?

"之前住在这里的人呢?"想到就问,荣贵紧接着问,"你的族人呢?"

很快荣贵就发现自己似乎问了一个糟糕的问题。

"都不在了。"小梅用金属音回答了他。

"是……是都过世了吗?"

"我生病昏迷的时候,他们集体离开了,等我醒来的时候,整个村落就只剩下我一个人了。"

小梅的金属音已然没有起伏,可是荣贵硬生生"脑补"出了一个非常凄凉的场面。

他扑过去抱住面前坚强的小梅,用力拍了拍对方的后背:"都过去了,起码……他们走了,这好大一片宅基地就都归你了。"

"小梅你是地主啦!"荣贵一边说,一边将小梅的后背拍得咚咚响,直到咔噔一声。

小梅:"你把我的后背拍掉了。"

荣贵眼瞅着小梅180度转过头去,捡起被自己拍掉的后背金属盖,敲敲打打,又把那块锈迹斑斑的金属盖按回身上。

他的动作已经很熟练了。

两个机器人走在田埂上。

"出来走走。"这是荣贵的建议,当然,他原话不是这样的,他是建议小梅出来"巡视一下祖产",顺便散个心。

小梅并没有反对。

然而出门看到干裂的土地,什么农具也没有留下的房屋时,荣贵还是难过了一下。

想到之前他"串门"时看到的空无一物的仓库,他知道小梅的族人一定是将所有的财物都收拾干净才离开的,所有农具、种子、食物,家里还能用的东西……

唯独没有带上小梅。

"不要散步了,风太大,我……我感觉自己都快被吹散架了。"总觉得越走越凄凉,后悔自己出了一个烂主意,荣贵终于想到了一个终止这场散步的理由。

小梅看看他,半晌点点头:"回去吧,刚好有之前收集的材料,我回去给你重新整修一下身体。"

他们便回到了原本的房间,小梅敲敲打打之时,荣贵就在旁边静静陪伴着他。不过荣贵天生是个闲不住的人,让他老老实实坐一会儿还行,时间长了他就开始乱晃,小梅大概是被他晃烦了,索性对他道:"把你的两条胳膊留下,你去房子里转转吧。"

荣贵愉快地答应了。

没有胳膊的小机器人灵巧地在屋子里乱窜。

小梅的房子也就那么大,荣贵很快就转完了,直到他在厨房的下方发现了一个密室。

说是密室,其实只是个地窖。

"小梅,我可以去你的地窖看看吗?"从小就爱动,被院长教训了几次之后,荣贵多少记住在乱窜之前询问一下。

"去吧,不过地窖里是空的,我没有在里面放东西。"小梅是个大方人儿。

"我就看看。"得到允许,荣贵立刻打开地窖往下走。

他一离开,房间里就安静了下来。

安静得……就好像以前度过的日子。

无论是在那永昼的白色世界中,还是很久很久以前在这里曾经度过的日子里,他的周围似乎从来都是死寂一片。

手里拿着荣贵的机械手臂,小梅抬起了头。

对于这里的情况,他是早就猜到的,当时正是因为大病一场醒来后,发现村落空无一人,安安静静,什么也没有,意识到自己被遗弃了,他才毅然离开。

从此以后,他再也没有和曾经住在这里的人见过面。

已经不记得他们的长相,他以为他已经全忘了,然而等到他重新站在那扇门前,做出"不开门"这个选择的时候,脑中唯一浮现的竟是这里的坐标。

顺从了自己当时的心意,他回到了这里。

然而回来也就是这样而已。

低下头,小梅重新将注意力集中在手中的机械手臂上。

不等他将手中的螺丝重新拧紧,远远地忽然传来荣贵的大嗓门:"小梅!小梅!快过来看呀!"

他一开始是不打算理会的。

然而来自地窖内的那个声音仿佛不知疲乏,叫得更起劲了,没有办法,小梅只能从床上跳下去,在黑暗中行走着,来到了久未光顾的厨房入口。

从那个发现所有人都离开的早上起,他就再也没有回到过这栋房子。

虽然按照现在的时间来说他离开的时间并没有很久,然而在他的心里,他已经离开这里太久太久了,久到这里变得陌生。

荣贵的声音是从黑色巨口一般的地窖内传来的,那家伙还不知从哪里搬来了梯子,他都不记得自己是否有过这样一架梯子了。

顺着梯子往下爬,刚刚站稳就看到了那个名叫荣贵的家伙——没有手——小跑着示意自己跟着他跑。

小梅理所当然地没有跑,这具临时攒出的身体并不适合奔跑,他是按照正常速度跟在对方身后走过去的。

走过去,然后——

他愣住了。

"小梅!小梅!你看啊!这里有好多好多蘑菇啊!"

如果有手,眼前这家伙一定会把胳膊张得开开的,如今没有手,他就只能在原地跑来跑去,用奔跑表达自己的激动。

在他的身后,是满满一地窖的伞状植物,在黑暗中竟然微微发着光!

看着眼前的植物,小梅许久没有说话,直到荣贵眼睑着打算继续叫嚷,他才低声开口道:"这不是蘑菇,而是一种名叫地豆的植物,是……梅瑟塔尔人的主要食物。"

梅瑟塔尔的土地只能长出一种植物,就是这种名叫地豆的植物,精心挑选过的种子才能长出地豆,并不是随随便便就可以长出来。

荣贵当然是不知道这些的,可他还是大声地说着:"你说,这些是不是你的族人留给你的食物啊?他们没法带走你,但是帮你在地窖里种了一大片蘑菇——不!地豆,一定是这样的!一定是这样的啊!"

荣贵的话一字一句敲在他的心上,他的声音很大,可是渐渐地,艾什希维——不,小梅却渐渐听不见了。

就是现在,他终于发现了第一个在以前的推演中完全没有经历过的意外。

坐在地窖冰冷的土地上,两个小机器人肩并肩欣赏着眼前发着幽幽绿光的"蘑菇田"。

"晚上10点了,到睡觉时间了呢。"荣贵的声音忽然从旁边传来。

小梅侧过头看看他,没有说话,然而荣贵却像看出了他脑中的问题,继续说话了。

"晚上10点是体内脏器开始修复的时间,这个时间睡才是美容觉哩!没有钱买保养品,所以我从来都按时睡觉的,就是因为这样,我的皮肤才那么好啊!"明明没有表情,然而小梅却觉得眼前的机器人一定是在大笑的。

"晚安。"他又说了一句话,然后只听"咣当"一声,小机器人的身子便砸到自己肩膀上。

双手仍然放在地上,小梅机器人转过头,继续目视前方绿荧荧的"蘑菇田"。

荣贵在隔天5点准时醒来,觉得时间不对头,多问了一句才知道这里的一天有25个小时。

"难道这里不是地球?"这个问题在他脑中存在的时间没有超过一秒钟,他的注意力很快被自己的身体吸引了。

在他休息的时候,小梅已经帮他把手臂重新装上了,就连身体原本因为材料老旧而产生的细纹也被打上了补丁。

"啊!以后不能吹笛子了!"这是荣贵脑中浮现的第一个想法。

然后他才注意到补丁糟糕的做工以及更加糟糕的选色。

"小梅,红配绿在我们那里是特别土气的一种搭配啊!你看你身上一块绿一块红,我身上也是一块绿一块红,明明可以你全红我全绿的不是?"看到自己红配绿的肚皮时,荣贵发出一声惨叫。

回过头来的小梅此时又是一脸高冷。

荣贵注意到,小梅的脑袋左边比昨天晚上还多了一块红,乍一看就像簪了一朵小红花。

扑哧——

荣贵只笑了一半就笑不出了：按照小梅"你一块我一块"，如此"均贫富"式的分配法则，他脑袋旁边八成也有一朵小红花。

"你脑袋旁边的补丁是绿色的。"像是看出了荣贵的想法，小梅冷冰冰道。

果然——荣贵整个机器人都不好了。

"你刚刚提供的方案是不成立的，我修补体表的方式并非依据配色，而是需要考虑到重量、材料密度，以及融合度……"小梅讲了好长一段话，"这种分配方式是目前我能想到的最合理的，如果你觉得配色不好，那么——"

"那么？"荣贵期期艾艾地抬起了头。

"那么我可以把你视觉成像器中的拾色器关掉。"

"啊？"

"那样你就只能看到黑白两色了，无需被颜色配比干扰。"

"谢谢，我特别喜欢红色配绿色，最喜欢了。"摆了一个欢呼的姿势，荣贵诚恳地握了握小梅的爪子，然后一蹦一跳地再次奔向身后的"蘑菇田"。

"小梅，这些蘑菇可以拔下来吗？"即使机器人的视觉系统可以实现夜间视物，不过曾经作为一个人类，他还是更加习惯于有光亮的地方，这些"蘑菇"的光虽然有点鬼屋效果，可也是光啊！他很快就想到研究一下这些"蘑菇"的额外价值。

"不是蘑菇，是地豆。"小梅先纠正了一下他的说法，然后回答他的问题，"可以拔下来……"

荣贵立刻拔了一朵"蘑菇"，在他拔掉的瞬间，"蘑菇"不亮了。

"哎？蘑菇不亮了？"

小梅的声音继续："拔下来的蘑菇下方是地豆可以食用的部分，蘑菇也就不亮了。"

好吧，在他把荣贵教会之前，他已经被荣贵拐得也将地豆地表的部分称为"蘑菇"了。

两个人似乎都没发现这一点，小梅回答完问题，继续在旁边站着，而荣贵则看了看手上瞬间枯萎的"蘑菇"，然后动手在那个"蘑菇"下方挖了起来。

他挖出了一颗浑圆的果实，个头不大，刚好塞满现在这具机器人身体的手心，换成原来的身体，估计就是一颗小得可怜的果实，看起来有点像马铃薯，又有点像芋头，不过却是绿色的，还是荧光绿。

看起来好像有毒的样子……

土壤下的果实就像萝卜，而土壤上面的"蘑菇"就是萝卜叶子——找了个参照物，荣贵"秒懂"。

"那，想要蘑菇一直发光的话，是不是就要让它一直长在土里？"听到荣贵这么问，小梅才明白，他大概是想要光亮。

点了点头，小梅就看着荣贵忙碌起来。

"别光看着，过来和我一起做啊！"不但自己折腾，他还招呼小梅一起折腾。

顿了顿，小梅到底走了过去。

绿荧荧的"蘑菇田"里，两个破破烂烂的小机器人忙碌着。

他们的身体太小了，力气也不大，折腾到晚上才终于将"蘑菇田"里的大部分"蘑菇"

处理好。

只在地窖里留了一块心形的"蘑菇田",其余的"蘑菇"都被他们折腾到外面去了。

屋子里的各个角落各放了三丛"蘑菇",床上的冷冻舱旁也放了一丛,这样整个房间就都绿荧荧了。

除此之外,外面他们也没放过,不但在屋子门口种了一大丛蘑菇,荣贵甚至还让小梅扶着梯子,自己在屋檐上挂了好几盏"蘑菇"灯!

黑暗的空间里,忽然出现了一座闪着满是幽绿色鬼火的小屋子……

这个视觉效果……

"你有相机吗?我们合影留个念如何?"因为荣贵这个建议,小梅将头卸下来,用头部的摄像头当作相机,"咔嚓"一声,一张非常特别的照片便诞生了。

地豆是"燃料",在成长过程中可以释放一种特殊物质供顶上的"蘑菇"发光,从它们成熟到果实枯萎的这段时间内,这种物质持续释放,待到果实内的养分全部被吸收,头顶的"蘑菇"也就慢慢枯萎了,取而代之的则是一颗地豆的种子。

非常言简意赅的成长模式,饶是荣贵这种脑容量不太够的人也能够……呸呸呸!什么脑容量不够?自己怎么也被带歪了?都怪小梅!

哀怨地看了看下方给自己扶梯子的小梅,荣贵叹口气,然后小心翼翼地,用粗糙的机械手指从屋檐下方的"蘑菇灯"内取出一颗种子。

地豆的果实很结实,种子却很脆弱,力道没有把握好的结果就是他又捏碎了一颗种子。

叹口气,荣贵只好转而将一朵新的"蘑菇"种到原本的"灯罩"内。

等到重新从梯子上爬下来,他才开始抱怨:"小梅,你看我又把种子捏碎了,都是你给我做的手指不好,太难把握力道了,你看看,这手指这么粗,还只有三根指头,不带这么偷工减料的,不求你给我做的手指比我原本的好看,也不能这么糊弄人啊!"

小梅只是淡定地将梯子收起来,灵巧地从旁边的地豆田中捡起一颗种子丢入篮中,然后冷静道:"想要奔跑,先学会行走。"

荣贵:"哈?"

小梅冷淡地瞥了他一眼:"连三根手指都无法控制好,你凭什么要求拥有五根手指?手指每多一根,操作难度翻倍,我是真的没有想到,竟然有人连三根手指也无法自如操作。"

明明身高相同,荣贵愣是有种又被小梅俯视的感觉。

呃……他为什么用了一个"又"字呢?

就这样,荣贵的爱美之心再次被小梅三言两语就打回去了。

这并非他第一次遭受打击:早在两个人第一次合影之后,他就被照片上自己的长相吓呆了。

并不能简单用"丑"来形容,那长相……

头是一种又圆又方的形状,五官什么的根本没有,所有部件都精简到只剩必须有的东西,多余的一概没有!

这也太随意了吧？

就在荣贵拿着照片找小梅抗议的时候，小梅只轻飘飘回了他一句话："我的长相也很随意。"

是……是的呢，小梅的长相比自己还随意。

两者比较，自己的头还更圆一点呢！看习惯了还有点可爱……

等等——打住！这种审美太扭曲了！他绝对不能被小梅带坏！

他觉得自己迫切需要看看自己原本的身体洗洗眼睛！

于是，在发现自己居然越看越觉得三根手指也挺不错的时候，荣贵向小梅提出了一个问题："小梅小梅！我能不能看看我的身体？"他冲过去的时候，小梅已经端坐在床上了。脏兮兮的小机器人完全没有清理自己身上泥土的意思，看到他这副模样，荣贵再次看不过去。

"看看你，你怎么又这么坐上床了？抬起脚我给你擦擦。"说着，荣贵就抓着一块抹布抹上小梅的脚。

即使干活也没让他忘记自己原本的目的，给小梅擦完，他还把小梅抓起来抖了抖，一边抖，荣贵一边说："我这审美都快被你带歪了，我得看看自个儿的脸洗洗眼睛。"

就是这么自信！荣贵想什么，就直接说出来。

"看你的审美差成这样，小梅你八成原本就长得很随便吧？不过没关系，多看看我，你就知道自己差在哪里了，以后给咱俩修身体的时候，多少也朝我原本的身体努力啊！"

他说着，又重抖了一下，伴随着一颗种子从身体的缝隙滑落，小梅被他彻底抖干净了。

将小梅放回原本的位置，荣贵期待地看着小梅。

小梅面无表情地看着他。

心里咯噔一声，荣贵忽然想到："怎么？莫非这里的空气还是不行？我们的身体拿出来会受损？"

这个问题很严重啊！比起洗眼睛，当然还是身体的安全更重要啊！可是他们的身体已经麻花一样躺在棺材——不，冷冻舱——里好几天了，长期下去……不会腰肌劳损吗？

荣贵心里想着，一个没留神，就把心里想的话说出来了。

"这里的空气对身体无害，身体拿出来不会受损。"就在这个时候，一直一动不动的小梅忽然开口。

虽然又被他吓了一跳，不过听到这句话荣贵特别高兴！

时隔不知道多少年，他终于可以见到自己的身体了！

于是，两个小机器人一起站在了床上，齐心合力一同推开了冷冻舱。

随着冷冻舱的舱门一寸一寸往上移，荣贵的心情越来越紧张，白色的冷雾从冷冻舱内部徐徐蔓延开，遮挡了两个人的视线，虽然感觉不到寒冷，可是荣贵眼瞅着自己金属身躯的表面迅速凝了一层薄薄的冰。

待到白雾慢慢散去，即将看到自己身体，荣贵下意识地握紧了拳头。

然后，白雾终于淡到可以让他看清冷冻舱内部。

荣贵大叫出声。

难以置信地盯着冷冻舱内部,荣贵为自己看到的东西惊呆了,把他惊成这样的原因有两个。

一是几百年没见,自己的身体怎么一点美感也没有了!

二是小梅这个家伙骗人!他长得一点也不随便!

"我真傻,我以为我只是苗条了一点,没想到居然会这么苗条……"机械手臂搭在冷冻舱的边缘,荣贵吧嗒一声跪下了。

不过很快他就发现自己现在实在太矮了,一旦跪下就什么也看不到了,何况他跪得有点用力,胳膊又不小心掉了……

真是雪上加霜。

在这可怕的绝望之下,居然还有人雪上加霜再加霜。

"我认为这已经不能用苗条来形容,应该是……干尸吧?"没错,那个人就是小梅。

重新站直身体,荣贵踮起脚尖也够不到掉进冷冻舱里的胳膊,没有办法,他只能爬进去了。然而这样一来他就不得不近距离观察自己的身体。

小梅说得没错,他的身体已经和他小学时候学校组织参观的干尸非常相似了。

不只是消瘦的程度类似,甚至颜色也有点像。

上一次他看到自己身体的时候只看了一眼,那时候没有光,他只能凭借成像器看,对于颜色的把握并不精准,以至于根本没有发现颜色有问题。他记得那时候自己还没那么瘦,虽然腹肌什么的都没了,可是也没到脱水级别的干瘦啊!

"我……是不是比上次看到的更瘦啦?"站在自己的双腿间,荣贵一时忘了摸索自己掉了的胳膊,只是干巴巴地问旁边的小梅。

"嗯,看来因为上次不正确的打开方式,你的身体还是受了一些影响。"小梅也爬了进来,他的目标很明确,一弯腰就把荣贵的胳膊捡了起来,不等荣贵反应过来,他已经把胳膊重新安好了。

"另外一个原因就是冷冻舱内的营养液原本就不多了,之前供给你一个人还好,加上我就有些吃力了。"

原来还是因为你!

荣贵怒气冲冲地看向棺材里另一具尸体——不!身体——的脸,看着看着,怦然心动了。

在干尸一样自己的衬托下,小梅的小脸蛋就像一朵鲜花,水灵灵的,他闭着眼睛,睫毛那么长,宛若天使在安眠。

"算啦,看在小梅你长得这么好看的分上,唔……只比我差一点点。"荣贵试探地伸出一根手指,原本想要碰触一下小梅的脸蛋,不过想到那些破碎的地豆种子,他到底缩回了手。

"我长得很好看吗?从来没有人这么说过。"小梅却对他的赞美无动于衷。

听到他这么说,荣贵心中不由涌起了一阵危机感。

"这么好看居然都没人赞美?那现在的人该多好看啊……"荣贵畅想了一下,然后点点头,"果然只能靠身材取胜了。"

小梅："……"

三两下便收拾好了自己的心情，荣贵仔细审视小梅的脸才发现："小梅，你年纪不大啊！"

"嗯，这时候我还年轻。"

"不要太羡慕我的身高哦！哈哈，外面和我一样大的大部分没我高哩！不只我，我们孤儿院的孩子基本上都比同龄人高，偷偷告诉你，这是有秘诀的！买不起牛奶，我就天天去帮市场的猪肉王卖肉，每天卖剩下的骨头基本上都是我的，我就拎回去天天给大家熬骨头汤喝，补钙又美容呢……"

完全没在年龄这件事上纠结太久，荣贵又开始自吹自擂过去的光荣事迹了，不过说着说着，他又有点沮丧："这里大概是没有骨头让我煲汤了……"

然而荣贵的沮丧从来没有超过三秒，上一句的话音还未落，他又振作了起来。

"没有骨头也没关系，既然你们族人之前只能靠这些地豆维生，那么地豆应该也是很好的东西，小梅，给我地豆的全套说明！"

荣贵说着，还主动伸出手去，露出手腕下方的插口，这是小梅之前给他制作身体时预留的临时阅览插口，可以通过连接小梅达到阅览目的，然而这几天小梅几次表示可以共享常识给他，荣贵只用了一次就表示"一看书就头疼"，从此这个插口就成了一个装饰，脑容量如此小，小到临时信息都难以存储的人小梅还是第一次见，就在他准备回头将那个插口彻底堵死的时候，这家伙居然主动将插口伸过来了。

真是不可思议——将自己的插头插入对方的插口，小梅第一次在内心发出如上感慨。

不过——

看着安安静静，第一次看起来像个机器人的荣贵，小梅内心轻轻松了口气。

为什么松了口气呢？

大概是因为对方这么快就将注意力从他的身体转移到学习地豆相关常识了吧。

这让他省掉了很多麻烦。

比如解释自己为什么躲到这里来，比如抵抗对方由于自己分享营养液的行为而出现的抗拒情绪，比如应对当对方看到冷冻舱内年少的自己而出现的轻视……

小梅静静地看着冷冻舱内的自己——年少时的自己，宛若看着一个陌生人。

第二章

两个破破烂烂的机器人

　　第二天，荣贵一大早就把小梅从充电器上拔下来，小小的机器人用和身体完全不配套的大嗓门道："我看了一晚上，地豆的营养不算丰富，但是还算全面，我说小梅，我俩能不能吃地豆啊？我是说我俩的身体。"

　　被他拔下来的小梅用一种让机器人都毛骨悚然的目光看着他，看着这样的小梅，荣贵忽然有一种不祥的预感，果然——

　　"短短三十页的资料，你居然要花一晚上才看完，看来，对于你的智商我要重新认识了。"

　　就知道！

　　"三十页已经很多了好不好？而且我还做了笔记哩！"荣贵说着，动了动自己的胳膊，两个小机器人的手还拉着，插头和插口连在一块，这样不但方便共享信息，而且小梅充电的时候还能顺便给他充电。

　　也正是因为这个状态，所以两人的部分资料一直是共享状态，荣贵在笔记上做出的更改，小梅全部看得到。

　　于是这回轮到小梅有不祥的预感了。

　　当然，这时候的小梅还不知道什么叫"不祥的预感"，只是本能觉得有什么不对，直到他看到被荣贵涂得乱七八糟，还有好多小人涂鸦的资料……

　　这一刻，小梅曾经属于陛下的那一部分愤怒了。

　　然而他已经不再是那位仅凭借意念便可以置人于死地的"陛下"了，愤怒的结果是他整个人扑到了荣贵身上，使用最原始的手段攻击荣贵。

　　然后——

　　他被反击了。

　　再然后，陛下输了。

　　头掉了，腿也掉了一条，他被荣贵一脚踩在了地豆田里。

　　"小梅你这是干什么啊？"将脚丫子从小梅肚皮上拿下来，荣贵赶紧弯腰把小梅扶了起来，还把小梅掉下来的头和小腿捡起来递给小梅，"给。"

　　"谢谢。"愤怒来得快去得也快，小梅很快又是平时那个小梅。他有点不明白：明明是身高相同，体重差不多，材料都没什么两样的机器人，为什么自己在那么短的时间内就被打散架了？

　　"别和我打架啊！你打不过我的，偷偷说，我的腹肌虽然离不开后天辛苦的锻炼，可是里面至少有四块是之前每天打架打出来的……"荣贵告诉他一个小秘密。

　　原来如此，是格斗技巧方面的差异——小梅想着，将头重新拧在了脖子上，短暂的小插曲之后，发现了荣贵的优点，他终于开始审视对方留在自己芯片上的"笔记"。

两个破破烂烂的机器人

那是一套全面的植物人看护笔记，包括如何给看护对象喂食，如何给他们翻身，如何帮他们按摩身体……

和一般的看护要点不同，荣贵自创的这份笔记上甚至有肌肉恢复部分。

"别小看我这份笔记啊！当年我做替身演员的时候不小心骨折了，好几个月不能动，就是靠这套肌肉维持按摩动作，才保住了我的腹肌啊！"

小梅："……"

"对了，你还没回答我呢，咱俩的身体到底能不能补充地豆代替不够的营养液啊？"看着仍然面无表情的小梅，荣贵还戳了戳他。

被他戳得后退一步的小梅："可以，不过需要制造一台成分提取仪。"

得到满意的答复，荣贵哈哈笑了："很好，那么那个什么提取仪的制造就交给你了，别指望我，我脑容量不够，我去做点体力活！"

就这样，荣贵又给自己找了个活干，还给小梅派了个活干：照顾两人的身体。

小梅鼓捣提取仪的时候，他就去"采蘑菇"，不知道从哪里找到了几块破木头，荣贵用它们做了一把伞，将土填进"伞"身的位置，种上"蘑菇"，小心翼翼地固定好泥土和蘑菇，随后小心翼翼地把"伞"打了起来。

"没有阳光，这就是光源啦！"站在绿荧荧的"伞灯"下，小小的机器人很臭屁地叉腰笑了。

然后他想把冷冻舱拖出去。

一个机器人肯定拖不动，他就把小梅叫出来帮忙。

从小梅那儿得知，他的身体之所以会变成这样，一方面固然是因为小梅分走了他的部分资源，另一方面，也是最主要的方面——冷冻舱已经"坏了"。

维持冷冻舱正常运转的系统仪器已经停止运转了，其他冷冻舱内的人已经彻底完了——这点小梅已经检查过，可以确定，他所在的冷冻舱还有备用能源，是唯一还有活体反应的冷冻舱，即便如此，一旦里面的能源消耗殆尽，他还是会死。

所幸小梅把他带了出来。

但是脱离了系统的冷冻舱只是一个保管舱，其他功能都没有了，比如细胞活力维持功能，比如冷冻功能，比如……

荣贵想了想，决定简单理解为机器没法照顾他们的身体了，那也行，接下来人工好好养着就好。

院长瘫痪在床上没法动弹的那几年，他们不是也把她老人家照顾得好好的？

他还定期给院长奶奶敷面膜呢！

想到面膜，荣贵拼命回忆自己当年敷过的面膜。

完全不知道他脑子里想的是什么，机器人小梅拧好了手中仪器的最后一颗螺丝。

看着手中丑陋的仪器，他心中有种奇妙的感觉。

怎么说呢？

本来认为是累赘，早晚要放弃的身体，有人却如此在意，这种感觉……该怎么形容呢？

　　将仪器交给荣贵的时候，看到对方努力在地上写写画画的忙碌劲儿，他忍不住问了对方一个问题："你将来可以得到更好的机械身躯，更强壮、更完美，所以，其实你现在不需要太过在意这个身体，不是吗？"

　　他得到的是对方一个难以置信的"啊"字。

　　"小梅你是傻了吗？好好的人不做，我为啥要做机器人哦！机器人有我长得好看吗？硬邦邦的皮肤有我光滑细腻的皮肤好摸吗？还有还有……机器人能锻炼出腹肌吗？"虽然没有表情，可是通过对方的语气，小梅愣是觉得自己看到了一个大惊失色的小机器人。

　　看着大惊失色的小机器人……旁边的干尸，好看……细腻的皮肤……腹肌……似乎和那具干尸没什么关系的样子。

　　他觉得和脑容量不够的对方探讨如此高层次哲学问题的自己果然是个傻瓜。

　　"今天是个好天气！好！天！气！"荣贵一大早就在"唱歌"，呃……他的本意确实是想要唱歌没错，然而小梅给他制造的身体版本实在太低，发声系统基本不具备语调变化功能，这样一来，他所谓的"唱歌"就变成了念歌词。

　　为了避免噪声污染，小梅默默地将接收声音的天线收了起来。

　　可惜他的举动立刻被旁边的荣贵发现了："小梅你别以为我看不见！我看到你把天线收起来啦！"

　　腾地站起来，荣贵出手如电，立刻将天线从小梅的耳旁拔了出来。

　　小梅再缩，他再拔，以上动作重复了三次之后，终于……小梅的天线收不回去了……

　　看着捂着天线面无表情看着自己的小机器人，荣贵怯怯地说："抱歉，力气大了点……"

　　说着，他还用力把自己的天线拔了几次，确定自己的天线也缩不回去之后，才笑嘻嘻对小梅道："这样大家都一样啦！小梅你再毒舌，我也只能老实听完喽！"

　　小梅："……"

　　重新扳了扳自己的天线，小梅继续干活了。

　　将一颗地豆种子收起来，再将手伸向另一颗，将种子收获完毕，荣贵也采摘了足够的地豆，两个机器人各自将地豆装好，然后返回他们居住的小屋子，接下来就轮到他用之前制作的成分提取仪从地豆中提取身体所需的各种养分了。

　　其实也就是制作最基本的营养液。

　　这个步骤很简单，然而荣贵仍然学不会，所以只能由小梅一个人操作。在他制造地豆营养液的过程中，荣贵就巴巴儿趴在桌子旁，一动不动看着他。

　　也只有这个时候，荣贵才会稍微安静点。

　　然而等到他宣布营养液制作完毕的时候，对方又开始制造各种各样的噪声了。

　　"小梅，这个营养液怎么是绿的？仔细看还有点荧光绿，你确定真的能吃？"

　　"小梅，我们吃久了这个，以后身体不会也发光吧？蘑菇那种绿光？"

　　"万一发光怎么办啊？"

　　他曾经出席过上千万人参加的"赐予会"，白茫茫的一片，到处都是身着白衣的人，

第二章
两个破破烂烂的机器人

然而，即使有那么多人同时存在，他听到的声音仍然没有此时此刻荣贵一个人发出的声音多。

荣贵似乎不需要他的回应，没人理会的情况下，荣贵很快自问自答了。

"发光也比饿死好，还是吃吧。"

他就把刚刚提取出来的营养液灌注到即将干涸的营养液储藏器内，那位于冷冻舱顶端，通过导管连接内置目标的口鼻。那里原本只有一套管子，自己的身体放进来的时候，他从隔壁空余的冷冻舱内转了一套管子过来。

由于荣贵原本的身体脑部有问题，此时此刻，还有几根导管连接着荣贵的大脑，是深入地插进去的。

荣贵的头发像草一样枯黄，然而在发根的地方却露出了一片黑色。

小梅看了那里一眼，没说什么，抖了一下手中的管子，确定营养液确实注入了，才将手中原本的器具重新放好。

绿荧荧的营养液慢慢挤走了原本澄净透明的营养液，注入了两人的体内。

对于这个过程，小梅没什么感觉，然而荣贵却一直在旁边直勾勾地看着。他甚至趴在两人的口鼻处仔细听了一会儿，确认两人在绿色营养液注入后呼吸仍然平稳，才松了口气。

"好了，我们可以干活了。"确定两人的生命特征并没有因为新的营养液而改变，荣贵站了起来。

小梅脑中先是浮现一个问号，不过很快他就知道对方是什么意思了。

破破烂烂的小机器人主动将手腕的插口露出来，半天发现小梅没有反应，他就主动把对方手腕的插头插了进来，小梅脑中瞬间出现了一大段护理教程。

"来吧，接下来，咱们每天都要把这些步骤操作一遍！""BIU"将插头拔出来，荣贵笑呵呵地宣布，"第一步！先把我们的身体从冷冻舱里抬出来！"

小梅："……"

两具光滑的胴体先后被两个小机器人从冷冻舱里抬了出来。

"啊！"自己身体被抬出来的瞬间，荣贵大叫了一声。

心头一紧，就在小梅以为对方发现了什么的时候，他听到荣贵道："小梅你有穿裤头！"

被称为小梅的机器人："……"

"我光得这么彻底，你却穿着裤头，这样太不公平了！"荣贵义愤填膺，然后，当着身体主人的面，把人家身上的裤头扒下来了。

小梅："……"

"我比你高。"仔细观察了一下，荣贵笑呵呵地宣布。

"你当然要高一点，我的身体，这个时候……才十四岁。"忍无可忍，小梅心里迅速换算了一下，报出了自己的年龄。

"我也比你大不了几岁啊，我才十八。"

"进入冷冻状态的年龄是十八岁吧？在冷冻舱里待了这么久，你的年龄已经非常大

了,从生理角度来说,你其实已经是老人了。"

"我不管!我说十八就是十八,我还没过十九岁生日呢!你可不能赖掉我那么多年的生日蛋糕!"

"等等——你怎么用我的内裤给我擦身体?虽然我比较注重卫生状况,可是那到底是内裤……"

"等等——就算不给我擦,你也不能用我的内裤给你擦身体……"

"小梅你好烦!"

不知不觉,小小的房间里不再只有一个人的声音了。

两个小机器人忙碌着,吵得不亦乐乎。

种地、采摘、收获,如果制作营养液也算做饭的话,那么小梅还得每天做饭。

对了,除了这些,还要照顾孤寡老人……不!是不能动的自己。

机械手掌放在干巴巴的皮肤上,小小的机器人发了一会儿呆。

然而他并没有更多的时间思考这些,很快,放在干巴巴皮肤上的另一双机械手的主人对他说话了。

"小梅,有一个灯泡不亮了,你去换一个呗!"

"哦。"应了一声,他站起来去换灯泡了,由于身高不够,还得先去搬梯子,这几天经常被使唤去换灯泡,他已经是熟练工了。

真是可怕的事实!

他知道推开门后会发生的所有事,也有千万种方法应对它们,然而却不知道不推开门往回走之后,等待自己的另一种情况居然是现在这样。

"辛苦啦,对了,再去拿块干净的布头,你流口水了。"一个指令刚完成,他还没来得及把梯子放回原处,下一个指令又来了。

抬头看了一眼光溜溜躺在床上的自己……的身体,看到口鼻器下流出的水渍,他走过去检查了一下导管:"不是口水,是你刚刚的动作碰到输入管了。"

"啊!是这样吗!幸好小梅你是个仔细人儿。"罪魁祸首抓抓头,发出了非常标准的"哈哈哈哈"声。

小梅:"……"

他还能说什么呢?他已经习惯了。

仅仅几天而已,他几乎可以想象等待自己的结局是什么:每天种地豆,成为一名合格的地豆种植者。

这和他一开始想的完全不一样,离开那扇门之后,他只是忽然想起了出生的地方,忽然很想回去看看,他知道这里什么也没有了,不过没关系,他可以在这里安安静静地思考一下。

然而在荣贵的意识转移成功,正式开机之后,这个想法成了妄想。

他们每天二十五个小时都在一起,除去关机睡觉的八小时,荣贵的嘴基本上没停过!

而在他关机的时候,荣贵还会把插头自动插到他身上,一起充电!

第二章 两个破破烂烂的机器人

资源有限,只有一个充电口,他只能忍了。

两个人消耗的地豆不少,不过不知道是不是因为小梅天生就有种田方面的天赋,他们的收获还可以,时间久了,居然还积攒下来了两筐地豆。

放在地窖里好好保存的话,地豆是可以保存很长时间的食物。

那些地豆具体的数量他不知道,不过荣贵却是认真数过的,每天睡觉前数一遍。

"这是老习惯了,孤儿院的零食有限,我们都是每天清点,每天每人分一点,这样才能多吃些日子。"明明没有问,可是荣贵在数的时候还是主动解释了一番。

荣贵每天都会说很多话,这几天,他已经把孤儿院所有人的名字都背过了。

"每天坚持按摩果然还是有效的。"在自己身上最后轻柔地按摩一下,荣贵满意道。托现在这具机器人身体的福,他的视力比以前好了许多,不但能夜间视物,还能记录下所视物体的每一个细节,所以经过几天按摩,自己的身体稍微圆润了一点这种事他都能察觉,以前他可能看不出来,如今却是可以确确实实比对得知的。

看到他收手,小梅便也重新将手放在了膝盖上。

"接下来轮到小梅你的身体了。"从自己的身体旁移开,坐到小梅身体的脚丫子旁,荣贵宣布两个人下一个攻克的目标便是小梅的身体!

"其实,我的身体不按摩也没关系的。"荣贵所谓的"全身按摩"耗时非常久,一个人做下来至少四小时,两个人加起来就是差不多八小时,按摩完还不算,荣贵还要求将两个人的身体抬到外面去,美其名曰吹吹风。

虽然他们现在很闲,基本没有事情做,可是将一天最宝贵的时间全部耗费在"身体保养"上面,对于小梅来说仍然是一件非常浪费时间精力的事。

对了,还很耗电。

两个人现在每天充电的时间增加了两个小时,就是因为白天耗费的能量太多了。

"不行!"提议一出口就被拒绝了。

将机械手掌轻轻按压在小梅的一只脚丫上,荣贵道:"要公平,你都帮我按摩了,我必须也帮你按摩!"

"那我不帮你按摩不就可以了?"小梅继续提议。

"那更不行,我一个人按摩不好,虽然现在已经进步很多,可是我的力气还是太大,需要细致力道按摩的地方还得靠你。"荣贵再次拒绝了。

天知道,荣贵所谓的"需要细致力道按摩的地方"几乎占据了一具身体的四分之三,也就是说两具身体目前基本上都是靠小梅按摩,荣贵负责在旁边抬着身体以及口头指导。

小梅:"……"

就这样,荣贵轻轻抬着小梅的脚丫子,使用最轻柔的力道将小梅的脚丫子仔细按摩了一遍,最后呼唤小梅:"脚背脚心已经按摩好了,剩下的脚趾靠你了哟!"

小梅于是只能接过自己的脚丫子"细致"地按摩起脚趾来。

他发现,按照这种步骤每天按摩下来,任谁都会对自己的细节一清二楚。比如他也生平第一次发现:自己的脚拇指和第二根脚趾一样长!

地窖里的地豆又多了两筐，其实也不是很多，按照荣贵昨天晚上最后一次数数报账的结果：他们现在有一百九十八颗地豆了。

除此之外他们还多了一把椅子、两个盆、五个花盆、两块布巾。

这些全部都是在荣贵不依不饶念咒般的"做嘛做嘛！我们真的很需要一个……啊"声中制作出来的。

确切说，是小梅制作出来的。

屋子里原本只有一把椅子，毕竟原本这个屋子只有一个人居住，没有客人，所以也不需要第二把椅子，可是如今"他们有两个人了"，荣贵表示他也想要一把椅子，这样就可以和小梅并肩坐，他整整念叨了一天，第二天小梅便搜集工具做了一把椅子。

脸盆这种东西原本是没有的，然而他们现在每天的主要工作不是按摩嘛，按摩之前荣贵还要求给两个人擦身体，这种情况下，"脸盆真的很有用啊！"这是荣贵的原话。

当然，有了脸盆怎么能没有脚盆呢？擦脸擦身体怎么能和擦脚丫子用同一个盆呢？于是小梅又被迫多烧了一个洗脚盆。

花盆这种东西看起来挺没必要，但是荣贵在有了脸盆脚盆之后忽然觉得"他们的房间里直接将土铺在桌子上种蘑菇灯容易弄脏身体"，于是认为"蘑菇们也需要一个家"，接下来的两天，他就千方百计求小梅给他多烧几个花盆。

一个不够！起码来十个吧！

当然，小梅最后没有烧十个，只烧了五个。

至于那两块布巾……小梅虽然从来没有织过布，然而他是什么人？只要多观察一些现有的织物，结合脑中的其他知识，制作一台织布机也不在话下。但是厉害如小梅，没有材料也没法凭空织布啊，这里除了地豆之外可没有第二种植物哩！

所以……

那两块布巾终究还是用他们身上唯一的布料制作的。

至于那"身上唯一的布料"……

自然只能是小梅身上原本穿的裤头。

他终究没有在这方面赢过荣贵。

基本上，这些看似简单其实却极其难得的物品全部都是小梅机器人"被迫"造出来的。

其间荣贵并非什么忙也没帮，相反，他还挺跃跃欲试的，但是由于他确实手拙，所以基本上只能帮忙提提建议，挖挖土，最后在脸盆上写上"脸"字，在脚盆上写上一个"脚"，还在花盆上画几朵抽象派小花……

仅此而已。

顺带一提，荣贵之前不是很勤快地做了一把"蘑菇伞"供两个人的身体"晒太阳"嘛，那玩意当天晚上就塌了，好险那时候两个人的身体已经放回去了，否则光是收拾掉落的泥巴和"蘑菇"就能把小梅折腾死。

第二章
两个破破烂烂的机器人

你说为什么是把小梅折腾死？

废话！这种细致活荣贵干得了吗？

肯定是他在旁边喊"加油"，全部活都让小梅一个人干啊！

啊……对了，储存地豆不是需要筐吗？筐也是小梅用铁丝编的，忘了把这个算上了。

"小梅你真厉害！"

"实在太能干啦。"

小梅吭哧吭哧搞生产的时候，荣贵就在旁边说些鼓励的话，第一次听到这些话的时候，小梅整个机器人都不好了，然而听着听着……他就习惯了。

今天一大早，荣贵一如既往地又开始赞美小梅："哇，小梅你真厉害！我只是说想要点记号能够区分两块布巾，你居然会绣花啊！还有绿有红！你还能弄出颜色来？"

正在往布巾上滴最后一滴染料的机器人小梅抬头瞥了他一眼："绿色是从地豆的叶子——也就是你口中的'蘑菇'——中提取的。

"至于红色，是对地豆中提取的花青素进行处理得到的天然染料，虽然是水溶性的，不过进行处理之后，可以做到颜色更加持久。"

当然，没有地豆的话，他还可以从铁锈中提取色素，不过地豆就可以解决的问题，就没必要浪费金属了。

这是他没有说出来的话。

荣贵显然对染料的制作原理和过程没有任何兴趣，听完小梅的话之后，他再次赞美了小梅："红色绿色很好看，不过五颜六色的更漂亮哩！小梅，你接下来试试看弄个黄色呗？我很喜欢黄色啊，你看，我们还有五个灰扑扑的花盆等着装饰一下呢……"

小梅："……"

你以为等待小梅的只有五个花盆而已吗？

这样想的你真是太天真啦。

就连小梅自己都不这么简单以为了。

很快，荣贵在欣赏了一下自己制作的蘑菇小盆栽之后，又招呼小梅开始给两个人按摩身体。

经过一段时间的护理，两具身体状况都比之前好了些。

"小梅长高了一公分。"机器人的成像器可真是好用，还带用于测量的标尺！

"我的头发长了一公分。"轻轻摸了摸自己的头发，荣贵继续宣布。

小梅的身体状况很好，当然，这和他放进去没几天就得到了充分护理有关，荣贵身体的情况自然不能和小梅的相比，不过比起最早干巴巴的样子，现在起码摸起来没那么硬了。

这就是每天勤奋按摩的结果。

然而有优点必然也会有缺点，由于这段时间每天都被搬来搬去，两具身体的皮肤部分还好——每天擦不算太脏，可是头发就没那么好了。

"小梅，我觉得我们需要一把梳子，起码可以蘸着水把头发清理一下。"将小梅的一缕头发轻轻绕在粗糙的机械手指上，荣贵抬起头对小梅道。

果然——

机器人小梅面不改色。

"可惜即使有了梳子也只能梳理露在外面的部分，后脑勺就没办法了……"

这句话是荣贵看着自己的身体说的。

除了口鼻器之外，两个人的后脑还罩着一个金属罩，这部分连接他们的大脑。正常情况下金属罩内是可以产生波段性刺激，用以按摩头部以及刺激头部的，不过荣贵后脑的仪器明显更加复杂。

对此小梅的解说是这样的：小梅后脑的金属罩可以短暂卸除，然而荣贵的却不可以，插入他后脑勺的导管就是连接在这台仪器上的。

荣贵一开始并没有太在意这个问题，直到小梅做好梳子，两个人给小梅的身体梳完头发，轮到梳理荣贵的头发之时。

荣贵终于看清了自己后脑勺现在的样子，那是一个半透明的金属罩，有点奇怪吧？虽然是金属的，却是半透明的。

大概是未来的"黑科技"——虽然搞不清楚现在是什么年代，不过时间是前进的嘛，现在肯定是未来，荣贵理所当然地想。

由于是半透明的，所以荣贵第一次看到了自己后脑勺居然开了一个洞。

非常大的洞。

由于金属罩的阻隔，荣贵并不能准确判断那里现在的颜色，不过那里并没有血肉模糊，而是很精准地开了一个圆形的洞，两根手指粗的导管就那么插在洞里。周围的头发都被剃光了，经过这几天的调理，荣贵头上其余地方的头发长长了一点点，然而金属罩下方的部分不知道是不是做过额外处理，仍然是一片光溜溜的头皮。

目睹自己的脑袋被开瓢是什么感觉？

小心翼翼托着自己的脑袋，荣贵一动也不敢动。

"不用特别紧张，这台护理仪很牢固。"看到他的动作，小梅在旁边镇定道。

荣贵却紧张得连头都不敢点。

这一天，荣贵的话非常少。

小梅一开始觉得这种状态很好，久违的清净，不过到了晚上的时候，原本每天总是乖乖关机的荣贵忽然半夜爬起来，他觉得有点奇怪。

由于两个人每天都插在一起充电，荣贵离开的时候他是知道的。

他一开始并没有理会，直到对方三十分钟后还没有回来。

小梅从充电器上跳下来，决定出去看看。

他直接走到了外面——荣贵是推门出去的，他听到了。

空旷的地方很好找人，他很快就在绿荧荧的地豆田旁发现了荣贵的身影。黑暗中，破旧的小机器人就那样抱着膝盖坐在田埂旁边，绿色的光照亮了他的部分表面，他看起来更破旧了。

看来，他就是以这样的姿势待了三十分钟。

"地豆田有问题吗？"小梅仔细打量了一下荣贵面前的地豆田。

两个破破烂烂的机器人

荣贵摇了摇头。

"那就是你了,你有什么问题吗?"小梅又道。

荣贵没有说话。

小梅静静站在他身边。

田埂边的机器人于是变成了两个。

又过了一段时间,就在小梅决定回去继续充电的时候,蹲坐着的荣贵忽然开口了:"小梅,脑袋破了那么一个大洞,我……会不会死啊?"

原来他是被自己真实的惨状吓到了。

"我不想死,我才十八岁,还什么都没见过呢,我们孤儿院是个小地方,我刚去大城市一个月,还什么世面都没见过哩……"荣贵又小声道。

小梅静静地矗立在风中,半晌答道:"其实肉体只是将意识具象化在他人面前的容器,这个容器在过去是单一的,然而现在却不是这样,正如你现在的容器有了两个,一个在屋里,另一个在我面前。"

荣贵愣了愣:"小梅你说得好复杂,我、我听不懂……"

"就是说你屋里的身躯坏掉了也没关系,可以用其他的容器。"小梅换了个说法。

"可是我只想要屋子里的那个!"

于是小梅低下头,居高临下,俯视着将自己缩成一小团的另一个机器人。

这一刻,他是真的不理解。

"如果你认为现在这具机械身躯破旧、不好,其实将来可以走到外面去更换更好的材料,想要仿真皮肤也可以,高级的材料非常耐用,损坏了也没关系,可以随时更换。"

"可是我只想要屋子里那个。"下方的小机器人回答他的仍然是之前的那句话。

"那是我自己的身体,被没有见过的父母抛弃,被孤儿院的院长奶奶养大,和朋友们打架,爬墙上树掏鸟蛋……我的身上其实有好多疤哩!当然,由于我坚持不懈地护理,那些疤几乎看不出来了,可是仔细看还是有的,一看到那些疤,我就能想到当年的事……

"我后来每天护肤哩!还勤练肌肉,其实我的身体挺不容易长肌肉的,能练成那样很辛苦,每一块肌肉都是我努力练出来的,那么辛苦……

"我什么也没有,只有自己的身体是唯一的财产呢……

"我就想要屋子里的那个。"

荣贵说了很多话,翻来覆去,最终还是回到了最初的话上。

荣贵的纠结最终止于他没电自动关机,这是只充了一会儿电就把自己拔下来的结果。最后还是小梅把他拖回去的。

将荣贵插上充电器,小梅在查过自己电量够用之后,鬼使神差地看向了床上的冷冻舱。

他看了很久。

然后,他径直向床走去。

床沿有点高,他就拖过床边的脚凳垫脚,然后笨拙地爬上了床。

对了,脚凳也是他做的。

创意仍然来自荣贵。

矮小的机器人站在了床上，刚好比冷冻舱高出一点，勉强可以俯视冷冻舱里的人。

令他意外的是，他在里面那个荣贵的脸上看到了水痕。

源自浓密的眼睫毛下，浅浅地滑过消瘦到极致的面颊，即将滑进口鼻器。

也不知道是不是这几天在荣贵的各种训练下养成了条件反射，小梅立刻抓起了整齐叠在床头的手绢，然后费力地独自一人推开冷冻舱的罩子，吃力地弯腰，用手绢给里面的荣贵擦拭了一下眼底的水痕。

他忽然想起了一首歌的歌词："用手拂去你伤心的泪痕……"

他似乎听到了歌声。

好像很近，又仿佛很远。

那是他唯一喜欢过的歌手的一首歌的歌词。

他生平只流过一次泪。

是在搭乘飞行车的时候，半空中他与树立在中心区黄金位置的巨幅屏幕上的人忽然对视了。

半晌之后，他才意识到那是隔着屏幕的对视，对方根本没有在看他——

而是在唱歌。

他忽然拉开了车窗，歌声便倾泻一地了。

那是他听过的最美妙的声音——

他愣住了，然后，在歌声的高潮部分，他的手背上忽然落下了一滴泪珠。

那个瞬间，他的脑中是一片空白的，他不明白自己为何落泪，是为那仿佛可以将灵魂完全净化的歌声吧？

那个瞬间，他全身战栗。

从此他终于有了一个爱好。

他会匿名购买对方的CD，也会去听对方的演唱会。虽然后来他再也没有流过泪，然而，对方的歌声仍然好听。即使身体渐渐变成了金属，他依然最喜欢那些旋律。

他主要听的是歌声，对于歌词虽然没有特别的记忆，然而时间久了，他自然也会记住，何况他的记性本就出类拔萃。

倒是那位歌手的记性似乎并不好，现场演唱的时候，每每激动，他都会忘记歌词，不过他是天生的歌手，也是天生的诗人，忘词也没关系，他总能根据当时自己的情绪将歌词自行补充。

那些临场现编的歌词变成了只演唱一遍的"限量版歌词"，成了歌迷最喜欢的东西。

小梅想起的那句歌词正是他众多"限量版歌词"之一。

没什么特别的，只是当时他现场选取了一位幸运歌迷，邀请那位歌迷上台，一边唱歌一边轻轻拭去了那位歌迷激动的眼泪。

那次演唱会的气氛简直要爆炸！

他的耳边到处都是尖叫。

刚刚给荣贵拭泪的时候，他忽然想到了这句歌词，也忽然想起了对方现场的动作。

第二章
两个破破烂烂的机器人

曾经认为和自己无缘的动作,他竟然在这种情况下做出来了。

仔细擦干荣贵眼周的水痕,甚至帮他清理了一下睫毛,一整套动作熟练地做完,他才愣了愣。

没有将冷冻舱的罩子及时合起,他就这样扒在冷冻舱上观察下方的人。

啊……这个人是荣贵。

这一刻他清醒地意识到冷冻舱里这具身体才是正主。

大概是外面那个机器人荣贵太闹腾的缘故,在他心里,荣贵就是那个样子,虽然每天接触,虽然荣贵口口声声反复强调自己的身体多么棒,然而他始终没有将荣贵与这具身体画上等号——

直到现在。

原来这个就是那个名叫荣贵的人本身的长相……

刚才蹲在田边的荣贵是在伤心吗?

如果不伤心,他为什么会落泪呢?

原来,身体和意识分离之后,身体仍然会受到意识本体的影响吗?

小梅想了很多。

观察荣贵身体的时候,他不可避免地看到了自己的样子。

对于年少时期的自己,他已经很陌生。他看着自己,仿佛在看一个完全陌生的人。

那个陌生人安静地睡在荣贵的身体旁,是脆弱的。

脆弱而……美好。

后面的形容词自然不是他自己加注的,而是荣贵说的。

又看了一会儿,赶在电耗尽之前,他合上冷冻舱,爬下床,将脚凳放回床下,回到了另一个荣贵身旁,然后把自己插在了荣贵身上。

第二天重新开机的时候,他一如既往看到的是荣贵的大头。

"嘿嘿嘿!"对方一如既往,似乎……很高兴?

"我听到了哦!"

如果现在是人类的外表,荣贵的脸上挂着的笑容一定就是所谓"促狭的笑"。

以不变应万变,机器人小梅决定采用防守型反应。

"小梅你晚上在梦里唱歌!"果然,半晌听不到小梅的回答,荣贵便自己把关子卖出来了。

"用手擦掉你伤心的眼泪!哦哦哦,小梅你很浪漫哦!"荣贵大声道。

小梅:"……"

小梅决定稍后检查一下自己的安全系统。

接下来整整一天,荣贵都表现得非常正常,仿佛昨天的断电对他的记忆造成了影响,昨天晚上发生的事就像完全不存在。

直到晚上,辛劳工作了一天的两人再次插在一起充电的时候——

已经过了晚上10点,现在的时间是晚上10点半,荣贵已经睡觉……不,关机半小时了。

就在小梅决定检查一下自己的安全系统时，旁边他以为已经关机的荣贵忽然说话了："小梅，昨天你说过，如果我嫌现在的身体破旧，将来可以到外面换更好的。"

小梅静静地将头转向他。

"外面……你说到外面，那就是说除了这里——外面！还有外面啊！"荣贵的表达能力一向不太好，可是小梅却听懂了他的意思。

"看来你没忘。"半晌，小梅只说了这样一句话。

"怎么可能忘？我的记性不差啊！虽然不能原封不动全部记住，可是记个大概意思很简单啦！"荣贵再次显摆道。

小梅："……"

"你说……外面是啥样儿的啊？小梅你知道不？"

"不知道。"这是真话，之前的每一次他都早早地离开这里，他确实不知道这里的一切，也对这里毫无兴趣。

他以为对方听到自己的回复会失望，岂料——

"不知道吗？嘿嘿嘿，小梅你原来也是个没见过世面的乡下人哩！"

小梅噎了一下。

不过很快，他听到对方继续讲话："和我一样，我们两个都是没见过世面的乡下人！"

小梅："……"

"不用怕，将来就让我们两个乡下人一起去外面吧！我大你四岁，我罩你！"接下来的时间，荣贵已经不需要小梅有任何反应，他一个人就把话全部说完了。

"当年我去大城市打拼就是一个人去的，没听荣福的话，傻乎乎就去了，一点准备也没有，也没钱，最后被人骗着签了合约，只能当替身演员赚点钱……"

"真心酸啊。

"这回可不能那么傻了，我们得做点准备再去，首先得存钱！

"不过这地方就我们俩怎么存钱哦？

"那就存东西。

"存地豆吧！……"

伴随着荣贵雄心万丈的各种存储计划宣言声，小梅关机了。

揣了一肚子计划的荣贵隔天雄心万丈地起床。

每天坚定"睡"满八小时的人居然少睡了一小时，提前起来了，被提前从充电器上拔下来，反而是养成每天固定休息八小时习惯的小梅有点不习惯了。

"怎么可以睡懒觉呢？我们可是要攒钱进城的人啊！要努力工作啊！"大声说完，破旧的小机器人便一路快走去外面的田里。

小梅迅速跟在他身后。

他一边盯着对方的背影一边想：难怪材料相同的情况下对方愣是磨损得比自己快，车速20迈的车你非要开40迈，不坏才奇怪。

扑到地豆田里，荣贵开始干活了。

两个破破烂烂的机器人

然而理想是丰满的，现实却是骨感的，骨感得就像荣贵如今的身子骨。

静静地旁观荣贵干了一会儿活之后，小梅开口道："你以后还是按时起床吧，你早起了一个小时，搞破坏的时间也比之前多了一小时。"

荣贵欲哭无泪！

收拾好荣贵制造的烂摊子，眼瞅着时间差不多，小梅不慌不忙地开始工作了。

他是种过地豆的，以前居住在这儿的时候，他圈了一小块地，观察过别人怎么种，自己再回家依样画葫芦，他为每棵地豆的生长情况做记录，不同的条件下哪些方面会影响地豆的生长，他统统有记录，等到顺利收获两茬地豆之后，他便经验老到了。他的地豆田虽然是最小的，种子也不怎么好，可是产量却是最高的。

最初的那份记忆早已模糊，后来的记忆中又增加了很多知识，利用这些知识，他很快整理出了一套更好的方案，所以种出的地豆又大又好。

就在这时，前方的荣贵忽然说话了："唉……这些地豆这么小，我现在的个子就够小了，最大的地豆也就只有我手掌心大，卖得出去吗？"

刚刚才在心里夸自己种的地豆又大又好的小梅沉默了。

他默默地转了个身：我不和你说话。

完全不知道自己刺激到了小梅的"匠人之魂"，荣贵兀自在旁边捡着小梅挖出来的地豆。大概是这几天按摩生怕伤到自己细嫩肌肤的缘故，荣贵现在的力度掌握能力大大提高了，终于可以在不破坏表皮的情况下将地豆和地豆种子全部捡回筐里。

他们的收获不少，可是绝大多数是供给自己身体的，每天能够放入地窖的也就八九个。

"我会改进一下成分提取仪，试试看能否将提取效率再次提高。"终于，小梅忙完了，看到荣贵手里捧着的地豆筐，就像听到了荣贵的内心感慨似的，忽然说话了。

"嗯，这个还真的只能靠你。"荣贵抓了抓头，种地什么的他基本帮不了什么忙，制造仪器这种更高端的活计就更轮不到他插手了，资源有限，还不够他浪费的呢！

荣贵绞尽脑汁想着自己可以做的事，忽然，他脑中的小灯泡"哗"的一声，亮啦！

"我可以研究一下提取完营养成分剩下的地豆渣，说不定可以当面膜敷呀！哎呀！这个是我的强项啊，怎么前几天就没想起来呢？"

于是，在小梅研究改良成分提取仪的时候，荣贵就用当天剩下的地豆渣美美地给两个人的身体厚厚敷了一层。

"我觉得吧，这个地豆和我们那儿的土豆挺像的，我们那儿的土豆是可以用来当面膜敷的，还有祛疤效果哩！用地豆效果不知道如何，不过敷敷看总归是没差啊！"

没有理会荣贵的唠叨，小梅专心致志地改造仪器。

很快荣贵也没工夫和小梅说话了，敷"面膜"一时爽，卸"面膜"可是大工程，谁让他敷了一身呢！

不对！因为是两个人，所以是两身啊！

他敷得仔细，就连脖子、胳肢窝……这些细枝末节都敷上了，于是面膜快干了的时候，如何把几乎粘在两人身上的面膜弄下来成了个大难题。

不过荣贵不愧是有着多年敷面膜经验的人，他很快掌握了方法：要用搓的。

而且，在搓的过程中他还有了意外惊喜：不知是不是在湿敷过程中充分浸透了角质层的缘故，他发现自己身体的陈旧死皮居然都被搓下来了！

这些地豆渣居然是天然的磨砂膏！

一次全身的"豆膜"敷下来，荣贵的身体整整白了两度，旁边小梅的身体更是水灵灵……简直白得像一个白炽灯泡！

于是，当小梅抱着改进成功的成分提取仪过来的时候，荣贵也美滋滋地向小梅展示自己的"研究成果"。

整个下午，两个人的时间都没有白费，都让两个人（的身体）变得更好了。

真是分工愉快！

荣贵攒了三筐地豆的时候，小梅也把黄色染料鼓捣出来了。

荣贵当天就高高兴兴把花盆里的花染成了黄色，不只如此，第二天上午，小梅总觉得荣贵似乎看起来和平时有点不太一样，第三次将视线落在荣贵身上的时候，荣贵羞答答地抓了抓头，半晌羞怯地对小梅说道："你终于发现啦？"

下一秒，羞怯变成了显摆，荣贵得意扬扬地指着自己的大头："看！昨天晚上你睡觉的时候，我用剩下的黄色染料把头发染成黄色啦！"

荣贵口中的"头发"，就是机器人头部拼装缝隙的后半部分！

不过荣贵染成黄色的部分明显范围更大一点。

"我一直觉得现在这个造型的头发很像地中海啊，看到照片之后就开始介意，介意很久了，之前小梅你鼓捣出来的红色染料不够用，多出来的都是绿色染料，我……我总觉得绿头发很奇怪啊，没好意思弄，昨天你终于把黄色染料弄出来了，可高兴死我啦！"荣贵一边说，一边360度旋转自己的脑袋，让小梅无死角地欣赏自己的"新发型"。嫌头部原本的分界线不好看，荣贵精心设计了发际线的位置后才染色的。

所谓的新发型其实就是染出来的色块，荣贵却染得仔细极了，完全没有上色不均的情况出现。

换成"二次元"视角的话，其实还挺像精神的小板寸！

对于荣贵的这种"创举"，小梅的反应仍然是一串省略号。

不过，看着对方展示完发型仍然兴奋看着自己的样子，不知为何，他心中忽然涌出极大的不祥预感。

果然，下一秒——

"放心，我做事向来不会只顾自己。"将两只机械手搭在小梅肩膀上，荣贵忽然逼近，"我给你用的染料比我自己用的还多，小梅，你也有头发啦！"

这句话一出，小梅机器人当时身体里就"咯噔"一声，他立刻抓起屋子里唯一的镜子（荣贵求他做的）看了看，天哪！他看到了什么？

一个画着齐刘海妹妹头的机器人？！

齐刘海妹妹头也就算了，为什么脑袋左边还有一朵花？！

两个破破烂烂的机器人

仿佛听到了小梅的心声,荣贵在旁边道:"你的脑袋左边不是有一块红色的补丁吗?我当时就觉得像一朵小花,不过形状不好看,昨天给你染头发的时候,想到还剩下一点红色染料,我就把那些染料全部用在你头上了,怎么样?我画的小花好看吧?"

荣贵说完,还"嘿嘿嘿"笑了三声。

这一刻,小梅的心中是绝望的。

之后他用了很大力气企图将染料擦除,谁知染料实在太防水了!死活擦不掉不说,用来擦拭的抹布上居然一点染料都没沾到!

怎么办……这种时候……只有一个办法了,那就是用染料把全身都涂成一个颜色。

可是——

依据现有的条件,他只有两个颜色可选(注:红色染料还不能大量生产),然而无论是一身绿还是一身黄……他……他都有点接受不了……

僵直地站在原地,机器人小梅面无表情地思考究竟是选绿还是选黄,两个颜色都不喜欢,他索性不管了。

反正他自己看不见。

迅速接受了设定之后,他再次成了淡定自若的机器人小梅。

他最近很忙。

检查过荣贵负责收纳整理的地豆之后,他将筐里的地豆倒出来,然后将三个金属丝编织而成的筐拆开,又加了一些金属丝之后,重新编成了两个大筐,还给大筐做了两条类似双肩背带的东西。

编好筐,他就让荣贵背着试了试。

小小的机器人背着和自己差不多一样高的筐,看起来有点可笑,也有点不稳当,小梅就让荣贵把筐卸下来,重新调整了一下再让荣贵试背,这回稳当了。

然后小梅继续忙碌起来。

荣贵一直在旁边看着小梅忙碌,直到小梅在晚上10点钟准时回到充电器上,他才"咔嗒"一声把自己和小梅连好,然后又嘿嘿嘿"笑"了三声。

小梅微微侧头看看他。

在小梅身上调整了一下姿势,荣贵才再次开口,说出了让小梅意外的话。

"小梅,你终于想要离开啦?"

被呼唤的小机器人静静地看他。

"其实,你一开始不想走吧?你想要一个人留在这里,不是吗?"

"原来你看得出来。"直到这个时候,小梅终于出声了。

对于荣贵口口声声说要"进城"这件事,他从未表态,都是荣贵自说自话,那是荣贵的计划,不是他的。

他没有说,也不认为那个大大咧咧的人会发现,谁知,这一次,荣贵的表现出乎他的意料。

"你从来没有回应我啊。虽然是替身演员,但我可是把正主的剧本都看过了,导演都夸我演得比好多正主都好哩!

"人家说，演戏演得好的人，都是感情丰富、代入感强的！偷偷说，从小到大，我看书从来都是又哭又笑，时刻跟着故事里人物的情绪走呢。"

荣贵顿了顿，又说："总觉得这是天生演员的表现。

"不行，演戏虽然也不错，不过我的理想还是唱歌，进入演艺圈只是接近理想的第一步，演而优则唱，我的理想是成为有名的演员，然后让唱片公司帮我出唱片，最后顺利完成从演员到歌星的转型！

"没办法，我想去唱歌没人要我，我不识五线谱。

"唉，干吗非要识五线谱呢？只要会唱歌不就好了吗？

"小梅，你有理想吗？我的理想就是当歌星呀！可以出唱片，开演唱会的那种，好大好大的演唱会，有好多观众过来听我的演唱会！"

说到这儿，小小的机器人还张开双臂做了一个张开怀抱的动作，不过他显然忘了和自己连在一起的小梅，胳膊一张开，"吧嗒"一声，小梅被打了。

被打的小梅冷冷地看着他。

"啊……对不起打到你了，疼不疼？"迅速将手臂收回来，荣贵连忙给小梅揉了揉，接下来他就乖乖地一动不动了。

"抱歉，刚刚跑题了，我的志愿是做艺术家嘛。艺术家的思维都有点发散……"他解释道。

"我要说的是，正因为我有一颗善于体察角色内心的心，所以你心里在想什么我都知道……你一开始是想让我一个人离开吧？"

静静地看着小梅，这时候的荣贵第一次可以用"安静"来形容。

被称作小梅的机器人没有回答他的问题。

然后，荣贵将头转了回去。

"你不说我也知道，我就知道。

"不过那又有什么关系呢？我知道，你现在打算和我一起离开，你在做离开的准备。

"啊……能和小梅一起出去看看外面的世界，真期待啊……"

他关机睡着了。

"这里的电要用完了。"第二天，当两个小机器人给荣贵的身体做例行按摩的时候，小梅忽然说。

"原来是这个原因，我就说你怎么忽然想要走了呢。"轻轻地用梳子梳理着自己还不算长的头发，荣贵点点头，不过他很快又想到一个问题，"哎，小梅你的族人都离开了，这里怎么还有电哦？"

现在他才想到这个问题吗？

看着眼巴巴盯着自己的黄脑袋机器人，小梅停顿了片刻才道："充电器里面传输的电是从能源供应商那里购买的，原本这个月就应该交纳下一年的电费，然而其他人都离开了，没人缴费，这个月就要断电了。"

第二章
两个破破烂烂的机器人

"哦，原来是拖欠电费了啊。"点点头，荣贵"秒懂"。

小梅："……"

"那现在剩下的电还够用多久啊？"荣贵忽然忧心忡忡，"我们的冷冻舱可是需要每天充电的，要是断电可怎么办？我的皮肤好容易丰润一点，不会又变成干尸吧？"

小梅看了他一眼："比起冷冻舱里的身体，你更应该担心的难道不是现在用的身体吗？毕竟，你现在这具身体才是完全靠电驱动的。"

听到小梅说的这番话，荣贵的头当时就抬起来了，如果他现在这张机器人脸上可以有表情，那一定是个非常惊恐的表情。

怎么办？我从来没有想过这个问题！这个问题好严重——不用说话，小梅觉得自己已经能解读他现在的内心世界。

果然，下一秒——

"怎么办？我从来没有想过这个问题！这个问题好严重啊啊啊啊！"除了多了一串语气助词以外，荣贵念出了小梅解读出来的全部台词。

小梅了然地继续捏捏。

和现在才开始抓狂的荣贵比起来，他表现得淡定极了。

"等等——这么说前阵子咱们来这里的路上岂不是一直都很危险？搞不好我就没电停在路上了！还是抬着冷冻舱忽然停住的！

"再等等——这还不是最可怕的事，天哪！小梅，我才想到，万一我们两个同时没电怎么办？天哪天哪天哪！"

荣贵整个机器人都激动得跳起来了。

直到他觉得有点晕："怎么回事？我忽然觉得有点晕，小梅，我是不是没电了？奇怪，昨天明明充够八小时电了……

"小梅，我不行了，快把我放到充电器上！啊，记得给我摆个好看点的姿势啊……"

眼瞅着荣贵一副准备自动关机的样子，小梅这才抬起头来："放心，首先，你的体内有两块电池，第一块电池的电量用完之后，超过一定时间没有充电的话，第二块电池将自动供电。

"其次，现在你有电，你的身体有自动显示剩余电量的功能，你平时没有注意到吗？以及——

"你觉得头晕大概是刚才同时思考的问题太多，多线程运行，你的脑容量负担不了而已。"

"哎？是这样吗？"连忙停下关机的动作，荣贵试着大脑放空了一会儿，果然，头不晕了，找到提示各项身体指标的地方看了一会儿，好不容易看到"剩余电量：79%"，他终于放下心。

找到显示剩余电量的地方时，他还偶然看到了主脑区域的当前温度——50摄氏度，历史最高温度70摄氏度，出现历史最高温度的时间，显然就是刚才他觉得头晕那会儿。

这个东西真好使，之前嫌麻烦不看是不对的！

荣贵心里想着，就打算把其他的数据也一并看看。他刚看了两分钟，上面各种明明

分开看都认得但是组合在一起就不认得的数据指标，让他头大，怎么看也看不懂。看着看着，他又觉得头晕，匆忙回到显示主脑区域温度的地方一看，上面"67摄氏度"几个大字把他吓了一跳！

荣贵赶紧放弃了自己的研究探索。

他的脑容量有限，果然不适合复杂性思考。

"小梅你研究一下该怎么做，需要出力的时候叫我哈！"很够义气地拍了拍小梅的肩膀，荣贵继续拿起小梳子给自己梳头发去了。

梳着头发，他又开始浮想联翩。有保养皮肤的方法，有头部按摩的穴位分布，还有家里需要打包带走的东西……

咦？奇怪，他现在同时想的事情也不少啊，怎么没有导致"主脑区域过热"哩？

果然是术业有专攻吗？

没有再想太多，荣贵继续做自己的事了。

不过当晚开始，他主动减少了两个小时的充电时间，在这段时间内他整理家中的各种物品，虽然时间不长，可是一整理才发现居然添置了这么多东西！带什么，如何带，都是荣贵需要思考的问题。

因为小梅显然没空思考这些问题。

带着荣贵从地下挖出的一大段金属管，这段时间收集的各种其他金属物品——小梅将东西摆在地上，开始一项大工程。

抱着刚刚烘干颜色的花盆站在旁边，荣贵不断闪躲以防自己碰到小梅的东西，不过他可不觉得自己碍事，跟在小梅身后，好奇地看着小梅一件一件地拿东西。

小梅的力气并不大，每当看到小梅抬东西吃力的时候，不等对方招呼，荣贵便主动将花盆放下然后跑过去帮忙。

小梅没有拒绝他的帮助。

"这是要做什么啊？看着是个大件儿啊。"荣贵站在一旁大方地瞅着。

"车子。"

"什么！车子？居然是车子！小梅你要造车子？天哪！我是说你居然能造车子！"荣贵大吃一惊。

小梅抬起头来："不坐车子，难道我们要走路离开这里吗？"

荣贵愣住了。

好吧……他之前一直以为两个人是要靠走离开这里的。

"你不是做了可以背的筐吗？我以为我们俩要背着筐从这里走出去……"亏他还"脑补"了一下两个背着筐的小机器人艰难地行走在漫漫长路上的情景，想着要不要支顶帐篷什么的，他和小梅现在的机械身体风吹雨淋没啥问题，生锈了用砂纸磨磨就行，可是他们冷冻舱里的身体不行啊！

不过……这里是地下，按理说应该下不下雨，可是万一呢？

"做可以背的筐和坐车有什么冲突？"小梅面无表情地看着他，对于荣贵脑中的画

两个破破烂烂的机器人

面,他是无论如何都猜不到的。

"不,一点冲突也没有。"摆摆手,荣贵又开心起来。

亏他昨天想了那么多,他设想了好多长途跋涉需要担心的事,没想到在小梅这里根本不是事,上次进城他买的是火车站票,这次居然能开轿车去了,这种进步……真是想想就有点激动呢!

接下来的时间里荣贵就一直在小梅身边打转。

"你为什么在这里?你又帮不上忙。"荣贵待得时间久了,小梅忽然抬头对他说,"有这个时间,你可以去充电器上坐着。"

要是一开始就被人这么说,荣贵十有八九会生气,可是他现在和小梅是什么交情?是可以同睡在一个冷冻舱的交情!是可以共用一个充电器的交情!

于是,荣贵直接过滤掉前半句话,只听后半句了:小梅这是想要我歇歇,省电呢。

不过荣贵并不打算去充电。

"我在这儿陪你,一个人干活多寂寞啊!"将自己固定在一个不太碍事的地方,荣贵继续旁观小梅干活。

可是,我并不寂寞,我更想要安静——顿了顿,小梅终究没有把这句话说出来。

说了也没用,他知道。

"啊!小梅你要造什么车子啊?跑车?卡车?房车?啊啊啊,我说的这些你都不知道吧?难不成你要造宇宙飞船?哇!我这辈子还没坐过宇宙飞船呢!想想就好激动啊!"即使蹲在旁边嘴也没闲着,荣贵开始快活地发散思维了。

完全把荣贵的说话声当作背景音,小梅闷不吭声地坐着干活儿。

小梅使用金属软化剂将坚硬的金属折成适合的形状,然后再切割,还时不时拿出火枪喷一下,荣贵就像看戏法一样,看着小梅慢慢将一地"破烂"变成了一个又一个规整形状的零件。

一开始他完全看不懂那是什么,然而随着小梅的灵活组装,一辆车渐渐成型了。先有了车顶,然后是车身,最后是底盘。

安装底盘的时候,荣贵目瞪口呆地发现小梅在车内仅有的两个座位底下安装了两个……脚踏?

"这……现在的宇宙飞船看起来怎么有点像我们那会儿的自行车……"生怕自己说不好冒犯了小梅的大作,荣贵这句话说得挺小声的。

不过小梅还是听得到。

调试了一下手中的脚踏,小梅甚至坐上去踩了一圈才回过头对荣贵道:"就是自行车,作为用人力实现行进目的的交通工具,这是最基础易得的车。

"我在座位上预留了插座,到时候将屋内的充电器卸下来安装上就可以,通过不断踩动脚踏产生能量,转化为适合我们现在身体的电。"

荣贵听得一愣一愣的。

"总之……小梅你造出了一辆很高端的自行车啊……"点点头,荣贵表示自己基本理解了。

045

虽然宇宙飞船变成了自行车,但这可不是一般的自行车,不但有车顶、车门,后排还有专门放冷冻舱和其他行李的地方呢!

　　这样无论是风吹还是雨淋都不怕了,无论是他们的冷冻舱还是他们现在的机械身躯,都不怕了!

　　小心翼翼绕着小梅刚造出来的车转悠了一圈,荣贵越看越爱,最后爱怜地摸起了车身。

　　在小梅没有反对的情况下,他还拿剩下的染料给车子刷了一层黄色。

　　"从此以后,这辆车就叫大黄啦!"拎着染料桶,荣贵愉快地宣布。

第三章

到处都是

"小梅,你放心,我一定好好蹬车,为我们俩多提供点能量。"当天荣贵就蹬了一晚上车轮,一是练习,二是储能。

"怎么感觉制造出的电还没有消耗的电多呢?"蹬到没电,呼叫小梅把自己抬下去的荣贵怎么也想不明白。

"你小学没毕业吧……"架着两条胳膊把荣贵拖回充电器所在的地方,小梅淡淡道。

四肢完全不能动弹,荣贵用仅剩的电量反驳小梅:"为什么这么说?我小学毕业了的!我读的是南田路小学。"

"能量守恒定律不是小学课程的内容吗?"小梅继续拖他。小梅心想,这家伙太沉了,以后有轻一点的材料可以给他换一些。

"胡说!小学才没有讲这个!初中开始的课程我几乎都忘了,小学的可是记得牢牢的哩!我们才没有讲那个什么定律,对了,那个定律是说啥的?"

小梅:"……"

不过荣贵对定律的内容也没有特别想知道的意思,他纠结的是自己的学历被怀疑。

然而他只硬气了一会儿,当小梅终于把他插到充电器上的时候,他才小声道:"我当时找工作的时候说我是在校大学生……其实是假的,我只读到高中而已。

"我学习不好嘛,读书也是浪费,还不如早点工作,荣福他们比我会读书,我工作了就可以供他们读书了,然后等到我变成大明星就可以随便找一个有名的大学镀金一下,电视上不都是那么说的吗?"

小梅没有说话。

荣贵也不说话了,耗费的电量太多,他自动休眠了。

黑暗的只有绿色蘑菇灯的房间里,小梅继续忙碌着,荣贵就在他身边,成了另外一种陪伴。

等到荣贵第二天起来的时候,看到的就是小梅忙碌的画面。

一般人忙碌起来是什么样子呢?那一定是手忙脚乱,到处乱糟糟的,整个人都充满了"我很忙别理我"的气息吧?

不过小梅忙碌起来的样子并不相同。

小梅周围的气息是极为宁静平和的,他不慌不忙地做着事情,如果不是他的手指动作太过灵活而迅速,旁人几乎不会意识到他正处于忙碌中。

做事如此有条不紊,甚至连动作频率都可以长久保持固定频率的小梅,看起来就像一个真正的机器人。

这也是荣贵时不时想要和小梅说话的原因之一。

虽然小梅经常对他爱搭不理，可是十句话里只要小梅回复一句，荣贵就觉得眼前的小梅还是活生生的人。

于是，醒过来的荣贵一如既往地和小梅打招呼啦！

然后，他无比感谢自己在此刻醒来，因为——

一大早上就看到室友把自己的头拿了下来，还拿着一块黑片片在脑袋上比来比去，这个样子实在有点惊悚！

还好荣贵知道周围没其他人，只有他和小梅两个人，他内心的胆怯总算没那么严重了。

"小梅早上好，你把头卸下来是要做啥啊？"看，他都能问出这种问题了，够淡定吧？

刚好脸朝上的小梅面无表情道："我要在头顶上安装一块可以吸收暗物质的暗光板。"

"哎？暗光板？"又是一个新名词，不过荣贵举一反三的能力很强，他很快想到了，"就是类似太阳能板吧？你还有这个？"

"当然，我在最初存放你身体的地方拆下来的，如果不是为了安放这块暗光板，我造车的时候做车顶做什么？这个地方又不下雨，何况机器人的身体也不怕雨。"

这回轮到荣贵无语了。

他早就该知道的，小梅是一个彻头彻尾的实用主义者，从来不会做没用的东西。

所以两个人才有了现在这样精简到极致，连个稍微可以美化一下身体线条的装饰物都没有的身体！

一想到这个，荣贵的内心就有点抓狂。

"装完车窗部分之后刚好还剩下一小块，我打算安装在我们两个的头顶，方便转化暗物质。"小梅说着，将手中的类圆形小片片在自己的头顶比了比。

这一刻，荣贵的心里是崩溃的！

"等等——你说装在头顶？"荣贵指了指小梅的头顶，然后又指了指小梅手里的小片片，反复指了好几次，得到肯定的答案，荣贵整个机器人都不好了。

"顶在头顶是河童啊！你怎么会想到这种造型呢？我可刚给咱俩'染'好头发啊！"如果真的有头发，荣贵现在的头发一定全都荸起来了。

"那，往后一点。"对于安放位置没有什么意见，小梅将小片片往后脑勺的位置挪了挪。

"那就成地中海了啊啊啊！"没有办法用语气表达自己的愤慨，荣贵只能喊出更多的语气助词烘托自己的情绪。

"放开我来！"把小梅挤到一边，荣贵赶紧抢下了小梅手里的小片片，看到地上的另一片，他想：这就是给他准备的，如果不是他及时醒来，两个机器人肯定都变河童啦！

简直不能忍。

抓着两块小片片，荣贵冥思苦想。

很快，他便灵光一闪。

"小梅，做顶帽子呗。把小片片镶嵌在帽顶或者帽檐上，一定帅气又好看呀！"想了个好主意，荣贵高兴道。

"材料呢？"头仍然躺在地上，小梅面无表情地问他。

"这问题问我干吗？我只负责想，具体实现要靠你呀！一定没问题的，小梅加油！"将小梅的头抱起来，荣贵再次热烈地鼓励他。

于是，当天——

小梅屋子里一直铺在地板上，几乎和地板融为一体的破烂手编毯被拆成最原始的线，小梅用它编了两顶帽子，小圆片被分割成更多的小圆片贴在帽子的各个部位，既漂亮，又实现了从各个角度吸收暗物质。

皆大欢喜。

帽子是很普通的棒球帽，也是荣贵那个时代的男性最常戴的款式，通用的流行就是永远的流行，何况小梅手巧，只看了一眼荣贵给的图案就编得像模像样，总体来说，帽子的外形很标准很好看，但是有一个缺点。

"小梅，你用绿色的毯子我没有意见，可是用绿色的毯子编了绿色的帽子……我就很有意见了……"看着戴着绿帽子的小梅，一想到自己现在也戴着同款同色的帽子，荣贵的内心就充满了纠结。

小梅便高冷地转过身去，用戴着绿帽子的后脑勺对着他。

这就是小梅式的非暴力不合作态度。

看着又开始工作的小梅，荣贵赶紧吧嗒吧嗒走近几步，继续表达自己的意见："我们那儿有关绿帽子是有个专门说法的，就连女孩子都不轻易戴绿帽子，男人就更不会戴了。"

看到小梅仍然不理他，荣贵就叹了口气："还剩一点红色染料，我把咱俩的帽子染成红色的呗？小红帽，虽然听起来像是女孩子戴的，可是也比绿帽子好听啊！"

小梅的回答是——

他用力往下扣了扣自己的帽子。

这就是坚决捍卫自己的帽子，不让荣贵碰的意思。

"好吧，那我就只染我自己的帽子。"又叹了口气，荣贵自行去拿染料染帽子，过程中，他还不忘对小梅道，"不过绿帽子终究不是个好兆头呢，你以后找到对象可得小心点，搞不好对方就是那种很会招蜂引蝶的类型，你可得看紧了，小心别真被戴了绿帽子……"

上辈子当了钻石王老五，最后把自己搞成完全没有任何人类欲望的机器人"前陛下·小梅"对此不以为意，将荣贵的唠叨全当耳旁风，继续自己的改装工作。

镶在墙上的充电器被取出来安装在车上的那一天，电终于断了。

幸好他们有小梅。

第三章

到处都是

小梅之前做的各种准备已经就绪。

昨天晚上两个机器人都把电充得满满的，还给冷冻舱储存了足够十天使用的电，最后给两具身体按摩一次之后，荣贵和小梅一起将两具身体放进了冷冻舱。

不知道路上要走多久，为了尽可能将能源使用效率最大化，他们要将身体尽量长久地放置在冷冻舱里。

为此，将身体放入冷冻舱的时候，荣贵特意花了二十分钟给两具身体调整姿势，确保两具身体都很舒适，这才同意小梅盖上冷冻舱的罩子。

对于荣贵这种没事找事的行为早已习以为常，小梅宁可在旁边站二十分钟，也不愿意去反驳他。

好歹前者比较省电。

将冷冻舱放到车上事先留好的位置，接下来他们就要将其他的行李放进去了。

小梅都不知道他们怎么会有这么多"行李"。

他之前确实收集很多材料，不过这些材料基本上全都消耗在了如今这辆车上，剩下的一些零碎，他只留下了好的，加起来也只够装满一个行李箱。没错，他做了一个小行李箱，把所有工具、材料外加成分提取仪装进去刚刚好，放在椅子下面就可以了，一点也不占地方。

占地方的全是荣贵收拾出来的东西。

两筐地豆是肯定要带的，用花盆装一些地豆带上倒也有点道理，可是他把脚盆脸盆带上做什么？那两块内裤做的手帕居然也被他带上了车，除此之外还有梳子、板凳、梯子……荣贵甚至把小梅床上的被褥也带上了！

"带着那些垃圾做什么？"小梅终于忍不住了。

"怎么能说是垃圾呢？都是小梅你辛辛苦苦做的哦！"荣贵立刻反驳道，然后，看到小梅，他又招招手，"既然你都出来了，就别愣着啦，这个箱子重得很，快来搭把手！"

小梅："……"

他还是过去了。

车被装得满满当当，还好有小梅，他只是依次看了一下荣贵要装的东西，脑中就迅速画出了一份组装图，将图传给荣贵一份，两个机器人照图将所有东西装车，车上居然还空余了不少地方。

"真是太神奇了！"拍拍手，荣贵心中满是感慨。

"小梅你真是居家旅行必备的好伙伴啊！"

没有理会荣贵的赞美，小梅重新上车了，调试了一下，按照新装填的这些行李重量重新规划了一下电量消耗速度，他全都做好了也不见荣贵过来，回过头去，才发现荣贵正在吃力地将门关起来。

"你在做什么？该出发了。"车上，戴着绿色棒球帽的小机器人用平坦无起伏的声音问。

"锁门啊！小梅你的房子怎么连个锁也没有？"

"没必要锁。上车了。"小梅说着，再次回过头来。

"怎么没必要哦？出远门前得把门好好锁起来啊，这是常识。"荣贵不依不饶。

"为什么锁？明明屋里能搬的东西你全都搬走了，就算是盗贼也没办法在屋里找到什么了，不是吗？"小梅冷冷道。

"呃……"难得荣贵被噎到了，不过他很快抓抓头，又嘿嘿笑了，"虽然我搬得是干净了点，可是门还是得锁，家就得锁门。"

对于荣贵各种各样神奇的言论闻所未闻，懒得和他在这个问题上纠缠，小梅最终走下车来，用零碎的金属做了一把锁，又做了一条锁链。

锁链将两扇门绑在一起，一把锁套在锁链上，门就被锁上了。

荣贵终于满意了。

小梅不理解为什么这样他就满意了。

明明是一套最简单的锁，明明是力量稍微大一点就可以扯掉的锁链，不是吗？

然而荣贵却高高兴兴地将门锁上了。

"再见。"他还对着空无一人的房子说了声再见。

荣贵这才哼着歌向车的方向走去。

在车发动前，荣贵将一个东西放在了小梅的掌心。

"给，小梅，这是你家的钥匙，你要小心收好哟！"

看着手里薄薄一片的金属钥匙，小梅终究没说什么，将钥匙收到了椅子下的行李箱中。

踩下脚蹬，他们终于出发了。

身后的小房子越来越远，钥匙另一头的锁越来越远，小梅心中忽然有了一种奇怪的感觉。

那是一种他从来没有感受过的，被其他人叫作离愁别绪的东西。

"人外有人，山外有山，不怕拼命怕平凡！"

梅瑟塔尔陛下的离愁别绪很快淹没在荣贵的"歌声"中。

戴着红色棒球帽的小机器人一边用力踩着脚蹬，一边卖力地"唱歌"。

注意力从莫名的情绪中剥除，小梅的目光落在前方漆黑一片的道路上。

永夜的地下是没有白昼夜晚之分的，不过荣贵还是用时间划分了白天与黑夜。

"我们是早上8点出发的，现在是12点，吃饭时间。"荣贵看了看（体内）的表，对小梅说道。

"按理说我们应该饿了，也累了。"说到这儿，荣贵重重地叹了口气，"可是我一点也不饿，也不累。"

"这正是机械身体的优点。"匀速踩着车子，小梅平静地道。

"也是缺点好不好？昨天干活的时候我不就忽然散架了吗？"荣贵立刻义愤填膺道。

"那只是螺丝松了。"

"螺丝松了就是累了,因为没有感觉所以散架了都不知道!说到这儿,小梅,我觉得我的螺丝搞不好又松了,你快给我看看,对了,你也看看自己。"

小梅本想反驳的。

高级点的机械身体是有内部预警系统的,但凡硬件软件哪里可能出现问题都会提前报警,所以荣贵说的那一点并不构成机械身体的缺点,可是他们现在的机械身体由于材料有限,实在低级,所以难免出现用久了罢工的情况。

不过他每天都会检查,所以昨天的情况纯属荣贵无用功做太多,三倍消耗的结果。

小梅终究什么也没有说,拿出工具,为两个人的身体做了检查。

荣贵的身体非常好,所有硬件都没有出现松动,倒是他自己的身体还真有处螺丝松动了,松动得还很厉害。

顿了顿,小梅微微侧过身去,不动声色地把螺丝重新拧紧了。

"怎么样?螺丝有松动的吗?"荣贵还在一边热切地问。

"没有,都好好的。"小梅……说谎了。

只是为了不给对方制造更多唠叨的机会,他对自己道。

"那就好,想来也没有,嘿嘿嘿,小梅办事我放心,其实我知道,昨天螺丝松动只是我忙活太多了而已,小梅你每天都会认真检查咱俩的身体,一般情况下都是没事的。"抓了抓头,荣贵哈哈笑了。

面对荣贵这种强大的信任感,小梅陛下有一点点心虚。

不过考虑到如今他们每天的运动量比以往要大,他当真每隔五个小时就固定为两人检查一下身体。

用荣贵的话说,这就是休息。

荣贵的休息当真是休息,他会跳下车,然后从后车厢拿出一个大包袱,仔细看……那个包袱不是他们屋里之前的毯子是什么?

没错,就是小梅拆了一部分用来编绿帽子的那块。

两顶帽子用不了多少材料,剩下的部分就被小梅随手扔在地上了,荣贵把它捡起来,变成一个大包袱,里面放一些零碎的小玩意,梳子、手巾、脚盆什么的。

将包袱摊开,荣贵很快将形状不规则的毯子铺在路边的平地上,把梳子、毛巾什么的也摆好,还在毯子上摆了一盏绿荧荧的蘑菇灯,然后朝还在车上坐着的小梅招招手:"小梅,过来休息。"

小梅:"……"

他最终还是提着自己的工具箱下了车。

黑暗的世界中,蘑菇灯的灯光是附近广阔世界中唯一的光亮,诡异的气氛中,两个小机器人却像野餐一样坐在一块毯子上,小梅检查两个人的身体,荣贵就在旁边唱歌,气氛更诡异了。

"上次进城我是自己去的,身上的钱不够,路上还逃了两次票……所以根本没有欣赏风景的机会,有一次和同事们聊起来,我都不知道路上经过了哪些地方,有什么好吃的好玩的。"端坐在摊子上,还摆了个帅气的姿势,荣贵和小梅唠嗑。

"这次和小梅一起进城嘛,又是自己开车……骑车,身体里还自备相机,所以我就想着路上一定要好好看看。"说完自己的想法,荣贵便满怀期待地看向小梅,"小梅,我们现在在哪儿呀?"

正在检修自己手臂的小梅顿了顿,镇定的声音随即传出:"不知道。"

无数次从这片黑暗的土地跋涉而出,孤身一人,他的目标在黑暗的彼端,他对路边的风景没有兴趣,自然也对这片土地叫什么名字没有任何兴趣。

而且……这地方有风景可言吗?

抬起头,小梅终于看了一眼四周:果然,没有任何景色可言。

"啊……也对呢!小梅是第一次进城啊!"完全不知道陛下的心理,荣贵自行解读了小梅的话。

四下瞅瞅,荣贵又道:"这周围好荒凉啊,一个人也没有,看起来也不像有人住。"

"不如我们给这里取个名字吧?"荣贵又突发奇想。

没有搭理他,小梅独自干着手里的活儿。

对于小梅爱搭不理的态度早已习以为常,荣贵也不需要小梅时时刻刻关注自己,于是他自顾自地继续说:"这个地方离小梅的家乡很近呢……"

"叫四平镇如何?

"我的老家就是四平镇哩!我想着,这里离小梅的家乡那么近,以后小梅回乡的时候,我也可以一起回来,我们就可以先来我的家乡,再去小梅的家乡。小、小梅,你觉得这个名字如何?"

荣贵说完,停顿了片刻,还偷偷瞅了一眼小梅。

这一刻,他是有点紧张的——小梅感受得到的紧张。

继续手中的工作,小梅没有出声。

然后荣贵松了口气。

"既然小梅你不反对,那这里就叫四平镇啦!

"从此,这里就是我的家乡喽!

"就在小梅家乡附近,我们是隔壁镇哟。"

破破烂烂的小机器人一副很高兴的样子。

在家乡拍照留念,因为担心自己的脑容量不够,荣贵求小梅将照片存在了他那里。

然后,两个人在短暂的休息之后,再次坐上车离开。

荣贵的"歌声"也再次响起:"滚滚红尘翻呀翻两翻,天南地北随遇而安,但求情深缘也深,天涯知心常相伴!"

明明没有曲调,然而听久了,小梅倒也觉得这首歌应该不错。

应该是歌词写得很好的缘故,他想。

他到底记住了这段歌词。

他们在当天晚上驶离了荣贵的"家乡"。

分界线是荣贵自行决定的。

然后他们来到了一个叫"布拉雷多"的地方。

这个名字是荣贵强迫小梅起的。

大概是途经一块巨大的石头之后，荣贵宣布他们已经离开"四平镇"了，进入了新的地方。

之前的土地不见了，取而代之的是一大片石头地。

用荣贵的话说，上一个地方的名字是他取的，所以这次轮到小梅了。被他叨叨了半个小时，小梅随口取了一个名字。

"布拉雷多"在某种语言中是"地不平"的意思，是个非常没创意的名字。

不过荣贵不知道呀，所以他一直称赞小梅起的名字高端洋气上档次来着。

可惜"布拉雷多"名字好听，路却异常难走，石头越来越多，车很快被困住了。

就在荣贵觉得"糟糕""完了""大事不好"的时候，小梅却冷静地跳下了车，荣贵慌忙跟着他一起跳了下来，只见小梅在车轮上方看不到的地方掏了几下，慢慢地，从里面掏出了——

一段长长的履带。

看着开始安装履带的小梅，荣贵再次目瞪口呆了："连这个都提前准备好了，小梅你真厉害！就好像知道会有这么一段路不好走一样！"

确实知道——但没有作声，小梅最后调试了一下，确认履带已经牢固地安装好，这才重新上车，这一回，车顺利前行。

"哇哇哇！这不就是坦克吗？我从来没想过自己有一天居然可以坐坦克哩！"坐在车上的荣贵再次激动了，他总忍不住探头向下看，想要看看那履带是如何工作的。

"快回来踩脚蹬。"面对荣贵宛若打了鸡血一般的兴奋模样，小梅只是加快了踩动脚蹬的动作。

好在荣贵只是好奇心强了点，小梅喊他，他很快就乖乖坐回来继续干活了，不过还是兴奋，向小梅提问："既然早就准备了履带，为什么一开始不用啊？"

在家装上比较省事不是吗？

这是荣贵的想法。

"材料有限，履带的寿命有限，能够避免的磨损要避免。"两只手操控着方向盘，小梅继续匀速踩着脚蹬，"何况一旦使用履带，就必须使用发动机提供动力，这样一来消耗的电量必然翻倍。

"现在开始我们之前积攒的电量就会迅速被消耗掉了。"

这句话一出，荣贵立刻不兴奋了，取而代之的是紧张。

他立刻加快了踩动脚蹬的频率，如果是人类的身体，这样做大概确实可能产出更多的电，可是轮到现在这具机器人的身体……很快，他体内的剩余电量预警器就响了。

荣贵不得不停下来充电。

当他充电的时候，小梅便在一旁继续匀速踩动脚蹬，看着认真工作的小梅，荣贵第一次没说话。

电充到一半，荣贵就主动从充电器上下来了，按照旁边小梅的频率踩动脚蹬，频率高度稳定的动作让他第一次看起来像个机器人。

即便如此，他们之前辛苦储存的电量仍然被迅速消耗掉了，即将掉至警戒线的时候，他们再次转过了一块巨石，在这之后，荣贵忽然觉得有什么好像不一样了。

他愣了很久，才意识到不一样的东西是什么。

是风——

起风了！

缺乏感知系统，荣贵是在差点被风吹下车的时候才意识到的。

双手牢牢抓住座位，荣贵惊恐地发现自己似乎马上就会被风吹散架了！

呼啸的风声中，他听到了小梅的声音："系好安全带。"

呃……原来还有安全带吗？

看看一旁中规中矩系着安全带的小梅，荣贵慌忙腾出手，吃力地将安全带系上了。

身体被牢牢绑在座椅上，荣贵终于感觉自己再次安全了，直到这个时候，他才有时间转过头对小梅抱怨："小梅！你这是豆腐渣工程啊！明明有车厢却一点也不挡风！"

风声太大，他不得不提高音量用吼的。

小梅自始至终很淡定："就是要透风，车壁有很多通风口，风通过的时候会产生电，如果不是这个原因，我做车厢干什么？浪费材料。"

荣贵："……"

他早就该知道的，实用主义者"极致·小梅"怎么可能做没用的东西呢！

车上的风力发电机八成早就在工作了，只不过之前的风不大，他感觉不到而已。

"你的身上也有很多通风口，可以启动风力发电模式，一来可以发电，二来可以减少风对身体的损伤。"小梅说着，体表忽然露出无数个小洞，外面的风立刻穿透他的身体，发出一声声奇异的呜咽。

"这种话要早说啊！"荣贵说着，按照小梅说的，果然在体内找到了"风力发电模式"的启动键，按下去之后，他身体表面的金属也瞬间下移，露出了隐藏在下面的无数孔洞。

啊！竖笛回来了——心里这样想着，荣贵立刻感到轻松了不少，风从孔洞流走之后，阻力减少，他的身体总算稳稳地固定在了椅子上。

为了储存电量，也为了减少风对车的损伤，他们在原地停留了很久。

两个小机器人就这样绑在车座椅上，一动不动地任由大风呼啸着从他们的体内穿过。每当风增强的时候，他们的身体就咯吱咯吱响，仿佛随时都会被吹散架。

事实上，小梅那边的安全带在一次强风中崩开了。

荣贵眼明手快地抓住了他，牢牢抱住他的腰，用自己这边的安全带固定住两个人的身体。

由于风一直没有减弱,他不得不一直保持这个动作。

四周一片黑暗。

黑暗中,荣贵小声道:"风好大啊……

"好可怕啊……

"如果没有你的话,我一定走不出这个地方。

"幸好有你呀。"

小梅没有说话。

良久之后,荣贵感觉小梅也抱住了自己的肩膀。

我抱着你,你抱着我,两个小机器人在强风中互相依偎着度过了一夜。

第二天难得小梅先开口说话:"充满了。"

在一整夜的强风吹袭中,整辆车充满了电。

听到他说话,荣贵艰难地从他的臂弯探出头来,同样是机器人的声音,荣贵发出来的就像是哀号:"确实……充满了……

"啊——我的身体里全是沙啊!"

为了风力发电而设的孔洞经过一夜的大风,全被沙堵住了。

"小梅你快松开我!我要赶紧出去抖抖沙!"

听到荣贵这句话,小梅的身体一僵,仿佛这才意识到自己的动作,他顿了顿,然后若无其事地松开了抱住荣贵肩膀的机械胳膊。

荣贵赶紧跳下去抖沙。

小梅则是坐回驾驶席,有条不紊地检测着昨夜强风对车体造成的损伤,确定没有什么大碍之后,才跳下车准备擦车。

"先别管车,过来,我给你也抖抖沙呀!"注意到小梅的动作,荣贵不由分说先把小梅拉到自己这边。

拎起小梅的身体,他熟练地把小梅抖了抖。无数的细沙碎石便从破旧小机器人的身体内簌簌掉落。

仍然拿着一块抹布的小梅就这样任由他抖,抖完,荣贵还拿下他手中的抹布给他擦了擦身体。

"好啦!换你抖我。"做完这一切,荣贵理直气壮要求小梅帮忙。

面无表情的小机器人看着他,用同样的方式把他拎起来,用力抖了起来。

于是,地上便出现了两个小沙堆。

沙堆的原料皆来自两个小机器人体内的沙,小梅的沙堆矮一点,荣贵的沙堆高一点。

"嘿嘿,我比较能装!"比较过两个沙堆,荣贵得意地宣布自己观测到的结果。

不明白这有什么可得意的,瞥了他一眼,小梅自顾自地去擦车了。

履带中同样有很多沙,为了接下来的旅程,他需要把里面的沙全部清理出来。

他很忙。

荣贵也很忙。

小梅在忙碌中看了他一眼，发觉他仿佛被那两个沙堆迷住了。

他现在肯定在找角度拍照，看到他将脑袋的位置移来移去，小梅便这样想。

果然，一会儿荣贵便将拍好的照片传给他。

本来以为这样就完了，谁知荣贵稍后又回去看那两个沙堆了，就那么一直呆呆看着，过了一会儿，他像是终于下定了决心，跑到后车厢拿出了两张床单，下一刻，他竟试图将两个沙堆用床单包起来！

"你这是要做什么？"关系到车的增重问题，小梅忍不住问他。

"看不出来吗？我这是要把沙堆打包哦！"如果荣贵看过来的是人类的眼睛，那这一定是个白眼，莫名其妙地，小梅心中出现了一个翻白眼的机器人。

居然被荣贵反击了……

不行，冷静点，这家伙脑容量有限，只能理解最浅显的意思，是他问的方式太难理解了。

在心中劝了自己几句，小梅顿了顿，再次问道："我当然看到你在将沙堆打包，我想问的是你为什么要把沙堆打包。"

蹲在地上仰着头看他，荣贵忽然"嘿嘿"笑了两声，粗笨的机械手掌轻轻捧起一抔沙，兴奋道："因为这两个沙堆超有价值呀！"

没想到听到这么个答案，小梅偏了偏头。

"据我探测所知，构成两个沙堆的基本是岩石风化后的颗粒，并没有什么有价值的东西。"他说着，又扫描了一遍荣贵手中的沙。

虽然是初级的，但他还是在自己的身体里装了基础扫描设备，方便随时发现可用的材料。

荣贵的身体里没装这个设备。

这大概是他俩身体内部唯一不同的地方。

"哎……不是值钱的价值，而是纪念价值。"荣贵赶紧摇摇头，将手中的沙捧得更高，想让小梅看个清楚。

然而小梅还是看不出来他手中的沙有什么价值。

纪念价值？纪念他们被大风天困住，在大风中被拴在安全带上，被沙弄得灰头土脸吗？

小梅实在不觉得这有什么可值得纪念的。

"小梅你真笨！"荣贵又说话了，热切地"看"着手中的沙，荣贵（尽量）充满感情地对着手中的沙道，"这可不是普通的沙呀！"

"这个地方这么大，昨天的风中夹杂着那么多的沙，可是只有这些沙被吹进了我们的身体里，它们可能来自不同的地方，原本也没有在一起，却同样落在了我们这里，这是多么伟大的缘分啊！

"你说，是不是超——有纪念价值？"

荣贵说着，忽然抬起头来，两个成像器就那样黑洞洞地看向他。

这……是歪理。

可是不知道怎么回事，配合上荣贵的姿势和话语，居然让人觉得颇有道理。

"那你打包，我继续清理履带。"小梅说完，便转过身去，跪在地上，继续认真清理起履带来。

小梅的一句话，让仿佛受到表扬的荣贵再次如同打了鸡血般卖力收拾起来。

两个沙堆被他打了两个包，他还用染料备注："小梅的土"以及"荣贵的土"。

不过他也就打包了这一次，接下来的时间里，他们又遇到过好几次大风天，两个小机器人就会抱在一起，世界很大，这一刻，仿佛只有他们两个人。

而每当他们熬过一次这样恶劣的天气后，他们的身体里一定满满的又全是沙子。

荣贵却没有再收集这些沙。

"它们是在这里出生的，那就让它们继续留在这里吧。

"想要跟我们去外面闯荡的沙自然留在我们身体的缝隙里无法清理掉。"

对于小梅的问题，荣贵是这样回答的。

好浪漫。

这一刻，除了脑容量小，荣贵在小梅心中又多了一个标签。

"你的眼睛是如此美丽……就像星河中最灿烂的钻石！"

空旷的石头滩上传来荣贵响亮的"歌声"。

在习惯规律作业以实现产能最大化之后，他又能一边"唱歌"一边工作了。

小梅已经习以为常。

真是可怕的习惯！

在"布拉雷多"经过几次可怕的大风天之后，他们的身体有了不同程度的损伤，最严重的一次小梅的左手被吹走了，新的机械手没有那么快制作出来，依照他们现在的进度，即使小梅将每天休息的时间全部用来制造手指，一天最多也只能做出一根手指，何况他还要清理履带，随着时间的推移，履带的磨损也越来越严重，他不得不花更多时间修理履带。即使荣贵已经很努力地过来帮忙了，荣贵能帮到的忙……老实说，也很有限。

小梅已经习以为常。

这样的结果就是他的左手一直没有换上新的，他就做了个简易"手"先临时安上，那是个连手指也没有的"手"，造出这样的手一来是为了堵住手腕的接口防止被吹入沙子，二来是为了干活方便，毕竟很多时候，他还是需要用到托举动作的。

不过如今那只简易"手"却并没有安装在他身上，而是安装在荣贵的左胳膊上。

荣贵一边唱着歌，一边用扳手一样的左手轻轻敲击着自己的大腿，看起来和平时没有两样，仍然开心极了。

在小梅正在安装暂用手的时候，荣贵立刻发现了，不由分说，他把那只手抢了过来，

然后把自己的左手拧下来塞给了小梅。

"你先用我的手,我用这个就行!"他一边说,一边飞快地把那只暂用手安装上了。

对于现在这具身体,别的拆卸动作他不太行,唯独拆卸手这个动作做得还算快,大概是因为他趁休息的时候,每天磨一点,将两只机械手上原本的铁锈全都磨光滑了吧。

因为材料的问题,小梅做的手很快就出现了爆皮现象,虽然不影响使用,可是锈迹斑斑的样子却让荣贵难以忍受,偷偷找小梅要了一小块砂纸,他每天都会磨啊磨,一段时间认真养护下来,他的两只手居然变得比刚做出来时还像新的。

如今,其中一只崭新的泛着金属光泽的手就装在小梅的手腕上。

"不要拒绝!反正我不用做什么精细活儿,也不用操控方向盘,这手在你身上比在我身上有用。"生怕小梅拒绝似的,荣贵如此解释道。

其实……小梅是没打算拒绝的,因为荣贵的话说得没错:这只手在自己身上确实比在荣贵身上有用。

当时他明明是这么认为的,只是用了几天之后,他开始时不时留意这只手。

光滑的左手和锈迹斑斑的粗糙右手对比鲜明,而荣贵那边,光滑的右手和像个简易玩具一般的左手同样对比鲜明。

虽然自己主动将手送给小梅,不过荣贵并没有因此落下对手掌的保养,每天为自己做日常养护的同时愣是把小梅也拉上,而原本从来不参与这项活动的小梅也没有拒绝。

大概是因为自己现在用的左手原本是那家伙的吧!

粗糙的地方用砂纸打磨平整,再用粗布蘸着油涂一遍,荣贵仔细地养护两个人的手,难得有机会,他就把小梅原本的右手也处理了一遍。

难得小梅不反抗嘛!

"男人的手很重要的,很多女性对手长得好看的男性非常有好感,我的手就长得特别好看,所以变成机器人了也不能马虎。"荣贵一边给小梅做着手部护理,一边说道。

小梅没吭声。

去掉锈痕的右手似乎确实变得好用了一点点。

这点他没和荣贵说。

"等时间充裕,我会做一只新的左手给你。"他这样说道。

"真的?嘿嘿嘿,那我可不可以定制样式、颜色?之前的颜色太难看了,我想要白色的手,就像戴着白手套一样,你看行不行?还有,手指能不能细一点啊?原来的手指实在是太粗糙啦!"

小梅只说了一句话,荣贵便回了一大堆话,而且还加了好多要求!

小梅已经习以为常了。

他没有拒绝。

路上的石头逐渐从大块的岩石变成细碎石块,他们遇到大风天的频率也越来越低,不用担心夜晚被吹走。他们每天通过风力发的电也越来越少了,好在他们已经储存了充足的电。

小梅之前准备的几块储能器全部充满了电,居然还有多余的电供荣贵全天候"唱歌"。

"小梅,你说我们是不是快要离开布拉雷多啦?"虽然总体缺乏常识,但荣贵又在某些方面出奇敏锐。

"是的。"小梅没有否认,"根据探测结果,大概今天我们就会离开碎石区。"

"哦哦……"荣贵拖长声音应了两声。

然后他就不再唱歌了。

只见他认真地盯着地面,在诡异的安静中度过了半天,终于,在碎石即将消失不见,地面再次显露出来的地方,荣贵忽然大叫:"停——停车!"

小梅就把车停下了。

小梅莫名其妙地转头看向荣贵,荣贵却在解开安全带之后立刻跳下去。

只见他在外面的地面上走了好一会儿,然后才抱着一块石头回来。

"这……是布拉雷多的纪念品?"不得不说,经过几天的"教导",小梅如今颇懂得荣贵的想法。

他自以为如此。

荣贵要做的事再次出乎他的意料。

"不是的。"荣贵摇了摇头,"纪念品有沙就够了。"

小梅微微偏着头,看着荣贵手上捧着的石头。

"当当当!这是我们留给布拉雷多的纪念品!"也不多卖关子,荣贵很快宣布答案了。

"我要把我们的名字写在石头上,然后石头会留在这里,这就是我们来过这里的证明啦!"

上面写什么荣贵都想好了,染料也是现成的,他还扯了一小块布头当毛笔。

然后,他把这些材料连同手里的石头全部交给了小梅。

"干吗?"被荣贵黑洞洞的机械眼盯得浑身不得劲,小梅微微后退了一步。

"当然是你写呀!我可是左撇子!"荣贵理所当然道。

机器人也会是左撇子吗?

心里吐着槽,小梅到底还是接过了荣贵递过来的东西,按照荣贵说的,在石头上留下了文字:"阿贵与小梅,某年某月"。

美滋滋地将石头好好看了看,又拉着小梅和石头一起拍了照片,荣贵将石头放回原本的位置,为了让石头放得牢固些,他还将周围的沙土收集了一些,簇拥着石头,围了一个小土包,这才重新上了车。

小梅发动车子,他们再次前进了。

"小梅,以后我们每到一个地方,快要离开的时候,就在当地留一块这样的石头好不好?"

"每到一个地方都留一块石头,你说,以后看到这些石头的人会怎么想?"

"他们会不会觉得小梅和阿贵是去过很多地方的人啊?"

"哈哈哈!好期待啊!好期待若干年后见到它们的人啊,真不知道他们会怎么想哩!"

畅想着未来,荣贵哈哈笑了。

不,他们不会认为这是两个去过很多地方的人。他们只会想:这两个人好奇怪,怎么死得到处都是?

听着荣贵的笑声,小梅没吭声,只在心里默默回答他的问题。

之前荣贵放在那里的石头恰似一块墓碑,而那些为了固定石头而围的沙土恰似坟头土,何况"墓碑"上还写了人名,于是——

坟头、墓地与墓志铭这些东西,可不是只有荣贵的时代才有的。

这里也不例外。

他们的履带恰好在这个时候报废了。

任凭小梅再怎么修补也无法继续工作,它们已经是一堆废铁了。

用小梅的话来说就是,就算重新熔炼它们也起不到什么作用了。

于是荣贵便就地挖了个坑,将破破烂烂的履带埋了进去。

"说不定以后这里会出现铁矿哩。"拍拍土,荣贵最后看了一眼埋葬履带的地方。

"不会有铁矿,埋进去的金属只会氧化消失。"冷冷地,机器人小梅反驳他。

荣贵抓了抓帽子。

"这、这样啊……那……"

他想了想,很快又变得有活力起来:"刚好这次又轮到我给新地点命名,我决定,这个新的地方就叫履带了!"

站直身体,荣贵宣布道:

"这里以后就是履带镇了。"

"你确定这里是镇,不是村?"瞥了他一眼,小梅向停车的地方走去。

"我们开一会儿不就知道啦?"小跑着跟上,荣贵紧随小梅重新爬上了车。

事实证明,这一次又让小梅说中了。

"果然是履带村啊!"荣贵说完,发现小梅一直在朝前看,忍不住顺着对方的视线望过去,然后呆住了。

"天哪……小梅,你不是说我们在地下吗?"

"那……那这是什么啊?!"荣贵大叫出声。

只见静静在两人面前展开的漆黑镜面,不是一片汪洋大海是什么?!

"这是地下河。"语调没有任何改变,小梅平静地说道。

"只、只是河吗?可是……这里明明……明明……"这明明看着更像是海啊!

说话都结巴起来,荣贵呆呆地站在了原地。

小梅便将视线收回来,落在荣贵的脸上。

他在等着看对方惊慌失措甚至绝望的样子。

也是,冒着各种危险,经过长途跋涉辛辛苦苦走到了这里,却发现路的尽头居然是一片汪洋,除此之外再无其他的道路,饶是荣贵这种缺根筋的家伙,应该也能感觉到绝望吧?

谁知——

荣贵接下来的反应确实是"无措"然而并不是"惊惶失措",也没有一点绝望的感觉。

他大叫了一声,下一秒竟是跳下车跑进了前方的黑水之中!

"哇!这是海啊!这就是大海呢!我出生之后从未见过的大海呢!"荣贵开心地跳了起来。这绝对不是正常人的反应!

于是小梅也下车了。

"更正,这不是海,只是河而已。"站在河边静静地看着跑来跑去的荣贵,小梅纠正了荣贵话中的错误。

"好啦,就让我过过瘾吧,在我看来这么大一片水就是海啦。起码,和海没什么差别!"荣贵又跑了一圈,然后才小步跑回小梅身边,坐在小梅旁边,着迷地看了一会儿面前巨大面积的河水,半晌之后才轻声道,"活着真好啊,终于看到海了。"

说着,他看了看小梅,耸耸肩笑了:"好吧,是像海的河。"

"不过我有预感,就这样和小梅一起继续走下去的话,早晚有一天我会看到真正的大海。"

双手轻轻放在膝盖上,小梅没有说话。

荣贵又美滋滋地抱着膝盖欣赏了一会儿河水,良久,才转头说话:"好啦,小梅,接下来我们该往哪个方向走?"

微微侧过头,小梅看向他。

"一共有四个方向呢,前面不行,我们就走其他的方向呗。"荣贵理所当然道。

小梅偏了偏头。

哦……原来这就是他不曾绝望的原因吗?在绝望之前,他早已竖立向下一个方向努力的雄心。

虽然缺乏常识,但在某种程度上,这家伙的脑筋倒是很灵活。

小梅又看了荣贵一会儿。

大概是他看的时间有点久了,荣贵难得不自在起来。

荣贵压压帽子,扭动了一下肩膀:"我……我知道我的方法比较笨……可是方向感不好的人有什么办法?都说男孩子的方向感会比较好,可是从小到大我都是最容易迷路的那个。"

"一条路走不通就换一条,都走一遍,总有一条路能走出去吧?"

好吧,原来这是资深路痴的迷路经验总结吗?

小梅收回了落在荣贵身上的视线,站起身来,轻轻拍了拍身上的沙土,然后没有任何

起伏的声音再次响起："更正,方向不止四个,而是六个。

"除了东南西北,上和下也是可以考虑尝试的方向。"

蹲下,将手掌按在前方的黑水之中,小梅许久没有说话。

荣贵没敢打扰小梅,他知道,每当小梅这样子就是在做大事,可是他又十分好奇,实在想知道,他偷偷把自己的插头插到了小梅身上。对于两个机器人来说,这是他们的资源共享方式,只要小梅不反对,荣贵可以看到小梅乐意让他看到的东西。

果然,下一秒,他的脑中多了一份非常奇妙的"地图"。

小梅的声音随即在他耳旁响起:"这是通过声呐探测装置的反馈绘制的地图,我们前方确实只有河水,然而在河水之下却有一条路,那条路很深,通往更广阔的地方。"

"你是说……路在河下?"听得有点晕,不过荣贵好歹抓住了关键词。

"没错,河水下方有一个U形弯道,穿过那条弯道就可以离开这里了。"小梅肯定了他的说法。

"天哪……"他聚精会神地看着眼前的地图,可是对于路痴来说,普通的地图都很难理解,这种更复杂的地图他就更看不懂了!

"难道小梅你的族人之前每次都要潜水才能出去?"荣贵呆呆道。

小梅没有吭声。

将荣贵从自己身上拔下,他朝车的后车厢走去。

对于荣贵刚才问的问题,他之前也想过,不过只想过一次而已。

"我不需要知道他人曾经走过的道路,我只需要知道自己的道路。"丢给荣贵一个坚毅的背影,小梅冷冷道。

他说的是他内心的真实想法,无论是过去、现在还是未来,从未改变。

可惜小梅不再是以前的小梅。

刚刚的话如果配上他之前人类的身体,或许真的可以营造出能用"坚毅""光辉"甚至"伟大"来形容的效果,可惜他现在的身体只是个机器人。

还是个破破烂烂的简易版机器人。

这看起来就有点滑稽了。

被眼前的小梅制造出来的滑稽效果震得呆了呆,拥有相同型号身体的荣贵赶紧跑过去帮忙。

"明明就是准备跳河而已,说得那么玄妙干啥?"荣贵还小声"吐槽"。

几个部件推动之后,他们的车又不一样了。

车身上的孔洞露出得更多,车身也被压扁,看起来有点像……

"潜艇?"怎么说也是男人,荣贵偶尔瞟过几眼这方面的新闻。

"潜艇算不上,只是个拥有动力的储藏室而已。"手里的活儿不停,小梅抽空答道。

说着,他叫上荣贵,将需要储藏的东西一一放进内部狭小的空间。

最需要储藏保护的当然是他们的冷冻舱，其次便是荣贵那堆破烂玩意，末了，小梅还把他的工具箱放了进去。

这就满了。

荣贵傻眼了。

"我们呢？"指了指自己，又指了指小梅，荣贵愣住了。

忘了准备存放现在身体的地方？这不像是小梅会犯的错误啊！

果然——

拿起事先摆在外面的刷子，又拎起一旁的小铁桶，小梅对荣贵道："没有摆放我们机械身躯的地方，我们要负责将车子推下水，并且在入水后成为车子的一部分，继续推动车子前进。"

"什么？我们要变成螺旋桨啦？"听完小梅的设计，荣贵傻眼了。

小梅的设计向来精简，他会考虑到手边所有的物品，然后让每样物品都发挥自己的作用。

两人的机械身躯也不例外，早在制造车的时候，他便预留了车后的两个动力推动螺旋桨的位置，合理地潜入水下后，两个机器人本身便可成为车的一部分，推动车前进。

被刷了一层防水涂层，晾干的过程中听小梅仔细讲解了注意事项，初步学习了"如何成为一副好的螺旋桨"这门课程的荣贵要下水干活啦！

跳下水的那一刻，他灵巧地将身体嵌入指定部位，体内自带的系统发出了正确提示音的时候，他知道自己成功了。

荣贵总算松了一口气。

接下来他的身体就不由得自己控制了，自动被车上载入的系统控制，作为助动器熟练工作，荣贵看看旁边的小梅，小梅也是同样的状态。

心头一松，他忽然又高兴起来。

"好黑呀！"荣贵的声音忽然出现在小梅的脑海中。

这就是机器人身体的另一个优点：即使在水下，只要彼此接驳，他们仍然可以用其他信号模式对话。

不过现在看来这个优点未必是优点。

到了水下还得继续听这家伙唠叨——头颅静静地镶嵌在原地，小梅心里想。

以及——

对于即使在黑暗环境中仍然可以通过信息点架构方式视物的机器人来说，黑不黑有什么关系吗？

白天和黑夜，黑夜与黑水，又有什么区别呢？

小梅静静地想，没过多久，他的脑中再次传来了"啊啊啊"的声音。

如果是人声的话，这大概有可能是一段很优美的吟唱，然而如今的荣贵不但是机器人，而且是连发声装备都没法使用的机器人，这段吟唱便直接变成文字出现在小梅脑中

了。"你怎么连这种时候都要唱歌?"他终于回了对方一句话。

"吟唱"戛然而止。

"我这不是担心你也害怕吗?"荣贵笑了。

他用了一个"也"字。

好吧,原来是害怕吗?

"根据探测结果,我们还要在这种情况下潜行4个小时左右。"想了想,小梅总算说了句有用的话。

"动力足够的话。"想了想,他又补充了一句。

"只要再坚持4个小时就好了啊!"荣贵就一副松了口气的样子。

他用的是"只要",而非"还要"。

细微的区别,整句话代表的含义却完全不同。

"我们的头这样不会断吗?"意识到小梅开始搭理自己,荣贵立刻精神起来,问了一个从安装上来之后就一直很好奇的问题。

难怪他会奇怪,实在是因为他们两个现在的造型太惊人!

头颅作为轴嵌入车后预留的位置,四肢却在系统的操作下重新组合,变成了螺旋桨高速旋转,由于是机器身体,荣贵一点感觉也没有,不过也正是因为没有感觉,他反而越来越担心。

"不会,其实你的头已经和身体分开了。"小梅回答了他的疑惑。

"呃……也就是说,头……已经断了吗?"荣贵呆了呆,他想要抓抓头,不过很快发现他已经没有手可供使唤了。

"可是……还是好黑呀……"荣贵再次小小声抱怨。

稍后,他又"唱"了一首关于天黑的歌。

脑中充满大段歌词,小梅最终接通车上的系统,写入一段命令之后,车门忽然开了。

"啊!小梅!我们的车门开了!这可怎么——哎?"荣贵"看"到了前方的变化,很快,他的注意力就被车上滚出的东西吸引了。

"蘑菇?!"

正如荣贵所说,从车上掉下来的东西正是他一直视若珍宝的"蘑菇",也就是地豆。

一片漆黑的深水之中,这些地豆头顶的"蘑菇"便成了黑水之中唯一的光源,在黑暗中幽幽地闪着绿光。

简直就像是有人打开车门,洒了星星出来!

如果荣贵此时有眼睛,他的眼睛一定瞪得超级大!

不过那些地豆不是单个掉下来的,而是连同花盆一起掉下来的。没错,就是由小梅烧制,荣贵设计图案的那些花盆。

出门前,荣贵就把那些地豆放到花盆里了,下水前小梅又用绳子将它们固定在了后车厢里。

"还好小梅你用绳子把花盆捆起来了啊!"感慨了一句,发现那些花盆上绳子的另一头稳稳拴在车上之后，荣贵放心大胆地继续欣赏"蘑菇"。

真好，这样就不黑了——荣贵美滋滋地想。

脑袋里终于清静了——小梅也得到了自己一直想要的安宁。

皆大欢喜。

"不过地豆在水里能存活吗？这样一直泡着，不会泡坏了吧？"欣赏了好半天，荣贵这才想起这个问题。

"原则上不会，地豆原本就是水中的植物，是经过改良后才能在陆地上种植的，虽然是改良种，但它们应该可以在水中生存，甚至可以繁衍得更好。"小梅发过来的信号仍然冷冰冰。

"哦，好吧。"荣贵到底安了心。

两个人不再说话。

荣贵自然是去继续欣赏自己的蘑菇灯，而小梅……

小梅其实也在观看水下的蘑菇灯。

不得不说，黑水之中的蘑菇灯确实很美。何况它们还在顺水摇曳，其间有些蘑菇难免掉了下去，就像滑落天际的流星。

一时间，两个人都忘了自己仍在水底艰难跋涉这件事了。

然而，很快有"人"出来提醒他们。

"小梅！有、有东西在下面！"宁静之中，荣贵的声音忽然又从小梅的脑中跳出来。

"嗯，看到了。"即使在欣赏景色的过程中仍然没有放松警惕，小梅冷冷道。

"那……那是什么？我这个角度看不清。"一直空无一人，亦无一物的地方冷不防多了什么，荣贵终于慌张起来。

他想动动头，可是发现头完全不听使唤。

也是，现在他的系统已经完全被车上的系统接手了，而车上的系统则是由小梅在操控。

他只是感觉自己看到了什么，可是又看不清楚。

并不算是傻大胆的人，荣贵立刻有点害怕。

"是鱼。"小梅冷冷的声音随即出现在他脑中。

说来也奇怪，小梅出声之后，荣贵的心立刻安定了下来。

"啊……原来是鱼啊……"

"哎？是鱼吗？天哪天哪！我醒过来以后还没见过活的东西呢！"

荣贵聒噪的声音立刻在小梅脑中响起，顿了顿，他又补充了一句：

"呃——我和你的身体以外的。"

和小梅在一起久了，他多少也学会了说话稍微严谨点。

"是什么样的鱼啊？什么颜色的？好看吗？"很快，荣贵的心思就全转移到了那些未知的"鱼"身上。

"黑色的，不好看。"小梅的声音依然没有任何起伏。

"不好看啊……也是,这里又晒不到什么阳光,说起来,我之前看过一组深海鱼的照片,那些鱼长得一条比一条丑啊!

"有人就点评,反正平时就住在深海里,谁也看不到谁,大家就随便长长呗!

"随便长长……这也行?哈哈哈哈,当时真是笑死我了。"

荣贵没心没肺地笑了。

小梅却丝毫没有被他影响。

作为系统操作者,他可以调整自己的头颅以便让视野最大化,何况他身上的扫描系统要比荣贵高级,那条荣贵完全看不清的"鱼",在他的视野里无所遁形,简直一清二楚。

下方确实有鱼,数量不多,只有一条而已。正如他所说,那条鱼确实是黑色的,而且不好看。

然而这个说法实在太简单了,甚至称不上描述。

也只有荣贵能被他用这段连描述也称不上的形容打发。

实际上那条鱼是什么样子呢?

那条鱼长得丑陋极了。

不仅丑陋,而且可怕,还非常大。

比现在冷冻舱里荣贵十八岁的身体还要大!

巨大的牙齿暴露在外面,眼眶内的眼珠几乎萎缩成一个灰白色的小点,那条鱼与其说是鱼,不如说是一头海怪。

好吧,这里是河,那么是河怪。

小梅的头颅居高临下地俯视着下方可怕的怪物,那怪物同样在深水中看着他。

小梅和荣贵,都在那头怪物的狩猎范围内。

黑水中,小梅和怪物两两相望。

荣贵仍然在小梅的头脑中聒噪。

小梅注意到,那头怪物又悄悄向上浮了一点。

它在朝他们两个接近。

对于对方的接近,小梅是冷静的。

他冷静得有点过分了。

然而这种冷静并非来源于盲目的自信,也并非来自对生命的无所谓。

而是来自过去的记忆——

这并非他第一次遇到这条鱼。

他几乎每次都遇到了这条鱼,就在他推开那扇门之后没多久,为了继续前进,他必须独自渡过黑水,而在那边的水域,他遇见了这条鱼。

那条鱼每次都跟在他身后,试图袭击他。

而他每次都杀掉了这条鱼。

巨大的鱼鳔可以储存够他使用4个小时左右的空气,他每次就是靠那些空气渡过深水的。

他对这条鱼的弱点了如指掌,只要他愿意,他可以用一千种方法杀掉这条鱼。

所以他只是静观其变,冷冷地看着下方的鱼。

那条鱼也仿佛感觉到了危险,又悄悄沉下去一点。

然后它又浮上来一点。

它再浮上来一点。

因为距离缩短,小梅将那条鱼打量得更加仔细了,也越发肯定:这确实是他每次都会遇见的那条鱼。

只是为何——

他没有推开门,仍然遇到它了呢?

水里有其他通往外界的通道?或者这条路原本就是通往外面的?

真正的"外面"?

小梅陷入了沉思。

不过这一刻,不可否认的是他再次对下方的鱼产生了无法遏制的杀意。

任何一个人,当他做一件事做了成千上万次之后,一定会对此麻木。

这种事也不例外。

然而,打断他的仍然是荣贵的"大嗓门"。

"小梅,那条鱼还跟着我们吗?"

"你说……它会不会是饿啦?"

"你说它会不会是吃了掉下去的蘑菇,游上来找蘑菇啦?"

即使只看文字都能感受到天真,这是荣贵特有的说话方式。

"你再丢一盆蘑菇喂它呗!反正我们的蘑菇还有很多。"

荣贵继续在旁边撺掇。

撺掇久了,小梅又对车上的系统下了一个指令,一根绑着"蘑菇"的绳子忽然断裂开来,在两个机器人的注视下,那盆"蘑菇"慢慢向下沉去。

"不会砸到那条鱼吧?"荣贵忽然有点担心。

小梅没有说话。

"它还在吗?"荣贵又问。

"在。"

"那就再丢一盆呗!"

"还在吗?"

"在。"

"再丢!"

就这样,两个人一问一答,先后丢了四盆"蘑菇"下去,荣贵再问,得到的回答终于是"不在"了。

"它吃饱了离开了,我们继续赶路吧!"荣贵高兴地说道。

"它一定是个大个子。"他又说。

这是水路中唯一的插曲。

这之后又过了2个小时,小梅宣布他们即将上岸。

"还是好黑啊。"被小梅重新将头安在头上的过程中,荣贵仍然一动也不能动,即使这样也没能阻止他飘来荡去四下窥探的"眼神"。

岸上的世界和下水前他们刚刚离开的地方看起来并没有什么不同——都是黑漆漆的。

荣贵多少有些失望。

小梅表面上看起来没有任何反应,其实心里……

他心里刚刚的反应算是"松了一口气"吗?

一边拧着荣贵脖子上的最后一颗螺丝,他一边抽空分析了一下自己的心情。

虽然再次见到了那条鱼,但是上岸之后的世界仍然是完全陌生的。

自己正在截然不同的命运道路上——他再次确认了这一点。

而他将螺丝拧好,盖上防护盖,荣贵同时感到身体再次听使唤了。

"可以动了。"扭了扭脖子,又跳了跳,荣贵宣布自己满血复活。

"原来城里人也用不起电吗?"他感慨道,然后又摇了摇头,"嗯,对了,也可能这里是城乡接合部啊。"

对于荣贵的"高见",小梅的反应是沉默。

一声不吭,他检查身后的大黄——不,是车——去了。

"哎?!你先别忙着去顾大黄啊,你身上还没擦干净呢!"看到身体的孔洞仍然不停地滋水就去干活的小梅,荣贵急忙捡起小手绢追过去。

这一忙活就是很久,其他的活儿基本上都不会干,荣贵唯独拥有照顾身体这项过硬技能,他干得又快又好,不但在最短的时间内将小梅的身体擦干了,还趁机给他磨了磨皮,然后上了点油。

被"美容"的小梅去干活,荣贵这才慢悠悠地照顾起自己来。

他"梳妆打扮"的时间很久,刚好和小梅处理大黄的时间差不多,小梅这边收工,荣贵那边刚好用布巾擦掉身上最后一点油渍,现在的他看起来又是一个得体的机器人啦!

"走了。"拉开车门,小梅叫他。

"哎?等等,我们还有件事没做呢!"荣贵忙在四周寻找起来,找了半天似乎一无所获,他就爬到车上,半晌抱着一个花盆下来了。

小梅微微偏了偏头。

荣贵笑了。

"刚刚那条河的名字小梅你还没取呢,我们的纪念品也没埋进去哩!

"找不到石头,就用这个花盆呗。"

说着,荣贵拍了拍手中的花盆。

这家伙对"纪念"可真执着——小梅无语地看着他。

不过他还是给河起了名字，然后将河的名字和两个人的名字写在了一起。

"丽塔·艾泽拉斯，真美的名字啊！"陶醉地看着小梅题在花盆上的字，荣贵感慨道，"是什么意思啊？"

"鱼鳔和蘑菇。"小梅言简意赅道。

荣贵捧着花盆僵了一下。

"虽然不明白为什么叫鱼鳔，不过蘑菇……现在河里确实有很多蘑菇了，而且马上会有更多。"没在这个问题上纠缠过多，荣贵最后看了一眼怀里的花盆以及盆里的蘑菇。

胳膊高高挥起，怀中的花盆被他抛了出去。

"咕咚"一声，花盆随即沉没在了黑色的河里。

"再见了，大鱼。"依依不舍看了一眼河面，荣贵随即利索地爬上了车。

从河边开车，一开始颠簸得厉害，颠到荣贵觉得自己随时可能散架，不过不知从什么时候开始，他发现车子不再颠得那般厉害了。

"哎？"他这才注意到：前方居然有路了。

虽然并不十分明显，可是地面有经常碾压的痕迹，那些痕迹一层叠一层，竟成了一条光滑的路！

他可是很久都没有见过路了！

从小梅的家乡到刚刚的位置，他们前进的方向完全靠小梅把握，四周空旷无际，一条道路也没有，而现在他们却正走在一条真正的路上！

"我们什么时候上路的？小梅你怎么都没和我说一声？！"激动地站起来，荣贵转身向车后看去——

车后也是一条细细的路，不知道有多长，他们显然已经开在这条路上很久了。

"在1小时15分钟之前。"冷静地把着方向盘，小梅没有正面回答他的问题。

荣贵："……"

好吧，路上太安静，他就忍不住唱歌了，他一唱歌就特别投入，投入到地上有了路也没发现。

"没能在最初出现路的地方拍照留念，真是太可惜了。"荣贵便惋惜地对小梅说。

一路上，他在所有有纪念意义的地方都和小梅拍照了哩！唯独落下这一张，他心里多少感到可惜。

不过很快，他便不再为这个问题烦恼了——

大黄忽然"说话"了！

"通知：收到罚单一份。原因：违章驾驶，请沿此路继续行驶100公里，在附近的交通管理所缴纳罚款。"

由于话筒是直接对着荣贵的，大黄这一开口就相当于直接对着他的脸说话，车上冷不防出现第三个声音，着实把荣贵吓了一跳！

"怎、怎么回事？大黄居然还会说话？"

"内部有系统连接，也有扩音装置，它当然可以说话。"要不然你面前的喇叭是装饰不成？小梅面无表情道。

"那……那它之前怎么不说话？"荣贵又问。

"因为之前我们所在的地方没有网络，如今已经进入网络覆盖区域，它才能将收到的消息及时通知我们。"小梅一边回复荣贵，一边在键盘上敲击了一个按键，这条代表"已阅"的指令发出后，大黄随即又不吭声了。

他简直和小梅一样沉默寡言！

内心吐着槽，荣贵又看了看大黄收到的通知，读到某一行的时候，他忽然乐了。

"嘿嘿嘿！"车上再次传来了机器人机械的笑声。

小梅微微朝他的方向侧了侧头。

这家伙是傻了吗？难道连收到罚单也认为是值得纪念的事情？他还打算在交管所合影留念不成？

小梅正想着，荣贵继续说话："嘿，我正遗憾咱俩没能在最初上路的地点合影留念呢，这不就收到罚单了嘛！

"这不是重点，重点是作为开具罚单的证明，对方进行了违章摄像呀！

"你看，摄像时间刚好是1小时15分钟之前，不就是咱们发现这条路的时候吗？

"嘿嘿嘿！连老天爷都帮我们哩，小梅，有人帮咱俩拍照啦！"

车上瞬间满是荣贵"嘿嘿嘿"的笑声。

小梅……小梅已经不知道说什么才好了。

第四章

欢迎光临鄂尼城

100公里之后，在道路的左边果然出现了一排小房子，是很普通的石板房，完全没有荣贵想象中未来世界充满高科技感的外形，甚至有点古朴的意思。

里面有灯。

不是蘑菇灯那种微弱的荧光，而是电灯才有的大面积的光！

荣贵心里突然就紧张起来。

"这、这马上就要见着人啦……"握了握拳头，他赶紧掏出随时放在座位下方的小镜子，仔细照了照前面，又照了照后面，确定现在的自己虽然看起来有点寒酸，但还算干净之后，又给小梅整理了一下，调整了一下小梅脑袋上胡乱扣着的绿帽子，然后就不吭声了。

能让一个话痨忽然不话痨的原因，大概就是紧张了。

待到小梅将车子停下，荣贵非常够义气地一马当先走了进去，交管所内空无一人，只有前方的柜台……

呃……高高的柜台。

对于为了省材料而身高不足的小机器人来说，柜台太高了，荣贵根本看不到柜台后面。

不过还没等他找到合适的脚凳，柜台后面忽然探过来一个人的头，然而那个人……实在很奇怪！他探过来的头不是一颗，而是好几颗，荣贵一开始差点被吓趴下，不过成像器的焦点很快重新对准，他这才发现那所谓的好几颗头其实根本不是头，而是一种像鹰一样的生物，那些鸟是黑色的，个头很大，全部站在那人的肩膀上，几乎把那个人的头淹没了。

那人探头过来的时候，所有的鸟儿都将黄澄澄的眼睛对准荣贵的脸，一动不动，看起来诡异极了。

"来干吗的？"那人开口了，他说话的语调和小梅给荣贵设定的语调有点区别，好在区别不大。

认真听完自己来到这里见到的第一个大活人说的第一句话，荣贵做好准备回复对方。

和第一次打交道的人说话，声音一定要洪亮，可以有口音，但是绝对不可以胆怯——这是小时候院长经常和他们讲的话。

秉承这个原则，荣贵大声道："你好！我们是来取照片的！"

"哈？"顶着一头鸟的男人愣住了。

荣贵这边还在满意自己干净利落的临场反应，他身后的小梅已经将他往后拎了拎，取而代之站在荣贵之前的位置，小梅仰起头对居高临下的男人道："我们是来交罚款的。"

荣贵：妈呀！第一句话就说错啦！

还好有小梅。

听到小梅的回答，柜台后男人往后退了几步，一阵类似机器打印的声音之后，他从柜台内递出一张纸。

"你们的车速违规，需要交纳60纳比的罚款。"

"超速？怎么可能？我们家大黄走得可慢可慢了！"双手搭在小梅肩膀上，荣贵踮着脚尖从小梅身后探出头，大声为大黄鸣不平。

那个男人头上的鸟于是又将视线全部对准荣贵，冷冷的声音从黑色的鸟羽下传过来："谁说车速违规是指超速？在外面那条路上，车速低于80迈的就是违规，你们的车速匀速保持20迈，属于严重违规。"

这也行？荣贵傻眼了。

对方将手伸出来，盯着那只大而有力的手掌，荣贵忽然注意到一个很严重的问题。

"小梅，咱们有钱吗？"他（自以为）小声地对小梅道。

"没有。"小梅冷冷道，而且——

现在制作假币也来不及了，何况他其实并没有见过这边所谓的"纳比"。

"那可怎么办？"荣贵傻眼的情况更加严重了。

然而，他们的对话已经传到柜台后的男子耳中，不知道他是不是生气了，只见他肩膀上的黑色大鸟忽然呼啦啦全都飞了起来，黑色的鸟盘旋在屋顶附近，而那名男子也露出了真容。

看到那名男子的瞬间，荣贵又愣住了。

"你看着我干什么？"威严而低沉的声音从男子口中发出，男子的声音已带薄怒，那是被人肆意打量的不悦感。

然后——

"你……你长得可真好看啊！"荣贵的声音便微弱地响了起来。

明明是机器人的声音，然而那刻板的声音却仿佛隐藏了一颗颗小红心，房间里的气息立刻跳跃起来。

"这个发型和你的脸型很配，而且你脖子的线条也很好看哩。你有练肌肉吗？这个线条一看就是特意练出来的。而且你的衣服颜色和你的领带很协调，你可真是一个会穿衣打扮的人呀！"一连串的赞美从荣贵口中冒出，那人听得一愣一愣，全部听完之后，他的脸色都变了。

轻声咳了咳，那人伸出手指调整了一下自己的黄色领带，低声道："你也觉得这条领带和衬衫颜色很配吗？"

"是呀是呀！"荣贵连连点头："老实说，这个衬衣的颜色可真土啊！白给我都不要，可是说来也怪，配上这条领带居然高大上起来了呢！"

那人的嘴角立刻微扬了起来，用一种矜持的态度，那人接下来的语速忽然加快了不少："可不是？这个衬衣无论是颜色还是款式都土气得要命，送我也不要！偏偏这是制

服不穿不行！好在领带不一定非要用制式领带，可是这个制服真不是普通的难看，配什么领带都难看得要命，直到我在约特城的一家领带店看到了这条领带。"

"终于可以心平气和穿着这么难看的制服上班了。"

那人松了口气。

同是爱美之人，两个人对视一眼，立刻在对方的眼（机械眼）中看到了同道中人的默契。

接下来的时间里，两个人又就领带的颜色和款式进行了友好而热烈的讨论，直到里面有人喊男子的名字，他应了一声，这才依依不舍地停下了和荣贵的对话。

"虽然还想和你继续聊天，可是我同事在叫我了。"那人道。

"不用管我，公事要紧，你赶紧去忙吧！"荣贵善解人意道。

"不是公事，是叫我打牌来着，这边人不多，无聊得要命，我们就凑一起准备打牌，可是牌友不够……"说着说着，那人忽然对荣贵道，"今天刚好三缺一，你要不要过来一起打牌？如果赢了钱，正好可以把罚款交了。"

荣贵的机械眼立刻闪了闪。

"可是我不会打牌……"对于这么好的机会自己却不能利用，荣贵觉得很可惜，然而他忽然想到了小梅。

小梅是谁呀？在他心里，就没有小梅不会的东西。

于是只听"吱嘎"一声，荣贵立刻将头转过去，直勾勾地看着小梅，问小梅："小梅，你会打牌吗？"

小梅面无表情地看着他，半晌后道："会。"

不用问打什么牌，因为他什么牌都会。

"那不就得啦！小梅你去打牌吧，去把罚款赢回来啊，赢别人的，别赢这位大哥，这位大哥是我的好朋友哩！你俩好好配合哈！"虽然不会打牌，不过荣贵显然是懂得点门道的，他刚将小梅推过去，柜台后"荣贵的好朋友"立刻将柜台旁边的门打开了。

下一刻，原本过来交罚款的小梅就站在只有工作人员才能进的办公区域。

"你也过来。"大概是找到了牌友非常满意，柜台内的男人更加温和了，只见他也对荣贵招了招手，"我们打牌的时候这边刚好没人值班，你就在这边替我呗，如果有过来交罚款的你就帮我收钱，我回头赢钱了分给你当作工资。"

"真的？那可真是太好了！"荣贵喜出望外，点点头，立刻接下了这个活儿。

"你们好好打牌啊！"荣贵对穿着制服的男子以及小梅道。

"你也好好工作啊！"男子对过来交罚款的荣贵道。

这对话好像哪里不对？

不过——

管他呢！

将男子摘下来给他的制服配套帽子扣在自己的小红帽上，荣贵一脸严肃地上工了。

他戴上帽子后没多久，那群黑鸟全部落在了他的肩上和头上，他的头被挡得严严实实，很难看到他的长相。

荣贵确实很笨，很多技术方面的工作做不好，可是他演技好啊！

仿佛天生就是吃演员这碗饭的人，他只要和人对话一会儿，立刻能将那人学得八九不离十。

这是一种无意识的行为，连他自己也没有注意到。

只是本能而已。

于是，不知道自己该做什么的荣贵本能地模仿刚刚坐在柜台后的男人——模仿对方高冷的表情、说话的语气还有态度。

于是，当第一位缴纳罚款的客人进来，看到的就是一位黑面的交管所工作人员。

虽然程序什么的完全不清楚，不过荣贵凭着自己精湛的演技，用"啊""嗯""哼"三个字完美地应对。

等到小梅打完牌和男子出来，柜台后的桌子上已经有一小沓钱了。

荣贵正在一脸焦虑地数钱。

机器人没有表情，仅凭动作就能让人觉得他很慌乱。

"怎么啦？收错钱了吗？少收了多少？没关系，今天我赢钱最多，帮你补上啊！"男人的心情显然很好，一点也不担心荣贵给他搞出乱子，反而还安慰他。

"谢谢，可是……"转过头来，荣贵先向男子表达了谢意，然后低头看看手里的钱，为难道，"没有少收，我怎么数……都比应该收的金额多收了200纳比！对不起，我只知道自己数学不好，没想到不好到这个地步呀！"

于是，这一天，小梅和荣贵终于不再是两个一穷二白的机器人，交过一次违规罚款之后，两人的资产总额一共达到了350纳比，荣贵赚的钱占了家庭总资产的大头呢！

"这是你俩的照片，需要我拿个包装袋给你吗？"将监控摄像头拍下的照片放大打印出来，男子弯腰将照片递给荣贵。

"可以吗？谢谢啊！"完全不知道客气是什么东西，荣贵笑着答应了。

"不客气，给。"男子于是又从旁边拿了一个纸袋子给他，稍微大一点，刚好可以装进打印出来的"照片"。

"不过我们这里的打印技术有限，用的是环保型打印机，打印出来的颜色虽然不错，但是不好好保存的话会在半年左右渐渐失真，我建议你以后还是尽快买个相框，有了外面那层保护膜，照片才能真正长长久久保存下来。"他还给了荣贵建议。

"嗯，好的，不过应该不用买，小梅什么都会做，我们车上的花盆、脚凳……全是小梅做的，就连车本身都是小梅做的。"荣贵说着，还戳了戳旁边的小梅，"是吧？小梅，你会做相框吗？"

小梅："会……"

"哈哈哈，家里有这么一个人在，日子可是过得轻松不少啊！"男子笑了。

可不是嘛——明明应该是个没有任何表情的机器人，荣贵愣是能把自己想表达的事

情全部表达出来。

两个机器人坐回车上。

上车前,男子叫住了他们,然后将一块牌子递给荣贵。

"你们的车在找到材料改装之前是没法提速了,这样下去早晚还得被开罚单,这样,你们将这块牌子挂在车前,路上的摄像头可以自动识别这块牌子,对于贴这种牌的车,系统默认可以低速行驶。"

"啊……你不说我都没想到这个问题呢!真是太感谢了!"荣贵惊喜地接过牌子,看了一眼印着奇特花纹的牌子,立刻将它放在车窗前。

"再见。"男子退后两步,和他们挥手道别。

"再见!再见!"将身子探出车窗,荣贵也和对方告别,小梅则认真地把住方向盘,稳稳地发动了车子。

古朴的交管所慢慢消失在后视镜里。

他们再次驶上了大路。

大概是男子给他们的牌子真的管用,之后他们再也没有收到罚单,不过大黄也因此再没有说过话。

这让还想听大黄说话的荣贵有点失望。

不过他的注意力很快转移到车前的牌子上。那是一张金属材质的小牌子,大概只有他以前所在世界的名片大,上面的花纹很奇怪,看起来像是美化过的文字,他仔细辨认了很久,最终也没认出来。

没办法,他目前的语言系统完全是小梅灌输的,是"他的脑能够容纳的外部知识的极限",这是小梅的原话,看看正式书写的文字还行,稍微变形就超出他的知识范围了。

"这张牌子上面的花纹是文字吗?我不认得,不过我猜是'内有残疾人'之类的。哈哈哈,我的左手现在这种情况算残疾?"心里藏不住事,荣贵立刻问小梅。

残疾也是值得笑着说的事吗?小梅面无表情地想,然后回答他的问题。

"内有孕妇。"小梅的回答仍然言简意赅。

"啊?"荣贵一开始没明白。

"啊啊啊啊?这块牌子上写的原来是这句话吗?天哪!我们俩可都是男人啊!"等到他终于搞懂小梅说的是牌子上花纹的含义时,一声长长的惨叫从车上传出。

"小声点!车上有孕妇叫这么大声干什么啊?小心滑胎!"打断荣贵惨叫的是隔壁车道上的车,大声鸣着喇叭,在经过荣贵他们的时候,车主迅速拉下车窗,挥起胳膊对荣贵抗议。

"哎?"呆呆地,荣贵看着一辆花里胡哨的车从他们身边呼啸而过。

然后又一辆绿色的车从他们右边飞快驶过。

一辆……两辆……三辆……

荣贵这才发现:不知不觉中,路上不再只有他们一辆车了。

第四章
欢迎光临鄂尼城

这和刚刚在交管所收钱遇到人时又是不同的感受。

那个时候只是有人进来，光是收钱就紧张得不得了，加上坐得太高，他几乎都没看到来交罚金的人的长相。

现在他坐在车里，小梅负责开车，一辆又一辆车行驶在他们旁边，他们已经成了车流中的一部分。

荣贵真切地感受到：他们即将进城！

他们要见到许多人了！

捂住胸口，关上成像器，荣贵静静感受着自己此刻的心情。

很久很久以前，他坐在前往大城市的火车上时，依稀也有这般感受。

激动的，迫切的，又隐隐有点小害怕、小慌张……

这是一份美妙的心情。

他要让自己好好记下此刻的心情。

然后，荣贵重新打开了成像器，握紧拳头，活力十足地大叫了一声："大黄别伤心！等到我和小梅在城里赚了钱，一定要让你变成速度最快的跑车！能因为超速被开罚单的那种！

"不过在那之前，我们还是慢慢开吧。"

机械脚踩在脚蹬上，荣贵卖力踩了起来。

一辆又一辆车从最中间的黄色小车旁高速经过，由于速度很快，它们的身影几乎成了带点颜色的虚影，而只有中间的大黄是恒定不变的。

在两位主人的蹬动下，它坚定地龟速前进着。

然后，周围其他车子的速度也越来越慢。

随着车辆的增多，车再也无法肆意高速疾驰，甚至还有点堵车。挤在其他各式各样的车中间，终于，低速行驶的大黄一点也不显得突兀。

明明应该是很多人会讨厌的塞车路段，然而荣贵的心情却前所未有地好起来。

在人间——此刻他如此真切地感受到。

他就是一个俗人。

实实在在生活在世俗中的人。

不喜欢独处，不喜欢读书，不喜欢安静。他就喜欢热热闹闹的地方，哪怕是有人争执吵架，都透着鲜活劲儿！

啊！虽然换了一个壳子，可是他还活着，看，他到底还是活过来了！

谢谢你，荣福！谢谢，大家！让我终于可以再次感受之前没有来得及感受完的世界！虽然可能与以前的生活完全不一样了，虽然你们再也不存在了，可是，我会记着以前，连同大家的份儿，好好地在这个全新的世界生活下去！

握紧拳头，荣贵在心里对自己道。

街上仍然没有路灯，周围的车也完全没开车灯，看来大家都很穷用不起灯泡啊——

荣贵心里想着。

然后，前方忽然出现了一道光。

白色的光，就像夜晚的太阳，突然出现在荣贵眼前的时候，他一时间忽然看不到东西了。

不等他惊慌，小梅的声音从隔壁传来："不是故障，由于忽然出现光源，视物模式切换需要一段时间。"

虽然有点听不懂，但荣贵果断理解这是正常现象。

果然，大概又过了三十秒，他忽然又能"看"到东西了！

和之前"看"到的景物质感有些微妙的区别，没有之前清楚，然而光影分明，这几乎是他原来能看到的东西的样子啦！

荣贵有些激动。

几乎是贪婪地看着眼前的情景，他的视线最终落向前方——光的起始地。

光来自前方几栋建筑顶部，那是五栋又细又高的建筑，看起来有点像烟囱，耸立在前方的车队中，建筑风格和之前见过的车管所非常相似，荣贵猜测两者的职能也差不多，应该都是公家单位。

大概类似收费站？

很快，他想他猜对了。

车队前进得虽然缓慢，却是有条不紊一直往前，很快轮到了他们。

小梅将车开到了一栋"烟囱"旁，"烟囱"的窗口刚好开在左侧，而坐在车左侧的是荣贵，于是荣贵刚好和那里面的办事人员面对面了。

里面的女人穿着和之前交管所男子制服一样难看的制服，配了一条同样难看的领带，就是头上的帽子不太一样——她头上的帽子小巧别致得多。

也不知道差异是工种不同还是性别不同导致的。

不过正是因为这项帽子小巧别致，荣贵一眼就看到了对方头顶的猫耳。

呃……是饰品吗？

荣贵愣了愣。

就在这个时候，对方和他说话了："需要查验通行证，请出示。"

对方的口音仍然和荣贵被小梅设置的口音有点出入，不过他勉强听得懂。

可是！他们并没有通行证啊！

不会被抓起来吧？荣贵立刻紧张起来。

"我们没有通行证，需要去哪里办理？"就在荣贵不知道如何是好时，小梅说话了。

啊？这么实在好吗？

荣贵有点抓狂。

不过他也不知道有什么更好的办法，只能在旁边补充几句："那个……我们刚从乡下老家出来，根本不知道什么是通行证，也不知道要办理通行证……"

小梅还好说，好歹是土生土长的本地人，可他不是啊！他可是"黑户"！这么久还没有

第四章
欢迎光临鄂尼城

死……听起来就很有研究价值，他不会被抓去切片吗？

看了不少有关科学怪人的电影，荣贵一下子就往不好的地方发散思维了。

"哦，没有的话也没关系，在这里办理就好，一张通行证10纳比。"

工作人员说着，从窗口伸出手来，荣贵看了看小梅，小梅便从座位下面的口袋里掏出两枚硬币，荣贵接过硬币递出去，对方收下硬币，很快，从里面递了两枚圆形的东西出来。

"这就是通行证？"接过通行证的时候，荣贵还有点蒙：通行证这么容易就到手了？连名字籍贯什么的都不需要填？连指纹血液都不需要采集？

呃……好吧，他们俩现在是机器人，指纹血液什么的想采集也没有。

"是的，不过由于你们所持的只是最初级的通行证，初始积分为1，这样一来，你们就不能去其他的地方，只能去鄂尼城了。"

"哎？这里通往很多城市吗？"荣贵立刻听到了对方话里的隐藏含义。

"是的，不同积分对应可以去的城市等级，这里有通往三个城市的路，不过限于你们的积分，只能去对积分要求最低的鄂尼城。"

"啊！听起来就是一座非常自由的城市呢！"虽然被告知选择只有一个，可是这并不妨碍荣贵对它的想象与向往。

一时间，小小的机器人身上居然流露出梦幻感。

鄂尼……"城"呢！

荣贵双手交叉于胸前。

"呵呵，没错，非常自由的矿产城。"被荣贵的样子逗笑，对方多说了一句。

"呃……"他好像听到了"矿产"这个词？

"好了，请按照前方的路标前往鄂尼城吧。"已经耽误不少时间，对方下逐客令了。

同一时间，前方的路标亮了起来，荣贵仔细看了一眼路标上的文字，正是"鄂尼城"。

旁边还有两条其他的道路，对应的标牌上写着其他的字，可惜此时此刻路标没有亮，荣贵看不到。

而就在他们驶上前往鄂尼城的道路之后，有几辆车驶上了之前荣贵看不清名字的两条路。转身扒着座位靠背又努力看了路标几眼，仍然看不清，荣贵终于坐回了座位，继续按部就班地踩动脚蹬了。

"真好啊！小梅，我们马上要进城了呢！"虽然心中因为对方对鄂尼的注释有点担心，可荣贵还是鼓起精神安慰小梅，"刚刚工作人员好像说鄂尼城是什么矿产城，看来那个地方资源丰富哩！

"我们家大黄好可怜，小梅，到了那边你要找点好材料给他换啊！

"当然，我也会帮你一起找的。

"真是奇怪呢，为什么大家对我们现在的样子毫不奇怪呢？

"不过，不知道小梅你有没有看到，刚刚那个工作人员妹子戴着猫耳啊，这些工作人

员很花哨哩！又是换领带又是戴兽耳饰品什么的……感觉大家都很时髦哩！

"我们要不要进城后也买个猫耳戴戴，刷刷时髦值？"

没人搭理也没关系，荣贵一个人愣是撑起了一车的对话，他自言自语，而小梅则一直稳稳地操控着方向盘，又行驶了两个小时之后，坐在大黄上的两个小机器人终于停在了一座城市前。

推开车门，荣贵跟在小梅身后下了车。走到小梅身旁，看着前方的城市，荣贵好半天没有说出话来。

这是一座灯火辉煌的城市，天空中有无数光源将整个城市照得宛若白昼，几乎就是白天了。

然而对于真正见过白昼的荣贵来说，这是一种很假的白天。

那些光白得不正常，而隐藏在光之下的城市则是金属一般冰冷黑色的。

荣贵听到巨大的机械发动机声伴随着各种敲击声从前方的城市中传来。

与此同时，他听到了另一个声音——

"提示，空气中金属污染指数超标，以下播报各项指标……"

是大黄的声音，不知道为什么，大黄的声音忽然在他脑中响起来了。

荣贵吓了一跳，不过他很快搞明白大概是小梅做的。

由于仍然不能习惯这具机器人的身体，经常错过一些重要体征变化，荣贵央求小梅帮他想想办法，小梅就多做了一个提示器，不过做好之后还没用过，今天看来，这个小改装是相当成功的，只是小梅偷懒，提示音居然用了大黄的同版声源。

荣贵的第一反应就是找口罩，不过很快，他看到了自己的机械手，虽然仍然有点不习惯，但是此时此刻他倒是忽然松了口气。

机器人的身体，应该不怕空气污染吧？

金属、机械、没有一丝温度的强光——就这几样，人们无论如何也不会觉得这是一座亲切的城市。

"不过……这座城市很有男人味，对吧？"即使在这种情况下，荣贵还是帮鄂尼城找了一个听起来不错的形容词。

"前面的乡巴佬！别挡道！"就在这个时候，身后忽然传来了鸣笛声，转头看回去，荣贵才发现有一辆车停在自己身后。

和站得比较偏的小梅不同，由于想要全方位将眼前的城市看个仔细，他站得有点挡路。虽然他有不对的地方，但是对方的态度确实也很恶劣，说完话，对方还驱车向前猛冲了一下。

这可是冲着荣贵来的！

目前只是一个材料简陋的机器人，荣贵的反应完全称不上迅速，他被吓得一屁股坐在了地上。

好在对方似乎只是想要吓唬他，不等撞上就停下了。

车内随即传来一阵粗鲁的笑声。

第四章
欢迎光临鄂尼城

心里还是有点愤怒,不过荣贵压抑住了。

慢慢站起来,荣贵让开了路。生怕小梅有什么不妥的举动,他还一直拉着小梅,然后语重心长地对小梅道:"我们第一次到陌生的地方,人生地不熟的,能不惹事还是不要惹事。"

"我睡过去之前第一次进城就不太冷静,有人说我,我就和他打了一架,结果晚上被对方带来的帮手围殴了一顿,身上的钱被抢光了,最后没办法,别人一忽悠,我就随便找了份工作。"他介绍了自己的经验。

"不过——"话音一转,荣贵又道,"我心里还是很不爽,记住那辆车的样子了,回头见到我要偷偷把它弄爆胎。"

十分无聊的报复方式——看了一眼荣贵,小梅将手抽出,上车,重新发动了车。

不知道城里是什么情况,他们决定暂时不将车开进去。于是,在城门口戴着防毒面具的工作人员的指点下,他们最终将大黄停在了指定停车场。

那是一个立体停车场,里面已经停了许多车,也是巧合,之前差点撞到荣贵的车停在了他们旁边。

看到那辆车的时候,刚刚还说要把对方车子弄爆胎的荣贵只是叹了口气,终究什么也没有做。

将大黄锁好,两个小机器人只带上通行证便离开了停车场。

和他们一样从停车场内出来的还有不少人。

大概是知道空气中重金属含量超标的缘故,那些人全都全副武装戴着厚重的防毒面具,头脸结结实实地藏在面具下,荣贵无法看到他们的长相。不过他们对于身体的防护就没那么在意了,虽然也有人穿得很厚实,但也有穿得很清凉的人。

那些人的穿衣风格很奇怪,一看就和之前的时代完全不一样,有的荣贵认为还不错,不过大部分人的穿着品味很糟糕。

荣贵还看到有些人暴露在外面的皮肤是金属制成的,有两个人用了机械手臂,还有一个人使用了金属大腿。

这是义肢?

其中一个人的金属手臂做得和真实的手臂几乎没有任何区别,还是偶然的一次反光让荣贵看到了一点点破绽。

荣贵还见到了一个和自己一样使用金属身躯的人,不过那是个大个子,每走一步地面都要震一震,荣贵的身体太轻了,那人路过的时候他觉得自己几乎要被震得颠起来啦!

他还看到两个个子高高,身体黝黑却异常健美的人,留着长长的头发,真正吸引荣贵注意的却并不是他们的优雅仪态,而是两人透过衣服垂在下面的尾巴。

他愣了愣。

这世界的人们真奇怪啊……有点想不明白,荣贵继续小步往前走。

人群中,他和小梅是最矮的,连其他人平均身高的二分之一都不到。他们只能淹没在众多大腿中间。

小梅做的身体太偷工减料了，着实太不伟岸了——心里默默叹了一口气，荣贵小心地行走着，尽量不让人踩到自己。

"我们去多拉酒馆。"就在荣贵胡思乱想的时候，小梅开口道。

"哎？"猛地从思绪中回神，荣贵好奇地看向小梅，"小梅你不是第一次来吗？怎么连这里有什么酒馆都知道？还有……

"我们现在是机器人，能喝酒吗？"

小梅斜了他一眼："我从刚刚路人的对话中分析出来的。

"他们一部分是过来买东西的，买东西的人要去多拉集市；一部分人是过来赚取积分的，而赚取积分的人提到了多拉酒馆。"

荣贵顿时有些汗颜：原来在他四下张望研究其他人外形的时候，小梅一直在听周围人说话，还从人们的对话中提取了这么多信息。

真是可靠啊！

丝毫没有"人比人气死人"的念头，荣贵对这样的分工满意得很。

"好呀好呀，那我们就去那个……多拉酒馆！"对于初进城的人来说，能知道自己去哪儿是一件很有安全感的事，荣贵立刻兴高采烈地大幅度抬起了脚，不过……

"该往哪个方向走？"

"跟着那个大个子机器人。"好在小梅永远这么靠谱。

于是，伴随着地面的一阵阵抖动，跟在大个子机器人身后，他们最终来到了城市里一条偏僻巷子的深处，那里有个没有招牌的小店，看来就是所谓的"多拉酒馆"了。

拉住小梅的手，荣贵顿了顿，然后勇敢地踏了进去。

"提示：现在的空气质量为良。"进入酒馆的瞬间，大黄又在荣贵脑子里"说话"了。

荣贵愣了愣，然后就看到酒馆里的人几乎都没戴面具，他们聊天、喝酒，热闹非常。

显然，为了让人们可以摘下面具喝酒吃东西，酒馆的空气大概做了一些过滤。

一下子看到这么多人的真面目，荣贵"哇"地叫了一声。

这可真不是他原来的时代了，随便扫一眼，这个念头就在荣贵脑中挥之不去了。

怎么说呢？这儿的人虽然看起来还是人，都是两只眼睛一个鼻子一张嘴没错，可是他们中的很多人身上多了点小玩意。

兽耳是最常见的，有的人有尾巴，还有人身上有鳞片，荣贵一开始以为那是装饰，不过使用放大功能偷偷观察了一会儿，他确定那是实实在在长在身上的"真·鳞片"。

不过这只是一部分人，也有看起来和他那个时代差不多的人，但这里的人总体来说似乎要比他那会儿的人高一些。

荣贵想起孤儿院的大家留给他的视频里，荣福曾经念给昏迷中的他的一篇报道，大概是讲未来人会变成什么样儿的。

上面说，由于大脑会越来越发达，人们的头会越来越大，身体则会萎缩，身高会降低，搞不好真的会变成电影里ET（指外星人）那样的。

荣福还笑着说荣贵这样子的到了未来搞不好会变成最丑的那一类。

现在看来自己还是很帅的！这里的人审美没"歪"！

荣贵彻底放心了。

总之，作为一个智商普通的旧时代老古董，荣贵非常坦然地接受了新时代真实的样子。

他没有想这里的人为什么变成这样，物种是否有了变化，时间到底过去多久了……总之，智商在线的人多半会想一想的事情，他统统没有想。看完酒馆里的人，他将视线转移到他们的服饰上——虽然现在用不到，但总要看看这里的人流行穿啥，无论到哪儿，都要紧跟潮流不是？

一边兴致勃勃观察着，一边找座位，可是他找了很久愣是一个座位也没找到。

偶尔见到一两个空位，不等他过去，空位旁边的人就把腿跷到空位上，明显的拒绝姿态让荣贵不得不再次离开。

宁愿继续找也不打算请人让一下座位，荣贵想要无声无息融入酒馆，他不想发生任何可能的争吵。可是他不想找麻烦不代表麻烦不找他，就在荣贵拉着小梅游走于人群中继续寻觅座位的时候，他原本抓住小梅手的那只手忽然空了。

荣贵猛地转过头去，然后，看到了小梅被人悬空抓起的情景。

虽然小梅面无表情，虽然小梅连呼救都没有，虽然小梅不会疼，但他是被人整个抓住脑袋拎起来的，以一种非常憋屈的姿势——

"哈哈！矮子，又是你，我看你绕着我走了三圈，一直没找到座位是吗？嘿嘿，第一次来？多拉酒馆的座位是凭拳头才能拿到的，这个规矩都不知道？"一个有点熟悉的声音忽然从他的头顶传来，荣贵连忙仰起头。

说话的男人就是抓着小梅脑袋的人，他的脸上带笑，旁边两个同伙也笑嘻嘻。

荣贵是谁？他的特长是什么？

是唱歌啊！听过一次的旋律绝对不会忘，对各种声音非常敏感，就连不同的人开门锁的声音都分辨得出，有这个本事，他一下子就知道说话的人是谁了。

正是之前在门口差点撞上他的人！

他记得那个人的声音！

"你们是……那个什么梅塔人？传说中的矮子？因为个子太矮所以喜欢使用机械身体，听说你们穷得很，经常几个人共用一具身体是不是？"那人继续说着，一边说还一边晃着手里的小梅。

"拆开看看呗！看看里面一共有几个矮子。"他旁边的同伙还火上浇油地笑了。

"好啊，我也很好奇呢……"男子也笑了，伸出另一只手向小梅的身子抓过去。

就在这个时候——

"哈！"口中忽然发出一声绕着弯的吼叫，荣贵先是摆了一个奇怪的姿势，然后忽然跳了起来，就像一颗炮弹，狠狠地向男子撞了过去。

个子不够，他知道借助旁边的椅子，先是跳上椅子，再从椅子跳上桌子，精准地和男子抓着小梅的胳膊撞了个正着。

他的动作非常快,且太过突然,男子的胳膊一抖,手里的小梅瞬间落地。

不过男子也顾不上小梅了,遭到荣贵的突然袭击,男子显然生气了,一只大手迅速向荣贵抓来。

然而荣贵的个子小啊!男子的动作不够精准,一抓没有抓住,被他躲过去了。

打滚躲避的工夫,荣贵做了两件事:首先,他把咣当落地的小梅推到隔壁桌子的椅子下;然后,他秀出了自己的小拳拳——没错,就是小梅给他做的那只简易左手。

虽然简易,可是那只手比一般手大,荣贵没事还把它当锤子用,如今打架的时候更要派上用场。

荣贵挥着小铁拳就过去了。

然后——

小拳拳被对方抓住了。

"哈哈哈!就你这矮子还想和我……"男人大笑,岂料,下一秒,他的左眼眶就被狠狠击中了!

荣贵果断卸下自己的左手,掉下去的瞬间抢起右拳给了他结实一击!

"哈!"又是一声奇怪的吼叫,荣贵吧嗒落地,断了一只手的小机器人看起来更破旧了,可他身上却陡然升起一股气势。

熊熊地燃烧着,小机器人的背后仿佛升起了斗魂!

接下来的场景可谓非常混乱,男子暴怒,他的两个同伙也加入了战局,周围的人完全没有插手的意思,看他们打架。

荣贵一个矮小的机器人显然是打不过三个成年男子的,可是他凶啊!超凶!

椅子都抢不起来不要紧,他就抢自己!没有武器也不怕,他把自己拆了继续打!

"你们这帮浑蛋!别让老子再见到你们!"他将自己的头扔出去,他的头在飞行的过程中仍然狠狠骂着。

被这诡异又滑稽的一幕吓傻了,三个男子最终满头包地离开了酒馆。

"哈!"再次发出一声李小龙式号叫,荣贵的头滚啊滚,终于不动了。

是小梅将他的头从椅子下面抱出来的。

"小梅,把我的头放到刚才那人的座位上去,你坐旁边的座位,呃……还有一个座位也别浪费,把我的身子放上去。"只剩一颗头仍然颐指气使,荣贵指挥着小梅到处做事。

两个小机器人非常高调地将刚才那三个男人的座位全占了。

旁边的人似乎被荣贵刚刚表现出来的勇猛吓到了,不时有打量的视线传来,小梅自然对这些视线视若无睹。他习惯被人注视,而荣贵居然比他还"拽"!

明明只是一个机器人,甚至是一个身首分离的机器人,可是荣贵的头往座位上一摆,给人的感觉竟是霸气极了。

终于找到了座位,接下来的时间也没有人将他们挤开,于是,这天晚上荣贵他们顺利地打听到了一些关于这座城市的消息。

第四章
欢迎光临鄂尼城

怎么说呢……

鄂尼城，这座只需要初始积分就可以进入的矿产资源丰富的城市，是名副其实的自由城市。

自由的苦力城。

没有学历要求，没有积分限制，任何人都可以来这里工作，这里提供的工作只有一种：采矿。

这里的矿产属于不同的人，矿工挖到的矿必须全部上缴，不过矿工也不是毫无回报的，他们可以获得积分或者金钱，当然数量不会很多。

获得的积分积累到一定程度，他们就可以去其他城市寻找机会。

每个人都需要通行证，通行证里的积分代表了不同权限，他们可以使用各种公共资源，通往各个城市的道路也算在内。

对于荣贵和小梅这种初始积分只有可怜的1的乡下人来说，鄂尼城是他们唯一的选择。

然而积分并不好赚，普通人往往要挖五年矿才有可能赚到足够去下一个城市的积分，即使是那些有资格采集较值钱矿物的矿工，也需要三年时间左右。

能够来到多拉酒馆并且得到个位置打听消息的人，一般就有资格成为这种"三年矿工"。

小梅是背着荣贵的身子，抱着荣贵的头离开酒馆的。

荣贵用剩下的一只手拿着两张纸：那是他们刚刚在酒馆领到的矿工申请表。

他的左手和两只脚都没了，打架的过程中被他当作武器或抡或扔，全都散架了。

"总之，太好了，我们知道赚取积分的方法了。"即使如此，他仍然十分乐观。

头被小梅抱在怀里，荣贵的声音听起来一如既往得愉快。

周围没有其他人，只有他们两个，狭窄的道路上只有小梅吧嗒吧嗒的脚步声。

就在这个时候——

"为什么？"上方忽然传来小梅的声音，是小梅在和他说话。

荣贵精神一振：不知道是不是吓傻了，从他打架开始，小梅愣是一句话没说过啊！他一直担心这孩子傻了呢！

知道问问题，这是好事！

他立刻将两只"眼睛"翻了上去。

"为什么打架？之前差点被撞到的时候，你不是说不想惹事吗？"不将问题问完整这个笨蛋是不会理解的，小梅难得说了一长串话。

果然，荣贵"秒懂"。

"此一时彼一时，他说我没关系，而且那时候我确实站的位置不对，但是他不能说你。

"我看不得别人欺负我的朋友！"

荣贵坦荡荡地承认自己"双标"。

"而且——"话锋一转，荣贵继续分析道，"当着那么多人的面，如果我们忍下去的话，那以后所有人都可能欺负我们，人就是这个样，这种劣根性我不信现在就能改了！"

"我当年虽然因为口舌之争被人抢了钱，但是我当时表现得太顽强了，后来就很少有人敢欺负我。在剧组里也一样，虽然我只是个龙套，但很少有人敢欺负我，所以说，不该忍的时候就不要忍，刚刚就是不该忍的情况。"荣贵热心地指点着小梅。

不过他有点担心小梅就此误会他。

"你别怕，刚刚那个不是真正的我，真正的我可懂礼貌了。"关于以前的自己一谈就谈个没完，荣贵继续唠叨，"刚刚我表现得很有气势吧？那是有原因的。

"我演技好啊！

"之前当群众演员的时候，我演过好几次反派手下的小弟来着，就是打起架来不要命的那种，因为演得太好了，后来一有这种角色需求导演就想到我……

"不瞒你说，其实我打架经常赢的秘诀就是这个。小时候，因为害怕欺负，我没少看黑道电影，揣摩里面别人最害怕的小混混的演技，后来打架的时候，只要我把对方的气势模仿出来，往往还没打对方就全跑啦！"

越说越得意，荣贵竟越来越开心。

"虽然最得意的是我的歌技，不过不得不说，我的演技也很好哩。"

一个人也能聊得很愉快，路上再一次只剩下荣贵一个人的声音。

小梅一直没有说话。

朋友吗？

他静静地想着。

自己被欺负不要紧，却不能看着朋友被欺负吗？

荣贵的声音渐渐减弱，终于他不再说话，周围安静下来。

不，其实并不是那种没有一点声音的安静——这座城市一直有机器低频运转的规律声响，以及永不停息的敲击声。

在这座矿工城，为了赚取微薄的积分或者金钱，总有矿工不分昼夜地工作。

好吧，这里原本就是不分昼夜的。

"对不起。"短暂的静默之后，荣贵再次开口。

开口却是道歉。

"对不起，我把你给我做的身体搞坏了，好多部件散架了吧？很难修好吧……材料也不够了……"荣贵的声音难得很低，充满了沮丧，"我们需要积分，这种时候不顾一切把自己搞散架，就没有办法干活了，小梅，你帮我随便攒个身体就好，能采矿就行，我想到其他城市去，我想要积分……

"我想去真正的城市，我不想当一辈子矿工。"

最后这句话，荣贵把声音压得很低很低。

即便如此，他的话中也只有对自己搞坏小梅作品的歉意，并没有任何悔意。

对于为了小梅去和别人打架这件事，荣贵没有一丝一毫后悔。

欢迎光临鄂尼城

他说完，又是一阵沉默，然后，缓缓地，他听到了小梅的声音。

"没关系，积分我会去赚的，身体暂时没法恢复原状也没关系，等到找到合适的材料，我可以做一个更好的身体给你。"说这句话的小梅仍然是面无表情的，可是荣贵莫名觉得小梅此时的神情叫坚定。

"有腹肌和大长腿的那种吗？"他立刻蹬鼻子上脸了。

小梅再次无语。

"不求一米八，至少一米七八呀！"明明是机械音，荣贵愣是能做出央求的音效。

央求完毕，他便迅速转换频道，声音忽然压低，小声问："小梅，那些人说的梅塔人……就是你的族人吗？他们说你的族人不太高，是真的吗？我看你老家的房子都挺矮的，家具尺寸也很小，当时我就猜是不是因为主人不高，可是你的身体又挺高的……"

想到什么就说什么，荣贵就这么大刺刺地把心中的疑惑说出口了。

小梅沉默了好一会儿，就在荣贵终于察觉自己可能问了个不该问的问题时，他开口了："嗯，他们很矮，皮肤是绿色的，长得很普通，生活在地下最底层，是其他人很瞧不起的种族。"

呃……那……不是地精吗？

随着小梅的描述，荣贵脑中清晰地勾勒出一群地精的模样。

可是小梅长得一点也不像地精啊！

他又糊涂了。

而且他依旧很糊涂地将这句话说出口。

"嗯，我是被捡回去的，那时候我很小，虽然很小，不过已经和他们的成年人差不多高，他们以为我是白化的族人，就把我捡了回去。"

"然后呢……"荣贵不知死活地继续问。

"然后我就越长越高了。"说完这句话，小梅就没有在这个问题上同荣贵再说一句话了。

大概这就是小梅被抛弃的原因。

可是……

小梅给两人做的身体，明显是地精尺寸的啊！

随手做出这种身体，完全不想回自己的身体里，小梅这是想做地精吗？

这个……

初衷是好的，可是这审美有"病"得治啊！

自以为已经明白一切的荣贵迅速换了话题："我今天看到有人用金属手臂啦，那个人的金属手臂做得可像真的了！小梅小梅，我们可以找到那种材料吗？你用不着把我做得多结实，但是务必做漂亮点啊！哎呀！你的审美堪忧，到时候你的身体也得让我帮你设计一下……"

于是接下来又是荣贵的专场。

这个夜晚他们仍然在大黄的车厢内休息，关机之前，荣贵轻声道："我们都是被亲生

父母抛弃，然后被收养的。我其实先后被两户人家收养过，不过没过多久，因为各种原因，他们又把我送回去。

"一开始，我是有点怨恨他们的。

"不过这种怨恨很快变成了感激。

"正是因为他们把我送了回去，我才拥有了最大的家庭呀！

"愿意在我死去之后一直花大钱、花时间照顾我那么久……

"不可能有比他们更好的家人了。

"我感激那两户人家把我还了回来。

"非常感激。

"虽然不知道这样说好不好，不过，小梅，你早晚也会找到真正属于你的家人的。

"他们离开，可能只是为了把你还给真正属于你的家人。

"回头你会感激他们的。"

停车场外的灯光依旧很亮，冰冷的白色灯光有一部分映入车内，让荣贵的脸有了阴影。

他的话让小梅愣住了。

然后，说下刚刚那番话的"祸首"便自顾自陷入了休眠。

小梅一个人沉默了很久。

第二天早上，荣贵是被小梅叫醒的，连接身体的螺丝被他弄掉了，无法连接身体主电源的他难得感觉"没睡够"——其实是没充够电。

外面很亮，在最初的那个瞬间，荣贵几乎以为这是以前的那个世界，而且是一个早上，太阳光透过窗户从他出租屋简陋的窗户射进来。

不过他很快反应过来并非如此。

太阳光不会如此冰冷苍白。

这是昼夜没有休息时间的鄂尼城的标配灯光。

他的机械身体被小梅放在后面，与他俩原本的身体放在一起，然后头被小梅摆在原来的座位上，还系了安全带。

老实说，这一幕在一般人看来大概挺诡异的。

可惜荣贵和小梅都不是一般人。

"今天就辛苦小梅你一个人踩车啦！"大大方方地和小梅说了一声，荣贵便歇在了座位上。

小梅对此不置可否，冷静地发动了车子。

还没开多久，荣贵忽然听到外面有阵阵喧哗声。如果是平常，他的头早就转过去了，他是个天生喜欢看热闹的人。

可是他现在只有一颗头呀！

转了半天，他能转动的只有两只"眼睛"，听着声音越来越近，再过一会儿就要擦身而过,他急了,连忙对小梅说:"小梅小梅!快点给我把头转过去,我要看热闹!"

小梅低下头来,冷冷地看了他一眼,然后帮他把头转到"有热闹"的方向。

荣贵喜滋滋地探看起来。

他这么着急并非没理由,因为他听到正在发出最大音量的男声很耳熟,待到他可以看清的时候,果然——

"热闹"的中心正是昨天和他打架的那三个小混混。

只见那三个人气急败坏地围在一辆车前——没错,就是昨天差点撞上荣贵,荣贵马后炮对小梅说以后找机会弄爆胎的那辆车。

津津有味地围观,荣贵突然发现……

呃……那辆车好像真的爆胎啦?而这也正是那三个人气急败坏的原因,周围好多人看热闹,那三个人急眼了就去周围抓人询问是不是对方搞鬼,可惜敢围着看热闹的人自然也不是好惹的,人家还真不怕他们仨。

盯着对方的轮胎又看了一会儿,荣贵忽然又吼叫起来:"小梅小梅,快点帮我转个头,我要看你。"

然后下一秒,他果然和小梅面对面了。小梅居高临下面无表情地看着他,而他也面无表情地仰望着小梅。

"嘿嘿嘿!"荣贵忽然发出一阵怪笑。

小梅高冷地转过头,然而荣贵已经果断确认完毕了。

嘿嘿嘿嘿嘿!扎破对方轮胎的人果断是小梅!

昨天晚上在他睡觉之后,小梅一定偷偷摸摸溜出去,拿着工具箱里那把长锥子,然后——狠狠地扎!

小梅就帮他报仇啦!

"脑补"了一下小梅昨天入夜后的行动,荣贵越想越兴奋。

"走啦走啦!"荣贵大声道,这种事干完要赶紧撤退啊,小梅怎么还等到早上啊?

于是车子再次发动,荣贵又高高兴兴唱起了歌。

仍然是念歌词,歌词的大致意思就是"特别高兴"。

任由他在旁边代替大黄播放背景乐,小梅稳稳地开着车,车要开去哪儿,荣贵完全没有过问。

毕竟小梅是个非常靠谱的人呢!

靠谱的小梅最终驾驶大黄来到了一栋破破烂烂的房子前。很快有人从街上走过来,荣贵听了一会儿就听明白了:来人是个中介,小梅要找他租房子。

哎呀!他只想着要工作的事,居然忘了考虑先得落脚这种大事了,小梅果然能干!

荣贵就在旁边听小梅和对方说话,谈价格的时候,他果断插了几句话,帮忙砍价,又吹捧了对方几句,对方最终给他们便宜了5纳比。虽然便宜不多,不过荣贵挺高兴的,毕竟他还做了点事,帮两个人省钱了不是?

小梅最终以50纳比的价格租下了这栋房子一个月的使用权,以后据说还能使用积分

支付租金，加上昨天付的停车费，他俩的存款一下子缩水了。

可是有稳定的落脚处还是挺不错的。

将大黄开进小院，将大门锁上，接下来的一个月，这个小院子的使用权就归他们了。

被小梅安置在桌子上，荣贵看着小梅忙忙碌碌地将车上的东西拿下来。

普通的行李还好说，小梅一个人也能搬，可是轮到搬两个人的冷冻舱，小梅就很吃力了。

不过小梅就是小梅，发现自己拖不动，他就先把荣贵放在后车厢的半拉机械身体拖了出来，加工了一下，没多久，那半拉身体（注：没腿）居然和他一起去抬冷冻舱了。

荣贵看得一愣一愣的。

呃……怎么说呢？

身体的正主——他……的头还在桌子上摆着呢！身体却自己动了，这感觉忒复杂了，一般人不懂。

不过好在他的身体在帮忙抬冷冻舱后就不动了。

虽然看着仍然有点别扭，但荣贵的注意力很快就转移到周围其他行李上了。

小梅知道把东西搬出来，不过他似乎仅仅只知道把东西搬出来。接下来要做什么，他完全不打算理会。眼瞅着小梅将东西拿出来就不管了，荣贵急眼了。

"小梅，事情还没做完呢！"

看到小梅终于抬头看自己，荣贵赶紧再度出声，指挥着小梅团团转，"将蘑菇……地豆种在院子里""毯子铺在地板上""床单先在外面晾晾"……

他甚至让小梅在窗户旁摆了一盆地豆。

地豆既是观赏植物又是灯泡，美观又实用。

"我们那儿有句话，说得忒好，房子是租的，生活可不是租的。"充满感情地，荣贵对小梅道。

小梅对此不置可否。

不过不得不说，经过荣贵这一通指挥，明明仍然是刚才那个房间，给人的感觉却完全不同了。

两个人用习惯的板凳也摆过来，毯子铺好，居然有几分在梅瑟塔尔他们俩居住过的小房间的架势。

当然，心里想什么，小梅是不会说的。

"再过一个小时，就可以出去找工作了。"小梅拿出昨天那两张单子，想了想，又放回去一张，对荣贵道。

"我也去我也去！"生怕小梅不带自己，荣贵赶紧道。

小梅没有反对。

不过——

"我们的身体怎么办？"这可是他们最重要的财产——荣贵很快想到了这个问题。

想到刚刚看过一眼这边大门的锁，荣贵觉得不太结实，越想越觉得不妥，可是让他

第四章
欢迎光临鄂尼城

在家待着看身体也不行,一来他想跟着小梅,二来他现在就一颗头,留在家里什么事也干不了,最多喊喊救命,然而他不认为在这种地方喊救命有用!

荣贵的大脑以前所未有的速度高速运转着。

对于一个大脑容量有限,平时能不动脑就不动脑的人来说,他真的很拼命地思考,他思考啊思考,思考得都快没电了,然后——

叮!

灯泡亮了。

"小梅,我们挖个坑,把冷冻舱埋地下吧?反正你说过冷冻舱挺结实的。"荣贵赶紧把自己拼命想到的主意说给小梅听。

小梅沉默了,不过没有否定他的主意。

于是,荣贵继续负责指挥,小梅负责挖坑。按照荣贵说的,小梅挖了一个很深的坑,然后将冷冻舱和荣贵的身体一起放下去,再盖上土,踩踩结实。

"再在上面种几棵地豆。"荣贵说。

于是,一小片地豆种在了刚刚翻过的土壤里。

将旁边的土踩结实,荣贵瞬间觉得两人圆满了。

"不过……怎么越想越不对?怎么这么像坟头来着?你别说,冷冻舱怎么和棺材那么像?"荣贵咋舌。

你才想到啊——一直没吭声的小梅心里默默说道。

不过他只是想想,依然什么也没说,将工具收好后就准备出门了。

对于小梅来说,只要带着单子和通行证去就行了,不过由于他没有拒绝带着荣贵,所以他的准备工作又多了一项:帮荣贵找个适合搁脑袋的地方。

虽然在小梅看来这完全是浪费时间,但到了荣贵这里就是不能妥协的事情。

选了家里最漂亮的一条床单——当然,漂亮得非常有限,小梅按照荣贵心里的流行款式仔细改造了一下,最后,弄出来一个(在荣贵看来)非常漂亮的小背包。

背包一做出来,荣贵立刻让小梅把自己的头放了进去。

荣贵美美地指挥小梅给自己调整了一下姿势,然后看着小梅把背包背起来。

小梅是将背包倒着背的。

这倒也没什么不对,原来在地铁公交等人多的地方,为了防盗,好多人这样"背"双肩包。

可这是个改良双肩包啊!荣贵的头还露在外面呢!

于是小梅这么一背,小背包眼瞅着就不太像小背包了,更像个前抱式婴儿背带。

荣贵:"我就是那个婴儿。"

显然小梅对婴儿背带什么的并无研究,款式是荣贵提出来的,何况他们家漂亮的床单就那一条,他们已经很奢侈了……

叹了口气,荣贵对小梅道:"走吧走吧,我们该出门找工作啦!"

小梅再次固定了一下他的头,然后开锁,再关门上锁。

大门关上之前，荣贵还不忘记对里面大喊了一声："大黄，在家好好看家啊！"

看着小梅低下来的头，荣贵小声对他道："这是为了让周围的其他人知道，咱家还有人！"

小梅："……"

"还有，我这不是怕大黄害怕嘛！"

于是，在捆在婴儿背带里的荣贵单方面的聊天声中，他们最终来到一处矿坑前，排在长长应聘队伍的末端，即将开始工作。

第五章

矿工家属

苍白的灯光，隐藏于地下的闷吼，机械摩擦发出的钝响……荣贵静静地感受着这一切。

小梅的个子是最矮的。

有人因此故意排着排着就插到了他前面。人已经大刺刺站在他前面，过了一会儿才傲慢地转过身，低下头，然后轻蔑地对小梅道："不好意思，我没看到你啊！你太矮了——"

荣贵的第一反应就是抓住小梅，他条件反射担心小梅会因此做出反抗行为，毕竟，现在他只剩下一颗头，可没有帮小梅的资本。

不过他很快反应过来，现在的他已经没有手可以抓住小梅了。

然而——

小梅对此没有任何反应。

他甚至没有抬头看对方，木然地站在原地。

——宛若眼前的男子并不存在。

没有反应某种程度上比任何反应都要有效，那人眼瞅着小梅没有反应，一开始可能是想要得寸进尺进一步挑衅，然而很快，他想起来这是等待应聘的地方，挑事的话自己也没好果子吃，于是握了握拳头，转过身去了。

倒是站在小梅后面的人，在发现小梅如此"忍气吞声"之后都窃笑，插到小梅前面去了。

于是排了很久，好容易排得靠前了一点，他们又落回队伍的尾巴。

小梅的表情一如既往平静，然而荣贵却忽然觉得眼前的小梅变得可怕。

明明只是一个破烂又矮小的机器人，明明是每天一起生活的伙伴，明明自己就挂在他的胸前，可是这一刻，荣贵忽然觉得小梅和自己的距离非常遥远。

小梅的身体是矮小的，可是他的灵魂却在云端，比山还要高，比云还要遥远，荣贵抬头也难仰望。他眼中无悲亦无喜，对于世事漠不关心，世间的万物与他没有一丝一毫的关系，他就好像……就好像天上的神祇！

荣贵终于想到了一个最恰当的词。

明明站在人群里，明明周围有这么多声音，然而小梅留给他的身影却无比寂寞，仿佛已经经历了百年甚至千年的孤寂。

这样的小梅让荣贵觉得陌生又可怕。

可是……

小梅就是小梅呀！

荣贵很快就不怕了。

他决定和小梅聊聊天。

第五章
矿工家属

之前他之所以不说话，是因为怕引起别人注意。抱着一颗头的机器人看起来很奇怪吧？如果因为奇怪被欺负就不好了。然而现在看来他说不说话都逃不过"被欺负"的命运，那他还忍着做什么？

"小梅，你比我还能忍啊……虽然应该夸你，毕竟我们现在打不过对方，可是……我还是有点生气啊……"荣贵先是表扬了小梅的处理方法，然而他终究是个直线条的人，夸奖的话没有说两句，就开始抒发自己的情绪。

"为何要生气？"小梅的声音从上方响起。

"他们也太欺负人了，从昨天开始我们就被欺负，这个地方不好，真不好……"明明是想要安慰小梅的，可是荣贵说着说着就把自己内心的一些阴暗想法透露出来了。

大概是小梅的表现太过沉稳，以至于荣贵不由得小小放纵了一把。

听完荣贵的唠叨，小梅沉默了片刻，然后念出长长的一段话。

荣贵完全没听懂！

一个字也没听懂！

不过荣贵是什么人啊？他经常听不懂啊！所以他是个虚心人儿。

接下来他就虚心向小梅求教："小梅，你刚刚说的是啥啊？我听不懂。"

"是西部莱伊萨族的语言，莱伊萨族的语言被称为世界上最美的语言，莱伊萨人以自己的语言为荣，莱伊萨族出了很多诗人，也有闻名于世的诗，我刚刚念的就是其中一首诗中的几句。"小梅难得说了一大段话。

"哦……看不出小梅你还是文化人。"感慨了一句，荣贵继续说，"确实挺好听的，那……那句诗讲了啥？"

其实荣贵对诗歌啥的一点兴趣也没有，他只不过是想和小梅多说点话而已，毕竟，说话的小梅看起来正常多了。

小梅便停顿了片刻，然后才缓缓道："每一个人的命运是神明早已安排好的。

"不要在意有人赶在了你前方，因为他身后的位置才是你的。

"前方有沟壑，前方有地洞，前方有死神，而唯独你在最安全的地方。"

小梅已经尽量用荣贵可以理解的说法解释了，然而——

荣贵还是一脸问号。

小梅沉默，然后道："简单点说，就是不要计较得失，不要计较一时的先后，每个人的命运都是既定的，前方可能会出现可怕的灾难，而抢了你位置的人之所以会抢你的位置，是因为死亡是他既定的命运。"

荣贵听得目瞪口呆。

"这……这诗好狠毒啊！简直是诅咒！我以为诗都是高大上的，很有教育意义的哩！"荣贵对诗歌的记忆仍然停留在小学课本，那些精挑细选出来供祖国的花朵认真学习的古诗词上。

"诗原本就是直抒胸臆的一种方式，是一种情绪的表达……"小梅淡淡道。

他们的对话也被之前插到他们前面的一个人听了去，那个人只是闲着没事听两个"弱鸡"聊天，听到小梅的"诅咒诗"也没太在意，不过大概是无聊了，他偏想要宣扬出来让其

他人知道。

"这个矮子诅咒我们呢!说前面会发生可怕的灾难,抢了他位置的人就是该死的命——"生怕自己说得不够引人注意,他还故意断章取义。

"哎?不是这样的——"荣贵赶紧打断对方的话,然而不等他把话说完,甚至刚刚那个男人也没能将话说完,他们脚下的土地忽然传来一阵可怕的震动!

好多人条件反射地蹲在了地上,捂住头,这是人们在发现不明变故时的本能反应。

只有小梅没有任何动作,他只是伸出了一只手,然后轻轻放在荣贵脸上,盖住了荣贵的"眼睛"。

"怎么啦?怎么啦?"什么也看不到的荣贵焦急地叫着。

时间似乎过去了很久,小梅终于将手从他脸上移开。

慌忙让小梅调整了一下自己的位置,荣贵也终于看清周围的一切。

原本排在他们前面那些高个子全没了。

不,他们并非离开或者消失,而是……

荣贵好奇地看着那些灰头土脸抱着头蹲在地上的人,过了好久,才将那些人和之前那些高高在上的傲慢家伙联系在一起。

他们的头上有很多灰,仔细看,小梅的脸上也有灰,他这才明白小梅刚刚为什么将手放在他的脸上:嗯……帮他挡灰吗?小梅真体贴!

不过,这是他看到周围那些人时候脑中瞬间闪过的想法,片刻之后,他看到地上那些抬起头来的人全部戴着防毒面具,隔着厚厚的防毒面具,荣贵能感受到对方强烈的情绪。

害怕?

紧张?

恐慌?

畏惧?

是的,是畏惧!

那些人蹲在地上,抱着头,正用畏惧的目光看着他!

等等——

他们看的不是他,而是……

小梅?

荣贵先是懵懂地抬头看看小梅,然后……

"四号矿坑坍塌啦!里面刚刚有人进去了啊啊啊!"一声惨叫忽然打破沉寂,荣贵朝着声音的方向望去。

这回,前方无人阻挡,他的视线毫无障碍地越过了层层人群,前方的景色一览无余。

这也是荣贵第一次看清他排了很长队伍的地方。

前方是一片呈漏斗状的土地,黑色的"漏斗"非常深,起码荣贵一眼是看不到最深处的,而在"漏斗"的壁上有一层又一层的纹路,从远处看像纹路,实际上是道路,供矿工以及采矿车出入。

地下各种沉闷的声响就是从"漏斗"的最深处发出来的。

那里，就是他和小梅即将工作的矿坑。

而此时此刻，一声声警笛声正从矿坑底部传出来，那是只有出了意外才会出现的紧急救援车上的警笛。

刚刚突如其来的地动就是由于那里坍塌了。

"刚刚插队抢了他位置的人分过去的矿坑就是四号矿坑！"

"天哪！他的话应验了！"

距离他们最近的男人，也就是之前跳起来说小梅诅咒其他人的那个男人，忽然惊恐地大叫。这次他不敢再用"矮子"这个称呼了。

在他的引导下，所有人都想起了地动之前发生的事，那个男人说的话虽然断章取义，然而听到只字片语的人不在少数，毕竟小梅和荣贵的对话并未遮遮掩掩。

不知道是谁第一个跳起来逃开的。有了第一个，很快有了第二个，没多久，原本插在他们前面的人竟然全都消失了。

空气中只剩下沉闷的敲击声以及警笛声。

应聘的矿工几乎跑光了，就剩他们两个。

嗯……一个半？

应聘者这边的小插曲也引起了矿坑原本工作人员的注意。

运送伤员的车从他们身边呼啸而过，没过多久，一个个子不高、驼背的男人从前方背着手走了过来。

他脸上的防毒面具看起来尤其厚，荣贵完全看不清他的长相。

"与其说是诅咒，不如说是预言，你莫非预感到了这场灾难的发生？"在小梅身边站定，那人才开口。

声音沧桑，这应该是个中年男子。

他的个子果然不高，站在小梅面前也只比小梅高一头而已。

微微抬起头，小梅抬头看看他："怎么可能？"

"呵呵……"低沉的声音从对方佩戴的面具下传来，不接小梅的话，那人继续问，"那你猜猜，刚刚进去的那些年轻人死了没有。"

小梅静静地托着荣贵，半晌道："没死。"

"呵呵，你又说对了，他们没死，就是最早进去的大个子又抢了别人的位置，被一块石头砸中了，他受的伤最重，不过断两根骨头而已。"

那个人用的词很有意思，他用了一个"又"字。

小梅没有再接话。

那人就走到了旁边一张金属制的小桌子旁："还想在这里工作吗？其他人都离开了，你们现在是排在队伍最前面的人了。"

看到小梅不动，那人又道："放心，不会把你分到刚刚出事的四号矿坑。出了这事，虽然进去的人没事，可是矿工们会害怕，这几天应聘的人一定会减少，我们会涨工资哩！"

来不来？"

小梅最终慢慢走了过去。

他将手里的表格填好交给对方，又从对方那里领到一张小卡片，被分到了七号矿坑，以平时三倍的工资，成为了一名矿工。

小梅分到了一个背篓——很结实，带锁的那种，一把铲子——有点旧，看样子之前已经被很多矿工使用过了，一副手套——这倒是新的，一顶很结实的矿工帽，帽子前方还有一盏探照灯，一身工作服——也是新的，即使是最小号，对于小梅如今的身材来说仍然有点大。

除此之外，还有一个小腰包，里面是一些必需品，包括热量很高的食物，虽然小梅用不到，可他还是分到了一份。

"还有什么要说的吗？"戴着面具的招工头儿抬起头来问了一句。

小梅看了看怀里的荣贵。

"我还需要一顶矿工帽。"

那人似乎笑了："按照规矩，这是不允许的，不过今天人少，我就网开一面。"

说着，他又从脚底的箱子里摸出一顶帽子来。

于是荣贵的头上也有矿工帽了。

前胸挂着荣贵，后面背着矿工用小背篓，腰上还挂着一个万用小腰包，除了矮了点，有了全套矿工装备的小梅看起来和其他矿工没什么区别。

他马上就被带着上工。

引领人仍然是那个戴着面具的男人。

"上车。"对小梅招了招手，他径直带着人走到了一旁的运矿车旁，等到小梅爬上来，才慢悠悠发动了车，"你运气好，今天没人，否则矿工只能坐在后面。"

他指了指车厢后面——原本运送矿石的挂车。

抱着荣贵的头，小梅没理他。

那人也不生气，自顾自开车。

矿坑与矿坑之间似乎非常遥远，车在四十五分钟后才抵达目的地，和之前的矿坑情况不太一样，进入前车曾停下过一次，男子出示了什么证件才被允许进入。

和之前任人过去应聘的四号矿坑不同，这里应该是高一级的矿坑，需要通行证。

当然，注意到这一点的是小梅，荣贵虽然看见了，不过他什么也没想。

"哟？居然还有新人来？四号矿坑不是出事了吗？那些家伙应该全跑了。"在之前四号矿坑戴防毒面具男子的对应位置，同样坐了一名戴防毒面具的男子，两人的防毒面具款式一样，不过这里的男人高大得多。注意到小梅的身高，他还愣了愣，半晌才笑道，"这不会是你亲戚吧？居然比你还矮……"

"矮又怎么了？我的活可干得比大个子都强！"小个子男子立刻反驳，拍拍小梅的肩膀，"优秀矿工的个子可都不高，小家伙，好好干给他瞧瞧。"

后半句他是对小梅说的。

第五章
矿工家属

小梅自然没有搭理他,倒是荣贵活力十足地回答了一句:"必须的!"

忽然从别人胸前冒出来一个大嗓门,高个子男人被吓了一跳:"这、这是什么?收音机吗?"

带他们过来的小个子男子应该是早就看到了荣贵,非但没有诧异,还笑了笑:"就是这个劲头,好好干。"

"矿工要在很深的地下工作,那是最寂寞的地方,以现在的安全系数,在下面工作其实倒不用担心安全问题,需要担心的是心理问题,在地下待久了的矿工往往会出现心理问题,或轻或重,所以建议找几个好朋友一起下去,有人聊天,是缓解心理压力的好方法。"大概今天真的很闲,小个子男子又说了几句,"就算有了心理问题也别紧张,矿上有专门的心理医生。"

"嗯嗯、嗯嗯。"荣贵听得很是认真,一边听一边应着声,没法动弹,他就用声音表示自己全都记下了。

对荣贵的态度很是满意,小个子男人又交代了几句,拍拍小梅的肩膀。后面的房间里出来另一名矿工,他引着小梅和荣贵径直向后走去。

这里似乎是矿工休息室,他们进去的时候里面已经有八名矿工,或坐或站,见到有新人进来,只有两个人似乎抬起头看了他们一眼,然后就冷漠地转过身去了。

这让本来打算好好介绍一下自己和小梅,好好融入矿工小分队以免得忧郁症的荣贵傻眼了。

倒是小梅很快融入了这个小团体——用一如既往,谁都不理的高冷态度。

包括引他们过来的那名矿工,如今房间里一共有十个人(外加一颗头)。

没有任何人说话,房间里静悄悄的。

又过了两分钟左右,房间里忽然响起了一阵轻柔的音乐声。没有任何人说话,房间忽然开始下降了!

荣贵有点害怕,不过看看小梅镇定的样子,慢慢他也就不怕了。

他们就这样下降了大约二十分钟。

音乐声终于停了。

"开工了。"之前负责引路的矿工忽然说了一声,大门忽然打开了。

门外再也不是之前的景色,而是一片黑暗。

没有再说话,原本就站在门口的那名矿工出门了。其他矿工迅速跟上他,很快房间里就剩小梅一个人了。

又检查了一下挂在胸前装着荣贵的包,小梅也出门了。

门迅速合拢,荣贵听到了齿轮链条的声音,伴随着风声,他们身后的房间立刻向上移去。

呃……原来之前的房间是一台大电梯的轿厢吗?布置成休息室的样子,是人性化设计还是节约呢?

荣贵装模作样思考了一会儿。

而小梅显然没有这份闲情,跟在其他矿工身后,他向前方走去。

"这里是七号矿坑的四百米深处，主要矿产有锗、黑田石以及砂泥，这是三种矿的样品，仔细观察一下。"带头的矿工拿出三样东西让小梅看了一眼，也不询问小梅看明白了没有，便迅速将样品收了起来。

对方的动作太快了，荣贵只来得及看出那依稀是两块石头和一团泥巴，连颜色都没来得及记下来，对方就把东西收好了。

于是荣贵只能祈祷小梅的眼神比他好。

"你在那个方向，八个小时后在这里集合。"

说完这句，对方便往右离开了。

其他矿工似乎各有指定挖矿区域，一阵细碎的脚步声后，他们周围竟再也没有其他人了。

黑暗中便只剩下叮叮当当的采矿声。

"小梅……"荣贵怯怯道。

属于小梅的机械手便摸上他的脸，顺着脸颊向上，落在了荣贵的帽子上，"咔"一声过后，荣贵帽子上的探照灯亮了。

白色的强光照亮了他们前方的路。

"走吧。"伴随小梅冷静的一句话，他们向之前那名矿工指定的方向走去。

那边有一个大洞。

乌黑的，开在巨大岩壁上。

外面连梯子也没有，只有嵌在上面的钢钉可以当作阶梯，小梅必须借助这些钢钉爬进去，之后，他们便进入了一个更加黑暗的地方。

以前荣贵单单知道夜晚是黑色的，如今他知道了，就算是黑暗，也分深浅的。

这里的黑暗明显是更加深沉的黑暗。

好在里面还算宽敞，并非荣贵想象中那般狭窄。

"你在这儿。"将背篓放在地上，小梅随即将荣贵放在了背篓上。

然后他就开始干活了。

"小梅小梅！"荣贵也开始"干活"了。

对于荣贵来说，如今连手都没有，他唯一能干的，就是陪小梅聊天。

对于这项工作，他干得很认真。

"小梅，你看清楚那些矿是什么样子吗？你能挖到不？"他从专业角度入手。

"没，挖不到。"小梅的回答仍旧言简意赅。

"哎？"这可意外了。荣贵虽然这么问，但他做好了小梅给他肯定回答的准备，然后他虚心请教如何分辨矿石，小梅再耐心和他讲解，这样一来，小梅不就可以说很多话了吗？

当然，他估计还是学不会分辨各种矿。

"那可怎么办啊？他刚刚收得太快了，我根本没看清啊……"荣贵一时很是发愁，紧接着，他拼命回忆，"第一块……有点发蓝？第二块……黑色？绿色？啊啊啊啊！好像好多种颜色啊！然后第三团泥巴是……"

第五章
矿工家属

死活也想不起来最后一团"泥巴"的颜色，荣贵索性不再思考，继续和小梅聊天："不过难得有小梅也没见过的东西啊。"

小梅只是个普普通通的乡下机器人，然而他平时实在太博学了，仿佛没有他不知道的东西，所以荣贵猜测小梅之前一定看了很多书。

并非没见过，只是没见过如此低等的原生矿——没有说话，小梅心里想。

这些生长于最深地下的矿在这里其实并没有什么用，即使被提炼到相当高的纯度，也无法发挥它们的真正价值，真正能够发挥它们价值的地方是"天空"，尤其是黑田石，高度提纯的黑田石会变成白色，相当轻，是建设天空城必不可少的材料，当然，那个时候它也不再被称作"黑田石"……

只见过这些矿被提纯到一定程度后的样子，小梅还真的没见过它们原本的模样。

不过这并不妨碍他挖矿。

作为新人，那些老矿工分给他的肯定是最差的矿洞，不过不要紧，差有差的好处。

首先是空间大——这个洞很宽，明显是被人挖掘了很久，矿石差不多都被挖走了，这就是第二个好处。

矿工只拿走了矿，其余的基本没碰，刚好可以供后人研究什么样的地方可能出产矿，矿的种类虽然无法确定，但是日后当他遇到类似环境就知道会有矿出现。

总体而言，这是个好地方。

总比完全没有挖过，有没有矿都不知道的处女地好得多。

在心中评测了一下，小梅开始研究矿洞的四壁。

而在这之前，他把腰包里的东西拿了出来，作为其他矿工的必备品，腰包里有一些食物、药品，甚至有一台收音机以及两节电池。

小梅只拿走了电池，对于他来说，只有这个是有用的，其他的都是无用的。

倒是荣贵，看到食物的时候眼前一亮，看到收音机的时候，更亮了！

"小梅小梅！快把收音机打开，我要听歌呀！"

于是小梅把原本打算扔掉的"垃圾"全部摆到荣贵的脑袋边。

应荣贵的要求，他还给荣贵专门调了个音乐台！

这下荣贵满意了，小洞洞里更加热闹了有没有？小梅就更加不寂寞了呀！

小梅也满意了，有了收音机，荣贵的声音终于被衬托得小了点，而且他终于不再死缠着和自己说话了。

于是，荣贵开始和收音机说话。

小梅开始干活。

两个人就这样折腾了八个小时。

八小时后，收音机没电了，矿洞里只有刚刚学了不少新歌的荣贵在唱歌。

看到辛劳归来的小梅，荣贵得意扬扬地说出自己的结论："我比它耐用。"

看着和一堆"垃圾"摆在一起的荣贵，小梅的表情没有任何改变。

在八个小时里，他确实走出很远很远了，周围一片黑暗，越走越狭窄的矿洞内有无数的岔路，就像一个巨大的迷宫，为了能够准确返回，小梅做了标记。

然而实际上，他没有使用那些标记。

他是顺着荣贵的"歌声"一点点摸回来的。

狭窄的甬道中，荣贵平凡的机器人标准音也变得通透空灵起来，时有时无，若隐若现，他无论走到哪里，总能听到荣贵的声音。

就像一根线，荣贵永远在线的另一头。

他不会说，荣贵的声音在经过层层狭窄矿洞的过滤后听起来居然有些动听。

就好像不久之前，他在白塔之内的房间播放的音乐一般。

无论他在哪里，总能听到若有似无的歌声。

大概是这个原因，他又找到了熟悉的节奏，整整八个小时全部用来观察与挖掘，很快就过去了。

他并不觉得寂寞，最寂寞的地方不是这里。

他看了看天空——

然而那里如今只是黑黢黢一片。

然后他继续工作。

"小梅小梅，你挖到多少矿了？"还是荣贵的大嗓门打断了他片刻的沉思。

荣贵头上矿工帽上的探照灯明晃晃地照着他，经过短暂的由于视觉系统转换而造成的黑暗，他再次能够视物的时候，竟觉得这里和刚刚是两个地方。

没有吭声，小梅只是微微侧过身，让荣贵看到自己的腰包。

就是之前装矿工必备物资的腰包，里面的东西被小梅当作垃圾全掏出来的那个。

如今那个腰包鼓鼓的，看起来装得很满。

"哇！看起来很多啊！不愧是小梅，第一次挖矿就上手了！"荣贵立刻赞叹道。

小梅没有反驳。

他将荣贵的头端起来，重新装进包内，然后挂在胸前，再将地上的小背篓翻过来背上，里面的东西全部扔在地上不管。他正要走，荣贵急吼吼又叫住了他。

"这里还有这么多食物啊！拿上，还有我们的收音机啊！这个一定得拿上，我回去还要给它充电哩！"

看了看地上那些对他来说毫无用途的"垃圾"，顿了顿，小梅还是蹲下去将它们捡了起来，然后全部扔进了身后的小背篓里。

荣贵这才满意了。

他们在指定时间前三分钟抵达电梯口，那里一个人也没有，荣贵一开始还有点担心他们被人放鸽子了，直到其他矿工陆续从远方出现，他才松了口气。

其他人的背篓全满或者半满，小梅只装满一个小腰包。

不过小梅是第一次嘛。

就怕小梅失去信心……

荣贵忧虑了一阵子，很快，听到了熟悉的音乐声，伴随着一声电梯门打开的声音，一个灯火辉煌的房间再次诡异地出现在一片漆黑的矿坑中央，矿工们陆陆续续走进去，电梯门合拢，然后迅速上升。

矿工家属

房间里仍然什么也没有，矿工们似乎都累了，全部坐在座位上，没有一个人说话。

太安静了，荣贵也不敢吭声了。

他就在心里小声地跟着房间里的音乐哼歌。

这种死一般的寂静终止于二十分钟之后，当荣贵心里刚好哼到最后一个音符时，房间里的音乐停止，电梯门开，走出一个男人。

荣贵一看：还是熟人，就是门口那个高个子男人！

"好了，收货时间到了。"蒲扇一般的大手里抓着一个大袋子，他就这么大刺刺地直接走了进来。

以那名引路矿工为首，其他矿工立刻按照顺序排好了队，这样一来，小梅便只能落到最后一个。

好在他们也不争这一分半秒，这段时间刚好看看其他人的成果！

"一块锗原石，品相不太好，给你6分，这块黑田石够大的，20。砂泥……"高个子男人飞快地算着账，荣贵也没看到他使用什么检测仪器，莫非全是靠眼睛判断的？这得多会看？还是他是在胡说啊……

荣贵有点忧心：万一他给小梅看石头的时候看走了眼可怎么办哦！

这边，荣贵脑中翻来覆去净是些莫名其妙杞人忧天的问题，小梅却在冷淡的表情下观察着他人开采出来的矿石，以及计算着每个人最终得到的积分。

很显然，队伍按照获得积分总额的高低排序的。

他们一开始就这么排序，如今仍然这么排序，这说明每次检测结果都差不多。

开采矿石果然更依靠辨别矿石的眼力，靠运气的概率极低。

而那名高个子男子应该是这个矿坑的管理者，从他的手部细节可以看出他应该也是矿工出身，然而其他矿工仍然是矿工，他却成为了管理者。

这说明在鄂尼城，除了矿工以外还是有其他出路的，只是他们不明白晋级以及选拔模式。

没关系，可以慢慢来——虽然思考的东西风马牛不相及，然而最后，荣贵脑中的念头诡异地和小梅重合了。

"好了，新人，到你……你们了。"高个子男人的袋子鼓了许多，不过地上被他扔掉的更多，那些自然是被他判定为毫无价值的矿，挖到它们的矿工也没有收起它们的意思，只是任由它们躺在地上。

其他矿工还没走，漠然站在门口附近，荣贵猜测他们是想看看小梅的收获，刚好评估一下新人的实力。

于是小梅就在众目睽睽之下往外拿矿。

小梅的矿有一个很大的特点：小。

其他人的矿都是大块的，到了小梅这里却基本上都是手掌大小，还是小梅自个儿的手掌大小，最大的一块也比荣贵的脑袋小一圈，至于小的……就只有鸡蛋大小了。

如果有手的话，荣贵几乎要掩面。

唉！都怪自己把身体折腾烂了，小梅一定是扛不动啊啊啊！

荣贵在内心大叫。

果然，一个矿工当时就从房间里出去了——八成是觉得没有必要看下去了。

其他人虽然还在，不过也开始收拾东西。

倒是那个负责引路的矿工小头目还在旁边看，高个子男人则伸出大手，首先从小梅的掌心里接过了一块鸡蛋大小的矿："嗯……这一块……没有。"

然后小梅递出了第二个鸡蛋——不——第二块矿。

"这一块……很遗憾，也没有。"

小梅腰包里的矿石一块一块地递出去了，伴随着"没有""没有"的判定结果，房间里的矿工越来越少，听到最后一块矿的判定结果后，那名矿工小头目也毫不留情地走出去了，最终房间里只剩下高个子男人、小梅以及荣贵……的大头。

最后一块矿的判定结果稍微好一些，蕴含了一丁点儿黑田石，小梅因此得到了2分。

今天出去的所有矿工之中，他的收获是最少的。

不过他并不在意，高个子男人显然也没太在意，只是懒洋洋地问："把你的通行证拿出来，我现在就把积分给你。"

通行证就是工资卡，在这里用途广泛。

小梅却在放荣贵的包里掏了掏，半晌拿出来两张通行证："能两张通行证上各积1分吗？"

"嗯？"管理员似乎愣了愣。

荣贵也愣了愣。

小梅手上的两张通行证，一张自然是小梅的，而另一张……

是他的！

不过他没有大声嚷嚷，没有这个时候询问小梅或者反驳。

有点不安，荣贵怯怯地看着小梅的下巴。

"不可以哦。"管理员说，"如果积分可以转让，那这个地方的人肯定每天就抢来抢去，我们倒是不在乎矿工之间争斗，可是大家因此不好好干活我们就难做了。"

"所以积分基本上是禁止转让的。"

"你刚刚说，基本上是禁止转让的，那么，也有可以转让的情形。"小梅抓住了关键词。

沉默了片刻，那人忽然笑了。

"你果然聪明，知道自己的力量不大，也知道第一次挖到有用矿的概率极低，何况作为新人，你也分不到什么好的矿洞，索性放弃了寻找矿石，选择将矿洞内的矿分类，一种类型的矿敲下来一小块做样本，你带它们过来根本就是让我帮忙鉴别的。非常聪明的方式，这里这么多矿工里，你还是第二个这么做的人。"

听着管理员慢悠悠的话，荣贵目瞪口呆：天哪！完全没想到！

抱歉——小梅，我不是你的知己啊！

不过据说智商都高的人也做不了朋友，聪明人一般都喜欢笨蛋，他们也确实需要一个笨蛋做朋友，比如现在，另外一个聪明人——管理员明显是想要人接话茬的，然而比他还聪明的小梅偏偏高冷得没反应，这个时候，就需要一个智商不太高的人善解人意接话茬。

于是，荣贵果断发问："哎？之前就有人这么做了吗？那个人是谁？"

发挥自己的好演技，荣贵问得天真又蠢萌。

管理员果然高兴了："呵呵，就是我呢。"

果然——荣贵心想，就知道你想趁机炫耀。

不过大概难得见到有人使用了自己用过的方法，管理员心情颇好，继续指点他们："普通人的积分是不能转让的，积分是前往其他城市的重要工具，为了让一个家庭可以一起行动，所以家庭成员的积分是可以互相转让的。

"不过与此对应，受到惩罚的时候，惩罚也是面向所有家庭成员的，这也是为了防止有人利用这个漏洞钻空子。

"如何，你们俩要开家庭账户吗？"

荣贵惊呆了。

然后，他听到小梅冷冷道："要。"

"好的，刚好我这里的机器有开通家庭账户的权限，现在就给你们开？"

"好。"

"开了以后，无论你赚多少积分，都会平均分一半到另一位家庭成员身上，你确定？"

"确定。"

小梅的回答流利自如，管理员也就不多问，利索地给他开好了账户，下一秒，将通行证交还小梅，虽然卡片看着没有什么不同，可是里面的信息已经大大不同了。

如果有心脏，荣贵现在的心跳一定很快。

心脏会扑通扑通跳出来吧？

然而他现在没心脏了，便只能呆呆地看着小梅的下巴。

"好了，那我走了，你们也快点离开吧，下一拨工人要上工了。"拎起沉重的口袋，那人准备撤退。

"我可以把这些矿带走吗？"小梅叫住了他，然后指了指地上自己挖出来的那些矿。

"可以，不过需要一会儿到我这里敲章。"

"谢谢！谢谢！"荣贵立刻替小梅朝他道谢。

挥挥手，那人晃晃悠悠走了。

小梅蹲在地上，将地上的矿一块一块捡起来。

捡完自己的，他还去看其他人被抛弃的矿石。

"小、小梅，你为什么要看其他人的矿石啊？有遗漏吗？"不知道该说什么才好，荣贵只能随便找个话题。

"那个人的眼光很准，不可能遗漏，我只是在观察其他人被判定为没有蕴含矿物的矿是什么样的，以后挖掘这种矿就可以直接不看。"一边翻看石头，小梅一边回答道。

"哦哦！"荣贵安静了一会儿，然后——

"小、小梅，你为什么要和我开家庭账户啊？那个……那个……"

"你的身体坏了，需要新的材料，这里无法提供的新材料，我们必须去其他城市才能获得新的材料，所以你必须有足够前往新城市的积分才行。"

"而凭现在的你……"小梅说着，高高在上俯视了一眼荣贵的大头，"估计只能卖了你冷冻舱内的另一个身体才能攒够去下一个城市的积分了，你要这样做？"

"不要！我为什么要卖了自己真正的身体去修机器人的身体哦！"荣贵立刻拒绝。

"所以目前只能用家庭账户的形式了。"

"呃……也对呢……"

好像对，又好像不对，荣贵想了半天也想不明白。

他不知道，此时此刻，就连做出这个决定的小梅本人也是不明白的。

对于小梅来说，他只是作出了这种情况下最简单的选择而已。

短时间内，在想明白并找到替代品之前，他还需要荣贵的冷冻舱，而荣贵机械身体的损坏也和他有直接关系，他不想欠对方人情，只是想要补偿。

这只是一个选择。

而对于荣贵来说，却多了一个"家"。

想了又想，荣贵傻乎乎笑了。

从今天开始，他和小梅不仅仅是朋友关系了。

他们是家人了。

既然是家人了，那……再添个家具呗！

荣贵的"脑回路"有点奇怪。

于是小梅在地上研究石头的时候，他也超级认真地研究了起来，不知道的还以为他也看出什么门道了呢！

可惜——

他只是在研究石头的形状与颜色而已。

他想要一个可以摆放自己头的小石台，这样小梅就不用浪费背篓空间专门放他的脑袋了，虽然怕地上脏用背篓摆放自己的脑瓜也很窝心，可他总觉得有点浪费。

所以干脆就弄一个小石台就好了嘛！这里刚好有这么多石头。

他的头发是黄色的，帽子是红色的，已经非常花哨了，按理说放头颅的石台用个低调的颜色比较好，比如黑色，可是……他现在的脸也挺黑啊……

荣贵最终选了一块发白的石头，然后呼唤小梅："小梅小梅，我们把那块白白的石头带回去好不好？"

小梅：难道他看出来那块石头可能是黑田石的边缘矿了？

没有吭声，小梅沉默地看向荣贵。

然后——

荣贵似乎生来就是为了推翻小梅的各种揣测而存在的："小梅，用那块白石头给我做个放脑袋的台子怎么样？白色，经典百搭色，无论是和我的黄头发、红帽子还是和黑脸蛋……都不冲突哩！"

就知道他想多了——小梅心想。

于是，等到小梅带着那块石头出去时，对管理员给出的就是荣贵的那个理由。

当然，解释的事情也由荣贵一并代劳了，荣贵还向管理员表达了感谢，以及小腰包里的收音机是多么实用，可惜接收频道太少只有一个有点遗憾……

"只有一个音乐频道，偶尔播放的还是有点悲伤的歌，如果不是有小梅在，我总觉得自己要得忧郁症哩……"末了，荣贵忧愁地说。

管理员就"呵呵"了。

"放心吧，谁得忧郁症你都不会得的。"他最后这样说。

荣贵：这是表扬吗？总觉得别有意味……是错觉吗？

自始至终，小梅只说了一句话，确切地说是问了一个问题："这里有集市吗——可以购买矿的。"

其实这个问题的答案几乎百分之百是肯定的。

早在进城以前，从灯塔处工作人员的询问就可以猜出来。从那里一共可以前往三个城市，而这里是积分要求最低的，对于没有积分的他们来说这里固然是唯一选项，然而对于很多人来说，这里只是一个选项。

而那些人过来做什么呢？

过来采购矿石听起来是最有可能的原因。

毕竟，这里除了人就只有矿石，积分不够的人带不走，带走也没用，那他们的目的只能是矿石。

而停车场内，他也确实看到了一些看起来就不像是过来打工的人。

"当然有，鄂尼城最出名的就是矿石了！"果然，高个子男人给出了肯定的答案。

"能告诉我在哪里吗？"然后，小梅也顺便问出了自己真正想问的问题。

在外面打听固然也会知道，然而向同为矿工的人打听风险太高了，对方不知道或者不回答还算是好的，最担心的是对方吐露不实信息。

那人就看了小梅一眼，半响拿出一张纸片在上面画了几笔："你们现在能去的只有这里。"

"谢谢你，罗德！"代替小梅，荣贵立刻道了声谢。

"不客气，阿贵。"被称为"罗德"的高个子男人挥了挥手。

小梅这才发现这两个人不知何时已经连姓名都交换了。

"谢谢。"迅速扫了一眼字条，将上面的图形全部记住，小梅将字条还给了罗德。

"明天记得按时上工，就今天这个点儿。"朝两人摆了摆手，罗德对他们道。

"会的、会的。"回答他的仍然只有荣贵，待荣贵与罗德道别完毕，小梅也开始向前方走去。

附近就有一辆矿车，接上小梅，又等了两名矿工之后车才发动，通行证统一由司机保存，放下他们的时候，司机交代了一句："每隔一小时就有一班车。"

他并没有说迟到的后果，然而后果谁都想得到：上不了车连矿坑也进不来，工作自然泡汤。

后果很严重，任何矿工都不会轻易迟到。

车门打开，矿工们陆续下了车。

小梅和阿贵仍然最后下车——小梅的个子太小了，挤在人群中总觉得易碎。

他们这才发现外面是一个很大的停车场，不少矿工将车停在这里，荣贵让小梅打听了一下，发现这里居然是八个半小时内不收停车费的，显然是为了住得远的矿工上下班开车方便，于是荣贵立刻对小梅道："我们明天也把大黄开过来。"

小梅没有反对。

开大黄过来是明天的事，今天他们仍然是没有车子的，接下来的路得靠步行。

之前他们准备去的四号矿坑离他们住的地方还算近，走路过去不算太远，然而这个七号矿坑就有些远了。

好在七号矿坑离罗德地图上的集市不算太远。

足足走了两个小时，他们终于到了那个集市。

路上荣贵还和小梅说过自己的担心：去晚了集市会关门，毕竟罗德没有说集市的打烊时间，偏偏荣贵那时候没想到就没问。

然而抵达的那一刻，荣贵立刻不担心了：这里灯火通明，人山人海，非常热闹！

不过荣贵很快又担心：人多会不会有小偷啊？

于是赶在小梅抬腿踏入人海之前，他把小梅叫住，让小梅找了个尽量隐蔽的地方，然后将自己的头塞到了矿工服底下。

"我的脑袋可是你身上最值钱的东西啊！小梅你一定要好好照看！我观察了一下，矿工服的腰带下面最安全了，你就把我塞这里吧。"

然后他果断将荣贵的脑袋提上，然后把腰包放到荣贵原本看好的位置。

这……这是矿石比他的脑袋值钱的意思……还是小梅认为最安全的位置是胸口不是腰？

荣贵想了想，决定选择后者。

不过藏在胸口的好处就是可以解开一颗扣子往外看，如果在腰间就不行了，总不能让小梅不系拉链吧？

于是露出一只眼睛的荣贵重新高兴起来。

觉得荣贵难得也有个好主意的小梅的心情也还算不错。

于是……

两个人谁也没意识到如今的形象问题。

腰间系着腰包粗了一圈，胸前塞着荣贵的大头，全身包裹在矿工服下的小梅看起来再也不是之前那个娇小柔弱的小梅了，他现在看起来是个膀大腰圆的矮个儿壮汉！呃……胸前鼓鼓的，看起来还是个"女汉子"！

他虽然个子矮了点，但还挺威武的。

他居然有几分像传说中特别善于冶矿的矮人族。

这点，注重外表的荣贵没发现。

向来不在意的小梅就更不会发现了。

矿工家属

以至于当小梅重新进入集市，发现周围第一次有了空地，所有人都和他保持一定距离的时候，荣贵啧啧称奇。

"这是嫌我们身上脏吗？他们也没干净多少啊！"

小梅……小梅虽然没有点头，不过心里其实认同荣贵这个说法。

因为他也实在想不到其他理由了。

"不过，小梅你来集市做什么？要买矿石？还是要买现成的材料给我做身体？"荣贵的声音在小梅脑中响起——为了不引人注目，两人再次采取了脑内通话的模式。

"不是买矿石，也不是买现成的材料，鄂尼城的矿产目前已知的只有锗、黑田石还有砂泥，三者全是建筑材料，没有一种可以供制作机械身体使用。"小梅的声音依旧平淡冷漠。

荣贵就更奇怪了："不买……那你过来干什么？"

"过来观摩，这里贩售的肯定是已经开采出来并且得到鉴定的矿石，可以研究学习，除此之外，通过查看摊位上的矿石种类可以推算出鄂尼城的矿产种类。"

"哦哦哦！"听完小梅的话，荣贵更佩服小梅了。

这就是学渣和学霸的区别吧？

别说共同学习了，他连小梅过来的目的都猜不到啊！

完全没法共同进步啊！

不过这并不妨碍他们共同生活，因为——他和小梅现在是一家子啦！

心里继续冒着小花，接下来荣贵就不吭声了。

他也知道自己唠叨了点，不过好多时候他唠叨只是不想周围太安静，怕小梅寂寞，如今这里这么多人这么热闹，他终于可以做回安静的美男子……的头了！

于是接下来的时间里，荣贵表面上安安静静，默不吭声，实则透过小梅胸前敞开的小口努力往外看热闹，而小梅则一个摊位一个摊位地走过去，认真学习各种矿的特征。

原本围在摊子周围的人见到小梅纷纷避让，谁不知道矮人脾气暴躁，而且特别能打啊！

尤其是女矮人！

由于女矮人数量特别少，也就特别珍贵，一个女矮人的追求者至少有二十个，这代表了啥？这代表你惹了一个男矮人，最多这个男矮人过来把你揍一顿，如果你惹了一个女矮人，那至少有二十个男矮人过来痛殴你一顿，对了，还不包括女矮人她爸她弟她哥她邻居……

不好惹啊！

周围有常识的人全都默默避开了小梅，摊主也特别热情，无论小梅怎么看都不赶人，还主动在旁边解说，看小梅拿起来矿石没多久就放下，以为小梅不满意，就拿出更多的好矿主动让小梅看，这也就算了，最后小梅什么都不买走人的时候，摊主还觉得是小梅眼光太高自己的货太差，人家看不上活该。

他们竟然还挥手欢送。

"这里的生意真不好做啊，我们什么都不买，居然还这么热情。"一路看下来，荣贵

只得出了这么个结论。

难得地,小梅心里也点头默认了。

第二天再去采矿的时候,小梅是抱着一块矿石出来的。

这块矿石最终被鉴定为一块B级黑田石。

"哦哦,原来那个矿洞里还有遗漏啊,我以为什么矿石都不剩了呢!"一边鉴定,管理员罗德一边道。

听到他这么说,矿工们就不由自主地向小头目的方向望去,那名小头目则继续目视前方,仿佛丝毫未受他人视线的影响。

罗德最后一共给了小梅50分。

今天大家的收获普遍不是太好,小梅因这块矿的收入居然能够排到第五名。

入矿洞第二天就能有收获,他们还是第一个。

当然,这是小梅和荣贵不知道的事。

于是第二天,他们再次坐电梯下到矿洞里时,那名小头目在小梅离开前忽然叫住了他。

"今天开始,你去那里。"指了指另一个方向的某个矿洞,没有任何解释,只是说了这么一句,他就走了。

然后小梅也走了。

新的矿洞明显细小狭窄得多,只是被打通而已,四壁上并没有多少被开凿的痕迹,注意到这点的时候,荣贵不由得眼前一亮。

这才是好矿洞!没有被开凿过,正说明这里的矿还没有被挖走!

这几天跟着小梅耳濡目染,荣贵好歹也学会了一点点皮毛。

好吧,他也就只会这一点点毛皮了。

同在进入矿洞内扫视了一圈,荣贵只看出来矿洞还没有被挖掘过,小梅却已经确定好几个大概率会有黑田石的位置。

即使发现了矿石也不着急,小梅仍然先脱下背篓,扣着放好,然后把荣贵的头压……不,是摆上去。

"台子台子!"发现自己又被光溜溜地摆上来,荣贵赶紧提醒小梅。

小梅这才想起来似的,慢条斯理地从放荣贵的包里掏出一个白色的台子。

这就是那天他们捡回家的,别人不要的原石,经过两天的雕琢,小梅最终按照荣贵的要求将其打磨成了一个白色的小台子,上面还有个凹槽,可以完美卡住荣贵的脑袋瓜儿!

"蘑菇!"美美地躺上去,荣贵随即再次提醒小梅。

小梅就又从背包里掏出一个地豆,将地豆埋入台子上另一个小坑中,往里倒了点土,还喷了水,没多久,有点蔫的小蘑菇就慢慢站起来了,再一会儿,就亮了。

很好,有灯泡了——没法动,荣贵就用目光爱抚了一遍自己脑袋旁的小蘑菇。

然后,他又一次呼唤小梅:"收音机呀!"

第五章
矿工家属

这一回，小梅的手停顿了片刻，荣贵又叫了一嗓子，极不情愿地，慢吞吞地从背包里掏出了之前那台收音机——充满电的。

将收音机打开，摆在荣贵脑袋左边，台子上另外一个凹槽，这下，台子上全部凹槽终于满了，齐活了。

左蘑菇右收音机，居中的荣贵满意极了。

"小梅加油哦！注意安全，矿工服要一直穿好，面具也别摘，就算我们不怕空气污染，身体进太多土清理起来也很麻烦！"

一如既往地，荣贵在小梅出发前给他打气。

"我在这儿等你回来，收音机会一直开着，收音机没电了也不用怕，我继续唱歌给你听哟！"

真的不需要——在心里一字一句说着，小梅恶狠狠地转过身去，毅然朝自己事先就看好的地方走去。

而在他的身后乐声高昂，电台现在播放的正好是一首异常欢快的曲子，作为开工的第一首加油歌，真是——

再合适不过了——荣贵认为。

吵死了——小梅心想。

最喜欢这种热热闹闹的曲子，荣贵听得享受极了。

鼓点重而有规律，如果现在他有腿的话，一定会跟着抖起腿来，这种曲子最适合规律性劳动时听了，听着这种曲子敲石头的话，小梅也会敲得没那么无聊吧？

你看，就连台子上的小蘑菇都跟着音乐有节奏地抖起来了——被巨大音乐声震的。

荣贵满意地想着。

很快，下一首就变成一首特别抒情的歌，荣贵顿时心生不满：这时候听这种歌容易犯困啊！

好在一首歌不会很长，一般就三分钟，他决定忍忍。

漫长而让人打瞌睡的三分钟总算过去了，荣贵紧接着迎来了一首……

特别忧伤的歌。

简直忧伤得让人眼泪差点掉下来。

不行，得做点什么！

于是，荣贵扯起嗓子唱了一首特别欢快的歌将这种情绪压下去。

也就只有他了，强大而完整的收音机此时就宛如合唱团的一声部，人数众多嗓音嘹亮，而他就像是突兀地站在一声部里面的唯一二声部团员，想要把属于自己的二声部唱好，就必须抵挡住周围一声部的强大影响。

这很难，然而荣贵做到了。

不过唱完一首歌他就觉得自己快精神分裂了。

然后，收音机播放了下一首更加忧伤的歌……

荣贵简直想掀桌了！

然而没有手他掀不了桌啊啊啊！

难道就只能这样束手无策地盯着这台收音机吗？

还是要冒着精神分裂的风险继续唱第二首歌？

宛若站在人生的分岔路口，荣贵表情凝重地注视着眼前的收音机。

然后——

"哎？"他忽然在收音机的角落里发现了一行不起眼的小字，后面是一行数字。

"免费点播热线：09284……"荣贵将小字的内容读了出来，读完，他脑中的小灯泡再次亮了。

"原来是点播台啊！"荣贵恍然大悟。

这个他熟啊！

小时候他听得最多的就是点播台啊！没钱买CD，他就只能听点播台了呗！别人点什么他就听什么，那时候他最大的愿望就是以后有钱了花一大笔钱去电台，喜欢听什么让他们放什么，这样一天到晚放的就全是自己喜欢听的音乐啦！

结果，在他上初中的时候，点播台没了，似乎是倒闭了。

那时候荣贵觉得超级遗憾，没想到时至今日，在这个地方，居然又被他发现了一个点播台，还是免费的！

等等——

免费的？

荣贵顿时精神一振，他忽然想起小梅对他说过他们体内是有电话功能的，虽然有区域限制，不过确实是可以打电话的。

当时他没有在意。

然而现在他不再是那时候的他了。

他现在特别需要电话功能啊啊啊啊啊！

忧伤的歌声中，荣贵什么也听不到了，特别投入地去体内翻找自己的使用说明。终于找到电话功能，荣贵当时就发出一声欢呼，然后——

他就兴致勃勃地打电话了。

没想到，在异世界拨打的第一通电话是为了点播歌曲！

好浪漫！

荣贵美滋滋地想。

然而电话另一头却一直没有人接。

连着打了三次仍然没人接，随着歌曲的哀愁等级还在提高，荣贵内心的不满也越积越多，于是，等到电话终于被接起来——

"投诉！我要投诉！你们这个电话怎么这么久才被接起来哦！"

点播电话瞬间变成了投诉电话。

"啊……抱歉，我刚刚睡着了，呵呵呵呵！"电话另一端是个声音挺好听的年轻男人，作为有点"声控"的人，荣贵的怒气在听到他声音的瞬间消了一大半。

不过该说的话还是要说的。

"你一定是一边听自己放的歌一边工作吧？"荣贵问对方。

"是啊是啊！"对方连连称是。

"这就是原因了，你放的音乐实在太舒缓了，而且还忧愁，我这么精神的人听得都有点犯困了，何况别人呢！"有了实例支持，荣贵说得语重心长。

"这个电台是专门为矿工下矿准备的吧？你播这种音乐明显有问题，你犯困最多在点播室睡一觉就好，可是矿工们呢？他们原本工作就够辛苦了，还很单调，他们在地下工作好不好？地下什么样你知道吗？"

"这里又黑又寂静，很多矿工是一个人工作的，一个人在一个矿洞里，周围唯一的声音是一台收音机发出的，能听到的只有点播台，你不放些欢快的音乐鼓舞他们也就算了，居然净放些舒缓的音乐，舒缓也就算了，你现在放的音乐简直是要让人得忧郁症啊！"

荣贵义正词严地将自己的抗议全都说了出来。

大概是此时此刻正在黑暗寂静的矿洞里的缘故，他说出的话居然非常打动人。

由于此时此刻正在使用电话功能，他没有发现，自己和点播台工作人员的声音正在他脑袋边的收音机里响起。

也就是说，他们的对话被所有正在用收音机的人听到了。

不少正在听广播的矿工停下来了。

"啊……抱歉，你说得很有道理，因为一直没有人用点播功能，所以我就随意播放了，随机播的音乐总有几首比较……比较舒缓……"年轻的电台DJ慌忙道歉。

"舒缓不是不可以，但是要看时间，比如我们家的那位（矿工）现在就刚刚上班还不到一小时，正是精神的时候，你这边一播舒缓的音乐，他刚刚兴起的精神头可能就没了，做事慢腾腾，搞不好过一会儿就又困了。"

"这还是意志力比较坚强的，如果是意志力比较薄弱的呢，听到后面那几首不好就干不下去了！如果矿工们频繁罢工，我看百分之八十都是你这个电台搞的！"荣贵说着说着，随口扣了一口大锅。

"不会吧？我们这个小电台这么重要？"年轻的DJ被他扣锅扣得一愣一愣的。

"当然重要！就连矿坑的管理员也只能一个人管自己矿坑的矿工呢，你这个电台却能给所有矿坑的矿工听，你们的工作实在太重要啦！"扣完锅，荣贵还不忘扣一顶高帽。

"这……怎么办？我忽然好感动啊！"被打完一巴掌又给了一颗红枣，捧着红枣，年轻的DJ感动坏了，"从来没有人打电话过来，上级也说我们这个电台可能要废掉，搞不好下个星期我就要去当矿工了，你是我上班以来第一个打电话给我打电话的人，明明是上级都认为不重要的工作，你却告诉我很重要，怎么办……怎么办……我的眼泪要流下来了……"

"哭什么？还不放几首快歌！我和其他矿工还等着听呢！"荣贵大义凛然道。

"哎，好嘞，请问您怎么称呼？"电话另一头果然传来了擤鼻涕的声音。

慎重地思考了两秒钟，荣贵道："请叫我矿工家属，我今天说的话，一定是所有矿工家属都想要说的，只不过他们眼神没我好，没有看到收音机上的免费点播电话。"

"哈哈，是这样吗？矿工家属……先生。"

"当然了！其实也不怪你，收音机上点播热线的字实在太小，而且不明显，我要是

你，就时不时在电台里和大家说几句话，一会儿念一遍电话号码。"

"哦哦！我这就学起来，不过说起来……矿工家属先生，您家的收音机……难道是在您这边吗？"

"嗯，当然，我家那位（矿工）怕我无聊，就体贴地把收音机留给我了，我学会了歌再唱给他听，我唱得比收音机好听！"

"哈哈！你们感情真好！真期待您的歌声呢！"刚刚还在哭，现在就笑了，喜欢音乐的果然都是情绪化的人——荣贵心里感慨道。

"这个不着急，你赶紧放几首快歌，我喜欢快歌！"

"好嘞！这就来了，接下来，应矿工家属的要求，我们将播放一首非常欢快的音乐……"年轻DJ的声音透过空气层层震动传入所有收听人的耳朵，紧接着，爆裂前奏引爆了所有人的耳膜！

荣贵挂了电话，听着旁边收音机里的劲爆音乐，向小梅的方向看了一眼，他总算放下心来。

从这一天开始，电台播放的音乐每天都很欢乐。

电台DJ还会每天和矿工聊天，时不时有矿工点播歌曲。

点播的人太多，荣贵的电话反而打不进去了，不过他也不着急，反正现在播的音乐他都挺满意的。

"矿工家属"——这个既可以指代某个团体，又可以指代某一个人的称号，从此经常出现在电台，几乎每个点播的人都喜欢报这个称号。

或许是因为这是一个让一切改变的称号吧。

这也是最能带给矿工安慰的称号。

第六章

女矮人

"承包"了新矿洞的第一天，小梅挖到了3块矿，第二天，有5块，数量虽然不多然而质量高，接下来的日子里，他们每天稳稳地至少有200分入账，荣贵总算安心。

　　前往下一个城市需要的初始积分是50000分，这样一来，他们只要奋斗250天就可以了，呃……因为小梅要赚两个人的积分，所以是要500天……

　　用内置的计算器算了算账，荣贵觉得总算看到了希望。

　　要知道，也就是小梅厉害，其他矿工一天的收入基本上是100分，而且还不稳定，一周总有一两天基本上没收获。

　　像小梅这种稳定每天收入200分的，简直是超高产！

　　"小梅真厉害！"想到什么就说什么，荣贵立刻高高兴兴赞美小梅。他还把自己刚刚计算的结果告诉小梅，虽然小梅搞不好只用一分钟就算完账了，可是这不妨碍荣贵想和小梅分享啊，万一小梅还没算账，他不是帮小梅省下来一分钟吗？

　　一分钟也是时间呢！

　　分享完毕，荣贵用求表扬的表情看向小梅。

　　小梅："……"

　　只算产出不算支出，这家伙果然小学都没毕业吧。

　　当然，这句话仍然是在脑子里一闪而过的，将背篓收拾好，小梅把正在等待表扬的荣贵随手塞进包里，然后再次离开了。

　　这天他们不是最后离开的了，不知不觉间，小梅已经成了小队里第二个接受检测的矿工，仅次于那个小头目。

　　不过他们差的只是数量而非质量，小头目的个子大，能背回来的矿石数量多！

　　荣贵觉得小梅这不算输，纯粹是个子小力气不大的缘故！

　　没有兴趣听其他矿工的检测结果，小梅收拾好东西就离开了，倒是他怀里的荣贵大声和其他矿工以及管理员说了再见。

　　当然，没人理他。

　　不过荣贵不以为意。

　　熟门熟路地上了班车，下了车在停车场找到大黄，几乎是一发车，荣贵就察觉这不是回家的路，而是——

　　"要去逛街吗？"荣贵立刻认出这是通往集市的路了！

　　"去买些东西。"小梅淡淡道。

　　"哦哦哦！"荣贵忽然兴奋起来。

　　他对上次去的集市印象很好，那里的人很有礼貌，摊主超级热情，他一直想有了钱再去一回。

"可以买水果吗?我上次看到有个摊子卖水果!圆圆的,水灵灵的,可像我们那儿的苹果啦!"他立刻往一无所知的采购清单上加了一条。

"我上次赚的工资还有剩,可以用来买那个。"不用花小梅辛苦赚的工资,他自个儿有钱!

小梅没有立刻答应,不过也没反对。

驾驶着大黄,他们很快来到了集市入口。

像上次那样,小梅仍然穿着一身破破烂烂的矿工服,将腰包系到矿工服里面,然后想了想,又像上次那样将荣贵揣在胸前。

虽然仍然想不明白上次在集市为什么得到那么多优待,不过他敏感地意识到应该是和他这身矿工服有关。

他索性就按照上次那样装扮,这样也安全。

"大胸粗腰"的"女矮人"便再次光临了这个集市。

他们是按照顺序逛的,荣贵注意到:小梅这次的目标似乎不是那些矿石,他几乎没有往矿石摊子上多看一眼,视线一直落在有金属的摊位上。

他立刻想到了两人的身体。

小梅对他们现在的金属身体可真上心啊!

如果他能对埋在地下的身体也这么上心就好了——荣贵心想。

总之,小梅逛了好几个摊子,有些摊子他只是看了一眼就走了,这是没看上,而有的摊子他则看得比较久,不过在老板热情地介绍完,说出价格之后,他还是走了,这是嫌太贵。

从进入集市开始,荣贵脑袋里的计算器面板就没关上,他把小梅看上的物品价格简单加了一下,然后在内心咋舌:不愧是小梅,看上的东西都好贵啊!

这要是买下来,他这几天赚的积分全都得填进去。

他能算明白的账,小梅更加清楚,所以他只是看,并没有下手。

接下来,小梅又逛了几家,然而都没碰到合适的。

就在这个时候,一个水果摊出现在他们左前方,小梅顿了顿,便走过去了。

"不要那个黄的,那个皱巴巴的,一看就没什么水分,要那个红的!那个是熟的!甜!"在小梅的脑子里拼命指挥着,荣贵在看到水果的时候整个头都兴奋了,他这一兴奋,小梅的前襟拉链就又被扯开一点,摊子旁的人急忙移开目光,生怕看到什么不该看的东西。

倒是小梅,对周围其他人的想法一无所知,按荣贵的指示在水果堆里翻来翻去。

荣贵的视线一开始是完全落在水果上的。

黄的水果,绿的水果,还有红的水果!

太久没见到这种类似家乡土特产的东西,也太久没见到正常的食物,他激动极了,直到——

他不小心看到了小梅的手。

小梅现在是戴着手套的。就是那种矿工手套,平时有拉链可以连在矿工服上,和矿

工制服同种材料。粗糙耐磨，结实异常，据说有石头从上方掉下来也无法穿透布料伤到矿工的身体，在发生事故时，不少矿工就是靠这身衣服保住了身体的完整。

也正是因为听说了这个，从小梅上工的第一天起，荣贵就反复叮嘱小梅一定要遵守规定认真穿着制服，防毒面具也不能落下，小梅确实听话，不过清洗方面就不那么认真了，也没那个条件，所以这身制服越来越脏，很快就和其他矿工身上的肮脏制服没什么两样。

引起荣贵注意的并不是那手套上新添的污渍，也不是手套上的细微磨损破痕，而是——

荣贵忽然在小梅脑子里说话了："放下苹果，小梅，到旁边没人的地方去。"

他的声音冰冷而严肃，小梅从来没有听他用这样的口气说话。

大概是太稀奇了吧，小梅顿了顿，以为他真有什么重大发现，于是放下手中已经挑好的水果，走了好一段路，才在旁边找到一个可以避开人的地方。

小梅在脑内打了一个问号。

"脱下手套。"荣贵的声音仍然严肃。

隐隐地，甚至有一种压迫感。

奇怪的感觉——小梅想着，顺从地将手套从矿工制服上拉下来，露出了下面一双惨不忍睹的机械手。

没散架，但是四根手指的指节部分全部被压扁了。

"再……拉开点拉链。"荣贵的声音依旧严肃，然而开始颤抖。

他没有手，如果有手的话，一定已经扑上去了。

这一回，小梅并未如他所愿。

荣贵再也无法等待，也不知道怎么弄的，过了一会儿，他竟然从小梅怀里跌下来了。

一开始荣贵还以为是自己的意念太强烈，从小梅怀里挣脱了，后来才发现：根本不是他自己挣脱的，而是——

小梅的半截身体散架了。

只留半个身体站在原地，小梅的上半边身子掉下来了。

小梅的头也随即滚落，荣贵看到了他的头，他的头……也扁了……

如果有人类的眼睛，荣贵打赌自己的眼睛现在也扁了。

眼睛一扁，流下泪来。

"这、这是怎么回事啊？"荣贵小声问道。

"今天，矿洞小规模坍塌，我被压在下面了。"小梅的头刚好滚在他脑袋旁边，绿色的小帽子几乎被压进头颅里，两只眼睛也因为头颅扭曲而变形，看起来可怕极了。

然而荣贵心里却没有任何恐惧，他只是伤心，伤心极了。

是音乐声开得太大了吧，他居然对里面的坍塌一无所知，当他快乐地听音乐的时候，小梅却被矿石压扁，如果不是小梅自己从石头下顽强地爬出来……他是不是就再也见不到小梅了？

荣贵忽然害怕了。

非常害怕。

因为再不买材料就再也动不了，小梅这才硬撑着过来买材料的吧？否则，依据小梅的性格，八成只是凑合凑合，用旁的什么材料随便修理一下，他对外形不太在意，对材料本身也不太讲究。

想到这里，荣贵就更伤心了。

为什么也不说的小梅，为刚刚还想着买苹果的自己。

他很快作出了决定："你那里的积分，加上我们之前剩下的，全部加在一起，我们去买最好的材料吧。"

"那点积分和钱可买不起最好的材料。"小梅已经在重新组装身体了，好在有矿工服，他虽然有点散架，但是零件却一个也没少，全都在衣服里。

"买用我们的钱能买到的最好的材料。"荣贵固执地说。

"还要买水果。"小梅已经迅速将头安好了，正在戴手套。

"买什么水果啊！先把你的身体弄好再说，你可是我们家现在唯一的劳力呀！"如果有手，荣贵一定会敲他的头！

呃……不能敲头，小梅的头已经很扁了，再扁就成煎蛋了。

用扁了的手指将荣贵抓起来重新塞入胸前，小梅再次扣上了扣子。

然后，两个人继续逛街。

对路过的水果摊视而不见，荣贵催促小梅去之前看过的摊位。

倾尽两人身上所有的积分，他们买了他们能买到的最好的材料。

当天晚上，小梅修理身体的时候，荣贵不止一次庆幸：幸好自己发现了端倪，小梅现在可是一边修理一边散架啊！根本坚持不到明天！

于是，他语重心长地嘱咐小梅："小梅，以后你可得好好保养自己的身体啊，我坏了你都不能坏，我坏了你能修理我，你坏了我……我可没法修理你啊！"

"苹果什么的都不重要，咱们家的钱要紧着你用啊！"

生怕小梅左耳进右耳出，荣贵就这么在他身边唠叨了一整夜，直到彻底没电。

当小梅将他的头接上电源充电，他自动重启，继续唠叨。

在荣贵的唠叨声中，小梅一点点将自己的头拆开，将脑移出来，然后将扁了的地方敲平整，再补上新买的材料，有些地方敲得不太平整，荣贵就反复指点，直到小梅将不完美的地方全调整完美，其他地方也是如此，虽然无法在技术方面给予小梅任何帮助，不过在审美上，荣贵还是自认为比小梅强了不少的！

就这样，小梅的身体一点点修好了，耳边的小红花仍在，金黄的妹妹头也在，只是身上的补丁多了些，以及……

小梅的头变得更圆了，圆圆的，就像一个黄色的苹果。

翻来覆去欣赏着自己提供了造型指导的小梅新修好的身体，荣贵满意地点头。

末了，他终于做了一个决定。

"小梅，帮我也改装一下身体吧，不用像原来那么精细，只要能走能装东西就行，我要跟着你一起去矿洞里！"

正在拧最后一颗螺丝的小梅斜眼瞅瞅他。

"你万一再被砸,我可以帮你一起拽身体,还有……你每次只能挖到5块矿是因为拿不动吧?我去帮你搬矿石呀!"插座上,荣贵的大头天真地说道。

"以现在的材料,能做出来的身体会很丑。"没有明确地拒绝,小梅只是客观地说道。

果然……荣贵稍微瑟缩了一下。

不过,他很快战胜了自己,英勇地说道:"没关系!来吧!"

小梅又瞅了瞅他,确定他是真的想要这么做之后,终于——再次开工了。

等到黎明到来,他们上工前的一小时,荣贵的新身体终于出炉了。

深沉地用巴掌大的小镜子打量着自己,荣贵一脸惨淡:他不再是机器人荣贵,他变成小拖车荣贵了。

头还是那颗头,手也是原来那只手,甚至身体也是原来的身体,只是身体被拆开一半,横过来变成了小拖车,双腿被履带代替。荣贵如今彻底变成一辆拖车了,只不过比拖车多颗头,呃……好吧,还多只手。

因为调整太大,被迫全程关机断电,一切已成定局才看清自己模样的荣贵简直要哭出来。

小梅的审美有"病",得治啊!

"我不要见人了!"荣贵生无可恋地单手捂住了脸。

小梅看看他,半晌把防毒面具从自己脸上扒拉下来递给他。

荣贵从指缝里看他。

小梅没吭声,只是又把防毒面具朝他递了递。

难道——

不要见人等于戴上面具,戴上面具等于不用见人?!

荣贵瞬间读懂了小梅的"脑回路"。

"小梅你好……你真好。"本来想说"小梅你好怪",然而在小梅摘下面具后,荣贵看到了小梅圆圆的小脸蛋,一半脸是原本材料的颜色——黑色,而另一半……因为之前被压扁,修复过程中使用了昨天购买的材料,看起来白花花的有些斑驳。

心一软,荣贵改了口。

他终究没有收下小梅的防毒面具。

"我包个头巾就好了,我会十七种头巾的包法哩!"一边说着,一边驱动身体走到床边,把床单扯下来,荣贵很快用它在自个儿脑袋上包了一个好看的造型。

然而包着头巾的拖车看起来更滑稽了……

荣贵的脑袋终于还是耷拉了下来。

"算了,你直接说我是拖车好了。"

小梅歪头看看他。

"我宁可被人当作拖车,也不愿意被人知道我变成拖车了啊啊啊啊啊!"

这有区别吗——小梅心想。

第六章
女矮人

"你好怪。"小梅最后这样对荣贵道。

荣贵目瞪口呆：我刚刚一时心软没说你怪也就算了，你居然说我怪？这、这这这——

"你才怪！"大声嚷嚷着，荣贵追了出去。

上工时间到了，新的一天又开始了，虽然被迫换上了完全不符合审美的身体，不过荣贵终究还是坐上了大黄上、小梅的左手边。

被小梅这一闹，荣贵忘了自己头上还包着头巾这件事。

小小的拖车盯着自己的履带，沉浸在悲伤中，难得安静了好一会儿。

而在难得的静谧之中，他没有注意到小梅不时从右边投来的视线。

就像一朵"法赛蓝朵"——荣贵包上头巾的时候他就这么觉得了，如今荣贵垂下头来，便更像了。

头巾层层叠叠就像花瓣，而最后扯出来的两个蝴蝶结恰似纤细的叶子，垂下的头就是花朵绽放时临水照影的姿态。

小梅忽然想到了很久以前，某个记忆片段里的一种只生长在最纯净溪水边的花。

那花永远低垂着开放，朝向溪流，世人都道这是世界上最爱自己的花，它的眼中只有自己——倒映在水中的自己。

它永远不会将视线投向第二个人，哪怕你将恋慕的目光投向它，一直投向它……

所以，这种花的花语是"自恋"以及"无望的爱"。

那是世间最残忍的花。

很美——看着旁边垂着头的荣贵，小梅静静地想。

于是，在荣贵不知道的地方，他第一次被小梅偷偷赞美了。

不过，就算他知道了，心中恐怕不是高兴，而是如临大敌吧？

毕竟在荣贵心里，小梅的审美观已经坏掉了。

能够被小梅说美的东西，得是什么程度的怪物哦——几乎是被小梅赞美的同一时刻，荣贵内心偷偷"吐槽"。

小梅熟门熟路地将大黄停在了七号矿坑的停车场，周围已经有很多车了。

"记住，我现在就是拖车，不管别人怎么说不像，我现在都是一辆拖车！"下车前，荣贵义正词严叮嘱小梅。

小梅点点头，表示知道了。

荣贵就闭上嘴巴，头往下一缩卡入凹槽，手向上伸长拉住小梅的手，开始装死……不，是装作一辆拖车。

他紧张得很，生怕被人认出自己是个人，然而——

"今天额外携带拖车一辆，好了，登记完毕。"守门的人问都没问，就把小梅放进去了。

你们都是近视眼吗？这、这明明是一个人！一个机器人呀！装死中的荣贵心中大声号叫。

然而他毕竟是有职业操守的，有演什么就要像什么的觉悟，从决定扮演拖车的那一刻开始，他就不在人前说话了，于是，任由心中思绪翻滚，他硬生生忍住不开口。

一定是自己演技太好的缘故——他为对方的"眼盲"找了个强有力的理由，然后心中瞬间舒服了许多。

倒是和他们一起下矿洞的矿工们认出了荣贵。

"这不是前几天一直跟着他的机器人……的头吗？如今即使变成拖车，仍然也是个人吧？这算不算非法上工？"立刻有矿工指出了这一点。

被人认不出来着急，被人认出来了更着急！

荣贵立刻紧张起来。

倒是小梅一如既往地冷静，无论别人怎么说，他只说了一句话："不是机器人，是拖车。"

干得好小梅——荣贵在心里为小梅点赞。

管理员站出来了："他说是拖车，那就是拖车，反正机器人可以自行选择身体的形态，也可以选择自己的生活方式。他们俩设立了家庭账户，一个人赚的积分也是两人分，两个人的还是两人分。"

说到这里，仍然有矿工想要争辩，然后——

"再说了，这辆小拖车怎么看都不像是很能干的样子。"

这句话之后，一个想要继续找碴的人都没有了。

喂——难道你们全都是这么想的？

于是，明明危机解除，可是荣贵觉得自己无论如何也高兴不起来。

基于职业操守，他在人前继续沉默地饰演一辆小拖车，在进入矿洞之后，他的头立刻伸出来，手也从小梅手里挣脱了出来。把安全帽往头上一扣，他大声道："今天的目标是7块矿！小梅！让他们看看——

"我可是相当能干的小拖车！"

说完，荣贵小拖车便吭哧吭哧地向矿洞深处钻去。

无语地看了他一眼，小梅照例将背篓放好，然后是小台子、收音机……

想了想，他最终还是将收音机摆在了台子上，把"蘑菇"插好，然后打开了收音机。

没有了大头的陪伴，收音机今天只能唱歌给旁边的蘑菇听了。

今天的音乐依然劲爆！

这一天，他们果然带回了7块矿，坚决不要小梅帮忙，荣贵特意让小梅把所有矿都放到自己身上，然后吭哧吭哧拖了回去。

这是为了证明自己是一辆"相当能干的小拖车"吗？

猜到荣贵的想法，小梅无语。

不过从这一天开始，他们的工作效率确实提高了。

荣贵之前猜得没错，小梅每天的采矿量确实是被他的力量限制了：他的力量太小，拖不动更多的矿石，如今有了荣贵，他的采矿量便立刻翻倍了。

为了能够拖更多的东西，荣贵还让小梅帮自己加固了底盘，甚至让小梅帮他做了一把小石锤，这样，他就可以偷偷帮小梅采矿了。

当然，他们还是对外宣称所有的矿都是小梅采的，他只是为了多装几块矿，看起来

"相当能干"而已。

莫非这就是传说中"作为拖车的荣誉感"？

对于荣贵的想法，小梅是揣摩得越来越明白了，然而，越是明白，他反而觉得荣贵这个人越难懂。

不可否认，荣贵加入后，他们家庭账户上的积分便飞一般地增长。

其间，他们遇到过两次坍塌事故，一次稍轻，只是事后荣贵拖车里的泥土石块清理稍微费事了些，虽然费事，他们却在拖车内找到了一块纯度相当高的锗矿，这成了他们进入矿洞以来发现的积分最高的矿。

第二次严重一些，他们所在矿洞整个一层都塌掉了，幸好小梅反应快，及时通知了荣贵，荣贵立刻伸出手将小梅拖了过来，然后迅速地把自己的脑袋拧了下来，一人一头躲在了荣贵的拖车下。

他们在四天后才被挖出来。

小梅还好，荣贵的身体更加破烂了。

不过荣贵不太在意，让小梅把自己修理了一下，继续干得很带劲。

事故后有一个好消息：小梅涨了工资，成为新的矿工小队的小头目，开始带新人了。

他们的积分增长得更快了。

一部分积分用来支付房租，一部分积分用来购买材料修补身体（注：在鄂尼城，部分积分是允许在官方渠道兑换货币的），剩余的则全部存起来。进入下一个城市的最低积分是50000分，荣贵将这个数字记得牢牢的。

当他们的积分到达50000分的时候，荣贵高兴坏了，简直一秒钟都不能等，迫不及待地收拾行李，打算第二天就离开这里。

小梅倒是什么也没有做，等荣贵冷静下来，他才叫住了荣贵："我们还需要攒30000分。"

荣贵吓了一跳："去下一个城市的积分涨了？"

这是他的第一反应。

他现在的身体相当破旧，以至于只是"吓了一跳"这个动作，就让他身上的螺丝掉下来一颗。

没有立刻回答他，小梅跳下床，捡起脱落的螺丝，熟练地重新给他拧上去了。

"没有涨价，而是目的地更换了。"

荣贵不解地偏头看他。

"不去50000分的罗德拉姆城，我们去80000分的叶德罕城。"

荣贵更不解了。

对两个城市他都一无所知，他只是本能地觉得，无论哪个城市，肯定都比在这里做矿工好。

他基本上完全散架，小梅也快散架了。

这里能买到的材料非常差劲，他们每次更换零件就像拆了东墙补西墙。

"叶德罕城又叫矮人城，也是唯一对外开放的矮人城，矮人是锻铸专家，地下世界最

好的材料都在那里。"

他没有说下去。

然而荣贵完全读懂他的意思。

又惊又喜，如果此时是人类身体的话，荣贵一定已经热泪盈眶："小梅，你可真是个大好人，你是要买最好的材料给我做最漂亮的身体吗？"

我可没那么说！只是想着在那边随便找点材料罢了——小梅正想反驳，然而荣贵却根本不给他反驳的机会，破破烂烂的小拖车猛地冲过来，然后——

稀里哗啦。

他彻底散架了。

"赶紧努力赚钱去叶德罕城吧。"躺在一堆破烂里，荣贵唯一完好的大头仰望上方的小梅。

正在零件中翻找自己零件的小梅便轻轻"嗯"了一声。

此时此刻，这位曾经被称为"梅瑟塔尔陛下"，如今却只是"小梅机器人"的男人大概还没有意识到，重新滑入命运的轨道，他原本已经放弃做任何选择，也决定不进行任何思考，如今却再次有了计划与目标。

不是为他自己，而是为了旁边那个名叫"荣贵"的人。

小梅没发现，荣贵却敏锐地猜到了小梅这个决定和自己有关。

毕竟小梅是个超级凑合的人嘛！

两个人现在的身体是他用手边的材料做的，如果没有荣贵的千叮万嘱就什么都凑合，这样的人实在想不出去矮人城买精品材料的理由啊！

如果硬要找出他们两个人中谁会想要用高级材料做身体，那个人肯定是他荣贵呀！

这么想的话，小梅去矮人城的原因不就非常明显吗？

完全是为了荣贵啊！

感动死了啊啊啊啊啊啊啊！

虽然没有什么分析能力，不过荣贵某些时候确实很敏锐，而且直觉也很准。

于是，接下来的日子，他感觉人生更有奔头了！

鉴于小梅和自己一样是第一次进城（特指地下城）的乡下人，他体贴地没有为难小梅，而是自行摸索起来。

然而在这个城市里，着实没有什么询问的好途径。为此，荣贵特意打了一个小时电话，这才拨通了电台点播热线，没办法，现在打电话点播歌曲的矿工贼多！

不过荣贵什么歌都喜欢听，别人点的歌他也听得津津有味！

到底是以声音为职业，电台DJ一下子认出他的声音。

"矿工家属？你可好久没有打电话啦！"年轻的DJ又惊又喜。

"这不是你们生意太火爆我根本打不进去吗？"荣贵抱怨着，无意中又小小捧了对方一句。

"嘿嘿，托你的福啊，现在听众越来越积极踊跃，我们电台已经在筹备新的栏目啦！"

第六章
女矮人

"恭喜啊！"自己这边刚刚有了新目标就听到了对方也有好事发生，荣贵衷心贺喜。

毕竟是直播，两个人不好寒暄太久，于是荣贵交代自己的来意：他要去叶德罕城啦，因为是乡下人所以对外面的世界一无所知，就想着通过电台点播一些当地的歌曲，间接了解一下那边的情况。

"没问题！包在我身上！"DJ立刻大包大揽。

于是，当天下午荣贵和小梅再次上工的时候，就听到了极富地方特色的矮人之歌。

"应矿工家属先生的点播，今天开始，我们将播放一系列叶德罕城的歌曲。

"叶德罕城，又被外界称作矮人城，是地下世界知名的锻造城市，那里既有山地，蕴藏丰富的矿产；又有平原，可以种植种类丰富的粮食作物。那里还是出名的金属之城，地下世界最出名的武器几乎全都出自矮人锻造大师之手，当然，很多矮人锻造大师并不住在叶德罕城，而是住在其他矮人城，然而那些地方一般人无法抵达，不得不说，想要了解矮人世界，获得可以传给后代的兵器、最坚固的机械身躯，叶德罕城始终是普通人最理想的一站……"

年轻DJ的声音不再像之前被荣贵投诉时那样狼狈无辜，他读着精心收集来的资料，声音透过电波变得通透又有磁性，专业极了！

"矮人的性格非常暴躁，他们的音乐亦是如此，传说中最初矮人是不使用乐器的，使用各种兵器，锻造用的大锤……就是最原始的乐器，时至今日，即使矮人开始使用乐器，他们的音乐中仍然加入了不少金属元素，下面，请听这首《叶法罗巴巴之歌》……"

声音如琴，然而，在低沉的男声背后，一首歌轻轻地响起，随着歌名被报出，DJ的声音逐渐隐没，而原本作为背景乐的歌顿时变得大声！

"哦哦！"激烈的音乐让人精神抖擞，荣贵立刻摇摇晃晃地跟着扭起了身子。

即使跳舞他也没耽误手中的活，左手的石锤一下又一下带劲地敲着，渐渐和音乐中的敲击声融合在了一起。

"矿工家属？叶德罕？"倒是小梅听到了关键词。

"矿工家属"这个称号他并不陌生，荣贵天天都要听广播，而广播里点歌的人几乎全用这个称号，天天听，记不住也难。

倒是叶德罕，要的积分高，一般来这里打工的矿工很少会选择它作为下一站。

小梅立刻看向荣贵。

"嘿嘿，被你发现了吗？再偷偷告诉你一个秘密，第一个矿工家属就是我哦！你有没有发现后来的音乐都很劲爆？这是我投诉的结果啊！你有没有发现现在点播的人超多？也是我打电话的时候读了一遍点播热线的结果哦！"

叉着腰，荣贵得意扬扬道。

小梅心想：原来让广播变得比以前更吵的罪魁祸首就是你。

荣贵冲着他"嘿嘿嘿"地傻笑。

充满叶德罕特色的音乐响了一下午。各种大锤敲击金属的声音，仿佛火花四溅的声响，配上汉子们"嘿哈、嘿哈"的吆喝声……好不热闹。

"打铁的汉子威武雄壮，想想就觉得看到了一块块腹肌，这音乐听得我都想去打铁

了哩!"荣贵说着,明明只是两个成像镜头的眼睛居然露出了向往的神色。

然后小梅就给他泼冷水:"矮人城顶级的工匠几乎全是女性,很多顶级技艺传女不传男,所以你去那边的工坊,最有可能看到的是正在打铁的女矮人,当然,她们的腹肌据说很发达。"

于是——

是打铁的妹子威武雄壮吗?

呆呆地,荣贵傻眼了。

不过——

"小梅你怎么知道哦?"荣贵忽然想到这个问题。

小梅没有说话。

他能怎么说呢?说自己在曾经的某段经历中,不止一次接见过矮人的顶尖工匠吗?

时间明明没有过去多久,他却觉得那些经历只是自己的梦。

好在荣贵已经很习惯在他不说话的时候自个儿"脑补"理由了:"原来小梅你也私下想办法打听叶德罕城的事情了吗?

"连腹肌这么私密的事情都打听到了,小梅你真闷骚哦!"

说着,荣贵还用仅存的手推了他一把。

笑嘻嘻地,荣贵继续干活去了。

而"闷骚"的小梅愣了愣,也只能继续干活了。

枯燥又危险的工作由于有了希望而变得没那么无聊。

而残破的身体也似乎能够继续坚持下去了。

点播台每天都会固定播放几首叶德罕的矮人歌,荣贵几乎把它们全都学会了,而在荣贵的启发下,点播台开始介绍城市信息:从鄂尼城出发可以前往哪些城市,那些城市需要多少积分,当地的特产是什么,天气如何……

中心当然是歌曲,然而围绕着歌曲,延伸至许多城市的历史与细节,非常有意思。

想去叶德罕城的矿工或许变多了,因为主动打电话点播叶德罕歌曲的人变多了。

残破的身体修了又修,荣贵身上的补丁越来越多,小梅也是。

他们的挖矿本领——确切说是小梅的挖矿本领又提高了,证据是管理员罗德问他们想不想去工资更高但是更深的矿洞。

荣贵拒绝了:"我们只要赚够离开的积分就可以了。而且——

"我们的老家就是更深的地下,好不容易爬高一点,不想再爬回去呀!"

笑了笑,罗德没有再问。

倒是一开始带领他们进入矿坑的那名小队长不见了,据说是去了更深的地下。

那天晚上,睡觉(充电)前,小梅忽然问了荣贵一个问题:"不想去更深的地下,是因为向往光明吗?"

"你想去上面的世界吗?"

小梅很少主动问他问题,一问就是这种很奇怪的问题。

荣贵也难得慎重地思考了一下:"光明?上面的世界?莫非上面的世界有白天吗?"

小梅摇了摇头:"不是有白天,而是永远都是白天。"

荣贵想了想,然后夸张地哆嗦了一下:"听起来也很可怕啊。

"不一定要到那么亮的地方去,对上面的世界……目前也没有什么想法啊,地下的城市,我们才走了一个呢。

"我现在只想和小梅一起到叶德罕城看看啊。

"时间不早了,赶快充电吧,我们现在的储能器不好用了,得多充会儿呢!"

说完,荣贵就自动关机了——

留下小梅在黑暗中思考了很久。

也对,地下的城市,他也并未来过。

接下来,可以先去叶德罕城买材料吧……

其实他也没有思考很久,正如荣贵所说,两人的储能器开始老化,在更换新的储能器之前,他们需要的"睡眠"时间都变长了。

按部就班地收集着积分,那一天,荣贵的右手食指终于碎掉,他们的积分终于突破了80000大关,还多出了一点点。

"噢耶!这次是真的可以离开了!"抱着小梅转了一圈,荣贵开心地打电话给点播台。

然而热线实在很难拨通,他只好发了封邮件。由于听众太热情,点播台如今开通了邮件点播渠道。

向其他的矿工道别,向罗德道别,把最后几天的租金补交到房东的卡上……之后,荣贵疯狂地收拾行李。

他们的行李又多了几件:用纯度极低的黑田石原石打造的小桌子,用锗原石废料做的大一点的镜子,新收获的地豆一筐,还有之前从老家带过来的小玩意。

当然,最珍贵的是他们埋在地下的身体。

从地下把冷冻舱重新拉出来,荣贵几乎是以"大"字形趴上去的。

明明里面已经全部被液体淹没,什么也看不见,他还是深情地摸了摸冷冻舱似乎是两人头部的位置。

然后,小梅告诉他那个位置摆的是两个人的脚丫子。

挖出冷冻舱,地上就空出一个大洞。

这个洞也没浪费,荣贵想了想,拉着小梅把两个人这几个月换身体的废弃材料埋进去了。

全都是无法再利用的金属材料,还有用石头做成的临时零件,小梅的意思是扔掉,不过荣贵不让,全部捡回来了。堆在房间里,一根手指、一颗螺丝……慢慢积成了一座小山。

盖上最后一捧土,荣贵又让小梅在一块石头上写字。

仍然是那行字——"阿贵和小梅"。

"这回下面埋的可是真真切切我们的身体啦!"荣贵摸了摸鼻子,"这可是真的坟墓呢。"

小梅无语地看着他。

合力将石头摆在埋着两人身体的"坟墓"上，挥挥手，荣贵拉着小梅告别了这个他们住了好几个月的"家"。

然后两个人便驱车离开了。

说起来简单，其实他们足足干了大半夜，等到出发的时候已经是往常上工的时间了。

荣贵习惯性地打开了收音机。

对了，罗德把收音机送给他们了，包括他们的矿工服和其他工具，攒够一定积分，这些东西就归矿工所有。

"基本上，攒够积分，这些东西已经破旧得没法用了。"这是罗德的原话。

可是破旧又有什么关系呢？

这可是陪了他们好久的收音机呀！

摸摸收音机凹凸不平的外壳，最大的一个坑是矿体坍塌造成的，就是两个人被埋了好几天的那次，收音机也和他们一起被埋了。

"回头给你换个新外壳，小黑。"荣贵深情道。

驾驶着大黄的小梅斜了他一眼。

小黑？又多了个古怪的新名字。

新出炉的小黑一如既往热情地"唱着歌"，直到年轻DJ的声音忽然打断音乐声。

"今天是个特别的日子——对我来说是个特别的日子。

"我的好朋友——矿工家属——昨天发来邮件说他要离开了，离开鄂尼城，前往叶德罕城。

"他说，他一开始只想去积分50000分就可以去的罗德拉姆城，然而他家的另一位成员却坚持要去积分更高的叶德罕城——

"只是为了给他更换更好更漂亮的身体。

"说实话，虽然和矿工家属先生只在电波中交流过，但我却一直觉得他是我素未谋面的老朋友，我会想象他是什么样的人，然而怎么也想象不出来，直到他告诉我要去叶德罕城的原因。

"他果然是个很好的人，付出爱的同时也深深被爱。

"祝福矿工家属和他家的矿工成员！祝你们一路顺风！祝你们在未来拥有最好最美丽的身体！

"接下来这首歌是我送给矿工家属及其家庭成员的，叶德罕民歌《皮拉尼尼》，在叶德罕语中，这是保重以及再会的意思，希望你们一路走好，希望有朝一日与你们重逢！"

"再见！矿工家属！"歌声已经响起，年轻DJ的声音却没有消失，充满感情地，他大声喊道。

"再见！DJ先生！"收音机对面，荣贵也大声说再见。

他这才想起来自己并不知道对方的姓名。

其实对方也不知道他的姓名。

不过这又有什么关系呢？他们知道彼此的声音。

第六章
女矮人

声音比容颜长久，甚至可以一直不变，如果有机会重逢的话，只要对方开口，荣贵有自信可以立刻认出对方来。

听着歌，没多久荣贵便惬意地跟着哼唱起来。

身后逐渐远离的鄂尼城仍旧亮着苍白的光，叮叮当当的开采声依旧响个不停，新的车辆从他们身边涌入鄂尼城……一切都和他们来时没有什么不同。

然而，因为车上收音机播放的歌曲，荣贵觉得自己的心情已经完全不一样了。

他看了一眼旁边的小梅，小梅还在严肃地开车，听到DJ在电波中对两人的称呼，他似乎有点不满，不过并没有说，在荣贵大呼小叫对着收音机道别的时候，他仍然稳稳地操控方向盘，确保方向没有偏。

这就是小梅，这就是他们家的矿工呀！

"哈哈，小梅，我爱你！谢谢你带我去叶德罕城！"心中的感激再也控制不住，荣贵忍不住靠过去，搂了小梅一下。

"靠边点，别碰到方向盘。"小梅的声音冷冷的，全是嫌弃。

可是那又怎么样呢？

小梅终究没有推开他呀！

心中的气泡越吹越大，荣贵的心情愉快极了。

再见！鄂尼城！

轻轻地，荣贵心中对身后远去的城市道。

他们先是再次回到了"灯塔"，在那里排队等待进城的车队依旧很长，非常巧合地，他们再次排到了上次那座"灯塔"旁边的队伍里，然后，他们就再次见到了之前见过的那位工作人员。

"嗨！美女，我们要去叶德罕城！"即使已经是一辆非常破旧的小拖车，荣贵仍然将仅剩的胳膊搭在车窗上，然后打了声响亮的招呼。

灯塔内的猫耳工作人员面无表情地盯着他，半晌才开口道："我想起你是谁了，不过，你和之前看起来……好像不太一样。"

"和人打了一架，我们赢了。"打了个响指，荣贵云淡风轻道。

如果是个帅哥，荣贵刚刚的表现便是标准的"耍帅"。

可惜他现在只是一辆破破烂烂的小拖车，于是——

简直莫名其妙——挑了挑眉毛，工作人员完全没有理会荣贵，公事公办要求他们出示通行证。倒是在看到里面积分的时候，她惊讶得微微瞪大了眸子，然后抬起头："你们的下一个目的地是？"

"叶德罕城！"荣贵响亮回答道。

"好地方。"工作人员微微一笑，将通行证递还给荣贵。

"这就好了？"荣贵愣住了。

大概是他太破了，只是接过通行证这个小动作，他的一根手指又掉了一块。

工作人员眼明手快地帮他接住了。

"谢谢。"荣贵道。

"不要紧吗?"工作人员问他。

"呃……坚持坚持,到叶德罕城就好了。"荣贵理所当然地回答。

然后他就听到对面的工作人员叹了口气,伸出手指,指了指前方的某一个方向,然后低声道:"看到那条路没有?那就是前往叶德罕城的路,行驶半个小时左右……唔,按照你们的速度,大概要行驶两小时,你们会看到一条岔路,你们开进去,那边会有一个休息站,说是休息站,其实是个类似集市的地方,说实话,那是不够资格去叶德罕城但是又想去叶德罕的人偷偷跑过去弄出来的。那边的人有很多东西卖,他们不收钱,只收积分,放心,他们那边有转换积分的方法。"

"我看你们俩的积分有富余所以才告诉你们这些的,去叶德罕城之前,你们最好还是去一趟,就算不买材料,至少换一下储能器,否则只怕你们还没到叶德罕就散架了,而且……那边的材料比城里便宜。"

对方压低声音说了好长一段话,她说得很快,荣贵好半晌才把所有信息输入完毕。

"这……万一迷路怎么办?"他呆呆地,作为一个路痴,本能地问出这样一个问题。

对方莫名其妙地看着他,露出"机器人居然也会迷路"的表情,不过还是回答了他:"你们不是有通行证吗?核验你们的积分达到要求后,我已经将去往叶德罕城的地图输入进去了,也向叶德罕城发送了你们的信息,一旦迷路,你们查看通行证就好了啊!"

"通行证还能这么用?!"目瞪口呆的荣贵又掌握了一条新信息,最后诚心诚意说了一声"谢谢"。

"真是个怪人。"对方皱了皱眉,然后又递出一张卡片给他,"你们直接去这家材料店,把这张卡片给他,可以拿到折扣。"说完,对方就朝他挥手了,"去吧去吧,记得把积分保持在80000以上,低于这个数值你们就无法进入叶德罕城了。"

他们的车已经在灯塔旁停留太久,工作人员在赶他们了。

被轰赶的荣贵心中没有一丝不满,相反,他心中充满感激:"真是一个好人啊!"

斜眼看了一眼充满感情向后望的荣贵,小梅继续一脸高冷地开车。

他的动作幅度不大,却被荣贵抓了个正着。

"喂!小梅,你刚刚那是鄙视的眼神吧?就是鄙视的眼神吧?

"对方是个多好的人呀!看到我快坏了还主动提供秘密材料市场的消息给我们,还……"荣贵看了看手中的小卡片,"看!她还给了我们打折券!"

只是一张普通的卡片,上面有个店名,还有一个非常奇怪的符号,荣贵看不懂,不过从对方的话推测,这肯定是一张打折券啦!

看着小心翼翼将"珍贵"的"打折券"放在掌心的荣贵,小梅冷冷道:"那张不是打折券,卡片上符号的意思是'瘦羊,坑少点'。"

"啊?"荣贵猛地抬起头来。

保持稳定的车速,小梅继续说话了:

"鄂尼城、叶德罕城……不论是多大规模的城市,只要是出现在地图上的地方,全部需要缴税,这笔税一部分被用于地下城的建设,一部分则上缴给天空城。那名工作人员介绍给你的地方明显没有出现在任何地图上。

"物品比城内便宜——代表没有缴税。

"只使用积分交换——代表对方的目的是制造非法移民。

"有转换积分的方法——这是指他们有非法金融机构。

"以上证据全部可以指明，对方是非法黑市组织，作为公职人员居然为非法组织介绍生意，这是明显的渎职，而且能够使用特定符号向对方传递消息，说明她已经渎职很久了。"

眼前的小梅明明只是坐在破破烂烂的大黄上开车，呃……还得骑车，可是刚刚说话时小梅爆发的气场让荣贵瞬间以为自己正在某个庄重的法庭上，聆听审判。

非常神圣的那种！

他很想反驳，可是……

以自己的智商和知识存储量想要反驳小梅实在有点难！

可是任由自己刚刚还在感激的人在小梅口中沦为犯人，他似乎又有点过意不去。

想了想，荣贵只能小声道："总之，对方还是给了我打折券呀，上面不是说要对方少坑点吗？少坑点，姑且也算是……打折的一种吧？"

荣贵说着，忽然想到一个问题："不过小梅你怎么知道这个符号的意思呢？书上还会讲这个吗？"

没有回答他的问题，小梅高冷地目视前方。

废话，书上当然不会讲这些，会讲这些的只有专门整理递上来的报告。

地下城黑市偷税漏税问题严重，还有大批未登记居民，这些全是隐患，为了解决这些问题，他曾经派人详细地研究黑市组织的各种暗号，刚刚说给荣贵听的只是皮毛，报告上讲得更加深入。

黑市是这个世界最黑暗的地方之一，不久之后，这里将成为一股强大的黑色势力，各种走私行为，非法买卖……报告上列出的证据触目惊心，为了维护秩序，黑市是必须铲除的毒瘤。

事实上他成功了。

将污渍从白色的地板上擦除，这个世界再次洁白如雪。

驾驶着大黄，小梅保持匀速前进的状态。

他们的车速一如既往地慢，两个半小时之后，大路的旁边当真出现了一条隐蔽的小路。

如果没有那名女性工作人员提示的话，估计他们不会以为这是一条路。

看起来这只是路面的一部分而已，并没有多深。

"那……还要进去吗？"荣贵小声问。

小梅没有说话，继续匀速向前开车，然后——

方向盘忽然一转，他将车拐上了右边的岔路。

反正这一次他不需要再去打击偷税漏税问题了，过来看看并不违法。

何况旁边那个家伙确实需要材料。

继续保持匀速状态，小梅向着传说中的黑市——那个直到完全被他消灭，他也从未涉足的地方——前进。

完全不知道刚刚小梅心中到底转过了多少念头，荣贵傻呵呵笑了。

又行驶了将近一个小时，他们最终来到了一个非常热闹的集市。

不少车随便停在一旁的空地上，看样子这里就是停车场。迅速将大黄停在了最外面，小梅随即下了车。

根本不用小梅拉自己，荣贵主动伸出手，紧紧抓住了小梅身上的矿工服，远远望过去，就像一名小矿工将拖车紧紧绑在自己身上了一样。

没错，小梅现在还穿着矿工服，他已经穿习惯了，而且大黄的行李舱已经满了，没有地方搁衣服，他索性将衣服穿在了身上。

这样还有一个好处，那就是万一走着走着螺丝掉了的话，身上脱落的零件会直接掉在矿工服里，很容易找回来重新安上。

荣贵没有矿工服，他也不太喜欢矿工帽的造型，就戴上了之前的小红帽。

这样一来，他们看起来就像是带着拖车过来逛街的矿工。

这个市场建立在鄂尼城到叶德罕城的必经之路上，和小梅一样穿着矿工服过来逛街的人比比皆是，所以他们的出现并没有引起太多人注意。

小梅之前说的话荣贵其实全都听进去了，所以从下车的那一刻起，他便提高警惕，看他抓小梅抓得那么紧就知道。

下车的时候，他还偷偷把一把挖矿时用的石锤放到自己的小拖车里，生怕再次遇到没长眼的坏蛋欺负他和小梅。

不过等到他们在集市里逛了十来分钟，他抓着小梅衣服的手就松了。

这里气氛好祥和啊，这是荣贵的第一个想法。

大家都是正经的生意人，这是他的第二个想法。

眼瞅着他就要甩开胳膊开始放飞自我到处走，小梅及时拉住了他。

笨蛋！这种地方也敢乱走，这可是会贩卖人口的黑市啊——显然，小梅没有放松警惕。

于是变成小梅拉着荣贵到处走。

这里卖什么的都有，不但有好些不错的金属材料，还有很多明显来自鄂尼城的矿石，精度挺高的那种，之前他们在鄂尼城的集市都没有见过这么好的材料！

何况这里卖得还真是挺便宜的。

眼瞅着小梅似乎打算随便找个摊子买材料，荣贵赶紧秀出了自己之前得到的"瘦羊券"。

"我们还有打折券哩！"

他们最终还是在"打折券"对应的摊位买的材料，同等材料比周围摊位的便宜20%，有了这些材料，两个小机器人的储能器都能换成新的了！他们还有钱给大黄换个车顶！

大黄的车顶早就被他们拆下来补身体用了，这段时间，他们一直开的是敞篷大黄！

"真好呀！"小拖车内装得满满的，荣贵手里还拎着一大包东西，心里踏实极了。

小梅的手里也拎着两个大包，还差两种材料的时候，明明那个摊位有，小梅却并没有在那家摊位选购，而是留下荣贵看东西，自己跑去其他摊位买。

可能是品质有差别吧——乖乖看着行李，荣贵没有多想。

他并没有等太久，等到小梅回来，两个小机器人便各自拎了一部分战利品，满载而归。

"比起正规市场，我觉得在这种非法集市买得更开心呀！"荣贵得出了自己的结论。

小梅没吭声。

将大黄的车顶安装好，两个小机器人重新上路了。

放在车上的收音机一直是打开着的，也不知道他们是不是又途经鄂尼城，原本一直播放沙沙忙音的收音机忽然再次传出了音乐。

还是荣贵非常熟悉的，鄂尼城矿工电台播放的音乐！

音乐声让荣贵惊喜极了，然而很快，他们走回大路，一小时之后，收音机的突然收不到信号，歌声再次消失，只剩下沙沙的忙音。

"啊……忘了，有个东西忘了买……"荣贵喃喃道。

他想到了在鄂尼城集市上看到的"苹果"。

当然，在鄂尼城，那种水果并不叫"苹果"，叫"石头果"，是鄂尼城的特产，据说只能在鄂尼城买到。

第一次见到石头果荣贵就想买了，不过每次都因为各种原因没有买成。

他们总有更重要的东西要买，没有多余的钱买石头果。

今天也是如此。

拍了拍收音机，确定是真的没有声音了，荣贵关掉了收音机。

然后——

原本正在认真驾驶大黄的小梅，忽然用左手在脚下的购物袋里翻了翻，找到什么东西之后，将那东西递给了荣贵。

看清小梅手里抓着的东西时，荣贵愣住了。

那是一个……

"'苹果'？"荣贵惊叫道，"天哪！小梅，这个'苹果'是你特意买给我的吗？天哪天哪！我们的钱不是刚够买那些材料吗？你不会为了买这个果子少买材料了吧？"

只听到荣贵的大呼小叫，半天不见他接过果子，小梅似乎不耐烦了，将果子扔到荣贵的小拖车里，然后将手放回了方向盘上。

"没有少买材料，只是刚好见到一个摊子上附赠这种水果而已。"

"买两种材料赠一个石头果，总价算下来和使用打折券的优惠力度一样，所以我就在另外的摊子买齐了剩下的两种材料。"

"第一次去集市的时候，你不是说要买这个吗？"

小梅冷冰冰道。

半晌不见荣贵回应，他还迟疑地低下头看了一眼小拖车内的水果："应该没有买错，我是按照你上次说过的挑选原则选择的赠品……"

他还要继续说什么,然而荣贵的声音一下子淹没了他的声音。

"啊啊啊啊啊啊啊!

"只说过一次的东西你就记住了,不但记住了,还帮我买回来了,小梅小梅小梅!你对我真是太好啦!我要感动死啦!"

由于太过感动,反应慢了半拍的荣贵终于反应过来了,卡车下山式猛地扑向小梅,狠狠地将小梅抱住了。

他冲得太狠,大黄冷不防在路上绕了个完美的大"S"形。

然后就是一路的小"s"形。

任凭车内小梅如何反抗,荣贵都坚定地将自己黏在他身上,言语有点跟不上,他就用身体表达自己对小梅的感谢。

于是,今天的两位小机器人,也异常相亲相爱呢!

第七章

永恒之塔

那个"苹果"被荣贵小心翼翼装进了自己胸前。

其他地方少了材料，拆东墙补西墙的时候，他胸前有一块地方被掏空了，他突发奇想让小梅把这里改成了一个小储藏室。小储藏室刚做好，荣贵就宣布那里会用来存放最重要的宝物。

地方不大，不过荣贵也没多少"最重要的宝物"。

目前里面放了什么小梅都知道，无非就三样东西：记录孤儿院小伙伴影像的芯片，开罚单时被摄像头拍到的照片，还有就是这个"苹果"了。

这个"苹果"把不大的储藏室几乎占满了。

虽然买了这个"苹果"给荣贵，然而小梅到现在也不知道荣贵要这个"苹果"做什么。

他们已经在路上行驶了两天，其间由于荣贵时不时就要将"苹果"拿出来赏玩，小梅也目睹了果实的颜色变化。

刚买来的时候它还有点青，然后变得微微发黄，后来居然有些变红了。

老实说，他真的不知道一个"苹果"有什么好看的，如果是机油，他大概会稍微感兴趣一些。

"由青涩变得成熟，这个'苹果'现在一定散发着非常香甜的味道。"荣贵的声音从旁边传来，小梅便知道那家伙又在玩"苹果"了。

你明明什么也闻不到——没有说出来，小梅在心里道。

"越看越觉得这个果子就是我们那儿的'苹果'，不知道这里没有光，'苹果'是怎么种的，在我们那儿，苹果树都是种在阳光下的。

"小梅，你见过阳光下的苹果吗？"

深情地看着掌心里的果子，荣贵继续回想当年。

小梅没见过，有谁会在那珍贵的土地上种植石头果这种廉价水果呢？

不过他见过水晶果，不但果实似水晶，花亦似水晶，比"苹果"……石头果好看得多。

那是和昂贵地皮价值匹配的果实。

"苹果花可好看啦！我们孤儿院就有一棵苹果树，每次开始挂果，我们就每人认领一个苹果，用胶布把自己的名字剪出来，然后贴在认领的苹果上，等到那个果子成熟，上面就会出现我们的名字啦！

"阳光下沉甸甸的果实……好看极了。"

荣贵说着，又瞅了瞅手中的水果。

"最早的时候，我们每人只能分到一个苹果，剩下的果子都是要卖掉的，那个时候我特别舍不得吃那个苹果，不小心把苹果放坏过。

"小梅你知道吗？苹果放坏的味道很好闻哦！如果不是怕浪费，我甚至想故意放坏几个苹果闻味哩！"

那你很快可以再次闻到怀念的味道了——瞥了荣贵手中的苹果一眼，小梅心里说。

那个果子成熟到极限，即将腐败。

难道，这家伙心心念念想要一个"苹果"，就是想要将"苹果"放坏，然后闻烂"苹果"味吗？

想到自己即将和一个随身携带烂"苹果"的机器人走在一起，小梅又斜了对方一眼。

只是一个一闪而过的眼神，荣贵却像看懂他的想法似的，大头转了过来："小梅，你在担心我每天带着一个烂'苹果'走在你身边吗？"

说着，荣贵忽然笑了。

"放心，小梅送给我的这么珍贵的礼物，我怎么可能把它放坏呢！

"这个果子我是要和小梅一起吃的，最初想买也是为了这个。

"我们现在正在用的机械身体不是在鄂尼城修补了好多次嘛，我们还每天在鄂尼城充电，在我看来，这就是吃过鄂尼城特色大餐了。倒是咱俩真正的身体，一直被埋在地下，连灯光都晒不到，挺尸一样在下面待了那么久，能量来源还是之前在小梅老家弄的地豆，连道地的鄂尼城特色大餐都没吃过，多亏啊！

"然后我不就看到'苹果'了嘛！

"我们那边外国有句谚语：一天一苹果，医生远离我。意思就是苹果治百病啊！

"又是鄂尼城的特色水果，又能治病，还和我之前最喜欢吃的水果长得差不多，我就想着一定得让咱俩的身体尝一下这个水果。

"而且——

"最后一次给咱俩按摩身体的时候，我总觉得咱俩都有点黑眼圈，奇怪，明明每天都在睡觉啊！

"我这不是就想起苹果切片贴眼睛可以缓解黑眼圈嘛！

"哈哈哈哈哈哈！"

说到这儿，荣贵得意地笑了。

然后小梅就无语了。

其实，最后这个才是你想买"苹果"的真正原因吧？

接下来的时间里，荣贵又缠着小梅研究"如何将仅有的一个'苹果'的利用率提到最高"。

把身体从冷冻舱里拖出来做眼膜的提议被小梅否决了，不过成分提取仪又被拿了出来，一个果子切成两半，完全平均地弄了两小杯果汁，这两杯果汁最终被分别灌入了冷冻舱内的两个人的养分输入管中。

"啊！小梅，我总觉得我尝到了苹果汁的味道。"亲眼看到果汁顺着软管滑入自己身

体的口中，荣贵闭上了"眼睛"，陶醉道，"酸酸的，甜甜的，还有点霉味……嗯……我猜是之前管子里残留的地豆味儿。"

装模作样地，荣贵说出了自己的结论。

小梅瞥了瞥他。

怎么可能在离开身体的情况下感受到味道？小梅正要将设备收起来，说来也怪，就在这个瞬间——

他真的感觉到了甜味。

酸度很低，甜度很高，没有一点霉味。

小梅愣了愣。

然后，他继续之前的动作，将设备收起来。

他最终将刚刚奇怪的感受归结为"暗示效应"。当一个人翻来覆去在你耳边重复一些话的时候，其实就构成了一种暗示，被暗示者很容易感受到对方反复提到的东西。虽然被荣贵暗示成功听起来非常不可思议，但是他更不相信这是由于他的精神与肉体还有一丝丝关联。

他已经脱离身体的禁锢许久了。

如果无论如何终将脱离肉体的禁锢，那为何不让他一开始便离开？

毕竟，肉体是一种原罪。

静静地看着绕着冷冻舱转来转去，明明什么也摸不到却仍然固执不肯离开的荣贵，小梅静静地想：或许，去叶德罕城真的是最适合他的决定。

毕竟，传说中冶炼水准最高的矮人大师其实生活在地下。

如果可以拜访到矮人大师，学习到对方的制器手法，或许他可以提前拥有真正"无罪的身体"。

所以，这一次来到这里……就是为了让他尽快推动历史进程吗？

还是为了让他了解之前从来没有了解过的，世界的另一面呢？

愣怔地插在大黄上充电，小梅思考了一夜。

然而他依然没有得出结论。

反正，不是为了让他遇见这个家伙——思考终结于小梅看到旁边荣贵的那一刻。

明明是在充电，为了享受个人空间，他还特意多加了一个插头，可是这个家伙每次充电还是习惯性地插在自己身上，改也改不掉。

将荣贵的插头拔下来插在旁边，小梅拧了拧自己四肢的螺丝，然后关机休息了。

他们又行驶了一天之后，小黑先是诈尸一般忽然"哔"了一声，然后断断续续播放一些变调的音乐。

据说是因为信号不好。

不过荣贵不嫌弃，不管小黑唱得"多难听"，他都开着小黑，任由小黑播放媲美鬼屋背景乐一般的各种音乐。

小梅对他的举动也没有意见。

荣贵将小梅的表现解读为体贴，殊不知小梅其实只是做了二选一的选择题罢了。

要么听小黑牌收音机，要么听荣贵牌收音机。

他只是理智地选择了收听小黑牌收音机而已。

毕竟荣贵牌收音机基本上只有音乐台，还是每天循环一首歌曲的"洗脑"音乐台，而小黑牌收音机的节目单明显丰富多了。

况且，小黑牌收音机能够"死而复生"，代表他们已经驶入叶德罕城范围。

路上的车明显变多了，很快荣贵就知道这里为什么有这么多车了。

小黑的节目单里是有道路服务节目的，经常可以听到有人打电话，说自己在公路的哪一段，要去什么地方，如果有车刚好顺路就请捎他一程。

当然，这是收费的。

这简直是异界版的打车软件啊！而且还是不会让电台倒闭的版本！

荣贵当时就激动了。

多有意思啊！而且他和小梅刚好缺钱。

他鼓动小梅去接活。

小梅一开始是不干的，然而耐不住他在旁边磨来磨去，小梅终于答应了。

并没什么用——大黄跑得实在太慢，原本在那里的客人早就被接走了。

荣贵只好放弃了"客串快车司机赚取入城后生活费"的计划。

不过他看到矮人了！

那果然是些强壮的家伙！标配是身后的锤与斧头，然而他们并非荣贵想象中的五短身材，相反，他们中的绝大部分人比他和小梅高多了！

这说明了什么？

这说明他和小梅现在还没有矮人高！

这可真是一个悲伤的故事！

根据荣贵的观察，身高和他们俩差不多的，大概就只有矮人中的女性。

进入叶德罕城的第三天，荣贵在路边看到了一个和他俩差不多高的身影。

站在路边，对方正招手打车。

那人绑着两根麻花辫，是一位女矮人。

这是荣贵第一次见到女矮人。

女矮人戴着一个很酷的口罩，愈发显得她的眼睛很大。

对方的四肢纤细，乍看起来就像一个女童，不过鼓鼓的胸部绝对不是女童能够拥有的。

"小梅，快！快点开过去啊！"没有别的意思，而是这条路上目前就他们开的这辆车，没有其他竞争对手，机会难得，荣贵眼前一亮，要小梅速速开过去抢活儿。

可惜大黄的速度太慢了，而其他车简直像装了马达一般，等到他们开车过去的时候，早就有一……二……三……一共四辆车停在女矮人面前了。

生意又泡汤了——荣贵叹了口气。

然而没等他的气叹完，他这边的车门忽然被拉开了。

麻花辫、大眼睛、酷口罩……拉开车门的人正是之前在路边打车的女矮人。

她居然抛开就停在自己面前的四辆车，走到他们这边来了。

"你们的车上还有位置吗？"视线迅速扫过车内，女矮人微微皱了皱眉。车里只有两个座位，后车厢装满了东西，由于太满，好些东西被挤到座位这边来了。

看起来实在不像还有位置的样子。

"哎？"还没从因女矮人的忽然到来而的惊吓中醒过神，荣贵随即被客人问住了。

看吧，老是急吼吼想要接活，他就没想想车上压根没位置吗——一声不吭，小梅只是将手继续把在方向盘上。

他准备转弯离开了。

就在这个时候——

"当然有座位呀！"成像镜头闪了闪，荣贵大声道，紧接着——

小梅先是发现自己的胳膊被举起来了，然后只听"哐当"一声，他眼前就多了一颗大头。

斑驳的黄色染料涂成的头发，两个成像镜头做成的眼睛，因为多次撞击而凹凸不平的表面……

那是荣贵的大头。

就像一颗小炮弹，荣贵非常自在地拉开小梅的胳膊，然后跳到他的腿上！

单手紧紧抱着小梅的脖子，荣贵用简陋的左胳膊指指自己之前坐着的位置，热情道："这不就有位置了吗？来坐，快坐呀！"

看看热情招呼自己的荣贵，又看看被荣贵压得快要散架的小梅，女矮人难得迟疑了一下。

"不要客气，坐下来呀！"就这会儿工夫，荣贵已经熟练地将自己身上的一些零件卸下来，更加从容地在小梅怀里调整了一个舒服又不至于挡住小梅视线的位置，然后继续拍拍旁边的座位道。

虽然觉得眼前的一幕实在有点诡异，然而对方把自己拆了也要给她腾地方的魄力实在太吓人，女矮人终究还是坐到了荣贵原来的位置上。

搞定客人，荣贵仿佛这才注意到自己和小梅的姿势。

荣贵体贴地将小梅搂着他的那条胳膊放回方向盘上，一边挪位置，一边对小梅道："我已经坐稳了，稳得不能再稳了，小梅你不用这么紧张地搂着我啦！"

小梅：明明是你拉开我的胳膊搭在自己腰上的好不好？

还有——我一点也不紧张。

看着无比自在躺在自己身上的荣贵，小梅简直不知道该怎么形容自己现在的心情。

最终他只能拧了拧之前被荣贵砸松的螺丝，然后强装淡定地准备发动车子。

忽然四名大汉冲过来拉住了他们的车。

前方四辆车车门打开，车上驾驶席空空如也，莫非……

这是之前抢他们生意的四辆车的驾驶员不成？

荣贵眨了眨眼，有点不知所措。

客人都上车了，他们还要抢生意不成？

他们不会是要打劫吧？

荣贵正琢磨着，他们终于说出了自己的来意。

"我们也要上车！"

"对对！快点给我们也腾个位置！"

"后车厢也没啥，总之，你们快腾位置！"

"后车厢不方便的话，驾驶席也成！快快快！快让座！"

听着四名大汉的要求，如果有嘴巴的话，荣贵的嘴巴一定越张越大。

他们的生意什么时候变得这么好了？还是他们四个人的车同时坏了？

脑容量太小，知识层又不完善，荣贵怎么想也想不明白这是怎么一回事。

小梅看了一眼坐在荣贵之前位置上的女矮人，很快明白了四名大汉的来意，眼瞅着荣贵又在发呆，他就抬起左手指指车顶："没有其他位置了，一定要坐车的话，就去车顶。"

"嗯？车顶有位置？"大汉甲急吼吼地跳起往上看。

勉强算是光滑的车顶上镶嵌着一大堆碎玻璃，那是吸收暗物质产能的接收板，几乎每辆车上都有的，不过这辆车上的接收板实在太破了，一看就很扎屁股。

"车里没有位置，那是唯一还有空位的地方。"小梅淡定地说道。

"收费和下面的座位相同，可以不坐。"他又说。

"坐坐坐！谁说不坐了？"大汉乙吼完，生怕其他人占了自己位置似的，立刻跑回自己的车，用蛮力拆下驾驶席，又拿了一条安全带，跑回来后，立刻用安全带将拆下来的驾驶席固定在车顶。

聪明！

其他矮人大汉的眼睛也亮了，依葫芦画瓢把自个儿车上的驾驶席拆下来，迅速在车顶搭出了敞篷四人座！

荣贵心惊胆战地听着头顶传来的声响。

虽然是矮人，可那毕竟是四个矮人大汉啊！矮人似乎生来强壮，身上都是肌肉，肌肉可是很沉的！

然而，从头到尾似乎只有他一个人担心，小梅已经从容地重新发动车子，矮人妹子也从身后的背包里拿出了一本书看。

眼瞅着其他人都这么淡定，荣贵的眼神乱飘，又注意到了车内三个人的身高。

他自然是最矮的，为了不遮挡小梅的视线，他把履带去掉了，只留了头和小拖车一样的身体；其次是小梅；最高的居然是那名矮人妹子……身后的斧子大锤。

呼……

车顶塌下来有妹子的大锤顶着,他们安全了。

想明白这一点,荣贵终于也可以像其他两个人一般淡定了。

"我们家的大黄坐得还舒服吗?"淡定下来的荣贵询问乘客的感受。

他先问的是离他最近的矮人妹子。

妹子很高傲,只是冷冷地看了他一眼,然后微不可察地点了点头。

"舒服就好。"荣贵稍微放心了一点,然后又询问车顶上的四人。

"哈哈哈哈哈哈!车上的视野真是不错,我还是第一次坐车顶,妹子,你要不要上来体验一把?"车顶上的四人也表示满意,还热情邀请另外一名乘客上去观景,那个态度啊,真是特别特别热情。

矮人妹子理都没理他们。

"那个……请问大家的目的地是哪里呢?我们也好安排一下送货……不,送人顺序。"荣贵继续收集乘客信息。

"叶德罕城,你们在城门口把我放下来就行。"第一个回答的是矮人妹子,说话方式和小梅一样冷冷的,大概是和小梅相处时间长了,荣贵一点也不觉得这样的态度冷漠,反而觉得亲切极了。

"那上面的四位呢?"荣贵紧接着问车顶的四名矮人大汉。

"我们也去叶德罕城!你统一放人就行!"大汉们非常爽快。

第一次接到拼车生意,所有乘客的目的地居然完全一样,荣贵觉得自己和小梅真是太幸运啦!

想着想着,他还给小梅抛了个小眼神。

当然,小梅没有搭理他。

稀里糊涂的小车儿继续慢慢开。

这个慢……是真慢。

荣贵这才想到大黄车速的问题:如果车上就他和小梅的话,大黄跑多慢都没关系,如今成了载客车,大黄这个速度……不会把客人赶跑吧?

生怕到手的生意又飞了,荣贵有点忧愁。

然而,就在这时,矮人妹子又提要求了:"就这样,保持这个速度不要变,我晕快车。"

矮人妹子居然对大黄的速度很满意?!

荣贵惊呆了,随之心头一松,于是他拍着胸脯打包票道:"你就放心吧!我家大黄的速度最快也就20迈,想加速都加不了的!"

不过妹子满意未必汉子满意,想到车顶的另外四名乘客,荣贵想,反正话已经说出去了,对方要是不能接受也没办法,倒不如让人趁早下车,这样也不耽误对方的事儿不是?

荣贵觉得自己真是个厚道人儿。

厚道人儿荣贵很快把自己的顾虑说给了车顶的四名大汉听,谁知他们非但不以为意,还说道——

"放心,我也晕快车,你就慢慢开吧。"

"嘿嘿嘿嘿,慢车好啊!慢车好看风景呢!"

"可不是?你们就慢慢开,开得越慢越好,最好再慢一点……"

…………

再慢一点……不就是一般人走路的速度了吗?

听到四名乘客的话,荣贵愣了愣,不过还是吃下了定心丸。

五名乘客都晕快车,这简直是为他们量身定做的好乘客啊!纵观整条路,再没有哪辆车能比他们家大黄还慢了。

他终于不用担心被其他人抢生意了。

自始至终,荣贵认为他们能接到这单生意完全是幸运的缘故。

斜眼看看他,小梅在心里再次为荣贵加了一个名为"迟钝"的标签。

矮人男多女少,女矮人特别受欢迎。

一位女性身后跟随着一长串男性,对于其他种族而言,是极少数极富魅力的女性才能拥有的待遇,但是对于女矮人来说,这是她们的生活常态,哪怕是外貌最普通的女矮人,身后也能跟着四五个追求者!

似乎……好像……大概……

车顶上的四名乘客是追着自个儿旁边这名女乘客而来的。

荣贵只是这方面不开窍,但是不傻,车子行驶了一段时间后,他总算琢磨出来了。

再看车上五名乘客之间的互动,他觉得自己和小梅亮晶晶。

纯粹是两个大灯泡啊!

于是他就把自己再往小梅的腿间缩了缩,尽量降低存在感。

至于小梅……小梅一直目不斜视地开车来着,像是完全没发觉车内乘客们之间的暧昧关系,一句话也不说,态度极为高冷。

就在这种诡异的气氛中,叶德罕城越来越近了。

荣贵是通过路灯的数量判断这点的。在地下,似乎只有城市才有灯,随着沿途路灯越来越多,周围的景色也越来越清晰了。

那些路灯的造型也很特别,看起来就像一丛丛蘑菇。

再往前走,荣贵惊讶地发现路边出现植物了。

不是别的,正是蘑菇!这些蘑菇可比他记忆中的蘑菇高大得多,而且颜色也多种多样,很多蘑菇头上还有波点。它们一丛丛非常整齐地分布在道路两旁,一看就知道不是野生的,肯定有专人打理。

而这些蘑菇也不仅仅是好看,它们的躯干竟是发光的,一棵蘑菇发出的光不算很强,但是这么多蘑菇聚在一起,发出的光竟不亚于之前的路灯。它们发出的光什么颜色都有,而且很柔和,行走在蘑菇灯照明的公路上,一时间荣贵竟有种进入童话世界的感觉。

荣贵从小梅的胳膊下钻出去,好奇地扒在小梅那边的车窗上往外看。

随着蘑菇越来越多，他们正前方忽然出现了一棵更大的"蘑菇"。

只是看起来像蘑菇而已，仔细看，那竟是一座城市！

和鄂尼城完全不同，鄂尼城的地表几乎没有什么像样的建筑，那里的建筑在地下，一座座深达数百米的壮观矿坑就是那里的建筑。

而叶德罕城却是一座真正的城市，有一面很高的城门，越过城门，隐隐可以看到里面高高低低极富地域特色的建筑，而在城门之外，车辆排起了长龙，大家正有条不紊地进城。

荣贵甚至看到在城门后有一栋特别高的白色建筑，就好像嵌入天空，根本看不到那栋建筑的头。

眼前的一切实在太过新奇了，荣贵觉得自己的眼睛都不够用了。

"就在这里下车吧。"就在荣贵被眼前的景色迷住，没法思考的时候，传来了车上唯一女乘客冷冷的声音。

糟糕——荣贵这才想起来自己正在"兼职"。

虽然一开始觉得自己有点像电灯泡不好意思说话，可是后来他就光顾着看外面的景色，忘了车上还有客人了，于是这一路上，他没有说几句话，小梅那家伙更不会主动和客人交谈，他们竟是全程高冷着开了一路车？！

不知道客人会不会觉得他们太过冷漠啊……

荣贵正感觉不安，就见旁边的女矮人掏出了一张卡，小梅随即将通行证拿出来，只听"嘀"的一声，荣贵随即接到提示——有钱入账了（家庭联名账户的信息是共享的）。

"你们的服务很好，车速很稳，也没有骚扰乘客，我第一次坐车感到如此清净舒适，多出来的钱是给你们的小费。

"可以通过你们的通行证联络你们吗？以后我想推荐我的好姐妹出门用你们的车。"

听到女矮人的话，荣贵眨了眨眼：就他们这种服务……不但收到了小费，还会有回头客？

妹子转身离开，车顶上的四名大汉也接连跳了下来，和女矮人一样付过车费和小费后，也向荣贵表示，以后有需要会联系他们。

小梅面无表情地，重新发动了车子。

进城手续非常简单，只要刷通行证，里面的积分达到要求就可以了。

就是排队稍微花了一点时间。

在城门外窥得一角，叶德罕城就让荣贵感到新鲜了，待到他们被放行，车开进城以后，他的感受更加丰富而立体了。

咚、咚、咚——这是大锤反复敲击金属的声音；

锵、锵、锵——这是锻造的声音；

呼、嗯、呼——这是大力拉动风箱的声音；

还有就是哼嘿哼嘿的号子声。

第七章
永恒之塔

荣贵首先听到的就是这个城市的声音!

简直就像唱歌一样!电台里播放过的,极具叶德罕特色的音乐不就是这种旋律的吗?

原来那竟然不是作曲家谱写的,而是叶德罕城原本的声音。

声音随即越来越响,小梅开着大黄走到城市中的道路上。

他们如今位于一条狭窄的街道,地处城市边缘,按理说这里不应该是什么繁华的地方,然而街道两侧是密密麻麻的铺子,全是打铁铺!

荣贵终于看到了和他印象里比较接近的矮人。

全都是矮人大汉!他们不算高,当然,比现在的他以及小梅还是高一些的,然而他们的体格强壮极了!身体裸露在外的部分竟是一坨一坨的肌肉!仔细看,还有腹肌!

"小梅!小梅快看,是腹肌啊!"坐在小梅身上还不老实,荣贵激动地在小梅身上转来转去。

然后,他终于见到传说中"威武雄壮"的矮人妹子了。

大概是因为打铁铺里实在太热,里面的女矮人大多穿着露脐装,她们的个子不高,手里的大锤比她们的脑袋还要大,高高抡起的时候让人担心会砸到她们自个儿,然而大锤落得极稳。她们胳膊上的细长肌肉绷得紧紧的,腹部的肌肉线条也全部收紧,大锤随即稳稳落下。

咚的一声,锤子与被敲击物之间发出非常敦实的声响。

女矮人的动作太过漂亮,荣贵竟看得走了神。

每家铺子都是热闹的,打铁的声音叮叮当当的,整条街就仿佛在大合唱一般。

真的特别好听。

他是这么想的,于是也这么对小梅说了。

他还说以后成了大歌星,一定要唱一首关于打铁的歌。

"真的觉得好听?"他刚说完,小梅就这样问他。

荣贵果断点了点头。

于是小梅继续道:"那恭喜你,以后可以听个够了。"

"嗯?"荣贵不解。

小梅把一份住房合同放在他眼前:"我看了很久,这个最便宜,唯一的缺点是在十家打铁铺的正中间,特别吵。

"有两个房间,一个房间有做简易的隔音措施,另一个房间完全没有。

"既然你喜欢听打铁的声音,那么没有隔音的房间归你了。"

"哎。哎?!"

就在荣贵发呆看腹肌听打铁的时候,小梅非常有效率地把他们落脚的地方找好了。

没有钱住舒适的旅店,他们如今身上所有的钱无非是刚刚收到的车费和小费,而这些钱加在一起,也只够租位于商铺二层的破旧小房间而已。

出租房子的是一位年纪很大的老矮人,没有儿女。他经营着位于一楼的一家菜刀铺,

147

空出来的二楼出租,然而由于位置不好,不容易租出去。

"也不是没有租出去过,以前有过一位租客。"点着灯在前面带路,矮人老爷子颤巍巍地说道。

"哎?那位租客是什么人?"被小梅拎在手里(没有腿,履带没法爬楼梯),荣贵好奇地问。

"是个聋子。"

荣贵不说话了。

楼梯很短,没多久,他们租的房间就到了。

出现在他们眼前的是一间非常简陋的小房间,只有一张小床,连把椅子都没有,窗户似乎也关不严,不过却是干干净净的。

不出意外,这就是未来一段时间,属于他和小梅的家了。

进门后是一个比较大的房间,房间的右侧有一扇门,里面应该还有一个房间。

这使用面积有点大啊——能用这么便宜的价格租下两室的房子,荣贵心里高兴极了。

然后他示意小梅把他放下来。

没有办法,如今他的腿还是履带,可以在沙石地上行走自如,然而没法走楼梯。

偏偏他们如今住的是二楼。

和每一个入住新居的人一样,他先是跑到窗边,然后拉开窗帘想要看看窗外的景色。结果这一拉不要紧,看到窗帘后面的景色,荣贵顿时傻眼了。

窗帘后面竟是一个大洞!

之前他之所以觉得窗户关不严,就是因为窗帘是鼓鼓的,好像一直被风吹着,所以他觉得大概这是窗户关不严的原因。

谁知——

他觉得自己真傻,有窗帘就以为后面一定是扇窗户,万万没想到,窗帘后面还有可能是一个大洞!

窗帘就是为了遮掩大洞而存在的!

看着墙上的大洞,荣贵当时就把头转向门口的矮人老爷子。

"看我干吗?如果只是有点吵,我这房子至于租得这么便宜吗?"老爷子不慌不忙道。

怎么办?仔细想想……他说得竟然好有道理——

点点头,荣贵重新拉上了窗帘。

接着,他又在地毯上摔了一跤,摔得差点散架,爬起来才发现地毯下面又是一个大洞!

于是接下来的时间里,荣贵再也不相信这个房间里的任何装饰品了。

穿衣镜后面的墙上有一道长长的裂痕。沙发布下面是好几个像是被咬出来的洞。就连摆在屋里的沙发本身也有问题——沙发下方有一大块擦不掉的污痕。那污痕是暗红色

第七章
永恒之塔

的，就像干涸的血迹，让人不由得联想这里到底发生过什么……

因为外面的房间带给他的冲击够大了，所以推开里屋的门，看到一扇窗户也没有、好似牢房的里屋时，他心里毫无波澜。

"总之，房间就是这样了，不满意可以退租，不过押金是不退的。"矮人老爷子说完就转身走了。

房门关闭，房间里便只剩下荣贵和小梅。

"交了押金就哪里也租不起了。"小梅冷冷道。

"那、那就住这里吧……"哆嗦了一下，荣贵咬了咬牙，最终决定住下。

既然已经决定住下，那首先要做的事情就是把车上的行李搬下来。

小梅原本是打算一个人下去把行李拿上来的，可是荣贵强烈反对："你一个人搬太累了，而且还有我们重要的冷冻舱，你一个人肯定搬不动，必须我来帮你啊！"

小梅冷冷地看了一眼荣贵如今代替腿的履带——这种履带是没有办法走楼梯的。

荣贵充满期待地看向小梅。

被他看着，小梅索性坐下来，也不知道在思考什么，过了一会儿，小梅就噔噔噔跑下去了。

压根没有怀疑小梅是丢下自己走了，荣贵只是继续充满期待地在房间里等着。

一个人在这个有着诡异红色血迹的房间里有点害怕，他就移到门外，在楼梯口等着。

果然，小梅没多久就回来了，左手还拿着一段长长的棍状金属物。

那是他们在鄂尼城的家里用过的"晾衣杆"。虽然只有一件矿工服可以晾，可是他们也专门做了一根晾衣杆。当然，这是在荣贵强烈要求下由小梅做的。

作为一个彻头彻尾的实用主义者，小梅的右手也没空着，他随手从车上拿了一些行李上来。

于是，接下来的时间里，小梅趴在地上又"做手工"，荣贵就接手小梅拿上来的行李，小履带跑得飞快，他开始归置行李。

仔细考虑着每一件物品摆放的位置美观与否，荣贵干得有点慢，以至于小梅的"手工"都做完了，他那几件破行李还没有摆好。

"先过来。"小梅招呼他。

荣贵乖乖地走了过去。

只见小梅将原本的晾衣杆锯成了均匀的八段，每一段的两端还固定了一个平平的金属塞，荣贵过来后，小梅又在荣贵的履带上鼓捣了一阵，然后把每两根金属杆呈十字形固定，最后这四组十字形金属杆被对称安装在了荣贵的履带两端。

金属杆恰好比荣贵的履带高一些，全部安装好以后，荣贵惊讶地发现自己长高了。

低头看看，他现在是悬空的。

"这就是我的新腿吗？"如果是的话，他真的要对小梅的审美彻底绝望了。

还好小梅摇了摇头。

"不，严格说，这是你的新拐杖。"小梅说出了更让人绝望的话。

149

荣贵："……"

"接下来，你就可以用新拐杖上下楼梯了。"小梅说着，把荣贵抱起来放在了楼梯旁，荣贵颤巍巍地尝试着下了一级楼梯，只听"嗒"的一声，金属杆两端的塞子落地了，竟帮他稳稳地"站"在了楼梯上，然后他再往下滑动一点，也平稳落地。

糊里糊涂地，还没等荣贵想明白原理，他居然已经安稳地下完楼梯了。

"新拐杖很好用啊！"转过头，荣贵惊讶地对小梅发表使用感想。

"那就干活吧。"小梅便冷冷道。

还没有从自己变成需要用"拐杖"的残疾人这件事中醒过神来，荣贵已经被要求干活了。

借助于新"拐杖"，荣贵又可以和小梅一起去搬东西了，不过受条件限制，新"拐杖"只能在有楼梯的地方使用，走平地的时候要摘除新"拐杖"使用原本的履带走路。

即使如此，荣贵也很高兴了。

小梅真厉害！

乐呵呵地抬着装着自己和小梅身体的冷冻舱，荣贵再次肯定道。

他们一共上下五趟才把行李搬完。

怎么会有这么多东西？自己一开始的行李明明只有一个工具箱而已——小梅一边帮忙摆东西，一边不解地想。

然而无论是他正在搬的板凳还是荣贵手里的桌子，大到小型家具，小到梳子、手绢，放眼望去，所有的东西居然全是他自己做的！

几乎每一件行李都代表着荣贵的一次请求，然后……

几乎每一件行李都代表着他又答应了荣贵的请求。

于是，搬着板凳站在房子中间，小梅再次无语了。

下一次一定要拒绝他的无理请求，这些东西除了为搬运行李造成更大的困难以外，几乎毫无用处——小梅心想。

然后——

"小梅，你看到墙上这个大洞了没有？"将小桌子放在墙上的大洞前，荣贵四下端详了片刻，然后再次招呼小梅。

看到了，但是你别想要我把大洞给你填上——没有吭声，小梅用眼神表达了自己的拒绝。

然而——

"放心，我不想把这个洞堵上啊！"明明小梅一声未吭，然而荣贵却像听到了小梅内心所想似的，居然接话了。

那你想要干什么——小梅又看看他。

然后，荣贵再次回答他："你看，这个洞外面刚好有一个大灯泡哩！

"圆圆的灯泡，就好像太阳呀！

"我发现叶德罕城的公共灯泡喜欢用橙色和红色,而且会在白天的时间统一亮灯。

"这样一来,不管明天早上亮起来的灯是什么颜色,从这个大洞里望过去,岂不都像是太阳?

"所以,小梅,我们把这个洞敲大一点吧?也不是让它面积更大,就是把四个角凿出来,让它看起来像窗户而不是像洞。"

小梅:"……"

眼瞅着小梅不说话,荣贵更加起劲地描述着未来的情景。

"反正都有窗帘了,为什么我们要天天看着一个破洞而不是一扇窗户呢?

"而且小梅你还做了这么漂亮的桌子,还有这么精致的小板凳呢!"

他又摸摸小板凳。

"以后我们可以在这边晒着太阳喝茶啊!"

小梅:"你是不是忘了我们现在是机器人?"

"呃……又忘了这一点。"荣贵抓了抓头,不过他很快反应过来,"那我们可以在这边晒太阳啊!"

"而且把不规则的洞改造成四角形的窗户,透光面积更大,这里平时可以作为小梅你的工作台呀!

"免费的灯光!多么美好!"

荣贵说着,还张开怀抱,比了个拥抱太阳的姿势。

虽然他少了左胳膊,不过他愣是把脑袋往左偏了偏,勉强呈对称的"V"形。

不知道他说的"必须拥有窗户的理由"中的哪一条最终打动了小梅,总之,小梅下楼去问房东可不可以自行改造房屋。

得到肯定的回答之后,小梅就开工了。

"小梅加油!"除了提出设想以外,荣贵做的另外两件事就是加油鼓劲,以及——不帮倒忙。

不知道其他一穷二白进城的穷小子是怎么度过进入大城市后的第一夜的,反正荣贵他们是在将破屋变为绝佳观景台的轰轰烈烈改造活动中度过的。

小梅画线敲砖的时候,荣贵就站在他旁边,一方面小心翼翼地不让自己成为大型障碍物,另一方面抽空将敲下来的砖放进自己的小拖车里,然后运到墙边堆起来。

两个小机器人就这样忙忙碌碌地干了一整夜。

敲掉最后一小块破坏美感的砖,方方正正的半落地大窗便完工了。

改造完成的那一刻,小梅再次无语了。

他好像又做了那家伙要求的事情。

只是一个租来的连房主自己都不在意的破房子,为什么自己要浪费一个晚上来改造它呢?

看着还在一旁扫破砖的荣贵,小梅沉默了。

"哇!"耳边响起荣贵的声音,小梅随即抬起头来。

然后，他也愣住了。

就在他正前方，新建好的大窗的窗框里，一轮圆圆的太阳升起来了。

黄色的，带着点红色，太阳从黑夜中慢慢升起来了！

黑夜都因为这轮太阳变得浅薄了起来。

然后，太阳光越来越强烈，照亮了周围的店铺、街道……然后慢慢地，透过窗户照入他们的房间里。

阳光最终打在了他们身上。

阳光下，两个小机器人的身后扯出了长长的影子。

光太刺眼，小梅条件反射地闭了闭眼。

他的本能告诉他那不是太阳，只是一盏功率很大的灯泡而已，然而——

在光初升起的时候，他脑中却是荣贵对他描述过的，太阳升起时光辉万丈的情景。

"阳光真好啊！""太阳"一升起来，荣贵就在旁边感慨道。

五秒钟过后——

"呃，好得过头了……"单臂挡在眼前，荣贵忙不迭往后退。

虽然没有感觉，然而他体内的报警器却响了，提示他体表温度不断升高，需要紧急降温。

然后小梅就走过去，"哗"的一声把窗帘拉起来。

窗帘大概好久没洗了，一拉全是土，好在遮光效果还算不错，经过窗帘的过滤，射进来的灯光柔和了许多，打在屋内的地板上，变成柔和的光影。

"这个光刚好啊！"将胳膊从脸上移下来，荣贵道。

然后他又往前挪了一点，拉开地毯观察了一下地板上的大洞，最后很高兴地说："这个洞也刚刚好！"

说完，他就跑去墙角，在一堆行李里翻了半天，末了翻出了一个小包裹，解开系得结结实实的结，露出了几粒黑色的小种子。

"我们可以在房间里种'苹果'啦！"荣贵开心地宣布。

小梅："……"

然后荣贵就当真高高兴兴地准备种"苹果"了，地板大洞的边缘不太平整，他就请小梅用工具将地板撬开，将边缘磨齐，再用土填充。

当然，按照荣贵说的这样做绝对不行，修整边缘的时候，小梅还在地板大洞的底部做了防渗处理。说是防渗处理，其实很简单，就是用剩余的防水涂料涂了一层而已。

当然，这个改造也是请过矮人老爷子的。

这样一来，之前地板上沾的不明血迹就全部被弄掉了，他们从下面弄了一些土铺上，荣贵还特意弄了一些圆圆的石头铺在土上。

做到这一步，荣贵又想到了两个人目前最宝贵的"财产"——冷冻舱里的两具尸……不，身体。

"小梅，我们得把地板再撬开一点，我们的身体这么珍贵，我们出门的时候还是埋在地下比较安全,不过这里是二楼,所以只好埋在地板夹层里了。"这句话,他是特别小声地凑在小梅耳边说的。

小梅已经变成埋尸……不,埋身体的专业工了。

"最好别埋得太深,这地方阳光好,我们可以时不时让我们的身体晒晒太阳啊!补补钙,还可以晒出一身古铜色的皮肤呢!"荣贵一边在旁边加油鼓劲,一边说着自己的意见。

"对了,现在还流行古铜色的皮肤吗?万一不流行就糟糕了……"

对他的话充耳不闻,小梅终究还是把这件事完美解决了,没有像荣贵说的把他们的身体埋在沙子下,而是直接埋在了地板下,只要搬开指定的地板,就可以露出下面的冷冻舱,小梅甚至改装了一下冷冻舱的电源,将它直接插在屋内的电源插座上。

线路完全不外露!

真是超级能干!

于是——

一开始明明只是为了种苹果开辟的一小块地而已,后来竟变成了一片华丽的室内天然沙石地板(兼保险箱)。

真是意想不到的收获——荣贵美滋滋地想。

"我们以后可以躺在沙滩上晒太阳。"荣贵特意躺在沙土上试了试。

"如果'苹果'树长出来,我们就可以躺在'苹果'树下晒太阳了。"他享受地合上了电子眼。

小梅:"……"

无论如何,荣贵的设想全部实现了:"苹果"种子埋好了,两个人的身体也藏好了。

荣贵总算松了一口气。

接下来的时间,两个人又把其他零零碎碎的东西收拾了一遍,最终,外面的房间被他们塞得满满当当的。

"哎哟!小梅,看来我还是只能和你睡一个房间啦!"荣贵只能无奈地摊了摊唯一剩下的右手。

原本盖在地板大洞上的地毯被他们拖进了里屋,大小刚刚好,这样一来,他们又有了一间铺满柔软地毯的房间。

这个房间很小,噪声也比外面小得多,唯一的缺点就是密不透风,一扇窗户都没有。

住在里面就像坐牢——荣贵想。

不过很快他们就解决了这个问题。

他们刚铺好地毯去外面拿其他行李的时候,里屋忽然传来了"哐当"一声,荣贵慌忙跑进去看:得!里屋的墙上也破了一个洞。

荣贵心惊胆战地把这件事乖乖汇报给房东。

原本以为房东会狮子大开口,岂料对方的反应十分淡定:"破洞了堵上就是,你们是想用窗帘堵还是用电视机堵?"

荣贵目瞪口呆：这也行？！

他果断选择了电视机，房东当场就给了他们一台破破烂烂的电视机。

于是，荣贵和小梅的卧室居然额外添了一台电视机！

这可真是太豪华了！

"有电视机的房子要租多少钱？"一边擦着电视机，荣贵一边非常小市民地问小梅。

"比这个房子贵一倍。"连思考都不用，小梅立刻报价了。

"耶！赚了！"荣贵开心地握拳。

可是便宜不是那么好占的，房东给的电视机根本不能看，有声音，就是没画面。

简直是小黑二号！

可是荣贵一点也不担心，他们家有小梅啊！

里屋太黑，他们就把电视机抬到外面的沙滩上去修，灯光透过厚厚的窗帘射在正在维修电视机的小梅身上，荣贵忽然觉得眼前的一切有点不可思议。

"光线真好啊！就好像白天一样。"明明几天前他们周围还一片黑暗……

荣贵眯了眯成像器。

"这是因为叶德罕城人工区分了白天与黑夜。"一边慢条斯理地拧开电视机外壳的螺丝，小梅一边对他道，"有足够的技术支持，他们在城市的各个角落使用了大功率灯泡，这些灯泡让城市的白天宛若真实的白昼一般，和鄂尼城的灯光不同，这里的灯光颜色是经过调整过的，非常接近日光原本的颜色。"

"哦哦……"破破烂烂的小机器人荣贵表示接受"科普"，低下头，仔细想了想，然后问道，"小梅，我们现在在地下，黑暗可以用灯泡发出的亮光来驱散，这样就有了黑夜和白天，那上面呢？"伸出仅有的一只手，他指了指上空，"我记得你说过那里是白天，而且一直是白天，那怎么变成黑夜啊？"

虽然有点拗口，不过荣贵还是努力把自己想问的表达了出来。

抬起头，荣贵看着小梅，小梅似乎停顿了半晌，然后脑袋微微偏了偏："为什么要有黑夜呢？白天不是很好？"

"哎？"荣贵呆了呆。

"身处黑暗之中向往光明，所以才想要驱散黑暗，可是已经身处光明之中，为什么还要黑暗呢？"小梅的声音一如既往的平坦，他仿佛正在陈述一件理所当然的事。

这却是荣贵完全无法理解的"理所当然"。

可是听起来……很有道理啊！

"天黑睡觉比较踏实，天黑的时候就该回家了，我最喜欢天黑的时候看到屋子里的灯……"不知道如何反驳小梅的这种想法，荣贵只能说了几个他喜欢黑夜的理由。

老实说，他都觉得自己说的这几句话有点无聊，且缺乏说服力。

然而——

小梅的成像器忽然直直朝向他。

确切地说是成像器镜头冲着他，虽然冲着他，但他总觉得小梅的视线似乎越过他到了很远的地方。

"天黑睡觉会比较踏实吗？我并不觉得。天黑的时候应该回家……这个可以用时间来定义。至于天黑时的灯光……"

小梅的脑中忽然出现了最后一场演唱会。

在永昼的地方举办一场完全黑暗的演唱会，能够做到这一点的，大概也只有那个人了。

最后申请能够通过，是因为在高层之中有太多他的歌迷。

他记得那场演唱会的名字叫《光》。

进入会场时发现里面一片黑暗的时候不少人陷入了恐慌，好在及时响起的音乐安抚了众人的情绪，而等到歌者出现，所有人全部陷入了癫狂状态。

再也没有人在意置身于黑暗这件小事了，所有人的目光全部投向场内唯一的"光"——

黑暗之中的那个人。

他是光，黑暗中他是唯一的光明，在纯粹的黑夜背景映衬下，仅有的光明显得尤为璀璨。

天黑时唯一的光……

震撼的美。

就像刚刚外面那盏灯泡刚刚亮起来的时候带给他的瞬间感动。

"天黑时房间里的灯光不错。"小梅最终道。

荣贵满头问号。

"还是很奇怪，这颗星球不会公转自转吗？地理课上说了，有黑夜和白天是星球自转的结果，只要星球还在转，就肯定有黑夜白天啊……怎么会分成两半，一半是黑夜，一半是白天呢？好奇怪……"难得和小梅讨论这个问题，荣贵也回想起一些学校里讲过的常识。

一开始还可以用这是地下来解释，可是总觉得哪里不对头啊。

"星球？谁说这里是星球了？"小梅接下来的回答却让荣贵愣住了。

"这里是永恒之塔尤里斯，我们现在所在的地方，则是塔的地下部分。

"不是星球，也不是飞船，如果非要找一个你能听懂的词来定义尤里斯的话，你可以将它看成一座巨大的建筑，或者是一座空中堡垒。

"空间内所有的星球全部毁灭，原本人类可以生活的载体全部灰飞烟灭，而尤里斯就成了永光带之中唯一的建筑物。"

小梅说着，伸手在沙土上画了一座孤零零的建筑物，他的绘画水平和他的审美能力差不多，不过非常精准，荣贵一下子就看懂了。

正是因为看懂了，所以他惊呆了。

开着大黄走了那么久，又是矿坑又是大河，自以为走了好远好远，结果直到今天小梅告诉他，他才知道：原来他们一直在一座塔里打转，这……这这这——

荣贵觉得这完全超过自己的认知！

还有——

宇宙，竟然毁灭了吗？

他许久没有回过神来。

抱着自己的小拖车，他低着头研究了好久地上的抽象画，半晌指着塔身的最底层问道："我们……现在是不是在这里？"

在塔的最底层，荣贵实在想不出比这更糟糕的事了。

谁知，小梅却摇了摇头。

"由于人口一直增多，塔一直在不断扩建，如今的塔不再是之前那样的单体建筑，变得复杂了许多，总层数早已是之前的数百倍。"小梅说着，又用手指在沙土上画出几座抽象的零星建筑，每座建筑之间都有一条笔直的线连接，看起来就像是树根。画完，小梅指着距离主体建筑非常遥远的，分布在某个分支上的一点道，"我们现在大概在这里。"

荣贵瞅了瞅那一点与主塔之间的距离，久久没有说出话来。

然后，小梅的声音再次响起："不过最重要的主体仍然是中心白塔，而最初的那座主体塔身现在则在整座建筑的最高层，只有少数人才能居住。"

而那里，也是整座塔的权力之巅——这句话只在小梅心中一闪而过，他并没有说出口。

荣贵就那么垂着头看着地上的简笔画，看了好久才回过神来。

"既然都在同一座建筑内，那为什么上面的人能看到光，而下面的人就只能永远蜷缩在黑暗里呢？"他想了想，"对了，小梅你说过永光带什么的，永光带到底是什么？听名字似乎应该就是一直亮着的地方啊……"

小梅看看他，对于荣贵来说，这倒是个难得的好问题。

"法尔由塔历1299年最后一个月最后一个星期的最后一天，天上的星星将像烟花一般绽裂，星辰自天空落下，星尘弥漫在人类的呼吸之间。星星的碎火仍然在不断燃烧，整个宇宙一片绚烂，人类的遗族进入了永光带。"小梅用平淡的声音朗读了一段晦涩的文字，随后又解释道，"这是上个时代知名学者尤里斯生平最后发表的论文上的一段话。大致意思就是宇宙毁灭了，所有的星体全部爆炸，星星炸裂之后的火焰将燃烧许久，那些光将整个宇宙变成了永远白昼的所在。这就是永光带。"

荣贵抬起头，似乎想象了一下那是怎样的场景。

"那段话……听起来更像是大仙的预言。"没有想起"先知"这个词，荣贵只能用了一个比较乡土的词表达自己的感觉。

"尤里斯晚年确实沉迷宗教。"小梅淡淡说。

荣贵又低下头想了一会儿，半晌后说："还是有点想不通，如果整座塔都在永光带的话，那么应该到处都是白天才对。"

这又是个好问题。

小梅看了他一眼，然后继续修理手中的电视机，一边修一边慢慢说道："一部分原因在于资源分配不均，最能隔离外界射线的材料全在原本的主塔上。后来加建的材料比不上最初的材料，只能采用等级制分配居住地点。

"另外一部分原因，是外部的光线即使经过过滤，实际上仍然发生了变异，侥幸逃过大劫的人有一部分慢慢无法承受来自外界的光，转移到了塔的最底层——那里一开始就是完全封死的状态，没有任何光透进来。

"有些人生下了有缺陷的孩子，也扔在了那里。

"犯罪的人一开始也被流放到那里。

"地下的城市越来越大，从外部空间吸附的星尘也被用于拓建工程，地下城的拓建工程中使用了和上半部分完全不一样的材料，你可以把这个过程理解为一个星球的形成过程。

"总之，时间久了，地上的世界与地下的世界便被分为了截然不同的两个区域。

"即使在地下也有不同的分层，想离开原本的地方去更上一层的地方居住就要付出代价，就好像我们离开鄂尼城来到叶德罕城，就要满足80000积分的条件。

"积分限制只是移居规则中的一种，越往上规则越多，会有更多的条件限制。

"在地下城还能通过积攒积分等条件来达到移居的目的，然而想要从地下城移到天空城，就不是积攒积分可以做到的了。"

慢慢说着，小梅停下了手中的动作，将电视机接通电源，电视机屏幕忽然亮了。

就在说话的工夫，他已经把电视机修好了。

看到屏幕上的画面，荣贵忽然愣了愣。

电视上播放的赫然是蓝天白云。

白色的鸟儿成群从一碧如洗的天空中飞过，越过一座座高科技感十足的摩天大楼，在其中几座透明的大楼上，荣贵还看到了人。

那些人穿着和他所在的年代风格截然不同的雅致简洁的白色衣裳，姿容优雅，个个都好看极了！然而这却不是让荣贵呆住的原因，真正让他愣住的，则是——

"这些人身后怎么有翅膀？"指着屏幕上的人影，荣贵立刻转头问小梅。

小梅偏了偏头："健康人不应该都是这样子的吗？"

荣贵一脸黑线。

原来我是残疾人吗？

还是……

畸形？！

无论哪一种说法都有点让人难以接受啊，荣贵想了半天，最终只能对小梅道："我……我觉得我们一定不是同一个地方的人，不是同一个宇宙，肯定不是同一个星球的人。"

他牢牢盯着电视机屏幕，跟随着鸟的翅膀，他又看到了更多的人，还看到了矮人。

连那些矮人都是有翅膀的！

而且那里的人似乎极为喜欢白色，个个身上穿着的衣裳的主色调都是白色，白鸟、白衣裳、白色建筑……

荣贵觉得自己快要瞎了!

小梅又瞥他一眼:"我们的分化从很早以前就开始了,羽翼退化是最早的分化标准,很早以前,没有翅膀的人就逐渐被分配到主星以外的地方居住。

"你所在的星球可能就是其中一个。"

"不可能!"荣贵大声道。

不过看着屏幕上有翅膀的人,他忽然想起了之前经常听的一个词:天使。

什么"美得像天使一样",什么"宛若圣洁的天使"!

他们那时候,形容一个人好看经常用"天使",可是,天使的本意可是西方神话故事里那些长着翅膀的人啊!

仔细想想,可不就和电视屏幕里的人挺像的?

如果说一个地方的神话有真实历史对应的话,那、那……

荣贵也拿不准了。

他不由自主抖了抖后背,刚抖了一下就想起来:呃……现在他用的不是他本来的身体啊!

难不成……他和小梅真是同一个宇宙空间中的人,只不过他住东边的地球,小梅住西边的……某个星球,两个星球互不干涉,看似毫无关系,其实他们都是从正中间某个星球上分出去的,只是因为没长翅膀,就被老家赶跑了。

然后地球经历了几次毁灭再生,过去的所有记录都毁掉了,他们也忘了老家和翅膀的事,荣贵陷入昏睡之前,地球上的科学家甚至还在努力攀登月球企图更深入宇宙一步呢,然后就是"砰"的一声——

宇宙爆炸了。

残留的人被收容到白色巨塔之中,他所在的冷冻舱也被收进去了。

然后……

沉浸在各种假象之中,荣贵彻底愣住了。

"拥有翅膀的话就可以递交申请去天空城居住,比多少积分都管用,这是最好的申请条件。"慢条斯理地将电视机的背板重新安装上去,小梅在旁边慢慢说。

而荣贵有点听不到他的声音了。

盯着屏幕,他的注意力全部被屏幕上的画面吸引了。

蓝天、白云、温柔的阳光、美丽的人,小孩子笑闹着从绿色的草地上跑过,还有白色的小鸟……

除了画面上的人全部有翅膀以外,其他的场景真的和他以前的世界没什么两样啊……

荣贵几乎是贪婪地看着电视。

小梅没有说话。

修好电视机,他又去做其他事情了,忙了半天荣贵的事情,他自己的工具还没有拿出来重新整理一下。

临走前,他又看了一眼聚精会神看电视的荣贵还有……荣贵面前的电视机屏幕一眼。

画面始终如一,就是天空城最普通的情景。

没有对话,没有声音,没有任何特效。

然而这却是地下城收视率最高的电视节目。

居住在深不见光的地下,使用各种方式模拟光,都是人们向往光明的表现。

也难怪这种单调乏味的节目会如此受欢迎。

然而——

想要去这么美好的地方居住吗?那么就好好地工作,认真地生活,努力赚取积分吧——

这个节目的真实含义其实在于此,就像一块大饼,画在饥饿的人们面前。

人们越看越努力,然后……

越饥饿。

收回视线,小梅走进了里屋。

第八章

三级匠师资格证

工具箱里的工具很破旧。

这个工具箱是在放置荣贵冷冻舱的那个房间得到的，一路走一路损坏，好些工具有被他维修过的痕迹，还有好几样工具已经全部被换过材料了。

跪坐在地毯上，小梅将这些工具一样一样整齐地摆在身前，慢条斯理地擦拭了一遍，一边擦拭，一边将工具上的小损伤修好。

这是他周围有过的最破旧的东西，然而就是这东西，竟成了他随身携带的东西。实际上，这也是他唯一如此细心擦拭过的东西。

再贵重的珍宝也没有得到过他如此的对待。

小梅擦完，将所有的工具归位，把小小的工具箱在房间的角落放好，这才走出屋去。

出屋的时候，他习惯性地向荣贵的方向看了一眼。长期生活在黑暗中的人很容易对那种视频上瘾，据他所知，地下城有一种非常奇特的对电视节目上瘾的病症，主要病因就是荣贵刚才看的节目。很多地下城的人沉迷地上世界的美好不可自拔，每天都想看那个节目，久而久之，除了看电视以外什么也不做了，有一段时间，地下城每天都有大量的电视机被销毁，还爆发了好几场暴动。

应该还不到那个时候。

他想着，视线已经落在了荣贵身上。

荣贵的肩膀一颤一颤地，仔细看，他的手上还拿着一块小手绢。

这是……在哭？

可是机器人哪里来的眼泪？而且那个节目根本就是个催眠节目，哪里能让人哭？

小梅的视线随即落在了电视屏幕上，他才发现电视上播放的不是刚刚那个节目。小小的屏幕上，一名身材健壮，拥有标准八块腹肌的女矮人正一脸冷漠地对旁边的男矮人说："对不起，我爱上别人了，不要浪费时间在我身上了，去寻找其他的女矮人吧。"

然后同样健壮的男矮人哭哭啼啼企图攥住女矮人的衣角："不要啊！亲爱的，整个城市就你一个女矮人啊！你让我怎么去寻找其他的女矮人呢？"

女矮人特别高冷道："那你就去找个男矮人吧。"

"扑哧——"听到这一句，荣贵也"哭"不出来了，手绢掉下来，他笑了。

"这是你送给我的斧子，还给你，再见，不，再也不见了。"从身后抽出一把斧子扔向男矮人，女矮人冷酷地转身离开。

只见她的身后赫然背着一、二、三……九把大斧头！

足足九把哦！

伴随着男矮人悲伤的哭泣声，女矮人背着九把斧头的背影逐渐消失了。

电视屏幕上出现了大字"第一集完"。

——同时出现的还有片名《宝斧奇缘》。

小梅：这是什么奇怪的片子？

与此同时，荣贵也感慨出声："真是个好片子啊……又感人又搞笑……哎？小梅你干完活了？"

荣贵这才发现小梅出来了。

"翅膀看多了有点想吃鸡翅了，偏偏现在这个身体什么也没法吃，我索性就换台了，碰到个刚开始播的片子，真好。"他还解释了一句。

好吧，小梅现在不用担心荣贵对天空城的宣传片上瘾了，他需要发愁的是荣贵对矮人城的狗血电视剧上瘾。

果然——

"亲爱的，接下来我们要做什么呢？房间已经整理好了，我们去找工作赚钱吗？"

只看了一集而已，荣贵已经开始模仿刚刚那个男矮人说话了。

"不，我们先去周围的市场上看一看。"不去理会这件事，小梅拿起了大黄的钥匙，径直下楼了。

"好的！"他身后随即传来声音，那是荣贵挂起"拐杖"下楼。

整个叶德罕城是以矮人工匠出色的手艺出名的，所以基本上满城都是打铁铺。

当然，打铁铺只是个方便的称呼而已，实际上，这里有各种金属，每家店铺都有自己擅长冶炼的金属和自己擅长制作的物品，有专门负责从矿石中提炼金属的，有专门锤制炼铸金属的，还有专门加工金属成为各种物品的。

一开始他们看到的大部分是普通的打铁铺，稍微摸索到一点门路，他们终于找到了专门贩卖机械人体零件的店铺。

大到三米高的大型机械身体，小到一根机械手指，都有店铺专门售卖！

他们在一家店铺看到了密密麻麻的手指：各种颜色、各种粗细、各种长度的都有，仔细看居然还有预留指甲的插槽！

他们再看看旁边的店：居然是专门贩售各种金属指甲片的！

简直让人叹为观止——

客人很多，荣贵好奇地看着不少高个子在店里选购，显然，他们是从外面来的，搞不好还是专门过来买身体零件的。

不少人身体上有金属义肢，有的是手，有的是腿，有的是内脏……

荣贵看到有个客人忽然打开胸腔，让店里的矮人服务员看自己的机械心脏。

那个人就在荣贵的旁边，忽然扯开衣服的时候，荣贵第一个反应就是对方想要流氓。当那人打开胸腔拿出心脏的时候，荣贵目瞪口呆。

"这颗心脏快要不行了，能做一颗一模一样的吗？我这个是量身定做的。"

这年头，心脏病都不用去医院了……

以及——

原来连内脏都能用金属替代啊！

不过仔细想想这也不值得大惊小怪，他们替代得岂不是更彻底？他和小梅可是整个身体都由机械替代了呢！

一家家店铺看过去，荣贵的见识越来越广，他甚至看到了和他们一样使用机械身体的人！

"小梅小梅，这是机器人吗？还是和我们一样的用机械身体的人？"戳了戳在前方看货的小梅，荣贵凑过去在他耳边小声问。

小梅头也没抬："是和我们一样的，这里没有机器人。"

"啊……"荣贵呆住了。

这里不是未来吗？总觉得……未来应该大规模使用机器人才对啊……

"空间有限，能够使用人力的地方还是靠人力，使用机器人的话，会有更多的人赚不到积分。"小梅解释道。

荣贵又愣了一下。

这似乎……也有点道理。

抓了抓头，大概是他醒过来的时机不对，没有醒在一个有机器人的时代吧？

于是接下来的时间里，荣贵的观察对象便从橱窗里的各种机械人体零件变成了路边的客人。

他的重点观察对象是和他们一样全身使用机械的人。

那种人分为两种，一种是普通的机械身体，看起来就像他那个年代电影里一样的机器人，这种机器人的身体大多有针对性，他们或是个子特别高，或是手指非常特别，总之，身体看着都有不同的功能；另一种则高度仿真，然而可不是普通人的外表，这种机械身体漂亮极了！

在一家门可罗雀的店铺门口，荣贵见到了今天以来见过的最漂亮的机器人。

身高足有两米！

身材高大，骨架却纤细唯美，那个人身体不知用了什么金属，全身亮晶晶的，闪着银白色的光，面部戴着面具看不到长相，可是从下颌的弧度就知道这人的长相绝对差不了！

荣贵看着那人带着人直直朝那家店走过去。

小梅继续看货，荣贵时不时回头朝那家店张望。

终于，那人出来了，荣贵整个人都被震撼到了：那个人身后多了一对翅膀！

银白色的，非常精美的翅膀！

"哇！好漂亮啊！小梅你快看！"惊呆了也不忘通知小梅回头来看热闹，荣贵急忙又戳了小梅几下。

小梅便慢吞吞地回过头来，只看了一眼，又转过头，继续看之前看的零件。

"那是什么人？是天空城的天使吗？"荣贵兴奋地小声问道。

"怎么可能？应该是地下城偏上层的有点钱的人。这种翅膀很贵，除了装饰以外没有任何其他功能，就是样子好看。"小梅一边漫不经心地解释，一边向下一个摊位走去。

走了半天小梅发现没有荣贵的声音，转过头去，这才发现荣贵仍然在之前的摊位旁傻乎乎站着。

周围和他一样傻乎乎站着的人不少，他们的目光聚集在那个刚刚装上翅膀的人身上。

只是看着漂亮而已，其实做工很粗糙，制作这对翅膀的矮人工匠级别应该不高，不会超过三级。

三级以上的工匠制作的翅膀羽毛可以微微颤动，而且纹理也更加逼真。

小梅简单评估了一下，随即走过去"认领"荣贵。

"小梅，那对翅膀可真漂亮啊！电视上看着还不觉得好看，近看可真美！真的翅膀一定更好看吧？"

荣贵兴奋得不得了，被小梅拽了一路，也小声说了一路。

直到小梅把他拉回车上，他这才想起今天的正经事：打听物价。

了解购买一套足够组装全身的零件需要多少钱，才是他们今天逛街的目的。

"糟糕！我看到一半就忘了看！"荣贵大惊失色。

小梅瞥他，半晌打开自己的数据插头插到荣贵身上，连接成功后，荣贵的大脑中很快出现了一大堆文字信息，外加三张图。

三张图分别对应着三个机械人形。

最右边标号"三"的图形最好看，也最仿真，个子高大，五官俊朗，皮肤是黄铜色的，不过还是很光滑，四肢纤细，手指脚趾全都根根分明。

中间的二号图就差了一点，只有一双眼睛，皮肤颜色很暗，但是手指脚趾分明，总的来说，有个人样，但也就是个样子货。

不过这也比最左边的一号图好得多，一号图根本就是他们现在身体的完全版嘛！就是个头增高了，手指做得很细致，脚趾还是基础款，金属颜色虽然比现在好看得多，可是……可是……

好难看！

"我要三号。"荣贵果断说道。

虽然还是没有达到自己的要求，可是如果就在这三款里选的话，必须选三啊！

小梅没有吭声，稍后，荣贵脑中的图形上方又出现了三个数字。一个图形对应一个数字。

"这是价格。"小梅言简意赅道。

荣贵便一张图一张图地看过去——

一号图：30万积分！

二号图：60万积分！

三号图：160万积分！

"好贵！"荣贵傻眼了。

"这已经是我综合今天市场上看到的所有店铺所有商品算出的三项最优组合的最低估价了。叶德罕城的积分等同于金钱，我们现有8万积分可以使用，不过除去这8万，我们最少还需要22万积分才可以。"

"不是22万，得54万才行啊……"荣贵低头算了算。

小梅："什么？"

"还有小梅你的身体啊，你的身体也快不行了，不是吗？"荣贵理所当然地把小梅算上了。

说完，他就低下头继续算账去了。

笨蛋，不是54万，而是52万——内心纠正着荣贵算错的数，小梅到底没有说话。

最终，荣贵决定还是选择一号图的报价，选择"四号图"的外形。

小梅设计的外形他全部不满意，他决定自己来设计"四号图"，当然，小梅负责在旁边审核报价以及可行度。

荣贵决定不买现成的零件，而是买一套全新的工具给小梅，然后买初级材料，由小梅加工。

全部预算控制在60万积分以内，接下来他们两个人只需要负责好好赚积分就可以了。

"继续找工作喽！"握了握拳头，荣贵再次充满了干劲。

"做身体需要60万积分，租房子每个月需要2000积分，大黄的停车位每个月需要200积分，我们的身体也不能整天吃地豆，条件允许的情况下时不时也得加点别的营养液，这样最少也需要300积分……"荣贵在地上划拉着算账，"这样，我们一个月起码要赚2500积分，才能在这个城市活下去，如果想要攒钱做身体……"

那就遥遥无期了——

荣贵没将这句话说出来，涂掉之前划拉出来的算式，对小梅说："总之，我们先找份工作，保证能在这个城市生活下去再说。"

在这个提倡人力的世界，工作机会还是不少的。

由于城里百分之九十左右的铺子都是打铁铺，所以提供的工作也基本上和打铁有关。这里没有什么劳动力市场，也没有什么介绍工作的网站，哪家铺子缺人，就直接贴一张纸出来，把工种、待遇、需要的人数列出来，觉得自己合适的人就可以直接进去面试了。

这张纸不仅仅是招人告示，有时候店家也会把自己缺少的材料、多余的材料也写上去，如果有人刚好缺少这种材料，就可以进店和店家洽谈。

视线迅速投向各个店铺的门口，荣贵跃跃欲试。

荣贵很兴奋，小梅却在一旁泼他冷水："矮人很排外，他们不可能把重要的工作提供给外面来的人，这会让他们赖以生存的技巧外传。"

"会吗？我看很多店铺挂出告示招人，上面没有限定一定要矮人啊！"

"嗯……前面那家店就在招零件拼装师，看起来就要求手艺，我肯定不行，但是小梅你可以试一试啊！"

"我只要能获得打铁铺的工作就很满足了，在旁边多看看，等到小梅你制作我们身体的时候，我就可以在旁边帮帮忙了。"

被泼了冷水也不气馁，荣贵还是决定试一试。

于是接下来，荣贵就拉着小梅到那家店应聘。

那是一家贩售机械手指的店，荣贵想得很美：在这种地方工作明显比较省力气，毕竟小梅的力气并不大，而这里贩售的主要是金属制成的手指，如果能在这种店里工作，小梅但凡学一点，将来制造他们的手指就会制造得更加精致。

知道自己有几斤几两，荣贵一开始就笃定自己就是个陪考的，不过小梅的手那么灵巧，一定会被聘用的。

谁知——

小梅一开始就被刷下来了，原因在于小梅没有二级匠师资格证。

三级匠师资格证

"那是什么东西？手艺好还不行吗？"荣贵不解。

"谁知道你的手艺好不好！我们这边招到人可是要直接上工的，我们是高级店，用的全是高级材料，做坏一次就赔大发了，可没那个闲钱浪费！"负责招聘的是一名矮人大汉，他个子不高，脾气却很暴躁，一边对荣贵说话，手里一边飞快地组装着一根手指，他的语气粗鲁，动作却轻柔极了，没多久，一根非常漂亮的金属手指就在他手中成形了。

荣贵愣了愣，半晌拉着小梅走出去。

接下来他们又去了几家店，然后因为同样的问题被拒绝。

"看来这个二级匠师资格证挺重要。"荣贵默默在心里记住了这个名词。

这样一来，荣贵也放弃了在这类店铺找工作的想法。

"看来，小梅你只能和我一样去普通打铁铺找工作了，不过小梅你这么厉害，搞不好可以混上主锤的工作哩！"所谓"主锤"，就是打制金属材料店里的主管，也是经验最丰富的铁匠，在矮人的店铺里，主锤一般由女矮人担任，主锤不用花很大力气，但是要负责指引打击的方向和力度，一旁的副锤才是出力气的。所谓"主锤""副锤"，还是小梅解释给他听的。

小梅瞥他一眼。

那个眼神如果硬要形容，大概就是："你想多了。"

事实证明，荣贵果然想多了。

连着应聘了七家，荣贵和小梅总算在第七家打铁铺找到了工作：小梅负责拉风箱，荣贵则负责将燃料运送到熔炉扔进去。

找到工作的原因也很让人不知道如何是好：那家店的自动风箱坏了，而燃料运送器还没修好。

荣贵心想：合着他们俩完全是代替机器过来干活的。

然而有了一下午找工作的经历，荣贵心知他们能找到这样一份工作已经很不容易了，打工的外地人还是挺多的，买东西钱不够了的外地人多半会在这里工作一阵子，个个都人高马大，光是比力气他和小梅就输了。

再找到一家两台机器同时坏掉的店可不容易，何况这家店开出的工资刚好是每人一个月1250积分，两个人刚好2500，荣贵赶紧接受了这份工作。

"小梅，你在这边拉风箱的时候小心点，温度高，小心别把自己烤化了。"两个人的工作地点不在同一个地方，被拉去另一个房间之前，荣贵对小梅千叮万嘱，说了好几遍还不放心，他从小拖车里拿出一张毯子裹在了小梅身上，又把一块布打湿了裹在小梅拉风箱的左手上，"一定要小心啊！"

能做的都做完，荣贵这才走了。

留下小梅无语凝噎。

低头看看自己身上裹着的脏毯子：还是之前铺在老家地上的那块地毯，荣贵爱惜自己的身体，被改造成小拖车的时候就把这毯子翻出来了，叠了叠，之后装矿石的时候，那些矿石就被他放在垫着毯子的拖车上，虽然拖车的外壳破旧不堪，然而内部却由于这块毯子的保护，状况还是挺好的。

小梅又看看左手上的湿布：这块布也是荣贵每天必定随身携带的物品，身体虽然

破烂,然而一旦哪里脏了,他一定会用这块"手绢"擦擦,只要有水,他也一定每天洗洗"手绢"。

荣贵每次出门一定带的就这两样东西,而如今,这两样东西都在自己身上了。

小梅终究没有弄掉这两样东西。

左手拉动风箱,他工作了起来。

拉风箱的工作看似简单无聊,却要根据主家的要求随时调整速度与力量,这项工作换作其他新手可能真的很难一次做好,然而对于小梅来说问题却不大。

一天下来,小梅迅速适应了工作,而荣贵却——

荣贵被解雇了。

运送燃料到熔炉里的时候,他的右手不小心伸进去了。

原本唯一完好的右手瞬间坏掉了。

右手的半个手掌瞬间熔化,小指和无名指整个熔化,只剩下大拇指、食指和中指勉强挂在另外半个手掌上,看着可怜极了。

被拎出来的荣贵可怜巴巴地看着小梅。

"我们回去。"不假思索地从风箱旁站起来,小梅决定把这个笨蛋带回去。

"不要!"荣贵立刻拒绝了。

摆着惨兮兮的右手,荣贵对小梅道:"风箱坏掉的店搞不好就这一家,我自己回家就好,小梅你、你还是在这里好好工作吧!"

荣贵一边说着,一边卖力地用电子成像器对他"使眼色"。

默默看着荣贵,小梅最终还是坐回了原来的位置,左手再次按在风箱上,看着上面的湿布,小梅心想:那个笨蛋,没有他,当真找得到回家的路吗?在认路方面,荣贵还不如大黄呢……

于是,接下来小梅在干活的时候,脑子里就满是荣贵了。

下班的时间一到,他就立刻准备回家,然而,一出门——

他就看到抱着小拖车缩在店门旁边的荣贵。

荣贵:"小梅,我出了门才发现,我根本不知道怎么回家……"

果然——

"然后就在这里等了三个小时吗?"小梅难得居高临下俯视着荣贵。

荣贵就点点头。

一点也不意外,然而看到对方的时候却又松了口气,小梅把荣贵拎起来了。

在小梅的带领下,两个机器人七拐八拐,终于找到了仍然在停车场等着的大黄,坐上大黄,两个人回家了。

一起出来的,仍然一起回去。

当天晚上,不顾荣贵拒绝,小梅将自己的右手安在荣贵身上。

"拉风箱只用左手就够了。"他的理由是这个。

"可是……哎……"右胳膊被小梅牢牢抓在手里,荣贵不停地动着身子,显然,失去工作之后,他又在为两人的生活费着急了。

"对不起,我、我实在是太笨了。"荣贵小声道。

"从小我就笨手笨脚的,什么也干不好……"

"不过我长得好看,做错了事院长和老师也不太说我,还有我唱歌也好听……"说到这儿,荣贵就又高兴了一点,不过很快,想到现在的情况,他便更加沮丧了,"现在说这个也没用了,没有身体,我唱歌也不好听了,而且……"

看着自己破旧不堪的机械身体,小机器人没再吭声。

小梅没有说话,只是将自己的右手一点一点装到荣贵的右手手腕上。

直到拧完最后一颗螺丝,他才道:"其实,有一个办法可以立刻赚够组装两具身体的积分。"

"啊?"荣贵的脑袋一下子抬起来了。

小梅仍然盯着荣贵的手,慢慢道:"把我的身体卖了吧,虽然机械身体应用范围广,然而最受欢迎的仍然是真实的肉体,拆卖很值钱,我的身体……整具卖应该更值钱——"

话没说完,荣贵就用新装好的右手死死按在他的嘴上。

虽然那里只有一个喇叭而已,即使按住也没什么用,可荣贵还是依照人类的习惯按住了那里,仿佛按住了那里,小梅的话就说不出来了。

大脸凑近小梅,荣贵盯着他,然后一字一句道:"院长说了要脚踏实地,赚钱卖身什么的,想也不要想!"

很少见荣贵这么严肃正经的样子,小梅愣了愣,最后在荣贵的紧迫注视下慢慢点了点头,这才被松开。

然后荣贵就又变成之前的样子了。

坐在原地仔细看了看自己的手,他忽然转过头对小梅小声道:"其实当年想要买我的人也很多哩!同一批新人里,我的身体价格最高!

"肯定因为我最帅嘛!

"嘿嘿嘿!虽然不卖,不过知道自己这么值钱,还是挺高兴的。

"看不出来,原来小梅你对自己的身体也挺自信嘛!"

看着又因为莫名其妙的理由开心起来的荣贵,小梅无言了。

这个晚上,荣贵又对小梅说了一通之前世界娱乐圈的各种黑幕,最后感慨,自己原本有希望奋斗成全国知名歌手乃至全球知名歌手的,到了现在……

"大概只能朝着全塔知名歌手这个目标努力了。"

说这句话的荣贵唉声叹气,样子……有点有趣。

小梅暗暗心想。

然后荣贵继续在地上划拉着算账了,越算心里越愁苦,小机器人内心的哀愁几乎具象化到空气中了。

然后,就在这个时候,两个人通行证的内置电话铃声响了。

由于是家庭账户,所以两个人通行证的内置电话铃声是同时响的,一个人接通电话后,另外一个人也听得到对面的声音。

于是,小梅接通电话之后,荣贵便听到了对面的女声。

"是上次那个坐我们车子的女矮人!"立刻认出了对方的声音,荣贵小声对小梅道。

小梅点点头，然后接下来的对话便完全是由荣贵与对方进行的。

女矮人的来电目的很简单：明天要出城，想到两人的良好服务，想包车。

和小梅对视一眼，荣贵立刻答应下来，和对方商量好接送地点，还有礼貌地说了再见，这才挂掉了通行证的内置电话。

"小梅小梅！说不定我可以做司机啊！这样也能赚钱啊！"想到这个，荣贵高兴地站了起来。

然后——

"你认路吗？"小梅只说了一句，荣贵顿时说不出话。

之前负责开车的都是小梅，离开了小梅，荣贵什么路也不认识，何况他还没有腿……

荣贵低头瞅了瞅自己的履带，更加丧气了。

"我改装一下吧。"然后，他就听到小梅继续说话。

"啊！改装我吗？我们还有材料改装吗？"荣贵立刻重新抬起头来。

小梅就漠然回头："不，改造大黄。"

事到如今，小梅也终于正式称呼外面的黄色车子为大黄了。

从里屋拿出自己的工具箱，小梅带头下楼，去找大黄了。

荣贵就跟在他身后，亦步亦趋。

于是，当天晚上小梅和阿贵开了夜车，用了大半个晚上的时间，小梅重新设计了大黄的导航系统，新增了定位功能以及自动驾驶功能。

这样一来，荣贵只需要坐在大黄上，其他的大黄就都可以做了。

"哎……那……那我干什么？"兴奋了半天，荣贵终于想到了这个问题：大黄什么事情都做了，那要自己干啥？

小梅默默收起工具，看了他一眼："你去陪大黄，顺便陪客人聊天。"

荣贵心想：总觉得这句话好像哪里不太对。

即使如此，第二天他还是很高兴地坐上大黄，大黄带着他，他带着矮人妹子，大家一起去城外兜风。

小梅设计的导航系统果然非常靠谱，大黄怎么过去的，就怎么回来了。

由于服务到家（开得慢不唠叨），外加帮忙扛了很多货回来，矮人妹子非常大方地付了他200积分作为报酬，并且他约好了下一次出车的时间。

荣贵简单在地上划拉了一个乘法算式，一算：哎呀！这样的话，大黄的工资都超过他和小梅的啦！

这样一来，大黄的工资不但可以支付自个儿的停车费，还能帮他和小梅付房租，顺便还能给他和小梅的身体偶尔买个"苹果"啥的……

大黄太能干了！

当天晚上荣贵就把这个好消息告诉小梅，同样是当天晚上，小梅默默又把大黄的改装完善了一些。

小梅再次升级了大黄的导航系统，增加了地图功能，只要是大黄去过一次的地方，就会自动在系统中生成平面地图，万一大黄找不到路，可以随时通过内部通信系统呼叫小梅，小梅就可以调取大黄系统内的地图，从而帮大黄指路。

他还为大黄设计了自动充电系统,只要电量低于警戒线,大黄就会自动寻找附近最近的充电站,自动充电。

除了软件的升级,小梅在硬件上也做了一些改进——把车上的座位全都换了。之前大黄的功能主要是载货,如今既然要载人赚钱,那么座位太简陋就不太合适了,上次和女矮人同时搭车的不是有四名男矮人吗?就是坐在车顶上的那四个。那四个人下车的时候留下了钱,也把椅子留下了。没错,就是那四把分别从他们的车上硬卸下来的椅子,眼瞅着他们不打算把椅子要回去了,小梅就爬到车顶把四把椅子卸了下来,然后装到了大黄的载货区。

为了满足客人可能存在的载货要求,他还把四把椅子小小改装了一下,不用的时候可以折叠起来,然后放在车底。

如今大黄每天都有充足的电量。房租包括充电费,所以之前的脚蹬就没必要要了,小梅就把脚蹬收了起来,原本的地面重新敲平,这样前排驾驶席和副驾驶席的活动空间也就大了不少。

看了看荣贵的履带,小梅还用现有的珍贵材料在车门处加了一层斜板,荣贵上车的时候只需要轻轻按动按钮,斜板就会自动伸展出来,他一个人上下车明显轻松不少。

小梅甚至还加了一个扶手。

荣贵心想:这下可是彻头彻尾的"真·残疾人"待遇啦!以及——

小梅真贴心!

荣贵第二天就用鸟枪换炮的大黄载着小梅去上班。

荣贵自己像模像样地坐在驾驶席,让小梅坐在后排舒服的客人椅上,打开了自己那边的车窗,还拧开小黑放了一首非常轻快的曲子。

这还是他们两个人第一次分开坐。

坐在后排柔软舒适的椅子上,小梅的双脚悬空。

使用着机械身体,老实说,他是完全感觉不出正坐着的椅子的"柔软"与"舒适"的。

他也感觉不到荣贵特意打开的车窗缝中透进来的微风。

不过,他能看到荣贵的后脑勺,以及荣贵头顶的帽子。

荣贵仍然戴着那顶地毯毛线编织的帽子,不知何时,荣贵还用布头编了个绳结装饰在破破烂烂的帽子上,每当微风吹过,绳结末端的穗子就会微微摆动。

而如今,那穗子就在有规律地摆动。

然后——

随着城里的路灯陆续打开,媲美阳光的灯光逐渐从车顶亮起。

"阳光"透过车窗射入,刚刚好,铺满了他的膝盖。

27摄氏度,小梅体内的体表温度测试仪精准地报给他现在膝盖处金属的温度。

没有去管它,关掉了警报器,小梅合上成像器,就这样静静地坐了一路。

——直到荣贵把他叫了起来。

"毯子和手套记得带上。"荣贵说着,将昨天小梅用过的毛毯和手套再次塞到小梅怀里,然后道,"下午6点下班吧?到时候我准时过来接你啊!"

叮嘱完，荣贵用力朝他挥挥手。

直到目送他进了门，荣贵这才扶着"残疾人专用扶手"重新上了大黄。

而这个时候，小梅听到周围有个矮人似乎是笑了："哎哟！每天接送上下班，很贴心啊！"

看了一眼对方，小梅没有说话。

匀速走进昨天工作的风箱旁，坐下来之前，他到底裹上了荣贵硬塞过来的毛毯、戴上了手套。

缩在房间的角落，灰扑扑的就像一个煤球，小梅开始工作了。

而荣贵也开始工作了。

没有活荣贵也没有回家等，他驾驶着大黄守在了城门口。或许有人要出城呢，或许有人想要打车呢。

不过这种活就算有也轮不到他，荣贵坐在大黄上白等了一下午。

然而也不能完全说是白等，等活儿的工夫，对面的打铁铺里开着电视，电视屏幕刚好冲着荣贵和大黄，而且播放的刚好是上次看了一集的《宝斧奇缘》！

荣贵就这样坐在车上看了两集《宝斧奇缘》，眼瞅着小梅的下班时间快到了，电视刚好播放片尾曲。

虽然没有赚到钱有点遗憾，不过从另外一个角度看，他在别人店里蹭了两集电视剧，没有在家看，也算节省了电费，某种程度上来说——

省钱了！

就这样，荣贵高高兴兴地回去接小梅下班。

由于刚刚看完《宝斧奇缘》，今天荣贵在车上的话题就完全与电视剧相关。

一人分饰多角，他愣是一个人把两集电视剧给小梅重新"演"了一遍。

一会儿扮演伤心拿着斧头回家的男矮人，一会儿扮演他的邻居，再过一会儿，他又成了矮人村落的老矮人……

他居然把所有人的台词重新念了一遍！

"你不是记性不好吗？"小梅问他。

荣贵暂时中断表演，抽空回答了他的这个问题："其他事情上我的记性确实不好，可是背台词我很擅长啊！只要记得当时演员的情绪就好啦！台词忘了也没关系，想象一下当时的情景，然后根据当事人的性格以及心理状态揣摩一下他会说什么台词，现编就行啊！"

小梅："……"

"还有其他问题吗？"荣贵问他。

小梅默默摇了摇头。

荣贵继续把戏演下去。

于是，回家的路上，小梅把《宝斧奇缘》的第二、第三集补完了。

——荣贵版本的。

接下来的两天，荣贵照旧每天送完小梅就去看电视……不！去接活儿，接不到活儿也不气馁。

用他的话说，当年在外景中心外面等着接戏也是天天等，习惯啦！

荣贵是个大方人儿，特别乐于分享，每天自个儿看完电视剧不够，和第一天一样，去接到小梅，路上他就把剧情全部给小梅演一遍。

被迫"看电视"的小梅默默无语。

天知道，在遇到荣贵之前的那个世界里，在小梅还被称为"陛下"的时候，那个白色的房间里可是从来没有电视机这种东西的。

从来没有看过电视剧，亦从来没有看过任何娱乐节目，那个时候的小梅陛下大概无论如何也想不到自己居然会有一天会成为追剧一族吧？追的还是又臭又长的"狗血剧"——矮人版的。

——被迫的。

《宝斧奇缘》中的男矮人在第一次追求失败之后，仍然没有放弃追求矮人妹子，自己所住的村庄没女矮人了，他就毅然背着斧头去了其他村庄。

对于这个可以毅然和别人说"我的理想就是成为父亲，生至少三个孩子——两个女孩、一个男孩"的男矮人，老实说，小梅完全无法理解他的想法。

人生的理想不是应该崇高一些吗？

比如……

他想到了自己，在很长一段时间里，他的理想是"将这个世界彻底净化""创造自制而节制的社会"，或者更遥远一点……他想要"找到新世界"。

他通过各种努力达到目的，某种程度上来说，他也实现了自己的理想。

然而——

他又想到了自己最初的想法，只是想要"活下去"而已。

只是想要看到光而已。

那是第一次推开门的时候，门内少年时代的他脑中一个朦胧却坚定的念头。

他甚至不认为这是"一个理想"。

然而——

有那个念头的他，似乎是非常开心的。

在漫长的生命中，唯一清晰的可以用"开心"这个词形容的记忆，大概就是那个时刻的了。

那是无法复制，无法重复的一刻。

坐在柔软的椅子上，小梅机器人静静地想着。

灯光熄灭，黑夜再次降临了。

不过很快，小梅发现追剧生活对他的日常生活造成影响了。

其中最大的影响是，他听得懂同事们说的话了。

荣贵看的那部《宝斧奇缘》似乎非常火爆，店里其他的矮人几乎都在看，之前他们嘴里经常时不时冒出一些小梅完全不知道的句子，他们偶尔也会说一些完全没有笑点的笑话，这似乎是矮人们之间的暗语，只有他们才懂，小梅和另外两名外来打工仔完全听不懂。

而在追了一阵子剧之后，小梅忽然发现自己知道他们在讲什么了。

之前还可以因为听不懂而当作听不见，如今却因为全都听懂了再也不能这样做，小梅也不知道这是好事还是坏事。

但对于荣贵来说，追剧造成的就只有好的影响啦！

过了几天没活儿的日子，之前约车的妹子如期打电话过来要用车，送完小梅之后，荣贵立刻赴约了。

妹子很高冷，容易晕车，还讨厌唠叨，老实说，荣贵一开始简直完全当自己是隐形的，就当扮演大黄了，后来他不小心看到了女矮人身上有个饰品——《宝斧奇缘》里男主角的钥匙圈。

周边！

荣贵脑子里立刻浮现了这两个大字。

然后——

这对司机与乘客便正式接上头了。

追同一部剧，连喜欢的人都一样（两个人都喜欢矮人村的老大爷），矮人妹子也不高冷了，和荣贵聊了一下午人生——不，剧情！

两个人聊得实在太高兴了，以至于妹子下车的时候还问了荣贵一句："你要没事的话，就跟我一起下车采蘑菇吧。"

荣贵立刻跟着妹子颠颠儿地下车了。

也就是这一次，荣贵才发现矮人妹子的目的地是城外的蘑菇林，这些蘑菇不但有美化环境和照明的功能，还可以食用。

在地下，绿色蔬菜是相当珍贵的食物，即使可以使用科技种植，味道也不会很好，价格又高，还不如当地的蘑菇和苔藓。

对了，这里的苔藓也是很重要的食物，蘑菇林的地上就长了一大片苔藓，比荣贵之前见过的苔藓高得多，就像一层密密实实的绿豆芽，专门有矮人在城外的田里打理这些植物，加上一些类似小麦大麦的作物，这些就是矮人的庄稼。

也难怪矮人城里很少看到食品店，城里的矮人几乎家家都在城外有地，家里的一部分人留在店里工作，另一部分人则负责种植，也难怪他们之前在城外看到那么多需要用车的人。

自己开车也可以，然而采蘑菇的时候往往会走很远的路，再回去找车就不方便了，还不如打车，所以这里的出租车生意还不错。

当天，两个人一边聊天一边采了很多蘑菇，矮人妹子还借用了荣贵的小拖车，装了近乎平时两倍的蘑菇。

大概是走得太远了，荣贵几乎没电，还是矮人妹子"公主抱"荣贵（外加蘑菇）回到大黄上的。

矮人妹子，果然威武雄壮！

以上，是荣贵脑中浮现的唯一想法。

有了这一天的经历，之后矮人妹子要出门就只叫荣贵的车。听到妹子抱怨"如果下午去干活的话就会错过《宝斧奇缘》更新"，荣贵立刻就求小梅在大黄上小黑的旁边重新做了个架子，专门用来放电视机。

从此以后，他们屋里的电视机就晚上在家睡觉，白天和荣贵出去上班。

而荣贵每次下午载妹子出去干活的时候，两个人就可以一边看电视一边等待到达了。

反正是大黄开车，不怕司机分神！

几次之后，矮人妹子果真给他介绍了新的客人，都是矮人姑娘，大家干活的地方距离不远，而且她们都是《宝斧奇缘》迷！

就这样，荣贵和大黄三不五时有活干，家里终于不再只有小梅一个人才有稳定的收入。

除去每个月必须交的生活费，他们还能为制造身体攒下点钱。

经常找荣贵用车的女矮人有四位：第一位就是一开始搭车的，那位容易晕车的女矮人，她的名字叫玛丽，玛丽在城外种了一大片蘑菇田；

第二位是一位名叫莉莉的女矮人，这位女矮人是四人中最高的，也是最魁梧的，她在城外的地里种了一大片黑麦，和荣贵老家的黑麦有点像，可以做面包，还可以酿制啤酒；

第三位女矮人名叫热雅，她没有种地，而是在玛丽的蘑菇田里放牧了一群类似山猪的动物，这种"山猪"非常凶猛，不过个子不大，吃得多，拉得也多，它们的粪便是上好的肥料，玛丽和莉莉都需要这些肥料，而这种"山猪"本身也是矮人最常见的肉食来源；

第四位名叫琪琪的女矮人就比较特别了，她没有种植任何作物，也没有养殖任何牲畜，她在城外种了一小片花田。琪琪的身材娇小，四肢纤细，少了一点勇武，在荣贵看来她却是最符合之前世界审美的妹子。

最忙的应该是玛丽，她的蘑菇田几乎每天都有成熟的蘑菇，所以她每次过来都要采集成熟的蘑菇；莉莉的工作量看起来小很多，不过据说在种植初期她才是最累的；琪琪干的不算重活，但是需要非常细心，所以往往要干很久。

不过女矮人们非常能干，即使再麻烦的活儿，她们基本上也能在三个小时左右干完。之后她们也不着急回去，而是会在蘑菇田里一边聊天一边做手工。

她们会用麦草编织背篓、挎包，还会用"山猪"的毛编织外套。

据说这种"山猪"毛编织的物品可以很好地抵御火星飞溅，对于热雅来说，养殖"山猪"最大的收获不是"山猪"肉和"山猪"粪，而是"山猪"身上的毛发。

四位女矮人的感情很好，她们分享彼此的劳动果实，下午茶的时候，她们吃玛丽家的烤蘑菇，喝莉莉带来的黑啤酒，跟着热雅学习编织，最后回家的时候还能带上一朵琪琪种的花。

一开始她们编织背篓的时候荣贵还没什么反应，一边看她们干活一边和她们一起聊天，而等到热雅开始教大家编织手套，第二天，荣贵就期期艾艾地询问自己能不能跟着一起学。

他还把家里最后一块毯子带过来，打算拆了地毯织手套。

得知荣贵是想"给在作坊里拉风箱的小梅织手套""小梅的身体也破烂，怕和自己的手一样烤化"，女矮人们欣然接受了他的加入，热雅还特意从自家的"山猪"身上薅了一把毛下来给荣贵："加入这个编吧，耐热。"

荣贵的手是真笨，比之前小组中编织水平最差的莉莉还要笨，好在其他的女矮人挺有耐心的，在她们的反复示范之下，荣贵总算编了一只歪歪扭扭的手套——给左手。

这么笨拙的家伙可真是第一次见——虽然没有说出来，不过女矮人们全都同情地看着荣贵——手中的手套未来的主人。

"好了，接下来编右手的手套吧。"同为"手拙星人"，莉莉对荣贵的同理心最强，从自己的材料中抓了一把，打算继续陪荣贵搞定另一只手套。

然而这个时候荣贵却摇了摇头："不用编右手的手套啊，因为小梅没有右手了。

"我的右手被烤化之后，他把自己的右手卸下来给我安上了。"

这一刻，女矮人们的目光全部集中在了荣贵身上！

被人盯得有点毛毛的，荣贵小声道："小梅的左手是我的，我们进城的时候路过一个风很大的地方，小梅的左手被吹跑了……"

"天哪——"女矮人们又朝他聚拢了一步。

在女矮人们的灼热视线下，荣贵慢慢说了不少事。

比如，两个人现在这么努力干活是为了制作新的身体啊！

比如，小梅特别能干！大黄是小梅一手制作的，上面的所有系统都是小梅担心他迷路改装的！

比如，小梅想卖了自己的身体帮他买身体……

等到荣贵说完，所有女矮人都眼泪汪汪。

"真是感人。"玛丽掏出一条手绢抹了抹眼角，抹完，她还把手绢递给旁边的莉莉，你传我，我传她，女矮人们全都擦了擦眼泪。

"光是手套的防御还是太弱了，我们教你，你给他做一整套衣服吧！"双手搭在荣贵身上，玛丽豪气万丈地说。

荣贵：哎？

"我教你做上衣。"

"我教你做裤子。"

"我教你做挎包……"

女矮人们你一言我一语，盛情难却，荣贵手里先是多了一把剪刀，然后又多了一包针线，从此他过上了每天苦练针线活的日子。

这天以后，荣贵便顺理成章成了女矮人手工小组中的正式一员。

当天，小梅就收到了一双编织得奇丑无比的手套。

第三天，他收到了一件背心。

第六天，他收到了一条裤衩。

而两个星期后，他甚至收到了一双鞋！

收到的东西上全都绣着荣贵的"贵"字，这是女矮人们强烈要求的，说这是占地盘的标志。

东西是真的丑，然而也真的实用，每天在温度很高的炉子旁工作，他体内的高温预警器叫个不停。

他没有和荣贵说过这些，然而荣贵却准备了这么多东西。

看了一眼荣贵，小梅把它们全部穿戴在了身上。

全副武装完毕的小机器人照常上班去了。

对于衣服的美丑他并没有在意，所以对于作坊里其他人投过来的视线也没有在意。

不过其他人过来的次数忽然多起来了。

一号工作室的副锤矮人之前一次没有进过这个房间，今天却进来了三次；

二号工作室的主锤今天过来了两次，之前他同样没有来过；

隔壁房间的锤打师进来了四次，还蹲在他身后看了五分钟。

…………

表面上不声不响，然而小梅心中自有一笔账，当三号工作室的负责矮人蹲过来的时候，他的头忽然一百八十度转了过去。

正盯着小梅的后背看个不停的男矮人吓得摔了一个屁股墩儿！

"我的工作有什么问题吗？"小梅用平坦的语气询问他。

"没、没有啊！"一向挺"拽"的男矮人大概还没有从惊吓中回过神来，毕竟，身子没动，脑袋直接转过来的视觉效果还是有点惊人的！

小梅便默默地又将头转回去。

然而那个男矮人却没走，直到小梅再次将头转向他。

对方的手在小梅的后背上僵住了。

盯着对方的手，小梅冷冷地问："那么，有其他问题？"

"没、没有！"对方慌忙挥了挥手，在小梅的注视下，他的手越挥越慢，最终，他抓了抓头，小声对小梅道："你的背心挺好看啊……"

小梅继续注视他。

对方索性一股脑地将自己的来意交代了：包括他在内，之前那些一趟又一趟过来的矮人全都是过来观摩小梅……身上的衣服的！

"按理说，我们这些汉子身上的衣服都应该是由自己的女朋友或者老婆缝制的，可是……现在我们的妹子不是越来越少了吗？然后大家就……"

"就只好自己缝衣服了。"

"这不是，大伙儿看你身上的衣服款式好看，正好是最流行的新款，就想过来看看，然后回去做一身嘛……"

男矮人们的声音越来越低，小梅也越来越无语。

原来，男矮人们现在的衣服基本上都是自己缝的，如果家里有女矮人，那么自然有人帮他们缝，如果没有，他们就只能自己动手。矮人族的审美永远是以妹子的审美为标准的，男矮人穿什么样要看妹子喜欢什么样，这样一来，没有妹子的男矮人就纷纷盯紧了那些有妹子的男矮人——身上的衣服了。

小梅如今身上穿着的衣服虽然针脚着实是丑，可是一看就是现在城里最流行的款式，显然缝制衣服的人是知道流行趋势的！

作坊里的男矮人们都是单身，最近根本没有人穿新款衣服过来！

发现小梅居然穿了一套新款衣服来上班，作坊里的男矮人们立刻按捺不住了。

177

这才有了小梅被围观一上午的事情。

知道自己被围观的原因既不是工作出错,也不是有人找碴扣工资,小梅便将头转回去,继续按部就班拉动风箱了。

蹲在小梅身后,他们就小梅身上的服装款式、裁剪、尺寸以及针脚进行了非常热烈的讨论。

最后一人说了一声"谢谢",他们高高兴兴离开了。

于是,几天之后,作坊里的男矮人们身上的衣裳全都更新换代了,个个都穿上了小梅同款的背心、裤头,外加背个小挎包。

这看起来倒像是作坊里的工作服。

看着穿上新衣服就很高兴的男矮人们,小梅无语。

除了爱看狗血剧以外,他又发现了这些同事的另一个特点——挺臭美的。

别说,这些男矮人的手艺着实不错,同样款式的衣服,他们的手艺可是比荣贵的好多了!除了针脚更细密、裁剪更准确以外,他们把小梅身上衣物的全部特征都照搬到了自己身上。

——包括衣服上的"贵"字。

那是个中文字,除了荣贵之外,没有人认得,包括小梅。

可是当时教荣贵做记号的女矮人们都认得啊!

于是,当有一天女矮人们由于要买东西,让荣贵载着她们进城,刚好路过小梅工作的打铁铺,就提出想要看看小梅。

鉴于在荣贵的描述中,小梅是个特别沉默闷骚甚至有点害羞的人,她们决定以送东西的名义过来。

每个女矮人都拿出来了点东西——玛丽拿了一大把蘑菇,莉莉带了啤酒,热雅宰了一头"山猪",琪琪带了一朵鲜花。大伙儿便一起高高兴兴地坐在大黄上,去跟荣贵"探班"小梅。

然后——

看着铺子里全都穿着"贵"字背心、裤头的男矮人们,女矮人们沉默了。

"阿贵,到底有多少个小梅……"玛丽张大了嘴巴。

"简直……比我的追求者还多啊……"莉莉,你似乎透露了点什么。

琪琪眨了眨眼,然后热雅掩嘴笑了。

当然,荣贵最后还是澄清了误会,把小梅叫出来了一下,把女矮人们带过来的礼物全部摆在了小梅面前。

荣贵还给小梅送上了唯一自己做的东西——一个口罩。

然后,荣贵便迅速地载着女矮人们离开了。

不过,他们虽然离开了,留下的轰动却是极大的。

普通男矮人一天能如此近距离地接触一个妹子就不得了了,何况一次四个!

作坊里的男矮人们立刻把小梅围住了。

关于男矮人们急切问的"荣贵和那些矮人妹子是什么关系"问题,小梅想了想,然后答道:"一开始是客人,现在是朋友。"

"哇哇哇！"周围便再次炸起男矮人们大声的号叫。

小梅觉得有点吵，然后下一秒，他就被好多矮人的手重重地搭在肩上了。

"那我们呢？"

"是同事。"看着搭在自己肩头的好几双大手，小梅一边评估他们的力气，一边淡淡答道。

"之前是同事，现在我们是朋友、朋友啊！"谁知对方却大声这样说。

快被压垮的小梅无语凝噎。

于是，他便把荣贵带过来的所有慰问品分给这些"朋友"了。

反正他也用不到。

不过，他却留下了里面唯一的那朵花，以及荣贵亲手缝制的口罩。

将花别在窗户边，看着"阳光"下柔弱而美丽的花朵，小梅慢慢戴上口罩，然后继续拉动风箱。

第九章

体面的荣贵和小梅

玛丽她们无私地教了荣贵许多物品的编织方法，荣贵是个不错的人，不但和她们有共同话题，人也很有趣，她们还都挺喜欢他的。即使如此，她们也不得不承认：荣贵真的是她们见过的手最笨的人。

都手把手地教了，他编出来的东西还是和狗啃的一样，也只有小梅，换其他任何一个男矮人……估计还真没勇气把这么破的东西穿在身上。

不过荣贵是个审美相当好的人！

这一点，就连四名女矮人中公认审美最好的热雅都承认。

虽然手艺非常烂，但荣贵却经常有不错的见解：这块布料换一个颜色会更好看啦，比起红色琪琪更适合蓝色啦。

他还会很多种头巾的包法。

不得不说，只要玛丽她们按照荣贵说的，对手中的活儿稍作调整，最后成品的好看度一定比原先上升一个台阶！

有的时候简直有化腐朽为神奇的效果！

不过有的时候他也会说出一些她们完全无法做到的东西，比如，有一天她们一起编东西，荣贵忽然想到了一个新的图案，还把那图案画出来了。当真是非常别致，然而女矮人们却怎么也没办法用手中的材料按照图案编出来，手最灵巧的热雅也试过很多次，还是以失败告终。

所以说，荣贵脑子里灵机一动的主意有时候也未必是个好主意。

说起来很好听然却无法实现的主意，更像是空谈。

看到荣贵有点丧气的样子，女矮人们便安慰他无法在编织中运用这种图案也没关系，将来她们可以在印制布料的时候用，那样更简单。

那一天编织小组的活动还是以大家都用了传统图案告终。

谁知，隔了两天她们再次见到荣贵，荣贵却神秘兮兮地带了一个编织品过来，当他把编织品的正面展示给女矮人们看的时候，女矮人们这才发现：那正是之前她们认为不可能编织出来的图案！

"嘿嘿！回去我和小梅说啦，小梅想了想，就编织出来啦！"荣贵高兴地说。

他说得简单，然而几位女矮人想得却多，特别是热雅。

不要小看编织，作为世世代代都靠手艺吃饭的矮人，她们的手非常巧，无论是锤打金属，还是制作更高级更精美的金属制品，每一个步骤，都蕴含着矮人们在工艺上的改进，就拿她们手里每天做的编织活儿来讲，比如背篓背带上的编织图案，一般的矮人至少要掌握200多种编法，这是基本功，也是前辈世世代代流传下来的，而每一代的矮人还会补

第九章
体面的荣贵和小梅

充新的编织方法，新的编织方法不仅仅考验她们对原有知识的掌握，还考验她们的创新能力。能发展到何种高度，能否成为新的大师，其实正是看她们能够解决多少难题以及能不能有自己的创造。

荣贵昨天想出的图案就是一道难题，而显然，她们在这道难题面前都失败了。

没有意识到那是一次失败，她们反而认为那是"不可能实现的"。

而如今，被解决的难题出现在她们眼前。

拿着那块小小的编织品，女矮人们观摩了好一阵，最后热雅将它还给荣贵。

"昨天是我们错了，原来这个图案是可以被编织出来的。"

"小梅先生真是灵巧，可以这么轻而易举编织出这种图案，他不应该待在打铁铺里拉风箱。"热雅感慨道。

荣贵更高兴了："你们也这么想吗？我就说小梅很能干，无论我说什么他都能做到——多异想天开的念头都行！"

"那为什么不去应征制器师呢？"热雅好奇问。

"制器师？你是说那些卖手指头、心脏什么的吗？"荣贵偏了偏头，看热雅点点头，继续道，"不是不想，而是没资格，小梅没证。"

"你是说匠师资格证吗？叶德罕城刚好可以考，而且可以颁发的匠师资格证最高等级是三级呢！"莉莉立刻快嘴道。

"我觉得小梅先生可以直接考二级匠师呢！"琪琪插了一句，"考到二级匠师资格证，就可以在好多制器店找到工作了。"

"真的吗？我正发愁去哪里打听考证的事呢！"荣贵喜出望外，然后，他就考证好好向四位女矮人打听了一通，玛丽、莉莉和琪琪对于匠师资格证了解不多，热雅却是考过的，已经考过一级匠师，正在备考二级匠师。

荣贵的记性不好，他就在脑子里记笔记，把热雅说的考试相关信息全都记下来，非常诚心地向四位女矮人道谢。

"这下就好了，我可怕小梅哪天被烤化了哩！毕竟……你们也知道，我编织的东西质量……那个……不太好……"荣贵说着，不好意思地抓了抓头。

说来也怪，明明是机器人，还是这么破的机器人，可是四位女矮人和他在一起的时候，总觉得身边的是一位有血有肉的大活人，性格十分开朗的那种。

"不用谢。"热雅摆了摆手，微笑着对荣贵建议："我觉得小梅先生可以去试试看考三级匠师资格证，虽然我也没考过，城里也有很多人没考过，可是我总觉得小梅先生可以试试看。"

"三级匠师资格证的报名费和二级匠师资格证是一样的，而且，三级匠师资格证考不过，还能半价考二级匠师资格证。"她补充道。

"这么好！"荣贵立刻道，"你们先研究这个图案怎么编织吧，我去告诉小梅这些消息，我怕时间久了我忘了……"

说完，他就要向大黄跑去——只有大黄有权限可以随时给小梅打电话，荣贵却

没有。

人不如车。

说到这一点,荣贵就觉得有点心酸。

他不就是稍微爱说话了点嘛!

"等一下——"眼瞅着荣贵要跑,热雅急忙叫住了他。

挥挥手中的图案,她谨慎道:"这个……这可是一种新的编织方法,就这么给我们了,是允许我们学习的意思吗?"

荣贵奇怪地看着她:"当然啦!这些材料还是你们给我的呢!小梅给我的时候,说的也是'给你们'。"

"他说的'你们',自然除了我以外,还有你们啊!"

就这么随意地将一种全新的编织方法送给他人了?要知道,这可不只一种编织方法那么简单,还是一种全新的思考方式啊!

热雅她们惊呆了。

然而荣贵却已经跑向大黄,迫不及待地想告诉小梅这个好消息。

看看手中的编织品,女矮人们的视线又落在远处已经和小梅接通电话的荣贵身上。

如果真的如荣贵所说,那是小梅编织出来的,那么,那个名叫小梅的机器人是真的能工巧匠。

其实看大黄也就知道了,能做出大黄这样车子的人,一定是相当心灵手巧的。

这样心灵手巧的人,随手就能将荣贵送给他的那些东西改编得更好,然而却没有一丝一毫改变它们的意思。她们每次见到小梅,他总是穿着荣贵送给他的那些丑丑的"爱心衣物",坏了也不自己修理,而是等荣贵第二天在她们的帮助下补好。

而荣贵呢?

荣贵的手是真笨。

即使她们和他现在是朋友了,她们仍然不得不承认这点。

然而荣贵却有很多奇思妙想,这些奇思妙想对于一般人来说,当真是天马行空、不切实际,非常非常不实用。

唯独小梅——荣贵任何不切实际的念头到了小梅这里却都被实现了。

而只有实现之后,人们才会发现荣贵曾经说的是一个多么了不起的主意!

能够拥有这么棒的想法的人也真的很厉害!

只有小梅——

只有荣贵——

这两个人真是完美搭档!

这一刻,看着远方的荣贵,四位女矮人同时这样想。

这边,是感动得一塌糊涂,决心给其他男矮人一个追求机会的女矮人;那边,荣贵已经将刚刚获得的消息全部传给小梅。

"我们现在攒下的钱刚好够交报名费,小梅,去考证吧!"荣贵对小梅道。

第九章
体面的荣贵和小梅

看了看两人共同账户上的余额,小梅沉默着,最终点了点头。

然后,这一周休息日的时候,荣贵就载着小梅去匠师资格证考试的考场。

不同等级的匠师资格证可以从事不同的行业,和小梅商量了一下,荣贵毅然帮小梅领取了三级匠师资格证的考试申请单。

他们立刻从人山人海的待考人群中被分出来了。

大部分人是过来考一级匠师资格证的,二级的也有,三级的……只有两个人。

一名考生是一位矮人,看不清长相,披着一件大斗篷;而另一名就是小梅。

当考试中心的工作人员看向荣贵的时候,他便赶紧举爪:"我不是来考试的,我是陪考的!"

于是,他立刻被请了出去。

孤零零地坐在三级匠师资格证的考试区门口,荣贵等了好久,太阳快下山的时候(就是灯光开始逐渐熄灭的时候),才等到了小梅。

"考得怎么样?"荣贵立刻上前问道。

"不知道。"小梅轻轻摇了摇头。

"是不能当场出结果吗?考了什么?现场制作手指?心脏?"荣贵好奇极了。

对于他这种手工"废材"来说,这辈子估计没法进入这种考场了。

"制作手指,连接血管,雕琢面部,以及……"小梅难得愣了愣。

"以及啥哦?"荣贵更加好奇了。

"没有考完,考官留了后续考试项目,三千张肖像画,全身的。"小梅面无表情道。

"三、三千张!"荣贵惊呆了。

另一名考生从荣贵身边走过去,看他沉重的步伐,显然他也被留了同样苛刻的"作业"。

"三千张,一张纸上写一个数都得花不少时间,何况是三千张肖像画哦……"荣贵恍惚道,末了,他还抽空问了一句,"小梅,你会画肖像画吗?"

小梅:"……"

他是会画画的,实际上,那也是他为数不多的消遣之一,然而,他从来没有画过肖像画,一次也没有。

"看样子是会的,但是好像画得一般……"仔细观察小梅的反应,荣贵小声总结道。

然后——

"总之,报名费已经交了,不能弃考啊!"

"不就是画画吗?我给你做模特儿行不?走,我们先去买三千张纸!对了,还得买画笔!"

拉起小梅的手,荣贵重新鼓足干劲,勇敢地向前走去。

别说,考点附近就有一家文具铺,在这个打铁铺占全城店铺数量百分之九十以上的地方,能找到文具铺的概率可谓是极低的。

这家店铺八成是考试中心的人开的，荣贵心想。

赶在文具铺关门之前迅速抢了三千张纸，讨价还价又让对方送了一百张，荣贵还买了一支笔。将东西全部装在自己的小拖车里后，荣贵带着小梅回家了。

于是，当天晚上，给小梅转述了《宝斧奇缘》的最新剧情之后，荣贵在卧室的地毯上摆了一个特别撩人的姿势。

然后——

"小梅，来画！"

荣贵朝小梅招了招手。

一辆撩人的小拖车吗？

不过，反正晚上闲着也是闲着，没有其他事情可做，小梅还是从小拖车里拿出了一沓纸和一支笔，端正地坐在小板凳上，开始了生命中第一次肖像画的创作。

为了当一名称职的模特儿，荣贵特意忍着好久没动，好容易小梅画完了，他立刻颠颠儿地跑过去看。

"这绝对不是我。"荣贵斩钉截铁道。

小梅就静静地看着他。

"绝对不是我！"荣贵又叫了一声，"我的拖车有这么破吗？我的脸有这么歪吗？还有……我有这么难看吗？"

"你的拖车确实很破，右脸有15度的倾斜。"小梅回答了荣贵的前两个问题，至于第三个……

"如果你认为这样难看，那么，应该是挺难看的。"

他居然这么说了？！

荣贵目瞪口呆地看着他。

小梅则低下头开始收拾画具。

"那个……一定是我摆的姿势不够好看，我重新摆，你重新画一张好不好？"飞快地从小拖车里拿出一张新纸递给小梅。没错！刚刚荣贵的拖车里还装着他们下午去文具铺买到的"战利品"，整一个购物车状态。

附注：小梅忠实地将这种购物车状态在画纸上再现了。

"重来重来！反正还有两千九百九十九张要画哩！多画一张好不好？"将画纸递到小梅面前，荣贵巴巴儿地看着他。

小梅盯着荣贵，半晌收下了画纸，重新坐下来，看样子，他是准备继续画了。

荣贵便赶紧重新设计姿势，将拖车里的东西掏出来，还找手绢擦了擦车……呃，是擦了擦身体，最后才摆了一个正经的姿势紧张地看向小梅。

这一回，小梅画得果然好了很多。

"唉……果然，我已经不是之前的我了，用之前给杂志拍照的姿势不行了哩……"端详着手中的画，荣贵叹了口气。

"可惜当年我对车没什么兴趣，也不太看机械方面的杂志，或许按照那些杂志里的

第九章
体面的荣贵和小梅

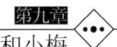

照片姿势摆拍，效果能更好点。"荣贵总结道。

然后，荣贵连续换了几个姿势，换着换着就到他的自动关机时间了，这家伙还在自己体内定了闹钟。

保持着一个很搞笑的姿势，他的脑袋往旁边一耷拉，他迅速睡着了。

对面的小梅："……"

将手中的画画完，查看了一下体内的能量还够，他顿了顿，半晌，就着荣贵现在的姿势，又画了一张荣贵的肖像画。

末了，在画的角落标上日期、时间，他也关机充电了。

从此以后，小梅就被迫过上了天天帮荣贵画肖像画的日子。

坐着的荣贵，躺着的荣贵，偏头的荣贵，拎着篮子的荣贵，侧影，背影……荣贵通过这种方式，让小梅迅速完成了一部分考试规定的作业，而与此同时，他也通过肖像画了解自己平时各种姿势的不足。

比如他有点惯性向右偏头，这个姿势如果正常人来做可能没什么，偏偏他的右脸有点歪……

于是这个习惯就成了不可饶恕的错误！

比较过几幅肖像画，意识到自己存在这个问题之后，荣贵每天便下意识向左边偏头，这样一来，右脸的不足竟几乎看不出来了！

仔细想想，之前的艺人也都是这样啊！通过不同的摆拍，查看最适合自己的姿势，所以就有很多艺人的照片只露侧脸，或者只放侧影。

而自己之所以直到现在才注意到这个问题，那是因为自己真正的身体太完美了！

三百六十度无死角有没有？

所以说，有的时候太完美也容易让人忽略很多常识哩！

摇头晃脑地坐在板凳上，看着窗外的夕阳（灯泡），荣贵一边做模特，一边总结经验。

而小梅就在他身后继续画啊画。

今天画的是夕阳下的阿贵……的背影。荣贵特别要求小梅把窗户和夕阳的光感也画出来。

自己的背影比侧面好看，侧面比正面好看——几天下来，荣贵终于完成了对自己摆拍角度的评估。

真是让人心酸的评估！

不过不得不说荣贵在审美方面有着极高的品味与天赋，只是比较小梅画的肖像画而已，他平时的细微动作就一点点改变了，根据画像，他纠正着自己的各种动作，渐渐地，就连女矮人们都注意到他的改变。

"阿贵，你最近……好像变好看了啊……是开始更换身体零件了吗？"最先提问的是热雅。

然后琪琪赶紧点点头，经常指导荣贵做手工，她早就觉得荣贵看起来和以前有了一点

不同。

听到这儿，玛丽和莉莉也把头抬了起来，看向了荣贵。

身为矮人，她们对于机械天生就是敏感的，所以她们很快确认了荣贵身上的零件并没有更改，也没有翻新的痕迹。

任由女矮人们好奇地打量自己，荣贵转了转身，然后才回过头来："没有更换零件哦！我们之前赚的积分全都交了匠师资格证考试的报名费和材料费，哪有多余的钱买身体零件哦！"

眼瞅着女矮人们眼中的疑惑越来越多，荣贵这才道："其实我只是改变了姿势、细节而已。"

荣贵说着，迅速调整了一下站姿，也就是扭了扭腰，拖车换了个位置而已，然而在女矮人们眼中，他和刚才大不一样，竟然又变成之前那个破破烂烂的小机器人了！

这下，连热雅都惊讶了。

"这个……你是怎么做到的？"

"是摆拍角度的问题。前两天，莉莉不是说她见过古塔特雷（注释：古塔特雷就是《宝斧奇缘》里面一名配角的扮演者，前阵子光临过叶德罕城，作为他的粉丝，莉莉特意翘掉了手工小组的活动，跑去追星）吗？"没有多卖关子，荣贵道。

莉莉点了点头。

"你回来不是说古塔特雷比电视上难看多了，个子也没有电视上那么娇小玲珑，有点胖？"荣贵问她。

"是啊是啊！"莉莉愤愤地点了点头。

"这就是摆拍角度问题。"荣贵说着，用右手在空中比画了一个框，"摄像镜头是一个框，框里的人姿势角度稍微有点不一样，外面的观众看来就会有很大改变。演员多半是要经过这种训练的，只要拍照够多，多听摄影师的话，他们就能总结出自己看起来最棒的角度。

"如果是拍照或者是拍电视剧，由于摄影镜头固定，所以演员还是很好控制这种角度的，资深一点的演员，即使在移动中也能保持最好的角度。

"然而到观众面前就不同了，演员变得立体，从哪个角度被看由不得他们自己决定，当观众站在他们的仪态死角内，自然觉得他们不如电视上好看。"

"所以……我上次就是站在……那个什么死角里了吗？"莉莉指了指自己。

"没错！"荣贵点头了。

莉莉便受教地点了点头。

看到其他女矮人也开始有点明白，荣贵继续说道："这几天，我就是一点点改变了自己原来不好的姿势，只把自己最好的角度朝向你们，虽然其他的什么也没变，然而你们却觉得我变好看了。"

"我的正面最难看，你们没发现，我最近几天从来没有正脸朝向你们吗？"荣贵说着，还特意向四名女矮人逐一示范。

第九章
体面的荣贵和小梅

在转动过程中,他的正脸不可避免被人看到的时候,他便抬起一只手,这样一来,别人眼中的他又是半张脸了。

这样也行——在荣贵的提示下才注意到这个秘密,四名女矮人目瞪口呆地和荣贵对视。

仔细绕着荣贵转了两圈,女矮人们眼中充满了兴趣与好奇。

"阿贵,你是怎么发现这一点的?之前怎么没见你这么做?"玛丽啧啧称奇道。

"这不是之前没有死角吗……"想到之前的身体,荣贵叹了口气,然后回答玛丽的第二个问题,"至于现在怎么忽然想起来改了,还是得亏小梅考试。"

"小梅不是去参加那个匠师资格证考试了吗?我们干脆报了三级的,上周末去考的,里面考了一堆不算完,还非得画三千张肖像画!买好材料,小梅当天晚上就给我画肖像画了,什么姿势都画了一遍,画完我检查,这不,检查着检查着,我就发现我的姿势实在太有问题了!"叹口气,荣贵接着说道。

"哦哦,我也听说过三级匠师资格证考试很难,除了现场考试以外,还有后续作业,没想到你们抽到的居然是画三千张肖像画,这种我还是第一次听到呢……"和小梅一样是考生,热雅先对匠师资格证考试发表了一通评论,然后道,"原来画肖像画还可以发现这个,真好啊!"

眼瞅着其他三名女矮人也羡慕地看向自己,荣贵脑中的小灯泡忽然再次亮了:"要不然,让小梅也给你们画肖像画呗?

"整天画我搞不好回头会被考官说偷懒,反正他要交三千张,干脆让他也给你们画一下吧!"

"真的吗?那可真是太好了啊!"

于是,当时还在作坊里拉风箱的小梅在不知情的情况下,又多了个给其他女矮人画肖像画的任务。

当天晚上荣贵是载着四名女矮人一起过来接小梅的。

四名女矮人的再次光临给作坊制造了多大的轰动,荣贵没有注意,他们来得快,走得也快,纸和笔车上就有,等到小梅上车坐好,荣贵便热情地将自己的计划跟小梅说了。

小梅:"……"

于是,当天坐在车里回家的工夫,小梅便完成了玛丽的第一幅肖像画。

难得当模特让人家给自己画肖像画,玛丽的姿势僵硬极了,小梅完美地在纸上再现了她的僵硬,第二天小组聚会的时候,荣贵便将玛丽姿势和角度存在的问题给她解析了一遍,隔天玛丽再在车里摆姿势的时候,就稍微好了一点。

先是玛丽,然后是莉莉,再然后是琪琪,最后是热雅……

家里的肖像画上多了各式各样的女矮人,不得不说荣贵的指导是成功的,最新一张肖像画上,四名女矮人笑得非常自然,她们的动作不一,笑容程度也不一样,却有着各自的风情,隔着画纸仿佛都能闻到她们手中花朵的芬芳!

琪琪的手巧,小梅在旁边画画的工夫,她把小梅之前画的画装订了起来,还弄了一个

漂亮的封面,这样一来,荣贵他们就再也不用担心画纸乱飞了。于是,从第二天开始,荣贵每天带去手工小组的作业就成了小梅的画纸。不仅将小梅画好的画装订起来,他还在四名女矮人的帮助下做了一个大夹子,画纸放在里面,就好像一本大册子一样,这样一来,小梅便有了一个便携画夹。

女矮人找小梅画肖像的事情很快被作坊里的男矮人们知道了,他们还看到了小梅画夹里女矮人们的画像。

结果——

他们拼命请求小梅帮他们画肖像画!

不过男矮人们要求画肖像画的理由和女矮人们完全不同,他们只知道女矮人们会翻看小梅的册子,希望自己的肖像画出现在册子上,兴许哪天就被其中一位女矮人翻到了,兴许……

就被看上啦?

于是,小梅的画肖像画作业里又多出了各种各样肌肉隆起、神飞气扬的男矮人!

他们也不是让小梅白画的,支付积分什么的看起来不太像朋友之间的行为,手工艺品对于矮人们来说不是买卖用的商品就是情人之间的馈赠,他们也轻易不会送这些东西。

他们送的是材料,矮人家里哪能没点材料?就这样,东一块,西一块,小梅竟得到了不少不错的材料。

他在男矮人这边收到的是材料,在女矮人这边收到的是各种蔬菜水果。

家里的各种蘑菇、圆果子、长果子……渐渐装满了两个背篓。

送给房东大爷一部分,攒够一定数量之后,荣贵终于忍不住了。

"小梅,我们现在有了这么多食物了,把地板下的我们挖出来呗!让我们的身体也享受享受?"

小梅没有反对。

于是,当天晚上,两名小机器人便齐心协力将地板下的冷冻舱挖了出来。

荣贵紧张的注视下,小梅将冷冻舱调整为解冻模式。

半个小时之后,时隔数个月,荣贵终于再次看到了冷冻舱内的自己。

好久没见,自己又变成一条咸鱼了。

——还是干掉的那种。

自己变得如此干瘪而安静,就像真的死了一样。

荣贵轻轻摸了摸自己的脸,半晌道:"好像白了好多哩……"

机械手指没有办法感知自己皮肤的温度,荣贵终究没法确认自己到底死了没有。

自己身体旁边的小梅也憔悴了一点,不过正是因为这点憔悴,小梅的五官看起来更立体了。

纤长而浓密的睫毛上面卷了点雪白的冰晶,他闭着眼睛静静睡着,漂亮得好像天使一样。

看看冷冻舱里的"天使",又看看一旁破破烂烂的小梅机器人,荣贵简直无法将这两

第九章
体面的荣贵和小梅

个人画上等号。

用两条胳膊努力撑起冷冻舱的盖子,有些费力的小梅不解地看向荣贵。

"好了好了。"荣贵赶紧回过神,和小梅一起将冷冻舱的罩子完全移开,小梅将身体和机器连接的所有管子拆下来,然后两个人再齐心协力将两具身体抬出来。

幸好荣贵这几天一直和女矮人们做手工,利用收集来的材料,他还编了两条毯子,老实说,编毯子的时候他完全没有想到过用法,然而现在却刚好派上了用场。

一条毯子垫在地板上做褥子,一条毯子做被子,虽然编织手艺实在是粗糙,不过也比将赤裸裸的身体扔在冷冰冰的地板上要强。

毯子不算大,两个人用有点勉强,所以摆身体的时候他们就只好将两具身体尽量靠近,摆完之后,倒像是荣贵搂着小梅在睡觉。

如果是荣贵之前的身体,两个人做出这种动作一定美得可以去当杂志封面!

可惜如今搂着小梅的却是"干尸•贵",这场面……

有点伤眼睛啊。

荣贵摸了摸鼻子的位置,笑不出来了。

不过现在的自己已经比最初发现时好很多了,只要持续补充营养,皮肤和肌肉一定会慢慢恢复弹性,再度变成当年那个帅气的自己。

看着房间角落里满满两筐水果蔬菜,荣贵心里有了底气。

"小梅,现在的我们能吃果泥吗?"他立刻问小梅。

"可以吃,但是现在这台成分提取仪制作不出来可供冻结态身体吸收的泥状食物。"

明明只是一个简单的问题,偏偏小梅回答出来就带了好些荣贵没法一下子听懂的名词。

有点晕,荣贵脑中自动截取关键词:"那就是不能吃吧?"

小梅点点头。

"现在只能食用液体。"

"那就麻烦小梅你去旁边……嗯,榨汁吧?我去洗水果。"迅速分工完毕,眼瞅着小梅又去一旁组装那台成分提取仪,荣贵也赶紧去背篓里面挑水果。

他挑了两个又大又红的果子,看起来就很好吃,荣贵收到的时候就很好奇果子的味道,如今身体总算挖出来了,荣贵决定立刻尝尝鲜。

荣贵洗好果子,小梅刚好把仪器重新组装好,不知不觉,两个人勉强称得上合作无间!

从成分提取仪里提炼出来的汁液果然是红色的,这两个果子又大又新鲜,提取出来的汁液也很多,看着红色的液体通过两人口鼻罩上的管子进入口中,荣贵想象了一下果子的味道,然后就去旁边取手绢。

装了一小盆水,他又拿出那条手绢,准备给两具身体擦拭。

大概是之前被迫养成习惯的缘故,小梅一看到这阵势,立刻拿起手绢也准备干活,

不料这一次，他却被荣贵轰走。

"小梅你负责做饭就行了，接下来你还得做作业呢，现成的模特儿就在这里——咱俩的身体！你赶紧去画下来呗！"把手绢从小梅手里抢下来，眼瞅着小梅的机械手上有一块红色果皮，荣贵顺手拿起手绢帮他擦干净。

于是小梅便再次坐在他每天晚上画画的小板凳上，左手拿着画笔，右手扶着画板，小梅静静看了一会儿前方忙忙碌碌的荣贵，开始作画。

荣贵干得很认真，竟连和小梅说话都顾不上了，一时间，房间里便只有小梅画画时笔尖摩擦画纸的沙沙声，以及荣贵擦拭身体时偶尔发出的细碎声响。

大概是荣贵很少这样安静，习惯被骚扰的小机器人竟有点不习惯了。

总之，当他笔下的人物轮廓开始成形，呈现在画纸上的不是荣贵指定的两个人的身体，而是一名绑着头巾，趴在地上干活干得很认真的小机器人。

自从发现自己的正面"不好看"之后，荣贵每次给小梅做模特，要么是侧面，要么是背面，平时说话的时候也总是侧着脸，以至于他似乎很久没有见到荣贵正面的样子。

而如今只顾干活的荣贵却再次用正面朝向他，虽然低着头，可小梅却知道他脸上的每一个细节。

大概是很在意自己有点歪的右脸，他已经习惯向左偏头了，即使干活的过程中也歪着头，头巾也刻意往左边歪。

如果是别人头上的头巾，小梅大概不会有什么想法，然而如果是荣贵头上的头巾，他便知道，荣贵一定是故意戴歪的。

对于穿着打扮，那家伙总有一套自己的理论，姑且不论是不是有用，他确实做得很用心。

于是，等到荣贵辛辛苦苦擦完两个人的身体，过来检查小梅的"作业"，看到画纸上是一个低头苦干的破烂小机器人。

"哎！哎！哎！你怎么又把我画上去啦？还是正脸！"荣贵大惊失色，"不是让你画咱俩的身体吗？哎呀！小梅你不能因为我现在这个身体好画就偷懒啊！"

任凭荣贵怎么说，小梅始终没事一样坐在板凳上。

"不过……算了，别说，小梅你这张画上的我看起来还挺可爱嘛！"拿着画纸看着看着，荣贵又乐了，"明明是我的死角啊，居然看起来这么可爱！"

"一定是我已经养成习惯随时随地都用最好角度的缘故！"

毫不犹豫，荣贵立刻把功劳归在了自己身上。

小梅："……"

将新的画放入画夹内，荣贵还帮小梅削了削画笔。

呃……他削得太用力了，笔芯断了，还是小梅自己重新把画笔削好。

尴尬地笑笑，荣贵赶紧又跑去两人的身体旁边，精心调整了一下两个人身上的毯子，荣贵只用毯子遮住两人的重点部位，将大面积的身体线条露出来，做完这一切，他才重新跑到小梅身边蹲下。

第九章
体面的荣贵和小梅

"这下可别画我了,我是说,别画我现在这个机器人的身体了,画那边那个呗!

"虽然现在看起来有点像干尸,不过即使是干尸,线条也比一般人好吧?

"当年他们拍我的照片还要给我钱呢。

"因为是小梅,所以随便画啊!……"

抱着自己的小拖车,荣贵又唠唠叨叨起来。

在习惯了的聒噪声中,小梅停顿了片刻,视线移向前方的两具身体,越过属于自己的那一具,最终落在了那具骷髅一般的身体上。

静静地看了几秒,他手中的画笔再次动了。

于是,一个小时之后,让荣贵大叫"这绝对不是我"的骷髅图便诞生了。

似曾相识的对话再次在两个小机器人之间发生,大概心里也清楚自己身体的状态大概真的怎么也称不上好看,荣贵最终只能认命地调整起自己身体的姿势,发现调整姿势也无法挽救画面效果,就从布景上打主意。

"小梅,别光画身体,把上面的毯子也细细画一下呗!我这条毯子编织得还算挺不错吧?

"小梅,试试看这种光线下的效果。"

这回荣贵在身体旁多加了两盏台灯。

………

荣贵整整折腾了一个晚上,到后来,小梅主动将板凳挪到墙角的充电器旁,一边充电一边画。

而荣贵还在不知疲惫地调整着身体附近的布景与光线,为了让自己身体的骷髅感没有那么严重,他用毯子把自己的身体裹了个严严实实。

当然,毯子的包法也是很讲究的,每一个褶皱都是经过荣贵精心设计的。

然而——

小梅笔下的画再次让他失望了。

即使被毯子包裹着,即使橘黄色的灯光打在身上,让皮肤看起来没有那么苍白冷硬,然而干尸就是干尸,配上掩住口鼻的呼吸器,看起来还是充满了死亡气息。

荣贵愣住了。

"这个……这个不是真正的我,原来的我不是长这样子的……"

从小梅身边站起来,荣贵一边说着,一边向房间中间的身体跑过去,他还想继续调整,谁知——

保持着小跑的姿势僵在原地,荣贵顿住了。

他没电了。

"刚刚提醒过你要充电了。"轻声说着,小梅从板凳上站起来,将画笔和画纸放好,走到荣贵身边,慢慢将他拖了回来。

熟练地帮他将插头插上,小梅查看了一下荣贵的电量:0。

这是完全没电了,看来要充一阵子荣贵才能醒。

看看时间，快到自己的自动休眠时间，小梅帮荣贵调整了一个舒服的姿势，便任由他坐在角落充电了。

然后——

小梅慢慢走到荣贵折腾了一晚上的，荣贵的身体旁。

拉开毯子，荣贵的身体完全露了出来。

苍白的骷髅状身体便完全暴露在他的眼前了。

干瘪如纸片一般的皮肤紧紧裹在身体上，几乎看不到任何肌肉，骨架外面就是皮。

之前在梅瑟塔尔，因为灯光条件不好，荣贵的成像器并不好，他身体的细节没有办法看得特别清楚。

而这里却是灯光明亮的。

跑来跑去，他终于第一次将自己身体的现状看得一清二楚了吧？

那么自恋的人，看到自己如今的真实情况，接受不了吧？

小梅蹲了下来，手指放在荣贵的身上，一寸一寸摸下去，等到摸了个遍，他这才重新慢慢向板凳的方向走去。

将自己身上的充电器插好，拿起画笔画纸，他继续画画了。

自始至终，他看都没有看荣贵身边的自己的身体一眼。

静静地坐在屋子里，小梅就这样一边充电，一边画了一夜。等到第二天"太阳"升起来，"阳光"再次铺满整个房间时，他才放下了手中的画笔。

而荣贵也在这个时候"醒"来。

由于紧急停电，他的脑中出现了一定时间的"断片"。

一脸茫然，他八成不记得自己睡前瞬间的着急与害怕。

吧嗒吧嗒走到小梅身边，荣贵拿起了小梅手中的画纸。

然后——

小机器人如果有嘴巴的话，他现在的嘴巴一定张成了一个完美的"O"！

"天哪！小梅，你画得可真像我！"

手里托着薄薄的画纸，荣贵简直无法相信眼前的画是真的。

画上的毯子还是之前的毯子，不过没有盖在自己身上，而是被胡乱扔在了旁边另外一具身体上，灯光还是那个灯光，光线温柔地洒在画面左侧那个静静睡着的男人身上。

不……

与其说是男人，不如说是男孩。

初长成成年男子的样子，肌肉却还单薄，四肢舒展着，他舒服地睡在看起来很柔软的手织毛毯中。

他的皮肤雪白，光影在他身上打出肌理的影子，看起来光滑而充满弹性。

他的四肢修长，指尖和脚尖看起来都是那么完美。

他的头埋在毯子中，看起来像是不耐烦阳光的热，完美地盖住了口鼻。

他看起来就像是舒舒服服地睡着了，天亮了也不愿意醒，固执地想要继续睡个懒

第九章
体面的荣贵和小梅

觉。

愣怔地看着画上的男子,荣贵一声不吭,半晌,伸出右手,习惯性地擦了擦眼边。

然而他一滴泪水也没有擦到。

他又看了一会儿那幅画,然后笑了:"嘿嘿嘿,虽然没有腹肌,但还是给你好评!"

这一刻,荣贵再也想不起来歪着头伪装完美了,正脸朝向小梅,如果此时此刻他能有表情的话,那一定是个破涕为笑的表情。

亮晶晶的,比此时此刻房间里的阳光还要明亮。

"原来,我平时说的那些身体细节,小梅你都听进去了,也是,如果没听进去,你怎么可能把我的身体画得这么……这么……"

"几乎和当年一模一样。"手指爱惜地从画面上划过,荣贵心里美滋滋的,"不过比我当年瘦了一点。"

然后——

"只是借鉴了一下3D颅骨修复术的原理而已。"下一秒,小梅就道出了残忍的事实。

"历史博物馆里收藏的那些干尸原本的面貌都是用这种技术修复的。"他还补充了一句。

干尸……荣贵被重重一击。

紧接着——

"我是按照骨骼应该匹配的肌肉重量进行绘制的,即画上的是标准体重状态下的形体。"小梅又道。

画上的形体是标准体重……而自己刚刚说画上的自己比当年瘦了一点,这岂不是变相说……

自己超重了?!

怎么可能!

"我那是肌肉!肌肉!绝对不是超重!绝对——"荣贵义正词严反驳道。

小梅却只是转了个身,兀自向里屋走去。

收拾完房间,两个小机器人一如既往地准备去上班,不过,今天上班前他们又多了一项工作。

"把沙发拖过来,然后把我们的身体放上去,让他们晒太阳吧!"荣贵又提了一个建议。

屋里是有一张沙发床的,不过沙发床对于他们现在的机器人身体来说大了一些,平时他们还是坐小梅做的板凳,沙发便闲置一旁。

如今两具身体一抬出来,荣贵便想着可以让身体使用沙发。

"就算是灯光,应该也能起到阳光的作用吧?我感觉咱俩都太苍白了。"荣贵说着,巴巴儿站到了自个儿的身体旁,还抱起了自己的头。

他都这样了,没有办法,小梅只得过去抱起了荣贵身体的双脚。

荣贵的身体还是有点僵硬,为了让他能够"坐"在沙发上,两个小机器人着实费了不

少力气，最后虽然坐姿还有些僵硬，不过也算勉强"坐"着了。

小梅的身体就柔软多了，除了身体冰冷以外几乎和活人没太大区别，

两个人的身体便诡异地坐在沙发上。

一具干瘪得宛如干尸，另一具看起来与正常人无异，只是一动不动，静静地闭着眼睛……

看起来真诡异，小梅心想。

然而——

"看起来还挺相亲相爱的！"伸手轻轻理了理小梅的头发，荣贵笑呵呵道。

整天说我的审美观有问题，其实这家伙自身的审美观也很成问题吧？

心中默默想着，小梅惜字如金，什么也没有说出口。

将身体摆好，荣贵又把窗帘牢牢固定好，避免过强的"阳光"灼伤沙发上的两具身体。想了想，还是有点不放心，荣贵还拉着小梅又把沙发向后拖了拖，确保两具身体待在过一会儿就晒不到"太阳"的地方，端详了良久，他才彻底放了心。

也就是他们在这个地方住了有一段时间，附近的治安很好，平时也没有人来他们家，荣贵才放心将两人宝贵的身体放出来。

"拜拜，你们俩好好看家啊！"出门前，荣贵居然还朝沙发上的两具身体挥了挥手。

拿着锁的小梅："……"

"小梅，锁门！"荣贵随即对小梅道。

小梅便利索地将门锁好了。

一如既往地将小梅送到打铁铺，目送小梅进门，荣贵才急吼吼地朝和莉莉约定的地方赶去。

不过大黄的最高时速只有20迈，不论荣贵如何着急，大黄依旧维持着匀速前进。

好在他们并没有迟到，踩着点抵达目的地，莉莉的身影刚好出现在路边，她也刚到。

当莉莉出现的时候，周围男矮人全看向她。完全不在意他人的视线，莉莉目不斜视地往前走，看到荣贵的时候，才笑着打了一声招呼。

高冷矜持地打开大黄的左侧门上车，直到车子开走，确认周围没有人可以看到自己了，莉莉才松了一口气。

左右张望了一下，她欣喜地对荣贵说："今天路上看我的人是以前的三倍！"

"恭喜啊！"荣贵随即呵呵笑。

即使出生就注定受欢迎，然而女矮人们对于自己的外表还是非常在意的，能够更受欢迎一点，对于她们来说也是最好的褒奖，在荣贵的指点下，在小梅每天一张图的绘制下，四名女矮人重新审视了自己以往在举止穿着方面的缺点，不但变得更会打扮自己，且行为举止更加优雅。

日益增加的仰慕者数量就是最好的证据！

"莉莉你适合留长发哩！等到你头发长了点后会变得更好看的。"荣贵对她道。

"嗯嗯。"莉莉认真地点点头，表示自己记下了。

第九章
体面的荣贵和小梅

"不过……"高兴之余,她又有点忧愁。

"最受欢迎的还是打铁铺的那些女主锤,她们的腹肌特别发达,穿露脐装特别好看,这一点,我们是比不了的。"

也不是所有女矮人都会选择去打铁铺做事,固然有爱好的原因,也有天资的原因。

比如莉莉、玛丽她们就是自己主动选择从事农牧业的,虽然从事的是自己喜爱的工作,长得也不比其他女矮人差,然而论欢迎程度,她们却仍然会输给女主锤,关键还是没有腹肌的缘故。

"原来你也喜欢腹肌啊,这个要早说啊!我最有经验啦!"美容健身问题完全难不倒荣贵,何况还是他最擅长的腹肌锻炼问题,莉莉一问,他立马来精神了。

"真的吗?阿贵你居然连锻炼腹肌的方法都知道?天哪……我以为只有打铁才能锻炼出那么完美的腹肌呢……"莉莉大吃一惊。

荣贵便嘿嘿一笑。

于是,这一天,两个人的话题便集中在腹肌上。

等到第二天这个消息被其他女矮人知道的时候,女矮人们又开始一窝蜂地在荣贵的指点下训练腹肌!

接下来的时间里,小梅的画纸上便多了四名腹肌日益精悍的女矮人。

找小梅画肖像画的男矮人便更多了,不只是他工作的打铁铺的同事,中午休息的一小时,周围打铁铺的男矮人居然也千方百计约小梅出来给他们画肖像画。

而这些男矮人又带来了更多的男矮人。

知道小梅一共要完成三千张肖像画,女矮人们还动员自己的亲戚朋友让小梅画肖像画,肥水不流外人田,虽然可以找别人画,但她们既然认识小梅,自然愿意亲戚朋友也找小梅画。

周末荣贵也没和小梅全天待在家,他们在城里的各个地方摆摊,也不收钱,只是画两幅肖像画的话可以送给对方一幅,大概是小梅画得不错,也可能是荣贵吆喝有方,他们的生意居然还算不错。

而晚上他们同样没有闲着,将自己和小梅的身体摆出来,就是最好的模特。

画画事业虽然没有为他们带来太多积分,却让他们家的物资储备多了不少,一方面是各种材料,而更多的则是食物,每天都有充足的养分供应,小梅的身体再次恢复了原本的样子,而荣贵的身体也终于不像之前那样干瘪了。

其实还是瘦的,不过看起来没有那么干了。

有了第一天小梅使用3D骨骼复原术修复出来的全身像,荣贵似乎对自己身体现在这副鬼样子也没有那么在意了,每天给自己摆个美美的姿势,任由小梅给自己画肖像画。

而每当他从肖像画中感觉自己似乎稍微好了一些之后,就会明显松一口气。

里屋,小梅完成的肖像画越来越多了。

然而荣贵注意到——

他一次也没有画自己的肖像画。

注意到这一点之后，荣贵没有明确指出，只不过当天晚上，到了每天固定画画的时间，小梅习惯性搬着小板凳坐在客厅里，荣贵把自己的身体拖到一边去了。

"今天热雅的'山猪'宰了一头，给了我们一小条肉，外加一大罐油，加了一点琪琪送我的香精油，我用它做了一大罐按摩油呢！今天晚上就用我自己的身体先试试。"展示了一下手中一大罐"山猪"油，荣贵这样说道。

说完，他就当真在自己身上擦油。

得亏这段时间的手工训练，他终于能够掌握好力度，否则，按照之前的情况，他还真没法独自给自己按摩。

荣贵就在小梅旁边按摩，这样一来，摆在小梅眼前的，唯一可以入画的……

就只剩下小梅自个的身体了。

荣贵故意按摩得慢悠悠，打算拖延时间。

一边按摩，他一边不着痕迹地打量着小梅，看到小梅在停顿一段时间之后终于拿起了画笔，荣贵终于松了口气。

其实，他也不知道自己到底为啥松了口气。

好容易等到小梅放下画笔，他立刻扔下按摩了一半的身体跑过去。

挤在小梅身前，荣贵终于看到了画，然后——

荣贵歪歪头："奇怪，明明画得挺像的，可是……怎么看起来不如本人好看啊？"

对于绘画没有一点研究，荣贵提不出来什么专业的意见，他能想到的只有调整姿势和移动道具。

将手上的油擦到自己身上（一点也不浪费），他立刻去搬小梅的身体。这一搬，就搬了好半天，等到他好容易摆出自己觉得比较不错的姿势，才发现小梅已经画了半天。

画上小梅的身体还是那么灰暗而僵硬，而小机器人的身姿却是那么灵活，仔细看，还有点可爱的感觉！

等等——

还找什么道具啊，自己就是最好的道具！

放下画，荣贵立刻跑回沙发旁，一屁股坐到小梅的大腿上，找个舒服的姿势靠在小梅胸前，然后朝对面的小梅机器人招了招手："来，就是这个姿势，开始画吧！"

小梅："……"

这天开始，小梅被迫天天画自己。

他画多久，荣贵就当多久"道具"。每到这个时候，荣贵就不禁感谢起自己当年做杂志模特的那段经历，一拍就是一天，最终选上的照片可能只有一张，他被锻炼得耐心十足有没有？

而且时尚十足！

荣贵为自己和小梅的身体想出了各种各样的姿势，灵感来源于他当年看过的各大时尚杂志封面硬照，偶尔还加入自己的灵感。

每天画裸体也不太像话，关键是有些单调，荣贵还给小梅缝了好多小裤头。如果不是

第九章

体面的荣贵和小梅

他技术不够，布料有点贵，他还想缝其他衣服的，可惜家里的条件和他本人的能力就这样了，他只能缝裤头。

也亏得小梅的颜值很不赖，穿着"荣贵牌"裤头还自带气场，硬生生撑起了整个画面，否则，就凭画上的破烂小机器人和同样破烂的大裤头，整张画就废掉了。

总之，在荣贵的指挥下，枯燥的绘制肖像画的作业变得无比热闹，每天热火朝天，三千张肖像画的任务很快就完成了。

实际上，他们还超额完成了。

除去送给别人的，他们最终整理出来三千六百八十五张肖像画。

所有的画都被荣贵夹在自制的画夹内，按照时间顺序从上到下排列好，三十张装一个画夹，足足装了一百二十三个大画夹！

任务完成的那个周末，荣贵立刻拉着小梅去考试中心交作业。

后车厢装满了大画夹，小梅坐在了之前荣贵坐的副驾座上，荣贵坐在驾驶席，然后……

大黄稳稳地开着。

嗯哼！很完美。

荣贵哼着歌，而小梅则默默地坐着，手上没有闲着，最近他们不是收到很多材料吗？他就在用这些材料制造一根手指。

除了这一根，在工作和画画的间隙，他已经完成了手掌和另外四根手指的制作，完成这最后一根手指之后，当天晚上他就可以把新的手给荣贵安上。

穿过热闹的大街小巷，大黄载着两位主人，稳稳地停在了考试中心的正前方。

荣贵将大部分画夹装在自己的小拖车内，地方似乎有点不够……

荣贵就和小梅一起用手搬了好些。

即使如此，他们的力气还是太小了，来回搬了三趟，才将所有画夹搬到考官面前。

当他们将最后一批画搬过去的时候，碰到了和小梅同一天考试的蒙面矮人。

显然，他也是过来"交作业"的。

身上背着小山一样的包袱，他竟独自一人将所有的画背了过来。

力气可真够大的——荣贵心说。

然后，两名考生和他们的作业都摆在考官面前了。

这一回，考官没有让荣贵出去。

将两个人的画拿出来，他随即叫了助手过来，助手将两个人的画分别放在一台机器的工作台上，那是一台非常奇怪的机器，上面有个刚好和画纸一样大的箱子，旁边还有一条铁轨一样的轨道，机器发动后，那些画竟被固定得好好的，通过轨道向前移动。

轨道向房间的墙后移去，没过多久，第一张画忽然出现在了考官身后墙面的顶端，然后是第二张、第三张……

"哇！"荣贵惊叹。

原来，这竟是一台幻灯机吗？不对……和幻灯片不同，这些画可是被真真实实地挂出

来了，难道要叫自动挂画机？

画廊必备——荣贵默默想着。

另一位考生画了正好三千张肖像画，小梅画得多一些，"自动挂画机"多用了一段时间才全部挂完，等到所有画都挂在墙上后，那场面当真壮观极了。

难怪这个房间这么大，还这么高，可能专门是挂画用的——荣贵继续想着。

当荣贵仰头观看墙上的画时，考官也转过身子，背着手一动不动，显然也在鉴赏这些画。

等到最后一张画挂完，他转过身来，然后道："你没过。然后，你过了。"

这句话是同时对两名考生说的，第一句是说给小梅旁边的矮人考生听的，而第二句是说给小梅听的。

"不公平！我们两个人的画，质量没有太大区别，难道就因为他画得比我多，所以才通过了？规定明明是三千张——"隔壁的考生立刻反驳道，"还是说，他的画里有女矮人才通过的？"

眼瞅着他即将说出一大段抗议的话，矮人考官立刻朝他的方向伸出手，向下压了压。

"少安毋躁。"说完，矮人考官用同一只手向后做了一个动作，大概是旁边的助手有了什么操作，原本挂满画的墙面忽然变黑了，随即——

两张巨大的、几乎占满墙面的画忽然并列出现在黑色的墙上。

左边的是那个矮人考生的画，而右边的则是小梅的画。

荣贵记得这一张，画上的主角是他，小梅画的是一个丑陋破烂的小机器人，那正是小梅画的第一张肖像画！

果然——

"这是你们俩画的第一张画，按照日期排列，接下来，你们两个所有的画都会出现在墙上。"老矮人如是说道。

然后，如他所言，两名考生绘制的画轮番在墙上"播出"。

正如矮人考生抗议的那样，两个人的绘画水平差不多，小梅固然画得不错，而那名矮人考生既然敢报名三级匠师资格考试，显然也有自己的一套本领，两个人都画得逼真极了，唯一区别大概就是内容。

矮人考生并没有寻找太多模特儿，翻来覆去就是那几个人，不过姿势还是有所改变的。

而小梅的画作内容则丰富得多，一开始的模特儿是一个破破烂烂的小机器人，然后变成了各种各样的女矮人，再然后是男矮人……矮人族的老人，小孩子……居然还有骨架图……最后的最后，还有一位只看半张脸就让人快要窒息的美人。

荣贵津津有味地看着：看看！自己果然厉害，明明有着这么烂的壳子，仅凭姿势的调整，愣是让身体的质感提升了不止一级，要不然同样是自己，为什么第一张那么难看，而最后一张就那么可爱呢？

还有自己干尸一样的身体，看起来也比第一张强了不少。

第九章

体面的荣贵和小梅

莉莉的腹肌已经练得相当不错了，最后那张她穿露脐装的肖像画相当漂亮啊！

玛丽总算把口罩摘下来了，原来她是个娃娃脸，娃娃脸怎么了？也很可爱呀！

还有琪琪……杰克……

杰克是谁？杰克是小梅的同事，也是他们打铁铺的主锤，很厉害的一个矮人汉子，大概也正是因为他厉害，在小梅给同事们画的肖像画里，属他出场的次数最多，而且他和荣贵一样热衷于摆姿势，各种姿势让小梅画了个遍——这不是，莉莉居然看上他了……

一边看画，一边联想画上各人如今的生活，荣贵越想越觉得有趣。

作为外行，他能看的就是这点"热闹"。

而作为内行，他前方的矮人考生却看出了门道。

沉默着看完最后一张画，他转身离开了房间。

房间里便只剩下荣贵他们和考官了。

直到最后一张幻灯片消失在墙上，黑色墙面褪去，再次露出满墙画纸，小梅一直沉默着。

"看样子，你也明白为什么你能通过考试了。"看着小梅，矮人考官微微笑了。

没有作声，也没有点头，小梅的视线还是落在墙上的画上。

"一开始，你们两个的画确实没有任何差异。"也不打扰他，考官自顾自地说着话。

"非常准确、逼真……这是你们两个的共同点，也是作为匠师必备的条件。

"而从第十张开始，你俩的画开始有了区别。

"你的画有了感情，将这种感情表达出来，因此有了和其他画本质的不同。

"哪怕让那名考生和你画同一个人，你们的画也会不同。

"如果是一级匠师资格证或二级匠师资格证考试，那名考生的画一定可以通过，而到了三级匠师资格证考试，考的便不仅仅是精准，还有'赋予'。

"将自己的感情赋予自己制作的器具，是通过三级匠师资格证考试必备的素质。也正是这个原因，所以他不能通过，而你通过了。

"恭喜你，你可以在出门后领取你的三级匠师资格证。"

说完这些，考官便离开了。

两个小机器人走出门后，早就等在那里的考官助手立刻笑着对他们打招呼。

那也是一名矮人，和大部分同族一样，他的肩膀很厚实，个子不高却很结实，然而和其他同族不太一样，他戴着手套，而且衣服穿了一层又一层，比别人穿得严实得多。

——给人一种"穿着考究"的感觉。

"你可真厉害！我画了四十多年，自以为已经画得不错了，可是比你还是差一些。"将证书颁发给小梅，他毫不吝啬自己的赞美。

小梅："……"

在永生之路的各种过程中，他可是每天都画画，前前后后加起来，画画的时间没有三百年也有两百年，如果用年岁来计算，这个时间还要漫长，画了这么久，被一个画了四十多年的人评论只比自己差一点，小梅完全体会不到被赞美。

于是他只能面无表情。

不得不说，如果每个人都有短板的话，那么陛下的短板就是缺乏艺术细胞。

"啊！谢谢谢谢！小梅画得很用心呢，每天回家就画，下班路上也画，他可爱画画啦！"看到小梅不吭声，荣贵立刻替他接话。

这一接，便硬生生给小梅接出来一个爱好。

"呵呵，画画是很好的爱好，尤其对于匠师来说，人脑的想象力虽然是无限的，然而也不能太脱离现实，画画可以培养匠师敏锐的观察力以及对于情感的把握，毕竟，匠师也是艺术家的一种，而想要做艺术家的话，感情还是要丰沛一点比较好，我其实有参加画画俱乐部，定期去写生，如何，小……小梅你有没有兴趣一起参加呢？"他还向小梅发出邀请。

"你说得很有道理！不过……"先是大力赞同了对方的观点，荣贵随即压低了声音，向对方问道，"参加画画俱乐部贵不贵呢？我们……不瞒你说，为了考试已经把家里的积蓄花得差不多了……"

荣贵如此坦诚让矮人匠师愣了愣，他随即笑了："这个你不用担心，这个绘画俱乐部是面向三级匠师的，免费，画纸画笔都不用自备，俱乐部会准备。"

"呃……这么好？"条件如此好，荣贵反而迟疑了。

世上没有免费的晚餐——从小到大，他被告诫过无数回。

"其实你可以把这当作是一种行业协会。"发现荣贵似乎真的听不懂，矮人索性直白道，"一方面确实是画画，另一方面则是联络感情，毕竟大家是同行，以后经常会有合作的机会。"

"原来如此。"点点头，荣贵看了一眼小梅，"那……那我们就参加啦？"

小梅还是之前那副冷淡样子。

——就是不反对。

相处久了，荣贵已经总结出来一套判断小梅心理活动的方法，眼见小梅没有发表意见，他便找矮人要了入会方法。

矮人的心情似乎很愉快，将活动地点抄给荣贵之后，他还指点了他们几句："最近'葛特里'和'翼'这两家店都在招聘三级匠师，他们的工作待遇好，而且店铺很大，发展空间也大。

"事实上，他们之所以招聘三级匠师，就是因为之前的三级匠师太优秀，被更好的地方挖走了。"

三级匠师们之前似乎有自己的小门路，矮人匠师说得头头是道，还说了好多店铺聘用条件的不合理之处。

这些消息对于有经验的匠师来说或许很寻常，然而对于初来乍到的荣贵和小梅来说，却是他们一时半会儿打听不到的。

荣贵一边点头，一边催促小梅快点把这些都记下来（他记不住……）。

看到荣贵慌慌张张的样子，矮人更加和气了："也不用这样紧张，我只是把知道的消

第九章 体面的荣贵和小梅

息说给你们听,毕竟小梅已经考到三级匠师资格证了,叶德罕城的店铺招人的第一站就是我们考试中心,在外面贴告示招聘的都是不重要的职位,薪水也不高,但凡重要的职位,他们都是直接过来这里找我们要资料的。

"小梅考到三级匠师资格证的消息不出半天就会传出去,到时候你们通行证附带的邮箱一定会被塞爆,电话也……

"对了,如果不想被电话骚扰得太厉害,你们就要设置一下通行证的来电过滤功能。"

真是非常有用的建议!

荣贵再次向矮人表达了自己和小梅的谢意。

眼瞅着时间差不多了,荣贵正想告辞,忽然想起一件事来:"那个……小梅画的那些画……我们能拿走吗?"

"呃……按理说是不能拿走的,毕竟这也算是为了考试付出的材料费。你也不用担心画上的人会担心肖像权什么的,我们可是很乐意自己的肖像画被挂在考试中心的,毕竟这可是见证一位大师冉冉升起啊!"考官笑着安慰荣贵。

——我……我不是担心玛丽她们啊!她们早就说完全不介意自己的肖像画外传了,相反,她们觉得看的人越多越光荣哩!我、我、我是担心小梅啊!

画上的小梅有好几张几乎光着呢!

小小的机器人着急起来,心里的慌乱仿佛快要透过机械躯壳溢出来啦!

矮人便再次善解人意地笑了笑:"如果真的有一定要改的地方……我可以向上面申请一段时间,你们可以现场修改。"

荣贵这才松了一口气。

再次向对方道了谢,等到对方的申请下来,他立刻火急火燎地带着小梅进了展厅。

然后,当着几位矮人大师的面,荣贵爬上爬下,在所有小梅肖像画比较暴露的地方添上了衣裳。

如此拙劣的画技,加在原本那么美好的画上……

现场所有的矮人都目瞪口呆。

好在小梅不介意。

就站在墙边,小梅静静地看着荣贵"破坏"自己的劳动成果。

等到荣贵"破坏"完毕,把荣贵递过来的画笔收好,两个小机器人一起离开了考试中心。

他们走得潇洒,留下身后考官们目瞪口呆。

"幸好最漂亮的两张我们自己留下了。"坐回大黄上,荣贵得意地对小梅道。

最漂亮的两张。一张是荣贵,就是那张通过3D骨骼复原术修复出的荣贵本体原图,这张是小梅要求留下的,原因是他认为这张图是造假,基本上和实物不符。

(荣贵:哼!)

第二张是小梅。荣贵给小梅摆了一个特别美的姿势,周围还摆上了琪琪送来的大捧

203

鲜花，荣贵把机器人的自己塞到了小梅怀里，然后让小梅以此为主题作画。

那幅画实在太美好了，荣贵索性让小梅做了个画框，将画挂在卧室。

"回头把三级匠师资格证也装个画框，挂在卧室里呗！"拿过小梅的三级匠师资格证看了又看，荣贵道。

小梅没有吭声。

对于荣贵的所作所为，只要没有原则性问题，小梅几乎不发表意见。

有材料的情况下，做个画框也花不了多少时间，有和他争论的工夫，还不如把东西做出来。

这便是小梅式的纵容。

其实他真不是故意纵容荣贵的，实在是完成荣贵的要求费不了什么事，也花不了多少时间呀！

说穿了，他只是太能干了。

当天晚上，小梅将两人通行证设置为只接收熟人来电的模式之后，又做了一个画框，把自己的三级匠师资格证装了进去。

把东西交给荣贵之后，他便没事做了。

荣贵打发他去看电视。

抱着画框在屋子里转来转去，找了好几个地方都不满意，荣贵最终选择将装着资格证的画框挂在客厅最醒目的地方，一进门就看得到的墙面正中央！

当年荣福的三好学生证全部挂在孤儿院院长办公室一进门就能看到的墙上！

他当年也想努力拿个奖，把奖状或者奖杯放在院长办公室的，可惜——

想起以前的事，荣贵敲钉子的手停顿了一下，就是这一停顿，他把自己的手指敲瘪了。

最后还是小梅将画框挂上去的。

于是接下来的时间，荣贵看电视，小梅修理荣贵损坏的手指。

"对不起呀，我太笨了。"坐在地上，荣贵关掉电视，在一旁看小梅给自己修理手指。

对于荣贵来说，小梅做东西时的样子比电视好看。

小梅要先将荣贵的整只手从手腕上卸下来，然后从工具箱里拿出最小的工具，只见他用一根非常细小的金属钎在机械手掌的几个位置戳几下，手掌的各个关节便噼里啪啦掉了下来。

又捅几下，各个关节便分为了更细小的部分，然后他从里面将扁掉的部分挑出来，用石质钳子夹住，再然后拿出一个很像喷枪的东西一喷，那扁掉的手指便瞬间化成了水，小梅用手指一拨，它便落入小梅事先准备好的模具里，先是冷却成为一块金属片，然后在冷却之前迅速成型，最后成了一根金属手指。

小梅做事又快又好！一点失误也没有！

往往荣贵连眼睛都没眨一下，小梅这边就完工了。

第九章
体面的荣贵和小梅

"过来试一下。"看,完工的小梅拿着重新组装完毕的手掌呼唤他。

荣贵便凑过去,没过多久,他的右手再次出现了。

欣赏了一阵子仿佛完全没有瘪过的手指,荣贵转头看看小梅。

小梅手里拿着一只机械手,看起来……正在发呆?

荣贵认得那只机械手。

那是小梅一直在做的机械手,即使是忙于赶画的那些日子里,他也没有放弃制作它。

今天过去交画的路上他还在做最后一根手指呢!

对了,眼瞅着就要完工了,怎么小梅今天晚上没有继续做?

荣贵心里正奇怪,忽然,下一秒——

他看到小梅居然开始拆卸那只机械手了!

破坏永远比重建容易,没多久,小梅就将那只手重新熔炼成了几块不同颜色的金属。

那正是男矮人们给他的材料雏形。

"怎么啦?"完全不明白这一切的含义,荣贵只能在最后呆呆地问了一句。

小梅没有吭声,继续整理工具箱。

矮人考官今天评论画时说的话,老实说,他有些听不懂。

——直到他注意到荣贵的手。

一只是刚刚砸瘪了的,他在很久之前做给荣贵的手;另一只是这几天,在得到一些材料之后,他陆续制作出来的手。

明明都是手而已,他设想的模型是同一个,未做任何更改,按理说,这两只手除了材料不同,本不应该有任何区别。

然而——

他却从两只手上看出了区别。

最开始做的手和正在制作的手有区别,正在制作的手上,各根手指之间也有区别!

从一开始有什么材料就用什么材料,只考虑材料适合与否,到现在,他思索得更多的则是荣贵使用这只手时的习惯,甚至……

他还下意识地选择了颜色!

画画的过程中,荣贵提过几次想要手指更白皙一点,所以他制作手指便使用了银白色金属,而之前的手指则是其他颜色的。

这就是考官说的以情赋器?

小梅愣了愣。

看到一旁荣贵关心的脸,他最终淡淡道:"以后做更好的。"

这是一种陌生的感情。

他不解,然而却不排斥。

在彻底弄明白之前,他并不介意让这种感情附着在自己身上。

如果制器可以帮助自己将这种感情弄得更加透彻，那么，现在他就将制器师作为目标吧。

这个晚上，小梅难得什么也没有干，而是和荣贵一起看了一晚上电视。

他睡觉充电，第二天再由荣贵送他去上班。

由于提前在通行证上做好了设置，他们并没有遭到骚扰，直到小梅在打铁铺工作了一上午，快到休息时间——

访客来了。

"葛特里"和"翼"的招聘人员是同时到来的，坐在工作间的风箱旁，小梅接待了这两位大人物。

起码，对于叶德罕的矮人来说，这两位本身也是顶级工匠的招聘人员就是难得一见的大人物！

果然，他们是在知道一名新的三级匠师诞生的消息后，第一时间赶到的。两位大师同时向小梅抛出了橄榄枝。

比较过两家开出的条件，小梅最终选择了"翼"作为了日后的东家。

"为什么呢？我们的条件明明是一样的啊……"对于小梅的选择，"葛特里"的大师有点不解。

是啊，为什么呢？

似乎有人说过，理想的工作就是钱多、事少、离家近。

工资一样多，事情也差不多的情况下，那么选择标准只剩下离家近。

"翼"比"葛特里"离他们的出租屋近多了。

这个标准到底是谁说的呢？一边拉风箱，小梅一边想着。

然后，他脑中出现了荣贵的脸。

停顿了片刻，小梅便继续拉风箱。

在目前工作的工坊继续工作几天，确认他们找到接替的人，小梅才会去"翼"上班。

每月底薪40000积分，在叶德罕，这便是最高薪的工作。

第十章

大黄的新装

小梅走的那天可是万众瞩目，得知小梅居然考到三级匠师资格证，整个打铁铺都轰动了！所有工匠都跑过来围观小梅，甚至连隔壁打铁铺的工匠也跑了过来。

　　得知自己的肖像画挂在考试中心，矮人们就更高兴了。

　　打铁铺的老板索性放了全体员工半天假，他们决定：在欢送小梅离开之后，立刻集体前往考试中心一趟。干什么？当然是去欣赏自己的肖像画挂在考试中心大厅里的样子啊！

　　真是一群怪人——小梅默默想。

　　之前提到矮人，他脑中首先浮现的就是五短身材，外加又臭又硬还有点火爆的脾气，他们的身上总是脏兮兮的，又脏又臭，而且服装总是一种款式。

　　再有呢，就是他们精湛的技巧。

　　实际上，大部分人在想到矮人的时候，脑中想到的都是这些。

　　然而实际和矮人们一起生活工作过一段时间之后，他才发现矮人们根本不是他既定印象中的样子。他们的身高确实不高，但并不是五大三粗，男矮人们都很在意自己的肌肉线条，女矮人们更是可以用娇小玲珑来形容。虽然确实比一般人壮，但这是他们的普遍审美决定的，他们喜欢肌肉。

　　而性格……其实他们很冷静，有耐心。

　　是的，能够成为一名优秀的工匠，性格怎么能够单纯用火爆来形容呢？能够忍受艰苦的作业环境，数十年如一日的枯燥工作……矮人们的耐心非比寻常。

　　他们的衣服确实不算太干净，常年干活，身上干净不了，事实上，荣贵做给他的衣服在这段时间里就变得很脏了，虽然每天都洗，但上面总有洗不掉的污渍，毕竟与他们每天打交道的都是金属、火、泥土……这些东西造成的污渍异常顽固。至于臭，他们可真的不臭，虽然闻不到味道，然而这些矮人每天都换洗衣物，有条件的甚至还换两套，下班后相约去泡澡……这样的清洁频率又怎么臭得起来呢？

　　别问小梅是怎么知道的，天天给矮人们画肖像画，他对他们的身材、服饰等等各种细节再清楚不过！

　　矮人是一个团结、谨慎、精益求精且爱热闹的种族——这是这段时间下来，小梅给自己新录入的，有关矮人的情况说明。

　　"好好准备明天去报到的衣服吧！"作坊老板最后笑着对小梅道。看，他们还很注重穿着。

　　在工匠们的欢送下，小梅离开了作坊。

　　而他一走出作坊便看到荣贵，坐在大黄上，荣贵正等在老地方。

　　大黄尽职尽责地向家的方向行驶而去，荣贵神秘兮兮地从后座拖过来一个大盒子。

　　"当当当！当！猜猜这是什么？"荣贵故作玄虚道。

　　小梅心想：已经看到了，你用的盒子正面是半透明的……

大黄的新装

完全没有发现盒子有问题，自以为小梅肯定猜不出来的荣贵终究没忍住，没多久他就主动往外抖包袱："是一套新衣服，外加新手套！

"是玛丽她们一起送的，由于矮人妹子不轻易给人做衣服，她们只送了材料给我，缝制还是由我来的。

"设计也是由她们来的，下针的位置都用笔画好了，所以，虽然是我缝的……倒也……比之前那些看得过去吧？"

难得有点不太自信地迟疑了一下，荣贵随即小心翼翼地打开了盒子，露出了一套整洁的新衣服。

正如荣贵所说，这套衣服确实比他以前做的那些好多了，也难怪，这次的料子确实很好，为了不让荣贵糟蹋材料，热雅她们也是操碎了心，不能亲手缝制，她们就把所有该裁剪的位置都在材料上画出来，该下针的地方也用笔点出来，作为天生的工匠一族，她们大概还没有做过如此琐碎的工作，简直就像是做了一套DIY新手包给荣贵！

不但有如此傻瓜的新手包，还有四位大师从旁指点，荣贵再手残也浪费不了材料啦！

热雅、玛丽、莉莉、琪琪："……"

好吧，其实，荣贵还是稍稍糟蹋了一点材料，手把手教的情况下，他还是缝错了好几次，衣服的边角多了好几个翻来覆去拆线留下的小洞。

不过已经比以前好很多了——妹子们很快又重新振作起来。

小梅任由他将衣服在自己身上比画，比画完最后一件衣服，盒子的最下方露出一双洁白的手套。

也不知道怎么回事，小梅一眼就看到了那副手套。

荣贵小心翼翼地将手套从盒子底部拿了出来，递向小梅："热雅说，在她们这儿，不是所有人都可以戴白手套的，只有取得二级以上匠师资格证的人才能戴，还记得吗？那天给我们颁发证书的考官助手就有戴白手套哦，当时我就觉得他看起来和其他人不太一样，怪讲究的，原来还有这么一回事……热雅不说的话，我还不知道呢……

"其实，那天看到那个人的手套时，我就想着给你做手套了，结果误打误撞居然做对了。

"小梅，恭喜你啊！衣服是热雅她们送的，这副手套是我送的，缝得不太好，你多多担待呀！"

用机械手指轻轻摸了摸脸，荣贵笑着将手套又往小梅的方向递了递。

沉默地接过手套，小梅就这样攥着手套静静地坐着，一路无言。

对于经常需要做手工的人来说，一双手套是很有必要的。

那天看到那人手上的手套时，他便不由得多看了一眼。真的只是一眼而已。

岂料，荣贵却看到了。

不只看到，荣贵还帮他准备了一副类似的手套做礼物。

不得不说漫长的岁月中，这副手套当真是第一件"他想要的礼物"。

机械手指紧紧攥着手套，灯光洒在小梅脸上，不知道是不是灯光颜色温柔的缘故，这一刻，他的表情看起来很温和。

这个晚上，荣贵放着两个人的身体没管，帮小梅将机械身躯好好擦洗了一遍。

用的是珍贵的混合了精油的"山猪"油，荣贵用一块新手绢蘸着油将小梅的身体从头到脚擦了一遍，直到小梅破旧的金属身躯表面柔柔地泛着一层光，如果两个人有鼻子的话，大概还能闻到一股暗暗的香气。

"不行了，我快没电了。"将东西往地上一扔，荣贵火急火燎地去角落找充电器。

等到他插好插头开始充电，却发现油光闪闪的小梅左手拿手绢，右手拿罐子站在他面前。

手绢，是他刚刚给小梅擦身用的手绢；罐子，是存放珍贵"山猪"油的罐子。

荣贵不解地歪了歪头。

小梅蹲了下来，将一大坨"山猪"油抹到他脸上。

"喂！小梅我不用洗澡啊！我可是天天用干布擦哩！"

"哎哟！就算一定要涂油，也不要涂这么多呀！"

"这可是加了鲜花精油的'山猪'油啊！很贵的！我们要省着用啊！"

被按着擦身的荣贵还不老实，左扭右扭，他心疼得够呛。

然而小梅不管他，只是按着他继续涂油，油脂渗进身体表面的缝隙，将里面隐藏的污垢带出来，同时填补了表面轻微的破损凹痕。

"我现在的月底薪是40000积分，'山猪'油1000积分一罐，鲜花精油2000积分一瓶，可以买很多。"实在被荣贵吵到受不了，小梅说道。

"你以后也不用去上班了，我一个人上班就好。"他继续道。

如今荣贵的固定客源是玛丽等四位矮人姑娘没有错，然而玛丽她们也不是每天都会用车，这个时候荣贵就会到城门口接活，这里接到的一般都是城外的活。

很多时候客人不管不顾就上车了，一报地点才发现是个特别远的地方，大黄知道路还好，有的时候，客人报出的地点他们根本不知道，没有办法，在客人的指点下好不容易抵达目的地后，大黄却因为距离太远导航失败，周围一辆车没有，他们回不了家。

在打铁铺拉风箱的时候，小梅就接到过好几次荣贵的求救电话。

荣贵只能说出自己迷路了，具体位置根本不知道，他的脑子是真的不太够用，成像系统又不是很好，天黑以后的视力很差，一个地标也说不上来，还好小梅事先在大黄上安装抓拍系统。也就是小梅，在这种情况下凭借大黄抓拍到的照片，结合大黄的电量消耗情况判断出他们现在可能的位置，最后一点点将他们导航回来。

迷路还是好的，荣贵在迷路的时候，还遇到过抢劫。

以为终于看到活人可以问路了，荣贵高高兴兴过去找人问路，然后——被打劫了。

那一次，荣贵的脑袋被打得更歪了，大黄同样被人撬了一棍子，光是修理大黄，小梅就花了半个晚上的时间。

而荣贵的脑袋在找到新材料替换之前，是扳不过来了。

那以后小梅就不让他跑长途了，可是荣贵能接到的活都是跑长途，即使小梅不让，他还是偷偷地跑，毕竟那时候家里主要的经济来源就是大黄每天拉活赚的钱。

发现后，小梅没有再说什么，只是用通行证里的积分换一些钱，每次荣贵出门，他都会把一些钱放在大黄上。

大黄的新装

要么是5纳比,要么是10纳比,总之,万一遇到抢劫人家也有得抢,就不会揍人出气了。

擦到荣贵歪得更厉害的大头,小梅的手停顿了一下,随即说出了那番话。

荣贵好半天没说话。

直到小梅把他履带的最后一个小缝隙也清理干净,他才在地上滚了一圈,低声道:"那……那不就成吃闲饭的啦?"

"你可以每天送我上下班。"

"翼"虽然近,可还是需要开车十五分钟,刚好是适合开车接送的距离。

"可是……那还是吃闲饭啊……"荣贵继续滚。

两个人又在沉默中僵持了一阵子,小梅道:"那就只接玛丽她们的工作,其他的不要接了。"

"其他的工作收入和支出不成正比。"他补充道。

这一回,荣贵没有反对。

第二天一大早,荣贵一如既往地按时醒来。

小梅却难得还在旁边"睡懒觉"。

将新衣服新手套全部堆在他旁边,荣贵赶紧推了推小梅叫他起床:"起床啦!小梅!要准备去新公司报到啦!"

其实是新作坊,作坊听起来不"高大上",荣贵就自己换了"公司"这个说法,以他乡下人的观点,公司就是时髦上班地点的统称。

被他摇了半天,小梅面无表情地坐了起来:"新的工作地点距离这里车程只有十五分钟,我们可以比平时晚出门一个小时。"

"啊?!我忘了……"荣贵愣住了。

三级匠师资格证应聘上的工作就是好啊——感慨了一句,荣贵又拍了拍他:"小梅你就继续睡觉吧,我去给咱俩的身体做按摩!"

哼着歌儿,荣贵开开心心去摆弄两个人的身体。

不过小梅到底也没睡成懒觉,周围的作坊陆续开工,丁零哐啷,脑都是接收来的杂乱信号,被吵到受不了,懒得关机,小梅索性也起来和荣贵一起给身体按摩。

然后,在荣贵的强烈要求下,小梅任由荣贵帮自己穿衣打扮,虽然笨手笨脚,然而荣贵在打扮人方面确实有天赋,明明就是一件普通的衣服,也不知道他怎么弄的,小梅愣是被他打扮得精神十足,即使残破,看起来也硬是有了一种沉淀的沧桑。

第一次送小梅去新"公司"上班,荣贵也把自己捯饬了一下,最后,两个体体面面的机器人一起上班去。

"哎?你们今天不走左边这条路啦?"出门的时候,正在外面扫地的房东大爷还愣了一下。

"嗯,小梅换工作啦!以后我们要走右边这条路啦!"荣贵开开心心道。

左边的路,通向各个打铁铺,人们要买原材料,一般都往那个方向走。

而右边的路,则是通往各种定制作坊,也是匠师们的主要工作场所。

看了看两个小机器人的车屁股,矮人大爷愣了愣,然后笑呵呵地继续扫地。

看到小梅已经站在店门口，他准备离开了——今天有玛丽的预约，还挺早的，他得赶紧过去。

"小梅拜拜！"坐在大黄上，荣贵在车窗内朝小梅挥挥手。

小梅没有挥手，目送荣贵离开。

直到大黄的屁股消失在巷口，小梅才转身。

大黄需要加固一下了——他心中默念。

然后他进店去报到。

作为叶德罕城最大牌的两家定制作坊之一，"翼"的店面一看就与其他店铺的不一样："翼"的主体建筑是白色的，这本身就是最大的不同——在地下世界，一切白色的物品都是昂贵的，能够使用全白的建材，"翼"的财力可见一斑。

除了颜色，"翼"的建筑风格也不同于其他店铺，矮人店铺虽然各有特色，然而建筑风格还是很统一的，不同于矮人建筑惯有的矮厚敦实，"翼"的建筑线条简洁灵动，还做了挑高设计，看起来明丽而优雅。

整栋建筑没有任何文字，连店名都没有，只在房顶最高位置设置一双石头雕刻的翅膀，那便是"翼"的招牌。

店铺外面人不少，矮人多，外来人更多，不过却没有人靠近，相反，倒是有不少人在外面拍照留念。

作为叶德罕城的标志建筑物之一，"翼"本身就是这座城市的知名观光景点。

汇聚了整座城最高明的匠师，这家店里出售的物品也是最高价的，一般人买不起。

一辆破破烂烂的黄色车子忽然停到"翼"的大门口，本来就有点惹人注意，里面下来了一个更加破烂的小机器人，大家以为这只是一名不太懂行情的游客，大概拍个照片就走了，谁知，那个小机器人居然吧嗒吧嗒往店里走。

"翼"的银白色金属大门是自动门，上面还雕刻着一对白色羽翼，小机器人走过去的时候，大门自动打开，等到他进去之后，大门合拢，门上的翅膀随即也合拢，再次成为一个完美的LOGO。

这一幕只被门口的游客看到了，他们还议论了一段时间，然而这里的客流量很大，游客很快离开，新的游客又来，很快，便没有人知道刚刚进去的那名小机器人。

和老派的"葛特里"不同，"翼"是标榜新派的店铺，从建筑风格到出售的物品，都有别于传统风格。

进入大门后，小梅很快顺着室内唯一的路走到了大厅，大厅就像一个陈列室，陈列着"翼"出售的各种产品，产品原本就精致极了，配上刻意匹配的灯光，整个大厅给人的感觉是奢华极了，出售的全是高级商品！

里面已经有几名客人，每一名客人旁边都有一名穿着统一制服的矮人陪同，那应该是店里的工作人员。

他们的声音不大，是在介绍产品。

没有人搭理小梅，小梅也不着急，看到前面有椅子就走了过去，踮起脚尖，将屁股蹭上去，然后脚尖用力一蹬，稳稳地坐了上去。

这样一来，他的双脚就悬空了。

大黄的新装

没有乱动双腿，单手搭在椅背上，小梅抬起头向上看了看：大厅的房顶竟然是镂空的！正中间拱顶的位置使用了大面积的彩色玻璃，最中间的玻璃上同样有翅膀图形，灯光从外面打进来，透过玻璃，刚好在落光处打出那双翅膀的形状。

这是一个模仿上层建筑模仿得有点不伦不类的地方，此刻的小梅心想。

和其他每名初到此地感慨此家店铺精美的客人不同，小梅感觉这里的设计奇怪极了，模仿到一半却又没有掌握到精髓的感觉，总之——

挺别扭的。

小梅随即将视线移向大厅的四周，在东面他看到了一条走廊，后面依稀可见很多房间，不知道那里是不是工匠们工作的地方——也就是自己未来的办公室。

小梅正在向那边看，旁边突如其来的声音打断了他的思绪。

"客人您好！请问您想要选购什么？"一名穿着店员制服的矮人站在他对面。

转过头，小梅与对方四目相对，然后——

"怎么又是你？这次居然跑来'翼'找工作？"看清小梅正脸的瞬间，对方的眉毛立刻竖起来了。

小梅用成像器看清了他表情的细微变化。

微微偏头，小梅将对方的五官精准定位，然后在脑中大量调集已有的人脸记录——没办法，他存在的时间太久，见过的人太多，他会记得每一个人，也因此脑中记录的人脸资料数量庞大。

然而资料再多也难不倒小梅，他很快在记录中找到了对方的脸。

耶巴拉，负责面试的工匠，暴躁，手指……

和对方见面时的场景迅速出现在小梅的脑海中，他迅速回忆起了和对方见面的时间、地点，对方的穿着、说过的话、正在做的事情……

甚至，如果他愿意，他能把当时对方正在制作的手指细节原封不动地叙述出来。

这是天生的好记性，并非后来机械化的附加技能。

"你好。"想到荣贵叮嘱他第一天上班要有礼貌，最好能和人打声招呼，他先向对方问了声好。

"好什么好？这可不是你能随便应聘的地方！二级匠师在这边都找不到什么好工作，比如我，前两天好不容易应聘这里的职位成功，可是因为上面的三级匠师忽然辞职，我只能出来做销售员啦！"那名矮人用拼命压低的嗓门急速说道。

"事实上，我——"看看他，小梅决定把自己的来意说得更明白一点，谁知对方是个急性子，再次打断了他。

"你什么你！赶快回去！我可没空招待你，3号工作室的马琳大师正在制作一对翅膀，难得允许别人进去观摩，我急着回去看呢！"

小梅："……"

和对方交流失败，小梅索性从挎包里掏出了一张金属质地的录取函，上面的用语真挚而恭敬，请他在方便的时候前来报到熟悉一下环境。

暴躁的男矮人于是目瞪口呆。

在前面带路的时候不断回头，看着沉默跟在自己身后的小机器人，男矮人觉得这个世

界太玄幻了。

等他带着小机器人见到经理，经理热情地握住小机器人的手，说出"欢迎小梅大师拨冗莅临上任"的时候，他完全不知道说什么才好。

而当经理在稍后的时间里对他说"以后就在小梅大师手下好好干活"的时候，他已经彻底麻木了。

他这才发现：代替刚离职的叶妮大师来"翼"上班、自己等待已久的未来领导……原来就是之前被自己面试刷掉，刚刚又被自己大呼小叫了一番的小机器人。

为了迎接新大师的到来，虽然知道对方不会立刻上任，经理还是早早做好了准备，将叶妮大师的工作室重新装修了一遍。

叶妮大师是女性，整个办公室按照她的要求刷成了粉色，而小梅大师则是男性，在搞清楚对方的颜色喜好之前，他只是保守地将墙面重新刷成了白色，听说小梅大师个子矮，他还特别定制了一张非常矮的工作台。

其他只准备了必备的物品，一切等到小梅大师过来之后亲自指点补充。

"不用改动，一切维持原样。"岂料新来的大师脾气很好，没有乱七八糟任性的要求不说，竟是对作坊的安排全盘接收了！

"在工作台上摆一台电视机就好。"大师最后只提了一个要求。

仅有的一个要求，还是如此简单的要求，经理保证立刻做好。

他当时就让人把他办公室那台新买的电视机搬过来。

由于电视机太大，他还让人在工作台对面的墙上钻了洞，把电视机端正地挂在了墙上。

想了想，他还给电视机多配了一套音响。

这样小梅大师就可以一边工作一边在工作室享受影院的待遇了。

经理贴心地想。

经理很贴心，小梅大师很满意，男矮人很……

很累。

没办法，刚刚被经理呼来喝去搬电视的是他，被经理要求在墙上打洞的人是他，被喊去买音响的人……还是他。

就是这么可怜！

除了他以外，又有三名矮人工匠被经理叫了过来，除了被叶妮大师带走的工匠以外，这三名工匠就是原本叶妮大师的下属，而男矮人能够应聘成功，也是为了填补被叶妮大师带走的那名矮人的空缺。

一位三级匠师带一个小组，小组成员全部是二级匠师，以小组为单位做工，每一件物品就是一个项目，这就是"翼"的工作模式。

其实其他定制作坊的工作模式也是如此，只是其他定制作坊没有"翼"豪华，在"翼"，小组的组长只能由三级匠师担任，而在其他定制作坊，一般二级匠师就可以做组长了，甚至在一些小作坊里，只要有一级匠师资格证就可以当组长。

作坊的级别不同，接到的活儿不同，做出的物品等级也不同。

小梅坐在工作台前，将自己的通行证在控制台上一刷，工作台随即开启，通行证内属于三级匠师的资格认证信息随即也浮现出来,在旁边生成了一个小小的信息框。

这就是最后的认证。

作为这个小组的组长,小梅也拥有第四工作室的所有权,这个工作室的一切物品都归他使用,他的个人信息也被读取出来生成一个信息框悬挂于他的工作台后方,方便日后来办公室和他洽谈的客人看到,毕竟,前来这里寻求定制服务的客人都是异常看重匠师资格证的。

舒舒服服地坐在自己的新办公椅上,小梅环顾了一下四周,最后将视线落在前方四名矮人工匠身上。

四名矮人都十分紧张,虽然看起来很凶,然而这不是愤怒的表现,而是紧张害怕的表现——画了这么多肖像画,小梅可以很清楚地分辨矮人细微表情代表的情绪。

他们在等待他分配任务。

"你,负责材料。"

"你,负责模具。"

"你,负责塑形。"

从左到右,他依次为三名矮人分配了任务,虽然大师的分配方式有点奇怪,然而得到工作,三位匠师到底松了一口气。

轮到最后一位匠师了。

他就是之前为小梅带路的矮人,也就是一开始大呼小叫,最后为他搬电视装电视的那位。

看着面无表情的小梅,他的心提到了嗓子眼儿,然后,他听到对方再次出声:"没其他事情了,你去拉风箱吧。"

果然,得罪顶头上司没有好下场。

矮人含泪领命了。

由于工作室没有风箱,他硬是用了两小时,做了一台全新的风箱出来。

不管怎么说,小梅就这么走马上任了,还多了四位小弟。

作为新上任的三级匠师,作坊不会立刻分配工作给他,然而匠师可以自行领取任务,内部系统有一个任务清单,上面列的全是一些未指名的任务。比如做一只手、一根脚趾什么的,任务发布者会指定细节、各项参数,以及其他要求。

——这里所说的匠师特指三级匠师。

在"翼",二级匠师都做着其他作坊里学徒助手才做的活儿。

新的大师刚来,在不清楚对方特长的情况下,作坊采用这种方式,可以更快地了解新大师擅长的工作类型,以后遇到相应的定制请求,便可以优先派给这位大师;而作为大师,他也可以用这种方式完成初步积累,有一定的成功案例,也为自己的工作室积累一定的展品,供日后过来面谈的客人观赏。

一举两得的好方法!

用一个下午的时间为自己做了一只全新的右手,确保两只手都能顺畅地工作,小梅开始了自己的"原始积累"工作。

他勾选了任务清单里全部关于"手"的定制任务,一根又一根手指甚至手掌从他的手

下诞生,小梅迅速在工作室给自己增加了"擅长手指部件制作"这个标签。

"小梅,和我说说你的新办公室长什么样呗!玛丽她们今天都很好奇呢!"到了下班时间,荣贵惯例抵达小梅的上班地点接上小梅,小梅刚刚坐稳,大黄还没发动呢,他的问题就来了。

早就知道他会这么问,小梅索性拉住了他的手,将手对折翻过去的话,两人手腕中心的位置分别有两个传输口,一个传出,一个输入,连同两人的共享平台,小梅将自己办公室的照片全部传给了荣贵。

从自动门上的白色羽翼,到宽敞的大厅;从房顶的彩色玻璃,到地上投射出的羽翼;从接待小梅的男矮人,到一脸和气的经理……小梅竟然全部拍照了。

所以,之前小梅抬头看房顶的行为……其实只是为了拍照而已。

这家伙一定会问的,到时候如果不回答,荣贵一定会跟在他身后唠叨个没完,如果打算回答他的问题,那就要说很久。

叙述这种无聊的东西简直是浪费能量,所以小梅索性一开始就存了拍照的心思。

看到那名男矮人的时候,荣贵同样愣了愣,很明显,他也觉得对方看起来眼熟,然而没有小梅过目不忘的好记性,他只能疑惑地问向小梅:"这个人……我是不是在哪里见过啊?"

小梅便一如既往地用平淡的声音回答他:"这是拉风箱的。"

荣贵虽然有点不太明白这是怎么回事,可是小梅既然说那人是拉风箱的,那么那个人大概就是真的他曾经在哪里见过的拉风箱的人吧。

于是,堂堂二级匠师在荣贵心中便成了个拉风箱的矮人。

翻过矮人的照片,荣贵紧接着看到了小梅工作台前的大电视机,他激动了:"哇!这台电视可真大啊!几乎有一面墙大,还配了音响,几乎可以看电影!这么豪华的设备,难道每间工作室都有吗?"

他激动地回过头看着小梅。

"经理给我的。"小梅平淡地说。

"这可真是太厉害了!用这台电视看《宝斧奇缘》效果一定奇棒无比!"荣贵便继续感慨了。

"你可以来办公室看。"小梅便道。

荣贵便遗憾地摇了摇头:"虽然很想看,可是……"

"小梅你那么辛苦工作,我也不能闲着,最近每天都有预约,我和大黄也很忙哩!"

小梅:"……"

荣贵继续乐呵呵地继续翻照片,由于小梅拍得非常仔细,他很快就对小梅的工作环境了解得一清二楚,还看到了小梅的四名下属,甚至还看到了工作室内部的卫生间。

"卫生间好豪华啊!马桶上面居然还架了一个工作台,这是让匠师们一边蹲厕所一边工作吗?以及……"

"小梅,你去厕所干什么啊?"

看着厕所的照片,荣贵不解地偏了偏头,视线不偏不倚向下再向下,最后落在了小梅的下半身上。

这就是做事太讲究有头有尾、有始有终的错,默默地转过头目视前方,小梅一脸严肃。

好在荣贵从来不是一个打破砂锅问到底的人,问了一句,小梅不回答,他便忘记这个话题,去看别的照片了。

等到第二天,他就把小梅的工作环境当作新闻和四个小伙伴汇报了。

"'翼'的自动门上有个很漂亮的翅膀LOGO呀!你们注意过没有?

"大厅可高级了!是我见过的最高级的陈列厅了,服务员还有统一制服呢!

"屋顶正中心的位置是由彩色玻璃拼接的!正中间是个翅膀形状LOGO哩!灯光投射下来,地板上就有一对翅膀,可美啦!

"小梅的工作台对面还有一台超……大电视机!看起来里面的人物就好像立体的一样,是不是你们说的立体电视啊?

"对了,厕所里面还有工作台,哎!这是要小梅上厕所的时候也工作吗?可真是辛苦。

"不过厕所那边还有台收音机,还能听音乐。"

关于自己的工作环境,小梅懒得讲,便用照片展示,而到了荣贵这里,仅凭见过的照片,他便将小梅工作室的细节全部了然于心,一点点讲给车内的四名女矮人听,妹子们听得满足极了。

不过,显然,她们也注意到了卫生间的问题——

"你们还去了卫生间吗?"

怀疑的视线随即落在荣贵的小拖车上。

荣贵:"……"

他这才发现自己昨天似乎问了小梅一个愚蠢的问题。

小梅很少讲自己工作的事,不过荣贵知道他应该做得很好:证据就是通行证里存入的大量积分。

除去每月固定的底薪以外,每完成一件定制物品,小梅都可以获得抽成。

月底的最后一天,荣贵被通行证忽然存入的巨额积分吓傻了。

"小梅……"荣贵愣了愣,半晌才道,"我们不着急的,你不用很努力天天完成那么多任务,我们慢慢攒积分就是了。"

底薪是固定的,抽成也是固定的,赚得越多,说明小梅做的事也越多吧?

荣贵忽然觉得小梅实在好辛苦。

小梅也愣了愣,半晌摇摇头:"不累。"

"怎么可能啊!你一定是进工作室就埋头工作,一刻不停地工作,直到下班。"荣贵一语道破了小梅的工作模式,他又道,"你不是有四名下属吗?他们每天干什么?"

小梅想了想,便将四名下属之前每天做的事情跟荣贵说了一遍。

这个月,四名下属基本上每天都做着他指定的事情,日复一日,没有人敢和小梅说话,因为小梅完全不说话。

房间里却很聒噪,电视机的声音开很大。

小梅每天就这样开着电视机埋头干活,四名下属缩在外面一声不吭,四号工作室的气氛诡异得可怕。

能考上三级匠师资格证的匠人多半都有自己的性格脾性,能考上二级匠师也不算什么正常人,怪人要体谅更怪的怪人,大家对此见怪不怪了。

"你傻呀!"荣贵却伸出手指头戳小梅的额头,"放着四个人高马大的矮人下属不用,全部活儿都自己干,这是要累死的节奏哦!每天做这么多事……你以为自己真是机器人啊!"

好吧,和小梅、荣贵比,矮人居然也能用"人高马大"来形容了。

呃……这不是重点,重点是小梅居然如此放着下属不用,什么活都自己干!

"接下来,你得把手里的活分给他们干,最精细、最需要高手出马的地方再自己出手就行了,其他的统统交给他们干!"荣贵继续道,"不能让他们太闲了,闲着没事干,小心他们聚在一起说你坏话!

"当年我打工的地方就有个小组长什么都喜欢自己干,结果我们就整天凑在一起说他坏话……喀喀!

"我就说了一句,这不是没活干就拿不到钱嘛……"

看着面前有点心虚的荣贵,小梅若有所思。

于是,第二天上班的时候,小梅忽然对四名矮人说话了:"那一片位置归你们,里面随便布置,外面的环境不要改。"

划定区域,他让四名矮人在外面的大工作间里隔出来四个小工作间。

然后,他将手中剩下的任务分解成四部分,平均分配到四名矮人身上。

做完这些,他转身进去自己的专属工作间。

身后的四名男矮人先是愣了愣,随即立刻去外面领材料给自己建小隔间了。

天知道他们最初一段时间经常抽空说顶头上司坏话,说对方什么都不给自己干,什么也不教,无论怎么说,对方仍然高冷得一声不吭,所有人都快被这种冷暴力搞傻了……就在这个时候,对方忽然给他们活干了,还特批他们建单独小隔间!

天知道大家可都是二级匠师啊!放在外面全是有独立工作间的大师,如今却和学徒一样憋憋屈屈……还没什么要紧的活干。

如今上司说他们可以拥有自己的工作室!

虽然只是小隔间,可是——

这已经比隔壁那些二级匠师好多啦!

火速圈定了自己的小地盘,四名矮人工匠在格子间里展开工作。说来也奇怪,之前的一个月间,他们明明只干了最基础的匠师学徒的活儿而已,怎么如今一上手,非但手没生,反而感觉自己的活儿更好了呢?

之前的枯燥感再也没有了,他们觉得自己的工作有趣极了,废寝忘食,他们简直一刻也不想离开工作!

原来这就是大师让他们做最初级的活儿的真正含义吗?

就是为了让他们找回本心?

不愧是大师啊!

心中再也没有任何不满，四名矮人工匠继续埋头苦干。

而小梅呢？

难得清闲下来，他索性用这段时间积累下来的材料给大黄做零部件。

每月都完成指定数量任务的情况下，匠师做点私活是不受管制的，只要他们的私活不对作坊造成竞争就行。

小梅这种超额完成任务的匠师完全可以这么做，何况他的"私活"是改造自家破烂的大黄。

这段时间每天车接车送，整个"翼"的工作人员都认识大黄了。

小梅一边给大黄制作新的车屁股，一边抽空看了两集《宝斧奇缘》，故事的男主角刚好也在准备三级匠师考试，他抽到的题目非常奇葩，同样是画三千张肖像画，然而是给三千个男矮人画肖像画，还必须是裸体！

男主角："……"

小梅："……"

于是，接下来的时间里，小梅一边敲打大黄的新屁股，一边认真思考了一下三千张男矮人裸体肖像画对三级匠师的意义。

一天结束，他给大黄制作了一个非常结实的新车屁股，走出工作室，四名男矮人的工作也完成得差不多，他们齐齐站在小梅的工作室门前，紧张地拿着做好的东西等待小梅检查。

小梅一句话也没说，只是拿了他们制作的东西，回到自己的工作间，在几个关键部位做了修改，回头再把东西拿出来，交还给了他们。

"下班了。"说完这句，他便拖着大黄的车屁股走人了。

留下四位矮人，捧着小梅修改过的东西，一边看一边惊叹不已。

别的大师只会口头说他们做得这样不好，那样不好，改了半天还是说不好，却又不说哪里不好，大师矜持也好，留一手也罢，大家早就习惯了，而小梅居然如此无私……

四名矮人再次感动了。

默默地，他们决定再也不说上司坏话了，当然，也不能说太多好话，万一被其他二级匠师知道，走关系取代自己的位置就糟糕了。

不想说坏话，也不敢说太多好话，他们能怎么办呢？

索性大家都学小梅大师，一言不发吧！

就这样，最沉默的工作室诞生了！

小梅的四名下属死心塌地地追随小梅。

小梅每月完成的任务量不减，工作量却骤减，在这段时间里，他把大黄上的零部件全都重制了一遍！

大黄终于变成一辆可以因为超速被开罚单的小车了。

收到第一张超速罚单的时候，荣贵几乎喜极而泣。

然而他没有眼泪，于是只能拿着手绢装模作样地在眼下擦了擦，然后，拉着小梅，两个小机器人牛烘烘地去给大黄交罚单啦！

顺便，他们又要了一张合影。

大黄是在他俩试车的路上被开罚单的。

让小梅做了一个新相框，荣贵将大黄的新照片也挂在了墙上。

而就在完成对大黄改造的同一个月，小梅终于完成了任务清单上所有关于手指部件的任务。

将一双精美绝伦的手掌放入办公室的抽屉里，锁起来，他重新点开店铺任务栏，寻找关于脚与腿部的任务。

于是，从这个月开始，小梅在店内的大师标签又多了"擅长脚与腿部零件制造"这一项。

　　神明总喜欢造物，他们创造新的物种，又或者，按照自己的模样，捏一段新的人生，一段新的历史。

很久以前，记不清是在什么地方了，艾什希维·梅瑟塔尔曾经听过这句话。

那段时间他流传在外的爱好是绘画、雕塑以及捏制模型。

之所以说"流传在外的爱好"，是因为他本人并不认为自己喜欢做这些。

实际上他没有任何爱好。

《莫塔利法典》上说，要平等地热爱这世上的万物，无论他们是好的还是坏的，无论他们是美还是丑，无论他们是存在于过去还是存在于未来。

然而他不喜欢任何事物。

所以他人为地为自己寻找了一些爱好。

只要持之以恒地做下去，很容易被人认为那是他的爱好。

最早只是绘画而已，然后很自然地发展到了可以做一点雕塑，到后来，他可以按照现有的物品做一些机械制品，不管在其他人眼里他进步飞快，他始终认为自己在这方面其实并没有天赋，他只是学习能力足够好，能够迅速学会别人已经研究透彻的方法而已，本身并没有创新。

而且，他总觉得自己制造的东西缺少些什么，那时候，他认为自己缺少的是灵性，而现在，他知道他缺少的是感情。

只是机械地制造一件物品而已，他不认为这件事情是创造，而只是单纯的制造，他对自己制造的东西没有感情，可以轻而易举地销毁。

那时候的作品里，他只对一件稍微有点印象。

那就是"鱼"。

使用金属制造出来的机械鱼，雪白色的身体，巨大的头颅，使用特殊材质制成的轻若纱绸一般的尾，还有小小的位于身体两侧的鳍，可以在空气中摇曳，他做了好几条"鱼"，然后任由它们在白色的宫殿中穿梭。

人们见到的时候都惊呆了，可以在空气中缓慢穿梭摆尾的"鱼"真是美极了！

然而那时候，却有一个人说了异样的话。

"我看到了恐惧，这些'鱼'的眼睛里充满了恐惧。"

说出这句话的是一位矮人，那次也是她第一次来到日光殿觐见他。

他看了一眼对方，然后目光再次落向了宫殿外，那些已经飞出宫殿，在半空"游"的"鱼"身上——

现在想来，连那一次他难得觉得自己有所创造的东西，其实也只是复制而已。

那些"鱼"对于其他人来说只是初见，而对于他来说……那只是他见过无数次的大鱼而已。

他只是将大鱼的形象作了调整，用金属打制了新的大鱼。

他从未关注过那条"鱼"看向他的目光，他以为那是空洞而充满杀意的，然而到头来，却被人说出来。

"这些'鱼'的眼睛里充满了恐惧。"

每一条鱼对应一条在某段历史中被他杀掉的鱼，那些鱼的眼中全是恐惧。

现在想起来，那大概也是赋情于器的一种方式，只是被赋予的感情并非来自他，而是来自那器物的原型。

曾经的艾什希维·梅瑟塔尔陛下，现在的小梅，坐在矮小的工作台前，对面播放着无聊的狗血剧，他在女主角的大哭声中岿然不动，慢条斯理地锤制一块黑色的石头。

作坊给他配了全套的新工具，之前用的旧工具和它们完全没法比，哪怕是相同的材料，使用新工具也能将成品的等级提高至少两级！

何况他现在还有各种各样的新材料，虽然和他曾经用过的材料仍然没法比，甚至连他制造那些鱼用的材料都比不上，然而他如今能够拿到的材料还是比他现在这具身体的材料好上不少。

全部材料都由作坊提供，所以，利用工作之便，这段时间他着实接触了不少这里的材料，除此之外，他还能按员工价从作坊购买材料。

制作一批又一批的手、脚、胳膊、小腿，他在无数次经验中终于推算出了目前最适合的材料，然后开始准备给荣贵制造身体了。

因为使用的材料十分高级，一个月的积分只够购买部分躯体使用的材料，他就一边练手一边慢慢做。

经过几个月的积累与准备，他做出了一双手、一对胳膊、一双大腿、一双脚……然后细细琢磨的躯干部分。

工作台下的抽屉早已放不下了，他在外面摆出一个支架——这是匠师制造机械身躯常用的支架，每做好一件，他们便可以将其挂在相应的位置，然后一点点填充，这样可以一边做一边看效果。

此时此刻，小梅的身边便出现一具人形的半成品。

如果现在有人推门进来，看到眼前的场景，一定会大吃一惊，被精美人形完全迷惑住！

那可真是一件漂亮的人形啊——

躯干部分全部使用白色金属，就像上好的白瓷肌肤，脚掌宛如玉石，指甲盖的形状乖巧而圆润，小腿紧实充满力量，大腿修长。向上看，他的手掌修长而有力，与手腕连接的臂膀线条无比利落，脖颈修长，宛若天鹅颈；再往上看，半张脸已经完成，虽然只有半张脸，可是，完美极了！精悍的面部线条，眉毛都用细碎的金属丝装点出来，紧闭的左眼有

着长而浓密的睫毛，只是这么静静地看着他，就让人浮想联翩，想知道他眼皮下方的眼珠到底是什么颜色的。

小梅正在雕琢的黑色石头就是他为这具身体选定的眼珠。

这段时间，给荣贵的身体按摩时，他一直努力记录着荣贵的身体数据，也装作不经意地询问荣贵的偏好以及一些看不见的身体数据。

比如眼睛的颜色、头发的颜色，甚至内脏的颜色……

"嗯……你的心脏是什么颜色的？"不同种族的人心脏的形状、位置甚至颜色都不同，对于荣贵内脏的颜色，他还真的心里没谱。

荣贵理所当然地被他问傻了。

"那个……我以前身体挺好的，没做过开腔手术啊……"荣贵抓了抓头。

那就用银白色的吧，银白色的内脏比较容易辨识，偶尔掉出来也比较容易被发现——从实用角度出发，小梅帮他做了决定。

考虑到荣贵喜欢随身携带手绢、"山猪"油，他还在腹部给他设计了便携舱，打开就可以储物，还可以将便携舱拿出来清洗，真的非常方便。

脚板下方打开还有滑轮，方便赶路。

荣贵不是自称来自"喜欢种植的民族"吗？他便将荣贵的手指甲设计成可以伸长的，全部伸出来的时候可以很方便地挖土，就像两把钉耙，没事挖个坑，种个菜，十分便捷。

充电线设计成可以拉伸收缩的，这样荣贵就可以一边充电一边继续在屋里晃悠。

…………

他实在从荣贵的使用习惯角度考虑了很多。这一点，正在精雕细琢一颗黑色眼珠的小梅恐怕还没有意识到。

不过，就算发现，他大概也会将这归结为"自己是个思虑周全的人"。

然而，通过这些细节，不难发现，他当真已经十分了解荣贵了，也许是因为那些肖像画，也许是因为荣贵每天喋喋不休的唠叨与自恋的自我赞美……不知不觉间，他心中的荣贵已经成形。

小梅却没有想这么多，他将眼珠磨圆，爬到椅子上，踮起脚尖，伸长胳膊拉开人形的眼皮，用力一拍，将新做好的眼珠嵌了进去。

有点不够亮——想了一下，他又吃力地将眼珠挖出来，然后爬下椅子重新雕琢。

就在这个时候，门口忽然传来了敲门声，他便从旁边拿出事先准备好的几条毯子，把旁边未成形的人形盖起来了，然后才打开了门。

进门的是四名矮人中的拉布吉，就曾经在耶巴拉上班，后来被小梅分配去拉风箱，拉了一个月风箱，他的脾气好了不少，或许让他技术无法精进的原因就是他的脾气吧，去拉风箱之后，他的技术竟然有了明显的精进，从此他就对小梅佩服得不得了，现在是小梅大师的头号追随者！

"大师，菲力经理带着客人来了。"拉布吉大声说。

其实是那名客人想要硬闯的，被拉布吉拦住了，他死死挡在门前敲了门，得到了允许才把他们放了进去。

点了点头，小梅随即对拉布吉道："你去做事。"

带着客人进来，他再次关上了门。

这就是偶尔会有的"主动上门量身定做的客人"。

这种客人的要求龟毛而烦琐，大部分有钱有材料，脾气都不好——这是作坊里工作人员的共识。

所以，虽然能够接到定制算是光荣又赚钱的事情，但大部分匠师还是懒得接。

其他大师要么不专精于此，要么果断推脱拒绝，没有办法的情况下，经理只好带着客人往新来的小梅大师这里来。

"电视关掉，太吵了！"拉了工作台对面的椅子一屁股坐下，客人大声道。

小梅看了看他，拿起遥控器，将电视的声音调低了。

电视的声音一旦压低，客人的声音便显得更加粗鲁。

"我想要定制新的头颅，新的机械头颅需要留足神经与我的脑完全相连。我可是靠头脑吃饭的人，这个……你这个小机器人做得到吗？"看清小梅破破烂烂的样子，客人皱了皱眉。

他的眉毛亦是金属丝制成的，他拥有一张机械面庞和半机械化的身躯，小梅不经意地向他压在斗篷下的手臂上看了一眼，那条手臂黯淡而布满褶皱，表示这人的年纪已经不小了。

年纪不小脾气还这么不好，难怪老得快——他脑中忽然浮现出荣贵的声音。

经常被荣贵缠着说工作时候的事，又一次，小梅索性就把自己接待一名来定制的客人的对话录了音，回去播放给荣贵听，荣贵当时就是这么评论的。

似乎来定制的客人真的多半年纪不小，而且脾气不好——小梅想了想，默认了。

想着那天的事，小梅没有说话，展现在对面两人面前的便是高冷不作声，非常有匠师风范的小梅大师。

经理赶紧将小梅之前的作品图片展示出来，连着翻看了几百幅，那客人有点信服了。声音也降了下来。

"你很擅长制作机械身体啊……这样子的话，你先帮我做一条胳膊吧。"客人说着，撩起斗篷露出了下方苍老的胳膊。

小梅瞥了一眼放在自己面前的胳膊，半晌动了。

按下呼叫铃，他把助手们叫了进来。

一个人负责量尺寸，一个人负责聆听要求，一个人负责记录，一个人则在旁边继续吹嘘小梅大师的过往作品。

背过身坐在宽大的椅子上，小梅只留给客人一个破旧的身影。

如此架势……看起来倒真的很像个大师了！

被小梅的高冷姿态唬住，客人最后出去时候的姿态便低了不少，最后经理十分感谢地退出去。

送走客人后他又来了一趟，再次朝小梅表达了感谢。

"那位客人可是超级龟毛，之前在络德大师那边还和络德大师吵了一架，幸好小梅大师您这边把他拢住了。"经理说着，擦了擦额头的冷汗，"毕竟，那位客人家里很有背景，我们很多材料都是通过他的渠道拿到的，真不好得罪。"

经理也不多说，充分表达自己的谢意后，将一个精美的小袋子放在了小梅的工作台上。

　　"大师您的手套有点旧了，这是小礼物，从上面买到的好手套，请笑纳。"

　　说完，他便笑嘻嘻地离开了。

　　看吧，这又是一个不合人们传统印象的矮人。

　　这么圆滑，简直不像人们印象中的矮人——看着经理的背影，小梅心想。

　　将电视的声音重新调高，小梅继续工作起来，完全没有换上新手套的意思，他仍然戴着荣贵送给他的白手套干活儿，等到下班的时候，他将工作台上被忽略了一下午的礼品袋拎上了。

　　"啊！是给我的礼物吗？"接过小梅递过来的礼品袋，荣贵惊喜极了。

　　反正开车有大黄，坐在车上没有其他事情做，荣贵便开开心心地拆起了礼物，看到下面一双精美的白色手套时，荣贵愣了愣。

　　"这个……这是别人送给小梅你的吧？"只有三级匠师才能佩戴的手套，荣贵早就被"科普"过了，他之所以会给小梅做手套，正是因为接受了那次"科普"。

　　"在家戴没有关系，你可以在给身体按摩的时候戴。"小梅在旁边面无表情道："你的手不是因为长期浸水有点生锈吗？匠师用的手套材料防水。"

　　荣贵瞅了瞅小梅的侧脸。

　　唔……因为没有鼻子，小梅的侧脸非常平坦……

　　"吧嗒"一声，荣贵忍不住在那平坦的侧脸上用自己的脸撞了一下。

　　"谢谢你小梅！爱死你啦！"

　　轻轻的撞击，就是荣贵一如既往表达自己感激的方式。

　　于是，当天晚上，荣贵就戴上新手套给两个人的身体按摩。小梅也戴着手套，不过明显破旧肮脏很多，是荣贵做给他的那双。

　　有了新手套也不戴，只戴他做的——

　　荣贵偏了偏头，开开心心地为两具身体做起按摩。

第十一章

斧头、怒火与友情

第二天荣贵一如既往接到了玛丽的预约电话，于是，送小梅去上班后，荣贵立刻开车去玛丽家。

今天似乎是玛丽送货的日子，荣贵抵达的时候，玛丽已经提前把东西都搬出来了，一箱箱蘑菇整齐地摞在一起，刚好和玛丽一样高。

"上午好，玛丽，久等了！"荣贵高高兴兴地朝玛丽打招呼。

从昨天开始荣贵的心情就特别好，可惜他不能说出来：只有三级匠师才能佩戴的手套，就算是小梅送给他要他戴的，这种话还是不能说出去。不能说的话，荣贵的嘴向来闭得死死地。

不能说，他就只好喜形于色。

好在他每天看着都是开开心心的，种种高兴的行为并没有引起别人注意。

"没等多久。"酷酷地和荣贵打了个招呼，玛丽熟稔地拍了拍大黄的屁股，"早上好，大黄！"

她一拍，大黄的后车厢门便慢慢弹开了。

玛丽便开始搬货。

"等等！我来搬啊！"从小就受"男生要帮女生做事"的教育长大，荣贵赶紧跳下车过来搬货。

"不用，我力气比你大，干得比你快。"玛丽随即道。

看着一次能搬三个箱子的玛丽，又看看搬一个箱子都有点吃力的自己，荣贵沉默了半晌。

虽然很吃力，但他还是把这个箱子扛到大黄的货仓。

好在小梅一早就考虑过两个人力量不够的情况，他额外做了一只自动搬卸手，有点像个架子，荣贵只需要将货物送到大黄的屁股旁边，按下按钮，里面的机械手便自动出来将货搬进去。

"不愧是小梅大师，这设计真棒！"对这个功能已经非常了解，然而每次看到，玛丽仍然会佩服地赞美一声。

即使没有从事金属冶炼或者制器的工作，作为矮人，玛丽也发自内心敬佩在这方面天赋卓绝的人。

在她看来，小梅大师这样将制器完全用来辅助生活的，可是相当少见又珍贵的大师。

比如搬东西，女矮人虽然力气很大，搬货对她来说并不难，可是如何在搬货的时候优

第十一章
斧头、怒火与友情

雅又美观是个难题，比如，搬货物爬上货舱的时候，难免就会因为弯腰露出底裤，这可太不优雅、太不美观了！

很多妹子就不得不在搬货的时候选择穿裤子。

可是她们不喜欢穿裤子。

大黄货舱内的机械手完美地解决了这个问题。

小梅大师的发明实在太棒了！

玛丽看了一眼旁边的荣贵机器人。

虽然这个发明并不是为了搬货会露出底裤的可怜女矮人，而是为了这个有点破旧的男性机器人。

每天都会有不少运货单，荣贵的力气太小了，好几次险些散架（其实也真的散架过），没多久，小梅大师便在车上装配了辅助装卸货装置，等到将大黄完全改装之后，这个装置便升级成更加好用的机械手。

说到大黄——

玛丽随即望向它：仍然是一辆黄色的车，前方仍然挂着"内有孕妇"的提示牌，可是现在的大黄已经不是以前的大黄了。

里里外外焕然一新，小梅大师几乎完全将大黄改装成一辆全新的车。

可它仍然是大黄。

没有选择直接用新车取代他，两个机器人将大黄的系统完整保留了下来。

"玛丽，上车了。"玛丽正在愣神，前方忽然传来了荣贵的喊声，应了一声，玛丽赶紧从左侧车门上车了。

一上车，她就看到挂在驾驶席前方，名叫小黑的收音机旁边的小相框。

里面端端正正放着一张……罚单。

没错，就是你想象中的那种，开车超速的罚单。

车上有罚单也没什么，可是，这是一张放在手工相框里的罚单呢！

"这是我们家大黄第一次因为超速收到的罚单哩！得好好收起来纪念一下。"她第一次看到这张罚单诧异询问的时候，荣贵是这样回答的。

"相框是小梅做的！"那时候荣贵的表情——明明没有什么表情，可是总觉得很欠扁。

让三级匠师做相框！还把车子收到的超速罚单放在相框里臭显摆！

欠扁！

说来也怪，似乎就是那次以后，无论是她还是热雅她们，都开始习惯称呼这辆车子为"大黄"。

这真是一件奇怪的事。

"即使大黄能超速，也别开太快。"坐在自己习惯坐的椅子上，玛丽习惯性叮嘱道。

"嗯，我知道，你晕车嘛！"荣贵立刻说，他还拧开了旁边小黑的开关，一首舒缓的

227

音乐随即低低回响在车厢内。

玛丽舒舒服服靠在椅背上。

"刚才没发现,你今天似乎格外高兴,怎么,发生什么好事了吗?"虽然对陌生人很冷漠,可是对于熟悉的人,玛丽还是愿意没事聊几句天。

显然,荣贵就被她划在"熟悉的人"范围内。

也正是因为熟悉,所以她很快就注意到了荣贵今天的情绪格外亢奋。

"嘿嘿!小梅昨天送我礼物了,礼物的内容保密,不过我好开心呀!"有点得意有点神秘,荣贵小声道。

玛丽:每天都被强塞一嘴"狗粮"。

玛丽摸了摸自己的嘴巴,终究没忍住,嘴角又稍微翘起一点。

"对了,玛丽,你今天要去哪里啊?眼瞅着就要到岔路口了,你得赶紧把地址给我啊。"抓抓头,荣贵回头问自己的小伙伴,"幸亏你晕车,大黄开得慢……"

让"狗粮"来得更凶猛一些吧!

心里想着,玛丽挑了挑眉毛,然后慢慢报出了一个地址。

用不着荣贵将地址输入,在玛丽报地址的时候,大黄已经主动将声音转化为文字,将地址输入导航系统了。

准确地向左拐去,大黄开始向目的地行进。

而荣贵呆呆地,直到大黄停在熟悉的位置,他看到自个儿的出租屋,才吃惊道:"等等——这不是我和小梅的家吗?玛丽,你……今天送货的对象难道是我……我的房东不成?"

玛丽:"……"

她似乎有点理解小梅大师每天的感受了。

沉默了片刻,玛丽随即利索地跳下车,拍拍大黄的屁股,开始卸货。

"收货人不是你们的房东大爷,就是你,今天的货是小梅大师订购的,快过来签收!"

担心荣贵搬卸货不方便所以设计了机械手什么的;

担心荣贵遇到打劫所以升级了大黄什么的;

担心荣贵没活儿接所以帮忙订购了东西什么的;

担心荣贵接的活不好所以特意找她们买东西什么的……

她每天都在吃"狗粮"!

摸了摸自己的胃,玛丽又轻声叹了口气。

而荣贵似乎还没有回过神来,没办法,她干脆帮荣贵把货搬到他家门口了。

"来,你在这里签字。"眼瞅着荣贵有点僵硬,她索性把一支笔塞到荣贵手里,一口一个指令指点他怎么做,收好荣贵签好名的签收单,这回轮到她掏腰包了。

"这是今天的车费。"将自己的通行证拿出来,安装在仪器上轻轻一点,荣贵那边的通行证随即提示收款。

"这、这怎么行？"荣贵随即摆摆手。

玛丽圆眼一瞪："怎么不行？你付钱买蘑菇，我找人送货，你刚好是送货人，我付钱给你，有问题？"

"似乎……似乎没什么问题……"荣贵呆呆道。

"那不就得了！"

然后，不等荣贵思考透彻，他就接到了莉莉的预约电话，听到是莉莉的电话，玛丽二话不说又上车了，两个人便一同去莉莉家提货。

这一次的送货地址仍然是荣贵家，收货人仍然是荣贵。

于是，等到中途接到热雅和琪琪的预约电话时，荣贵干脆直接问她们收货人是不是自己。

得到肯定的答案，他索性就绕路将另外两个妹子和她们的货接上，然后一起送到自己和小梅的出租屋。

"我们的身体需要营养液才能维持生命，小梅大概是想要制作新的营养液。"想了半天，荣贵给小梅的安排找了这么个解释。

玛丽、莉莉、热雅、琪琪：鬼才信。

心里这么想，然而四个女矮人表面上还是笑眯眯地接受了荣贵的解释，将车费交给荣贵，眼瞅着荣贵还是不想收，热雅道："找别人送货，我们一样要付送货费的，何况你们这也算照顾我们生意呢！总之，你就收着吧。"

四份车费迅速转到了荣贵的通行证，没法推辞，荣贵就想着用别的方式感谢四位小伙伴照顾自己的生意，想了想，反正大伙儿下午都没事了，荣贵索性提议临时去城外玩，四位女矮人欣然同意。

"今天继续做手工吧！"热雅增加了一项提议，于是，荣贵载着大家回家拿了必需品，又去了一趟女矮人专用布匹店，陪着四位矮人妹子大肆采购了一番各种花边布料（他自己也买了一些），五个人便在大黄的带领下，高高兴兴去城外玩。

临时增加的工作意味着痛苦，而临时增加的娱乐则是纯粹的快乐。

寻找了一块风景不错的蘑菇田，将大黄停在旁边，手工兴趣小组的五名成员再次开始手工活动。

裙子做得够多，包包也够多，实在不知道应该做什么了，就在这个时候，热雅忽然看到了泊在一旁的大黄。

"大黄已经全部用上新的身体了，不如……我们做点东西给大黄呗？"热雅道。

"不能随便做东西送男矮人，可是大黄又不是男矮人，我们想怎么送就怎么送！"琪琪很快接话。

"好主意！"玛丽和莉莉附和。

"哎？"完全没在状况的荣贵疑惑道。

于是，临时组织的手工兴趣小组活动的主题变成装点大黄！

"我做椅子套！我早就看现在的椅子套不顺眼，太简朴啦！"莉莉说道。

"我做脚垫，大黄现在没有脚垫，虽然地板也镶嵌得很整齐，可还是需要装饰一下，是装饰，也是保护。"热雅笑嘻嘻。

车内装潢的两个手工大项目都被大包大揽了，一时没有找到活儿，玛丽就探头进大黄看了看，半晌道："那我就给小黑做个罩子吧，顺便给控制台做个花边包起来。"

"那我就给车里弄点香氛，顺便编个大花环吧！"最后，琪琪承包了软装工程。

看着四位兴奋的女矮人，荣贵只能呵呵笑了，而大黄——

大黄似乎"虎躯"一震。

给小梅的东西是给异性的，四位女矮人只能指点荣贵，让荣贵做，而到了大黄这里，四位女矮人没了顾虑，就再也容不得荣贵插手（浪费材料）。

"你去给小梅大师做东西，大黄全部交给我们就好！"婉言谢绝了荣贵帮忙的要求，四位女矮人埋头苦干起来。

于是，大黄的新装便完全按照女矮人的喜好。

没过多久，大黄的"虎躯"便不再是"虎躯"，一件又一件粉色椅套套在了椅子上，一块又一块花花图案的手工地毯铺在车内的地板上，香喷喷的精油球放入车内各个隐蔽角落，小黑也穿上了镶满蕾丝花边的新"衣裳"……

着装完毕，大黄的"虎躯"瞬间成了"娇躯"。

荣贵："别说，粉色和黄色搭配起来有点协调。"

作为一个立志成为天王巨星的青年，荣贵在时尚方面的接受度可是很高的。

各种夸张的演出服都见过，男生化妆穿裙子也见惯不怪，如今大黄这一身蕾丝花边在他看来，还……还挺温婉的！

"挺不错的，等我回去给小梅看看。"荣贵笑呵呵地感谢朋友们送给大黄的新衣裳。

被肯定的女矮人们也非常开心。

又采了好多花装在大黄上，五位手工兴趣小组成员高高兴兴回家了。

——坐在转眼变"温婉"的大黄上。

得到荣贵的夸奖实在好开心，女矮人们在路上又为大黄赶出了一个雪白雪白还有花边的大车罩！

可拉风啦！

当天晚上，大黄便仪态万千地停在打铁铺聚集区的停车场内，雪白镶花边的车罩包裹了它的全身，象征着这是一辆多么受女矮人欢迎的小车！

荣贵笑嘻嘻地向小梅展示了大黄得到的新衣裳，话题很自然地转到上午的四起送货"事件"，对此，小梅面无表情道："需要制造新的营养液了，购买相同物品的情况下，找别人买，我们这方是纯支出，而找她四个人买的话，她们一定会找你送货，你可以赚取四份车费。从成本考虑,可以省积分。"

原来如此!不愧是小梅!荣贵还给小梅鼓了鼓掌。

然后,这个晚上,收到了太多新鲜蘑菇、黑麦、鲜花还有"山猪"油,小梅用了整个晚上做了好多高纯度营养液,而荣贵也调出了几大罐"山猪"精油膏。

在高纯度营养液和"山猪"精油膏的滋润下,两个人的身体看起来更加精神。

甚至,小梅的身体已经鲜嫩到让人感觉他随时可以睁开眼。

用荣贵的话说,那就是"满脸的胶原蛋白"啊!

即使过去每天都能被自己帅醒(自以为的),然而面对小梅的时候,荣贵还是觉得自己随时有被闪瞎的风险。

这还只是半张脸,由于戴着口鼻器,荣贵只能看到小梅的上半张脸而已。

"小梅你眉毛的形状可真好,一根杂毛也没有,完全不用修!又平又直,斜斜向上,眉尾的部分还有一个特别利落的钩……真是又斯文又酷!"用一块棉布裹住拇指,荣贵小心翼翼地给小梅擦脸。他一边擦,一边赞叹连连。

"这几天,我还找工匠专门做了一把修眉刀来着,看来用不上了。"

从胸前的兜兜里掏出一把精致的小刀,荣贵有点遗憾道。

小梅:"……"

"谁让我的眉形也很好呢?完全用不着修眉啊,哈哈哈哈哈哈!"目光落在自己的眉毛上,荣贵得意地笑了。

小梅:"……"

"没办法,等你以后长大一点,长出腿毛后给你刮腿毛用吧!谁让我也没什么腿毛呢!"说着,荣贵将修眉刀收了起来。

小梅已经不知道该说什么了。

完全没注意小梅的心态变化,荣贵只是伸着手指头,蘸着水在小梅的脸上继续滑动。

"小梅的眼窝有点深,看上去有点神秘有点忧郁……

"小梅的鼻子好直,就像刀锋一样!

"小梅你的左耳朵上有颗痣,我还以为是耳洞哩!"

荣贵干活也就罢了,他还一边干活儿一边评论,手指移动到哪里就评论到哪里,什么耳朵上有颗痣……小梅自己都不知道!

而且他每次擦洗都会评论!

每次擦洗时都评论也就罢了,每次的评论还都不一样!

这个言语贫瘠的家伙明明肚子里没多少新鲜词汇,但形容人的长相就各种形容词层出不穷,他肚子里有限的词汇大概全是形容容貌的!

就这样,每次在旁边被迫听荣贵对自己容貌的评价,小梅脑中的自己居然一天比一天清晰。

之前明明几乎忘记自己的长相了！

跪坐在旁边揉着荣贵的脚丫子，小梅表面岿然不动，而内心却感觉……着实有点怪。

不过，荣贵没给他独自思考的机会，继续和他唠嗑："仔细想，小梅你这种是标准的外国人长相啊！嘿嘿，说来有点惭愧，之前我真没在实际生活中见过外国友人呢。"半张脸擦完，按理说今天的荣贵已经应该评论完了，谁知他居然还有话说。

"难怪外国人的脸那么上镜，你们的五官深，自带阴影哩！"荣贵说着，偷偷摸了摸小梅的腮帮子。

他的视线最终落在了小梅的眼睛上。

"说到外国人，小梅，你的眼珠是什么颜色的啊？"盯着小梅棕色的长睫毛，荣贵歪了歪头。

对面的小梅继续面无表情地捏啊捏。

荣贵以为这只是小梅习惯性懒得回答的表现，殊不知小梅是真的忘记自己的眼珠是什么颜色的了。

在以前的任何一段经历中，从未有人如此不遗余力地称赞他的容貌，他也从不认为自己在外貌方面有任何特殊。

就是大众脸吧——这是小梅长久以来的自我认知。

他很少照镜子，照镜子往往也是为了正衣冠，确认仪表没有任何失礼的地方就好了，他无需在自己的容貌上关注过多；而到了后来，就会有人专门负责他的着衣……

他的眼珠是什么颜色的呢？他还真的遗忘了。

他对自己的长相印象并不深刻。

仔细想的话，除了天天对着镜子或者屏幕的工作，一般人一生之中最少面对的人就是自己吧？

记忆不深刻似乎也情有可原。

除去自己的以外，他却记得很多人的长相，如果需要，他可以从记忆的资料库中调出他们每一个人的精确长相，然而，"记得"并不等同于"关注"，他从来不曾关注过任何一个人的长相，更不要说眼珠了。

不……

也不一定，他是记得一个人的眼珠的。

他记得那名歌者的蓝色眼珠。

冰蓝色的，晶莹剔透，就像某种宝石。

在那个时代，蓝眼珠的人特别多，相当一部分人为了疯狂追星将自己的眼珠替换成了蓝色。

不过，似乎在更早以前，天空城就很流行蓝色的眼珠，原因似乎是——

小梅正想着，前方忽然再次传来了荣贵的大嗓门："小梅你翻白眼啦！"用两只手指轻轻戳起小梅身体的左右眼皮，荣贵他、他他他将小梅（身体）的眼皮翻起来了。

第十一章
斧头、怒火与友情

安静的美少年瞬间成了一副翻白眼的诡异模样。

小梅："……"

"嘿嘿嘿，放心，我用的是最小的力气。"荣贵随即小声说道，小心翼翼地撑着美少年的眼皮，抻着头往下看。

机器人小梅一边给荣贵的小腿按摩，一边面无表情地看着他。

美少年小梅沉默着，翻着白眼对着他。

荣贵总觉得，只有这一刻，他终于将两个小梅画上等号了。

终究不敢让小梅的眼白在空气里暴露太长时间，荣贵准备松开手指。

谁知，就在这个时候——

他手指下的眼白却忽然翻上来一对蓝色眼珠。

这实在太突然了，荣贵被吓了一跳。

登时他就举着两根手指翻滚到地板上了。

不知道是不是吓坏了，躺在地板上，荣贵好久没有爬起来，最后还是小梅放下荣贵的小腿，走到他身边，居高临下地俯视他。

小梅微微侧着头，没有说话，荣贵却总觉得自己看到了他脑袋上冒出的大问号。

联想到头顶问号的小梅，荣贵忽然乐了。

小梅的头便更偏了一些，小梅将手递向他，他伸出手拉住，小梅将他拽了起来。

"小梅你的眼睛是蓝色的，天空一样的蓝色，水一样的蓝色，实在是……

"太美了！"

荣贵重重叹了一口气。

"我刚才不是被你忽然翻上来的眼珠吓到，而是被你的美吓到了。"举起一根手指，荣贵着重说明。

小梅："……"

于是，今天晚上，荣贵在家演唱的就变成了一句歌词："小梅有一双美丽的蓝眼睛！流水一般的蓝眼睛！"

一听就是自编的歌词，毫无水平。

关键还没调！

小梅已经非常非常习惯了。

有了源源不绝的营养液，再加上各种鲜花精油成分的"山猪"油，根据肌肤情况荣贵每天换不同的精油，坚持不懈地按摩加护肤，小梅的身体已经变得和正常身体一样了。

荣贵甚至开始给小梅的身体做肌肉训练。

目标：至少四块腹肌！（虽然小梅认为自己完全不需要。）

总之，关于小梅的身体，荣贵表示进度尽在掌握。

然而，荣贵自己身体的恢复进度却远远跟不上计划。

新的营养液最终只让他表层的皮肤稍稍有了一些水分，按摩也只让他的关节勉强可

以屈伸，添加各种精油的"山猪"油让他的肤色稍微不那么黯淡……

似乎也只能如此了。

"想要身体完全恢复到原来的样子，需要购买强力营养液同时灌注到体内以及冷冻舱内才行。"翻了翻资料，小梅道。

"嗯……那很贵吧？"荣贵按摩身体的手停了一下，"看来，我们还要使用现在的机械身躯一段时间。"

"按照现在的月收入与月消费水平，需要积攒三十四个月。"迅速在心中换算了一下，小梅理性回答道，"不过——"

"你应该不用使用现在这具机械身躯太长时间。"

荣贵"咣当"一声把头抬起来了。

"小梅，你这是什么意思？难道说……你……

"你工作的时候偷偷摸摸把做其他东西的边角料攒下来终于攒够啦？"压低声音，荣贵做贼似的把这段话一口气说完了，一个标点都不带。

小梅："……"

荣贵：没办法，小梅一路走一路捡破烂给两人攒材料的形象实在太过深入人心。

"是买的新材料，七折买的，你没发现家庭账户里的积分少了很多吗？"偏偏头，小梅看向荣贵。

"没发现！我数学很差，数字后面的零一多我就眼花了！"荣贵立刻激动道，迅速地从旁边移到小梅旁边，荣贵拖车靠在了小梅的大腿旁。

"小梅小梅！你给咱俩买了什么颜色的材料？皮肤是古铜色的吗？眼珠是黑的吗？对了，我的眼珠是黑的，你的得是蓝的！有腹肌吗？有几块？"

荣贵噼里啪啦地用各种问题将小梅淹没了。

"银白色，没有古铜色，黄铜色要不要？我可以拆了重做，眼珠是黑的……"荣贵的问题又多又复杂，一般人根本记不住，更不要提回答。也就是小梅，将荣贵的问题一一录入大脑，手里做着事，还丝毫不妨碍嘴上将一系列问题有条不紊地逐一解答。

末了他还多回答了一个问题："内脏是银白色的，储藏腔可以拿出来冲洗。"

虽然他自己大概意识不到，不过这两个零件却是他难得的创新设计，自我感觉很不错的那种。

"黄铜色？"荣贵脑中瞬间浮现出了十八铜人的凶猛画面，他果断摇头，"银白色的好，就用银白的！以及……"

"内脏为啥是银白色？为啥要有内脏……还有……储藏腔拉出来清洗的话，会不会有点恐怖啊……"

创新设计被质疑的小梅大师："……"

不过荣贵终究不是打破砂锅问到底的类型，何况他对机器人的身体内部长啥样也不在意。

第十一章
斧头、怒火与友情

"反正内部长啥样一般人也看不见，小梅你爱怎么折腾就怎么折腾，只是……腹肌一定要记得啊！"

千叮咛万嘱咐，荣贵的关注点始终牢牢锁定在腹肌上。

"不过，小梅你既然说得这么详细，不会是已经瞒着我偷偷做了好久吧？等等——连眼珠的颜色都确定了，不会是快完成了吧？"

"天哪！天哪！小梅你就这样一声不吭地把身体做好了，不会是要给我一个惊喜吧？"越想越多、越想越丰富、越来越激动的荣贵忍不住把自己整个人都挂在了小梅身上。

没做很久。

并非一声不吭。

查看家庭账户就能发现端倪。

这么久都没察觉是你数学太差而已。

任由荣贵挂在自己身上，拖着荣贵艰难行走着，小梅一边继续做着自己的事，一边在心中回复荣贵的问题。

直到"咣"的一声，荣贵的头再次撞到了小梅的脸蛋上。

"小梅你真好！爱死你啦！"

撞完，荣贵就从小梅身上跳下来："总之，我也要好好干活了！一只蓝眼睛也好，我想小梅身上至少有一个部件是用我赚的积分买的！"

在空中挥了挥小铁拳，荣贵充满了豪情壮志。

留下小梅——

荣贵脑袋撞击他脑袋的声音，在他脑内造成的声音似乎回响了好久。

摸了摸自己的脸蛋，小梅抬头看看前方的荣贵，垂头静止了足有一分钟，这才重新吧嗒吧嗒走起来，继续做事了。

那天之后，荣贵当真更加努力地工作了起来，不但更加努力地去招揽生意，他还经常在小梅上班的时候给小梅打电话。

"小梅！你在偷偷做咱俩的身体吗？记得腹肌，一定要有腹肌啊！"

不是个含蓄人，荣贵首先强调的必然是自己打电话的主要原因。毕竟小梅挂电话的速度很快，晚一会儿，小梅搞不好就直接挂电话了。

这是经验之谈。

如果小梅没有挂电话，荣贵才会说些别的话。

比如——

"今天运货的途中路过小梅之前工作的打铁铺啦！大家都要向小梅问声好哩！"

又比如——

"今天又有玛丽的送货单，收货地点还是我们家，我差点以为又是小梅你买了东西，

后来才发现是楼下房东大爷买了蘑菇。"

"上次我们不是送了几朵蘑菇给房东大爷吗？他吃了觉得好，也照顾玛丽生意了，玛丽又照顾了咱家的生意，真是——"

附上荣贵长长的感叹声。

总之，荣贵看到点啥，都会想和小梅分享一下。他总觉得小梅每天关在作坊里干活，虽然体面薪水高，可是也寂寞啊！

四名助手又不怎么和他说话，每天对着各种身体模型，小梅该有多无聊啊！

所以必须给他找到乐子！

而打电话将自己的所见所闻分享给小梅，便是荣贵目前能想到的最直接的方法。

小梅大概也觉得这种方法不错，证据就是小梅越来越少挂他电话。

有时候，当荣贵实在找不到什么好玩的见闻时，电话里便静悄悄的，却也没人挂电话。

没有了荣贵的大嗓门，电话两头的背景音便格外清晰了。

荣贵这边有他路过店铺的打铁声，行人的喧嚣声，大黄喇叭的声音；

小梅那边有电视播放《宝斧奇缘》的声音，金属摩擎金属的清脆声，偶尔助手进来汇报的声音……

有时候，荣贵甚至会隔着电话，和小梅一起追两集《宝斧奇缘》。

那真是一种微妙的感觉！

再后来，荣贵索性开着电话不挂断了。

有话就说，没话就听小梅那边的电视声，就当两个人在一间屋里待着呗！

有了几次在城外迷路和被打劫的经历，新身体做好前，荣贵也学乖了：他主要在城内接生意。虽然路程不长钱不多，可是大黄漂亮啊！总有女矮人愿意坐坐看，也算是有些收获。

他在城里逛的时候嘴也没闲着，看到什么店，还会给小梅报店名！

在他看来，小梅虽然在城里上班，可是每天上班，其实根本没时间出去逛，工作半天，连周围有啥店铺都不知道，得有多冤枉啊！

不成，他得替小梅看看，然后告诉小梅。

因为抱着这个心思，荣贵观察得尤其仔细。不但报店名，店铺的装修、服务员的着装风格、客人多不多甚至店铺外面小告示板上的字儿，他都一一念出来给小梅听。

"招一级匠师。"

"400积分收购三级锻造塔尔法金属2G。"

"出售大爷，1600积分。"

"600积分出售三级锻造塔尔法金属6G。"

"…………"

"停。"忽然有一天，小梅第一次在荣贵念告示的时候喊停。

第十一章
斧头、怒火与友情

呃，是有客人来，小梅提示他不要说话吗？荣贵乖乖闭上了嘴。

小梅却继续说话："现在，去西区23号的卡多里，收购6G塔尔法金属，然后到南区678号卖给卡特罗。"

小梅作出了指示。

"哎？"不太理解小梅的意思，荣贵愣了愣。

但大黄已经识别出小梅声音里的指令，迅速往西区23号前进了。

迷迷糊糊在这家店买了6G塔尔法金属，又迷迷糊糊被大黄载到了另一家店，看到两家的告示牌，荣贵这才弄明白小梅的意思。

妙啊！这可实在妙呢！

天知道这两条基本吻合的告示荣贵可是隔了好几天才分开告诉小梅的呢！荣贵自己早就忘了，小梅却记得，这……这、这、这……只能说，小梅不愧是小梅啊！

在这家店以400积分的价格卖掉了2G塔尔法，剩下的4G在三大后，在另一家店以500积分的价格出手，荣贵净赚300积分！

就这样，两名小机器人在繁华的叶德罕城再次发现生财之道！

"今天杰克租了咱家的大黄，问他去哪里，他硬是不说，结果你猜怎么着？"电话开着，小梅在工作室做着手中的工作，荣贵那一端的声音传过来。

他听到了荣贵和其他人打招呼的声音，听到其他人的回复，听到了路边的叮叮当当声……

一个很鲜活的世界。

而在这个鲜活的世界中，最鲜活的，仍然是荣贵。

"嘿嘿嘿！杰克让我和大黄直接开到他的院子里，然后，从屋里抱出一大堆布头，坐在大黄旁边，捏起一根针，他居然开始缝、衣、服、了！"

荣贵的声音虽然平板，然而语调跌宕起伏，给人一种抑扬顿挫的感觉，乍一听会让人觉得有些奇怪，却绝不会让人一听就联想起机器人。

伴随着荣贵的形容，小梅的脑中顿时浮现出一名五大三粗的男矮人壮汉窝在院子里绣花的诡异场面。

这个场面一旦出现，竟是迅速将之前存在于他脑中的图像抹去了。

杰克就是他之前工作的打铁房的主锤，那时候，无论小梅什么时候看到杰克，他都是一副打着赤膊，肌肉鼓出，手举一把比他本人还高的重锤，一下一下用力打铁的样子。

一幅标准的矮人工匠工作图。

而如今——

在荣贵的描述下，那幅图被抹干净，迅速改换成一幅矮人壮汉绣花图。

小梅："……"

"他最近不是一直在追求莉莉吗？我听着，莉莉好像也有点动心的意思，不过一时半

会儿还没答应他而已,知道咱家大黄一身的穿戴都是四位矮人妹子做的之后,他特别问过我大黄上哪几件是莉莉的手笔,我就告诉他了,这不,他竟租下大黄一天的时间专门用来仿制大黄上的椅套。"

大黄的椅套是莉莉做的。

"我感觉……杰克的手艺比莉莉好。"这句话,荣贵是特意压低声音对小梅说的。

小梅:"……"

以匠师的眼光品评四位女矮人的手工作品,做得最好的绝对是热雅,其次是琪琪,然后是玛丽,最后是莉莉,如果把手工小组的全部成员加上,即,加上荣贵的话,垫底的就是荣贵。

如果将手工兴趣小组的隐形编外人员——小梅——也加上的话,登顶的必然是小梅。

说到这个隐形编外人员,自从知道小梅是三级匠师之后,女矮人们对小梅的敬仰之情如同滔滔江水连绵不绝,对大师只能仰视,虽然大师十分接地气地总是光顾自家的生意,虽然小梅大师曾经给自个儿画过肖像画,可是小梅大师的态度一向高冷,加上三级匠师光环的加成,四位女矮人对小梅一向是又敬又畏。难得守着一位三级匠师,可是因为紧张害怕偏偏完全不敢问,这种时候怎么办?

四位女矮人的视线齐齐落在了荣贵身上。

叮——

有主意了!

于是,那天开始,荣贵忽然发现自己变得更"笨"了。

实际上是女矮人的手工教学升级了。

大家分别将自己的拿手活计拿出来教荣贵,荣贵……荣贵哪里学得会哦!

大伙儿就表示"不要客气""尽管带回去做吧"。

用脚底板想都知道,离开四位女矮人的手把手教学,荣贵回家后,仅凭自己一个人的话……

是绝对没法完成作业的!

热雅、琪琪、玛丽、莉莉:可是荣贵会撒娇嘛。

这种学着学着,明明是自己的问题,只要一个可怜巴巴的眼神,不知不觉就想替他完成的功力……

好想要啊!

这是中招无数次后,四位女矮人的共同心声。

于是,她们就故意放荣贵回家找小梅大师释放可怜巴巴的眼神。

她们教荣贵的活计都是她们自己做起来也有难度,甚至根本无法完成的,拿着这么一份作业回去,荣贵想要完成的话,就只能问小梅大师啦!

小梅大师帮荣贵做作业的时候,顺便也把她们的问题都解决了。

第十一章

斧头、怒火与友情

也不用荣贵记住每一个步骤,第二天女矮人们只要在热雅和琪琪的带领下仔细研究一下大师(替荣阿贵)完成的作品,一遍研究不透不要紧,一点点拆开研究,多研究几遍,也就明白了。

于是,虽然有荣贵这么一个智商手艺都短板的中间人,可是小梅大师和女矮人四人组之间仍然沟通得十分愉快。

以后的日子里,虽然没有人明确指出,可是实际上兴趣小组的成员已经默默地增加了一位——小梅大师。

当然,如果将小组每推出一件新作品便跟风仿制的男矮人们也算上的话,这个兴趣小组的成员就多了去啦!

比如:杰克。

早在莉莉还没有在荣贵的指导下改头换面之前,杰克就对莉莉一见倾情,整天朝荣贵打招呼不说,还送材料给小梅。

他太殷勤了,殷勤到莉莉都忍不住提醒荣贵:"看着点小梅啊(那时候的小梅还是小梅,还没有考证成功成为小梅大师),杰克那个家伙整天送东西给小梅,也不知道打的什么鬼主意,看他贼眉鼠眼就不像好人,小心被撬墙脚,如今别说女朋友了,连男朋友都不安全。"

在这方面心知肚明的荣贵:哎?

不得不说,《宝斧奇缘》误人啊!把妹子们都教坏了!

倒是莉莉以后在车里遇到杰克朝荣贵打招呼的时候,为了阻止这种"宝拉给叶琳送布料"(类似"黄鼠狼给鸡拜年"的叶德罕俗语),作为女矮人中最强壮的一位,她每次都主动挡在荣贵身旁,冷嘲热讽把杰克挡回去。

荣贵:"……"

杰克……杰克以为自己的策略管用,于是更殷勤了。

他终究还是和荣贵混成熟人了,知道荣贵每天做的东西都是从四位女矮人那里学来的,特别是作为四位女矮人中手艺最差的一位,莉莉非常同情手艺比自己还差的荣贵,经常坐在旁边耐心辅导他,教荣贵活计最多的女矮人也是莉莉之后,他就时不时找荣贵借东西学习了。

女矮人们做的东西最能反映她们内心的真正喜好啊!

莉莉教荣贵做的东西,蕾丝边用得尤其多……

于是久而久之,杰克就变成一个浑身上下点缀着小蕾丝边儿的小伙子。

大概也是这个原因,莉莉终于拿正眼看他了,确切地说是看他身上的蕾丝边。

这家伙的审美还不错——莉莉一开始是这么说的。

然后就进展到正眼看杰克,女矮人也不笨,思前想后一联系,终于搞明白杰克之前的种种行为是为了自个儿。

男矮人们遇见女矮人的机会太少了,往往一见到女矮人便穷追猛打,这种狩猎式、进

攻式的追求或许会让部分女矮人喜欢，可是大部分女矮人不受用，所以他们的成功率很低。而到了荣贵这里，坐在荣贵的车上，莉莉每天都能见到杰克，虽然就几分钟，然而不间断的见面让他们对彼此有了一个完整的了解，如此漫长而隐晦的追求……终于打动了莉莉的心。

从此，杰克愈发斗志高昂！

不但按照莉莉的喜好准备自己的穿着，见识到大黄的新衣服，他还决定用同样的方式打扮自家的小车儿！

"你说，如果我用莉莉喜欢的椅套赶制车上的其他装饰品，莉莉会不会答应……那个……会不会答应坐我的车子？"一边飞快地穿针引线，杰克一边羞答答地问旁边正在和小梅汇报八卦的荣贵。

荣贵："……"

荣贵同情地看了一眼娇柔的大黄旁边停着的，目前还威武雄壮的杰克的爱车——一辆通体黑色，特别高大帅气的越野款货车。

地上，杰克准备好的缝满蕾丝边的粉色的新车衣已经一件件摆了出来，准备全部做好就统一给它穿上去。

"她一定会喜欢的。"会喜欢你的心意——荣贵大声说。

就这样，一边和杰克聊着天，一边和小梅聊着天，在荣贵的注视下，杰克的爱车被装饰一新！

大黄多了一位少女心同伴！

"谢谢你了，阿贵，今天晚上我就约莉莉出门兜风，如果成功了，我们举行婚礼的时候，你一定要来参加啊！"

"一定一定，到时候让小梅包个大红包给你。"荣贵立刻爽朗地回答。

这句话没别的意思，真的是叫小梅包个大红包，他自己根本不会包红包！

矮人也有送礼金、礼物的意思，荣贵的意思杰克很快懂了，他嘿嘿笑着走到屋里，半晌拿出一个木盒子，打开木盒，露出里面的东西——

"阿贵，这是你之前曾经说想要……"

杰克正说到一半，忽然——

他被荣贵袭击了！

迅速被荣贵堵住嘴，荣贵用另一只手朝他严肃地比了一个"嘘"的手势。

杰克战战兢兢地点点头，荣贵这才松开捂住他嘴巴的手。

"小梅，我这边要给莉莉打个电话，先挂你的电话啊！"荣贵先对小梅那边说了一声，说完，他立马挂掉电话，双眼一闪一闪地蹲到杰克身边了。

"可以说话了吗？"杰克谨慎地问他。

作为一个同样瞒着未来老婆在做浪漫准备的男矮人，他"秒懂"荣贵的心意。

甚至，他还懊悔自己刚才的大意。

第十一章
斧头、怒火与友情

"安全了！"荣贵立刻朝他点点头。

松了一口气，杰克这才重新打开盒子。盒子里——

赫然是一对异常美丽的蓝色宝石！

目不转睛（虽然他的眼睛也确实转不起来）地盯着盒子里美丽的宝石，荣贵一句话也没有说出来。

如果现在他使用的是人类的身体，这大概就是屏息凝神的样子。

两个人一齐盯着盒子里的蓝宝石许久，过了好半天，荣贵终于出声了。

"真美……"

"是吧是吧？你之前不是请我帮你留意像'天空城的天空一样，像那里的流水'一样的蓝色矿石吗？找了好久，好容易收到一块差不多的矿石，熔炼了好些天，今天凌晨终于出来了，我觉得可漂亮了，就是不知道是不是你想要的……如果不行的话，我就继续找……"杰克小声说着。

"谢谢你！就是它啦！"激动地搂住男矮人的肩膀，荣贵捶了他的肩膀一下。

这是叶德罕男矮人之间表示亲密的标准姿势，看多了，荣贵也学会了。

嘿嘿笑着，杰克也搂住了荣贵的肩膀，轻轻捶了他一下。

然后——

两个人一个端着装着蓝色宝石的盒子，一个看着旁边穿着缀满蕾丝花边新衣裳的爱车，一齐傻笑了。

"莉莉一定会喜欢的。"分别的时候，荣贵对杰克说。

"谢谢，小梅大师也一定会喜欢的。"谢过荣贵，杰克也对荣贵说。

小梅正在为两个人准备新的身体，这是他们来到叶德罕城的主要原因，也是他们每天赚钱的主要原因，关于这些，荣贵并没有隐瞒自己的几个好朋友。

被感动的同时，大家也纷纷送上了祝福。

得知荣贵想要寻找蓝色的石头送给小梅，给小梅新的身体当眼睛，杰克立刻大包大揽了这个活儿——作为打铁铺的主锤，杰克是最有可能接触到各种矿石的，其中就难免有矿石符合荣贵的要求。

何况，杰克找不到的话，家里的亲戚很可能找得到啊！

杰克虽然只是一家小打铁铺的主锤，可是据说他家经营着一家相当大的打铁铺，亲戚遍布叶德罕大大小小的打铁铺，全是主锤！

杰克是"锤N代"！

将小盒子塞进胸前的储物舱，荣贵瞬间觉得胸口饱饱的。

呃……太饱了，舱门都被撑开了。

没办法，他只好用力捶了捶自己的胸口。

好容易把门捶到关闭，他哀愁地看了看被自己砸得有点瘪下去的胸口，心想：大概真的需要换身体了。

然后他很快高兴起来：小梅已经在帮他们两个人准备身体了，听起来还是很"高大上"的身体，虽然小梅坚决不拍照给他看，可是荣贵心想一定差不了！

他们马上就要有崭新坚固的新身体啦！

荣贵心里美滋滋的。

等到小梅将新的身体展示在他面前的时候，他在惊喜过后，"PIU"的一声，也从胸口掏出这个盒子。

和小梅原本的眼睛很像的蓝色石头……

小梅一定会很惊喜吧？

虽然他不管多惊喜永远是那张"面瘫脸"。

不过没关系，荣贵心里知道他是欢喜的！

和杰克挥别，荣贵直接驾驶着大黄去小梅工作的地方。

而与此同时——

小梅也雕琢完最后一颗黑色的眼球，将眼球嵌入前方身体的眼眶，一具完整的人形便与他相对了。

那是一具无比完美的人形，拥有完美的面庞，完美的四肢……无一不美。

然而最美的还是他的眼眸。

黑色的，犹如黑洞，又宛若星子，幽幽与人相对。

静静地站在椅子上和前方的人形对视，小梅微微偏了偏头：总觉得……眼前的人似乎有些眼熟。

眼前的人形是他根据荣贵原本的样子制作的，确切地说，是他根据荣贵全身骨骼复原出来的样子制作的。

他也确实每天待在家给荣贵的身体按摩抹油。

然而此刻让他觉得熟悉的眼熟，却似乎并非来源于这种每天接触的，对于荣贵原本身躯的眼熟，而是——

脑中浮现出一张又一张面庞，忽然——

记忆中的面庞定格，停在了一张他最熟悉也最陌生的面庞上。

是他唯一欣赏过的那位歌手的脸庞，长期以来，因为更喜欢对方的歌声，以至于他其实一直没有太过关注对方的长相。

然而他毕竟是个过目不忘的人。

即使不关注，对方的脸仍然留存在他记忆的深处，和其他人的资料一起。

而眼前他根据荣贵的原型制造出的机械身躯，竟然与那位歌手有些相似。

这个念头只是一闪而过，小梅随即不去多想。

用盖布将人形罩住，他爬下椅子，离开工作室，锁门，然后出门了。

下班时间到了，荣贵肯定已经在门口等他了。

还差最后的测试没有做，明天的这个时候，荣贵就可以用上新的身体了吧？

第十一章

斧头、怒火与友情

他心想。

然后，到了第二天。

"今天下班后，你不要在外面等我，直接进来，一起搬东西。"从大黄上跳下去的时候，抬起头，小梅这样对荣贵说道。

"好啊！"小梅工作室的工具更先进，搞不好可以把两颗蓝石头雕琢得更好点呢——荣贵这样想。

"小梅，再见。"荣贵用力朝车门外的小梅挥了挥手。

小梅仍然没有回复，不过也举起手挥了挥。

然后他就慢条斯理地向马路对面的"翼"走去了。

目送他走到"翼"的大门口，荣贵才驾驶着大黄离开。

小梅又回头看了一眼，直到大黄的车屁股消失在巷口，他才进门。

这一次他进门的时候，再也不会受到忽视了。

正在大厅里擦拭展架和地板的矮人服务员们纷纷和他打招呼，小梅没有回应，只是闷头走着。不过这种高冷范儿很多大师都有，矮人服务员们非但不以为意，反而在他离开后，还小声议论着。

"小梅大师真是个仔细人，虽然冷漠点，不过是个好人。"

"是啊是啊，你看他，完全避开了我们刚刚擦洗过的地板，走的是脏的那边呢！"另一名同伴立刻附和。

表面有礼实际上粗鲁，与看似冷漠实际上却珍惜他人的劳动成果，大家都感受得到。

不过——

真实的情况是怎么样呢？

目无凡尘的小梅陛下原本显然不会低头注意到地板有没有清洁过这种小细节。

还是在家搞卫生的时候，荣贵每次都对他大声提醒：不要踩刚刚擦过的地板！不要踩！不、要、踩！

荣贵式大呼小叫听多了，他现在走路都提前低头看一遍。

这也算是被强迫训练出来的条件反射。

然后，他到了属于自己的四号工作室。

工作室的门是自动的，可以自动识别影像放行进入。这间工作室目前输入了小梅以及四位助手的影像，其他人无法进入。

当然，作坊的管理者大概是可以进来的，不过只能靠钥匙。

小梅顺利进了工作室。

四位助手早就到了，如果在其他工作室，他们大概现在已经一个端茶，一个拿毛巾，一个准备拎鞋拎外套，一个随时准备帮大师拎包。

然而小梅是机器人。

一切殷勤都没法献，小梅身上唯一的包是个挎包，此刻是端端正正斜挎在身上的，从不离身。

"小梅大师早上好！"没有办法，助手们只能到得更早一些，然后问候更大声、更真挚一些，以表达对大师的尊重。

没有回以同样的问候，小梅只是点了点头。

就这一个细微到不仔细几乎看不出来的动作，四位矮人却已经很高兴了。

毕竟小梅大师可是传说中高冷到不给任何人回应的超冷大师啊！

点过头，小梅继续前行，眼瞅着他即将进门，就在这个时候——

拉布吉忽然叫住了他。

大家还记得拉布吉吗？就是那名在小梅和阿贵找工作的时候，以小梅没有资格证拒绝了小梅，后来小梅来"翼"刚上任的时候对小梅不太恭敬，最后被经理派给小梅做助手的二级匠师。

还没想起来？

就是那个拉了一个月风箱的矮人——这回大家想起来了吧？

没错，就是他，虽然现在小梅不用他继续拉风箱了，可他却在拉风箱的一个月里领悟了许多，认为这是降低自己内心浮躁的好方法。不用拉风箱之后，他仍然没有放弃那台风箱，曾经被他恨得要死的风箱被他带进了自己的工作间，他每天都比别人早来一个小时，专门用来拉风箱！

所以说，整个工作室，每天到得最早的人就是拉布吉。

"大师，那个……"抓着头，拉布吉有点犹豫，眼瞅着小梅看他半天不说话即将继续进门，他才一口气将想要说的话说出来，"大师，今天我到得比平时更早，因为昨天晚上我的内心有点浮躁自我感觉不太好，所以今天我特别提前了两个小时过来拉风箱，结果我看到经理和一位客人从你的工作室出来了！"

小梅停住了。

被小梅冷冷的目光注视着，拉布吉哆嗦了一下，不过他还是把想说的话说完了："那位客人长得……长得特别好看，他的身体是机械的，全身上下一看就是您的手笔，然而太完美了，简直比您之前所有的作品都要完美，我以为您在里面，那是您和客人秘密约定做的私人定制，就没敢露面，可是……"

可是他刚刚看到小梅从外面进来，之前以为小梅一直在里面的推论就完全不成立了。

他脑中立刻浮现了一行字，那就是：经理趁小梅大师不在私自带客人进入他的个人工作间。

这可是大事！

他果断向小梅报告。

小梅立刻冲进了自己的工作间，四位助手赶紧跟过去，在小梅没有允许的情况下，他

第十一章
斧头、怒火与友情

们没敢贸然跟进工作间,然而大门未关,里面的情况一目了然。

一块毯子躺在地上,小梅大师工作台前一直被布盖着的东西不见了。

"大师……"拉布吉的声音有点颤抖,"那是……那是……"

"那是我给荣贵做的身体,昨天基本完成了,还差最后一项测试,已经通知他今天过来领。"小梅的声音一如既往地平坦,然而又有什么不一样。

什么都不一样了。

以前方小梅大师矮小破旧的机械身躯为中心,整个工作室瞬间被近乎黑色的低气压笼罩了。

"什么?!"简单一句话,助手们便明了他的意思。

荣贵是谁,作为小梅大师的属下,他们不可能不知道,甚至,为了套近乎,拉布吉还要到了荣贵的电话号码,时不时通知他大师今天是不是需要加班,是否晚归什么的。

小梅大师虽然冷漠,然而只要见过他和荣贵相处的画面,任何人都不会觉得这是一种无情的冷漠。

两个小机器人的感情很好。

他们的身体一个比一个破烂,尤其是荣贵的,以在"翼"工作的二级匠师的眼光来看,他的身躯实在和一位三级匠师朋友的身份不匹配。

直到他们听到小梅大师刚刚的话。

啊……原来如此,一直没有更换身体,就是为了今天吗?

做出最完美的身体,把最好的给你,一切都是为了今天吗?

包括成为三级匠师?

电视剧看得多,叶德罕城的矮人几乎无论男女都非常擅长"脑补"。

然后——

以拉布吉为首,四位矮人助手全都愤怒了。

冲到自己的工作间,四位矮人各拿一把大斧,背后还背着数把大斧,"嗷嗷"叫着,公牛一样愤怒地冲了出去。

他们一边大声将工作室发生的事情说给外面的矮人们听,一边冲到了经理的办公室,大门紧紧闭着,在无论如何喊话都没有人应的情况下,以络泰(四名矮人助手中的一位)为首,他们竟将手中的大斧狠狠挥下去,用力劈门。

据说,矮人工匠制作的物品坚固无比。

他们制造的盾牌可以抵挡无数伤害与工具,一般武器无法轻易破开。

——除了矮人工匠制作的大斧。

四把大斧用力挥了下去。

咣!咣!咣!咣!

先是四声,然后——

咣咣咣咣咣咣——

络泰在大门的正中央砸出第一道浅浅的痕迹，然后拉布吉的斧子紧紧跟上，最后是另外两名助手的。

几乎每个矮人都会用斧头，何况是工匠，他们的手是最稳的。

只要前面一个人做好标记，接下来其他人的斧头便不偏不倚全部落在那个点上，明明有四名矮人、四把斧头，然而他们落斧精准，节奏有序，一斧接一斧，简直就像一个人在不知疲惫地飞快下斧一般！

越来越多的矮人从旁边的工作室跑出来，先是探头探脑，然后围过来听，拉布吉一边跟上同伴的频率挥斧头，一边一遍又一遍重复描述自家工作室发生的事。

"今天早上凌晨4点，经理带着一名客人出来，那名客人的身体是小梅大师做给自家小伙伴的，在未经允许的情况下，经理私自带着客人进入了我们的工作室、小梅大师的工作间，居然还把小梅大师的个人物品拿走了……"

不算个嘴巴利索的人，拉布吉只能尽可能详细地把自己看到的事情叙述出来，一遍又一遍，周围的矮人越来越多。

渐渐地，长年闷头在工作室不露面的大师们也出来了。

未经匠师允许私自将匠师的私人作品拿出来，还卖给了客人！

拉布吉不需要说太多，他只要把这两点说出来就好了。

对于矮人来说，尤其是对于矮人匠师来说，这是完全无法容忍的事！

"什么？居然干了这么缺德的事？！"一个大嗓门忽然从旁边传来，众矮人纷纷看过去，发现出声之人不是别人，正是一号工作室的烈大师。

作为作坊最德高望重的大师，烈大师向来深居简出，今天的动静居然把他引出来了，不但引出来，他甚至还出声了。

"小吉确实需要出来解释一下。"他说着，忽然从身后拿出一把大斧，分开众人走到正在门前咣咣砸门的四位矮人前，将斧头递过去，"这扇门是我做的，一般的斧头轻易砸不开，你们用这把，这是我做的斧头。"

"一把斧头不够，去我的房间再拿几把。"递完斧头，老矮人向身后扬了扬脖子，他的助手们立刻飞快地跑回自家的工作室，没多久就抱着更多的斧头出来。

他们抱得太多了，拉布吉等四位矮人一人两把还绰绰有余。

也不知道是谁先从烈大师的几名矮人助手手中抢过一把斧头，"咣"的一声，在拉布吉落斧之后，他见缝插针地也挥了一斧。

矮人们仿佛天生就有协作能力，他的插入非但没有影响后面矮人的动作，相反，后面的矮人很快接上了，一起砸门的矮人变成了五个。

然后，第六个、第七个……

矮人们争抢烈大师的斧头，人太多，没法在同一个地方砸门，他们就分开砸。

抢到斧头的矮人挥汗如雨地砸门，而没有抢到斧头的矮人就在旁边呐喊助威，那个场面应该怎么形容呢？

第十一章
斧头、怒火与友情

一时间,仿佛所有矮人都陷入了无比暴躁而愤怒的情绪中,前方的大门就是他们释放怒火的出口,砸门的声音,呐喊的声音,所有声音交织在一起,可怕极了,就连"翼"外面的客人都能听到里面可怕的砸门声,地面微微颤动着,仿佛在告诉外面的人:看,里面正在发生一件非常可怕的事。

荣贵就是在这种情况下到来的。

他的身边还跟着莉莉等四名女矮人。

今天小梅不是让他进来等吗?四名女矮人很好奇,就问能不能跟着一起来,她们不要求去小梅的工作室,只要和荣贵一起进去看看就好。

毕竟,"翼"是出名的老店,也是出名的高消费场所,四名女矮人也很想过来见识一番。

谁知——

大厅空无一人,所有的人——无论是原本在大厅的矮人服务员,还是购物的客人——全都不在了。

穿过无人的大厅,五个小伙伴向声音最大的地方走去。

然后他们看到一群矮人愤怒砸门的场面。

再然后,他们就搞明白了事情发生的缘由。

小梅大师制造的机械人形被经理偷偷卖了。

早已从荣贵这边知道点这方面情况的四名女矮人"秒懂"。

从身后掏出随身携带的大斧头,四名女矮人果断加入了砸门的行列。

而荣贵——

看着前方陷入疯狂的矮人们,荣贵忽然向后,转身走去。

这是他第一次进入小梅工作的"翼"。

按理说,他是不知道小梅在哪里的。

可是——

仿佛有什么东西在指引着他,一向容易迷路的荣贵这一次非但没有迷路,相反,没有走一段多余的错路,精准地走到了四号工作室的门口。他走进去,越过四位助手的格子间,越过一堆杂物,站在了小梅的工作间门口。

荣贵看到了小梅。

在整个"翼"陷入疯狂混乱的时候,小梅在做什么呢?

他竟又在做东西。

荣贵慢慢地走过去。

指尖轻轻搭在小梅的工作台上,荣贵探头看过去,这才发现小梅手中拿着的是一只手。

还差一个指节就完成了,另外还有一只手正静静躺在工作台上,已经完成了。

仿佛已经察觉了荣贵的到来,小梅一边将最后一个零件卡好,一边平静地对荣贵说:

"做好的身体被拿走了,剩下的材料不如之前那些好,可能需要你再等一段时间,以及,将就一下。"

这一刻,荣贵愤怒了。

将小梅手中的手抢过来放在工作台上,荣贵一把将椅子上的小梅抱了下来,将他放在地上,拉住手,拖着他向外面快速走去!

荣贵直接将小梅拖到了事件的旋涡中心——经理办公室的大门前。

仅仅荣贵离开的工夫,事件演变得更加无法控制,杰克不知道什么时候已经来了,手里挥着重锤,他不是一个人来的,还带了一大帮矮人兄弟,同样手握重锤。

而玛丽和莉莉等几位女矮人更是站在了一群男矮人的肩背上,手里握着和身高完全不相符的重型武器,荣贵赶到的时候,莉莉刚好一斧头劈下去。

也就是这一斧子,叶德罕顶级大师制造的大门终于不堪重负,爆裂开来——

噼里啪啦。

大门的碎片向内哗啦啦散开,全部洒在门内宽大的办公桌上,以及——桌下缩着的,瑟瑟发抖的经理身上。

注意到他的时候,莉莉立刻从杰克身上跳下去,将已经卷边的大斧插回背后,一个箭步冲过去把经理拎起来。

然后她就看到了荣贵……还有荣贵身后的小梅。

"阿贵、小梅大师,就是这个人吧?"她对两位小机器人大声问道。

闻言,矮人们纷纷让路,阿贵和小梅的前方立刻让出一条可供他们两人通过的路来,拉着小梅,荣贵坚定地走着,他的步伐并不大,他的身体破烂不堪,他的脸和身子看起来非常可笑。

然而——

这一刻,没有人敢嘲笑他。

这一刻,向来爱笑爱闹的荣贵看起来可怕极了。

明明只是一个机器人而已,明明不应该有表情,可是这一刻,他身上的气场,他举手投足的每一个动作,他的走路速度……全部暗示着:他很愤怒。

走到玛丽身前的时候,他松开了小梅的手。

"谢谢大家。"转身向后,他首先向所有人鞠了一躬表示感谢,然后,他便将视线完全移到被玛丽拎着的经理身上:"听说'翼'是叶德罕的顶级公司,所以,小梅大师才选择来这里工作,如今却遇到了这样的事,接下来的时间里,作为小梅大师的法律代理人,我希望和这位先生就这件事情好好聊一聊。"

然后,他就带小梅走到满是灰土的经理办公室。

弯腰擦了擦办公桌后满是灰土的座椅,荣贵请小梅先坐,自己则站在了小梅身旁。

然后,他示意莉莉将经理放下。

莉莉会意,立刻将经理放下了,她放得有点用力,离开了她的劫持,早就软了腿的经

第十一章
斧头、怒火与友情

理最后只能瘫软地跪在小梅和阿贵面前。

"我们的东西现在在哪里?能拿回来吗?"第一句话,荣贵是这样问的。

他的声音不慌不乱,稳稳的,完全不似平时的他。

"对不起……拿不回来了……那名客人是上面的客人,他、他已经回去了……他把持着店铺好多进货渠道……我也是……也是没办法了啊……"事情会如此迅速地发展到现在这一步,经理是无论如何也想不到,然而事情已经发生,几乎全店的矮人都在这里,自知无法将事情隐瞒过去,没办法,他只好痛哭流涕。

"那位客人之前找小梅大师定制了身体,小梅大师也如期交了工,客人一开始是满意的,谁知……谁知……用了几天,他就开始挑剔想要更好的,店里其他工匠制作的东西他都不满意,他说要换店……

"天知道他说的换店就是真的换,他会连进货渠道一并带过去啊!

"然后……然后……我就想到小梅大师的工作室——"

他的声音戛然而止。

他以为自己断句断得还算成功,谁知,荣贵却立刻发现了他表情的细微变化,然后果断跟上:"小梅大师的办公室?你发现了小梅大师工作室的人形?

"你是怎么发现的?你进小梅大师工作室的时候见过他正在做的人形?还是……"因为确实不知道事情是怎么回事,荣贵故意拖了长长的调子。

然后,荣贵的小伙伴、小梅大师的小助手——拉布吉迅速跳起来在门外助攻了:"小梅大师非常谨慎,工作室的人形上面向来都盖着布,我们没有人看过那个人形的样子!经理每次敲门进去的时候,大师都把人形盖好了,他不可能见过的!甚至——他根本就应该不知道盖布下面是人形!我们都不知道!"

"哦——原来如此吗?"荣贵说着,微微扬了扬下巴,更加居高临下地俯视起地上狼狈的男矮人。

"那就是说'翼'的管理人可以自由进出三级匠们的工作室,并且自由翻看三级匠师的物品。"注意到现场有几位白胡子老矮人,荣贵本能地察觉几位应该是大拿,也不知道他这时候哪里来的智商,居然知道将事情的矛盾引向作坊与全体匠师了,还是三级匠师!

三级匠师!也就是"翼"立足的根本!

这一刻,荣贵简直智商爆表!

原本一直沉默不语的小梅忍不住抬起头看了看。

还是那个荣贵,还是那个破破烂烂的小机器人,可是……看起来有什么东西不一样了。

他就这样一直抬着头看向荣贵,很久很久,久到忘了收回视线。

如果是平时,荣贵一定立刻低头回视他了,然而此时此刻,荣贵却顾不上这个,一双机械眼居然还能做出目光四射的效果,牢牢盯住了前方的经理,不错过对方任何一个细微表情。

然后——

对方的抽噎果然停顿了片刻。

而前方的观众团再次传来了匠师们愤怒的声音。

"狗屁!没有任何一家作坊可以随便进入匠师的工作室!无论是作坊的东西还是私人的东西,匠师不让看不让碰的话,谁都不能看不能碰!"嗓门最大的是一个头发最白、胡须也最白的老头子!

其实就是烈大爷。

烈大爷特别激动,还透露了一条重要理论支持荣贵:

"匠师的私人财产神圣不可侵犯!匠师在作坊做私活天经地义!"

有了这种默认规定就好办了,没了后顾之忧,荣贵果断跟上:"作坊客人的要求让人为难,说出来,大伙儿一定会好好帮你解决,可是,你不能不经过匠师的允许,私自带客人去看匠师的私人作品,甚至,在客人看上物品后,你没有经过匠师允许,私自直接将物品卖给了客人!"

"这个……这个……真的没办法啊!谁让他是晚上找到我的,根本没有时间回旋,我只能……只能……"经理还要哭诉,然而荣贵却不打算给他更多时间表演。

"而且……"荣贵再次盯紧了他。

"能在客人找到自己的情况下立刻想到小梅大师的办公室,这是不是表明……

"你其实在很早之前,便用某种方法私自查看了大师的工作室,拉开盖布,打开柜子,看到了大师的全部物品呢?"

荣贵再次将经理推到了现场所有匠师的对立面。

这一次,经理什么话也说不出来。

接下来就是谈判时间。

已经被拿走的物品注定无法被追回,荣贵很快想到了索要赔偿。

虽然计算能力很差,但是荣贵会讨价还价啊。

经理答应的赔偿他就翻十倍,要材料,要积分,要各种补偿。

他还要回了小梅的劳动合同。

"抱歉,小梅这一走……你们……"拿到了所能拿到的最好补偿,荣贵看到了小梅的四名下属。

小梅这么一走,他们又只能打杂了。

"没关系!这种地方我也不想待呢!"以拉布吉为首,四名下属豪爽地笑道。

"你们四个不错!跟我干如何?"就在这时候,刚才跳出来给荣贵帮腔的矮人大爷发话了,他身后跟着一排助手,非常有大牌风范儿,"我也不想在这里干了,早就有心思自己开一家作坊,现在想来,正是时候了……"

"可是……您的合同……"吃过合同的当,荣贵对这方面可敏感了,所以最后一项赔偿要求就是解除小梅的合同。

第十一章
斧头、怒火与友情

"看你这么厉害,我也打算找一个……律……律师?"三级匠师的记性都不差,荣贵只说过一次的词儿,大爷居然就记住了。

叶德罕城是没有"律师"这个词的,荣贵也不知道这里表示这个意思的词怎么说,就临时用中文说了,亏得他演技高超,明明说了不存在的词汇还理直气壮。

"不用了。"然后他们就听到了莉莉的声音,下意识地朝莉莉的方向看过去。

只见——

以莉莉为首,四名女矮人对着地上的经理拳打脚踢。

经理没卒,不过已然躺平。

"送他找大夫。"莉莉随口道,立刻有男矮人殷勤地把地上的经理抬出去了。

"作坊负责人需要长期住院,作坊超过两个月无人会自动解散。"热雅笑眯眯。

"这段时间,大爷您就准备新店开张吧。"莉莉豪迈道。

现场所有人:"……"

"可是……可是……这是犯法吧……"砸东西还好说,刚刚和经理商谈赔偿协议的时候,荣贵已经和他说好作坊破损所有人都不需要赔偿,可是打人……

据荣贵所知,叶德罕城还是有治安维护者这一说的。

"放心。"热雅立刻伸手往下压了压,"男矮人打人犯法,绝对从严处理,一定会坐牢。"

荣贵心里咯噔一声,然后——

"可是女矮人犯法,基本上都从轻处理,轻一点的会被要求找个男朋友,重一点的话……就嫁个老公呗!"热雅轻飘飘道,"所以,作为这次下手最重、未来可能判刑最重的莉莉,你——"

"杰克,和我结婚好吗?"莉莉大吼了一声。

杰克愣住了,大叫一声之后,居然……晕倒了,倒在莉莉怀里。

"顺便,我们也征男友哟!"将剩下两位矮人拉到自己身边,热雅细声细气地宣布。

荣贵目瞪口呆,现场瞬间沸腾啦!

第十二章

再见！叶德罕城与朋友们

拉着小梅回到工作室，荣贵决定帮小梅收拾一下东西。

小梅像是有点傻了，任由他拉来拉去，一点反应也没有，也难怪，这可怜的孩子……

怜爱地摸了摸小梅的脑袋瓜儿，荣贵把小梅抱到椅子上，然后在四名助手的帮助下帮小梅整理东西。

但凡他看着不错的东西，尤其是工具，他都拿上了，可惜他是个不懂行的，好多看起来不起眼其实值钱的材料差点被他错过，幸好小梅的四名得力手下在，他们立刻帮荣贵把那些差点漏掉的珍贵材料搬出来。

这些只是其中一部分，没多久，他们拿着刚才经理和荣贵签署的赔偿协议打到了材料库大门前，原本以为还要和对方理论一番才能把答应的材料拿到手，没想到材料库的看守员看到他们，立刻把清单上的材料给他们。

"我刚才也跟你们一起砸门呢！"将装满材料的小车递给荣贵，看守员朝荣贵挤了挤眼。

"嘿嘿，谢谢！谢谢！"还能说什么呢？荣贵只能感谢了。

就这样，他们顺利拿到了比小梅被卖掉的机械人形使用的材料珍贵数十倍的材料。

账户上还多出了200万积分。

将小梅放到高高的材料车的最上面，荣贵拖着车，和四位男矮人说拜拜了。

"谢谢你们！再见！再见！希望你们今后能够顺利成为三级匠师！有个好前程！"不会说华丽的祝词，荣贵只能把自己能够想到的最实用的话说出来。

"也谢谢小梅大师！这段时间他教了我们许多。"四名矮人立刻道。

他们似乎还想对材料堆顶上坐着的小梅说些什么，然而嘴巴张了又张，终究什么也没说出来。

他们只能拼命挥着粗短的胳膊。

杰克带着"重锤小队"过来帮荣贵装货，他们的力气可比匠师们大得多，都不要大黄的机械手臂帮忙，他们飞快地将各种各样的东西搬上了后车厢。

只有材料堆顶上的小梅没人敢动，最后还是荣贵把小梅抱起来，矮人们这才敢将小梅屁股底下剩下的材料全部搬回去。

装材料的小车也没浪费，他们把它抬到车顶上去了，还找了绳子绑结实。

"阿贵，我和杰克大后天结婚，到时候过来参加我们的婚礼啊。"这句话是莉莉对荣贵说的，汉子们忙得热火朝天，妹子们就在旁边和荣贵说话。

"好，我和小梅一定会去的！"荣贵立刻答应下来。

"东西装好喽！"后方传来了杰克的大嗓门。

"啊！谢谢！"荣贵赶快应了一声。

第十二章
再见！叶德罕城与朋友们

莉莉似乎还想说什么，可是同样嘴巴张了张，最终什么话也没有说出来。

"那我们就先回去了。"看了一眼早就被他放在副驾驶席，面无表情目视前方的小梅，荣贵对莉莉等矮人道。

"嗯，大黄慢点开，你身上东西多。"最后叮嘱的话是莉莉直接对大黄说的。

开车的是大黄而不是荣贵，这么久了，大家都知道。

荣贵："……"

大黄发动了。

矮人们的身影消失在后视镜之后，周围再次变得无比安静起来。

"呼……"直到这个时候，荣贵才长长地叹了一口气。

然后，他转过头看向旁边的小梅："怎么样？小梅，我的演技不错吧？"

一直没有任何反应的小梅终于将头扭过来。

荣贵在小梅的眼中看到了一个淡淡的问号。

他嘿嘿笑了。

"以前做群众演员的时候，我可是演过很多职业的，还不是因为我长得好！演路人甲路人乙未免太浪费了，我接到的群众演员角色都比其他人好哩！"

指了指自己，荣贵贼兮兮笑着："我还演过好几次律师！"

"刚才是演技发挥的时候。

"怎么样？被吓到了吗？哈哈哈！看你的反应，一定是被吓到了吧！"

一如既往地，小梅不说话，荣贵就在旁边不停说话。

别看荣贵平时记性不成，偏偏在演戏方面的记性异常好。

他还把以前演过的角色再次表演，专门给小梅看。

都是没有台词，或者最多有三句台词的角色，难为他隔了这么久仍然记得当年的台词，甚至还记得角色应该有的表情、动作。

他演得惟妙惟肖，于是，小梅的错觉再次出现了，他仿佛看到了好多个不是荣贵的荣贵。

眼瞅着小梅将注意力全部集中到自己身上，荣贵这才放下了心，然后，他也终于敢和小梅提提刚才的事了。

"原来你今天要我过去，就是换身体吗？"

小梅看看他，点了点头。

然后荣贵就继续道："被卖掉的人形只有一个，你只做了我的身体吗？"

小梅就又点了点头。

"你这个家伙，根本没做自己的身体？只给我做了身体？！"

眼瞅着小梅又要点头，荣贵便伸出手指，用力戳向小梅的额头。

"笨蛋！要做就做两个，只做一个的话，我才不要换。

"只有一具人形的话，还不如卖掉，然后买两个不那么好的人形，我们一人一个。

"不过，那具身体真的那么漂亮吗？那个……小梅，我有点好奇，你有照片吗？能不能给我瞅瞅？"

荣贵就是荣贵，开始担心小梅的情绪，一直小心翼翼地不敢提那具人形的事，发现小梅似乎情绪还算稳定，开了一个口子问了第一句，然后就越问越深入。

小梅："……"

小梅就抬起手腕，荣贵立刻会意，卸下自己的手腕，露出下面的插口，"BIU"的一声，他把小梅的插头插进去。

然后他就看到了一具特别美的人形。

荣贵好长时间没有说出话来。

半晌，终于醒过神来，他长长地吐了一口气。

"和当年的我有几分像，不过差了一些。

"嘿嘿嘿，小梅，看来私下里，你有偷偷观察我哦！"

荣贵贱兮兮地笑了。

瞥了他一眼，小梅果断地将插头拔出来，然后收回了手腕。

他将手腕塞到自己的膝盖中间。

然后——

他感觉自己被抱住了。

从旁边的座位靠过来，荣贵给了小梅一个拥抱。

"谢谢你，小梅，虽然礼物没有收到，可是你的心意我收到了。

"谢谢、谢谢、谢谢……"

不知道说什么才好，荣贵只能在小梅旁边垂下大头，一遍又一遍地重复自己的感谢。

然后，荣贵就不出声了。

明明没有出声，可是，此时此刻，笼罩在荣贵身上的情绪是那么柔软又温柔，饶是对人的情绪不敏感如小梅，也忽然意识到荣贵现在的状态应该是……

"你哭了。"小梅微微偏头。

这是肯定句。

这句话一出口，他都觉得自己的话有些不可思议。

明明是机器人不是吗？

机器人又怎么会哭泣呢？

然而——

荣贵却点了点头。

"好开心，又好难过……

"小梅辛辛苦苦准备了那么久的人形被人偷偷拿去卖掉了，好伤心……"

荣贵坦率地将自己的情绪据实以告。

小梅便静止在了原地。

任由荣贵不断地"抽泣"，任由他"抽泣"时头颅不断轻轻叩击自己的肩膀，小梅静静地，像是痴了。

荣贵"哭"了好久。

他一边"哭"，一边还向小梅问问题。

问题非常简单："小梅你都不难过吗？小梅你不伤心吗？小梅你不生气吗……"

小梅……小梅……

荣贵一声声呼唤"小梅"这个名字的时候，小梅……

终于感觉到盘踞在自己内心许久的黑色情绪渐渐消散了。

他抬起头，又沉默了很久很久，才低声道："生气了。"

长期以来已经习惯自己提问的时候没人回答，如今小梅的忽然回复反而让荣贵一时没有反应过来。

小梅继续说："我刚刚生气了。

"那些人刚刚的愤怒应该是因为我，你之前的愤怒可能也是因为我。"

小梅的话好奇怪，荣贵表示自己完全跟不上他的思路。

扶着小梅的肩膀抬起头来，荣贵一脸疑惑地看着他。

"你这是什么意思？大伙儿是替你生气，所以才砸了作坊，还把那个浑蛋经理揍了一顿呀。"荣贵偏偏头。

小梅便继续道："他们会砸掉作坊，是因为我想要破坏那里；他们会打人，是因为我当时想要杀掉对方。"

荣贵更加疑惑地看着他。

"这……这不是一个意思吗？"

小梅摇了摇头。

看着这样神秘兮兮的小梅，荣贵想了好久好久，终于，他把思路勉强理顺了："难道……你的意思是……他们原本没有那个意思，是受到你的意志力的影响，才有那些行为？"

小梅这回点了点头。

"你怕吗？"他还这么问。荣贵一脸看精神病人的表情看着他。

好像好多宅男都梦想用精神力拯救世界来着……他想到很久以前看过的玄幻小说。

看了看娇小体弱的小梅，荣贵同情地摸了摸他的头。

"不怕。

"还有，你想多了，大家会那么做，是因为大家都认为那是对方的错。大家是因为喜欢你，尊敬你，为你着想，所以才愤怒的。大家想要揍人，是因为那个人欠揍。"

说完，他还朝小梅的方向凑过去，用鼻子的位置轻轻撞击小梅的眉头。

像是安慰。

做完这些，他又笑了笑，半晌在胸前抠抠抠，抠了半天抠不出来，他就从小梅的挎包里找了一把十字改锥，用力一撬，由于老旧而不太听使唤的储物舱终于被他撬开了。

荣贵从里面拿出了一个木盒子。

荣贵将盒子递给小梅，对小梅道："送你的礼物，打开看看。"

过了很久，小梅却还是不动弹，荣贵抬头看看，发现小梅又是一副呆呆的傻样子，荣贵叹了口气，只得亲手将小梅手中的木盒子打开。

里面两颗幽蓝色的宝石赫然出现于两人的眼皮底下。

"天空一样，水流一般……是小梅眼睛的颜色！

"没办法给小梅买到更好的材料，我只能尽可能找到最适合小梅的眼睛！

"小梅，这是你新身体的眼睛，怎么样？喜欢吗？"

不停地说着，说到最后，荣贵朝小梅笑了。

他笑得非常自信，仿佛确定小梅不会给出否定的回答。

小梅："……"

小梅盯着掌心的蓝色宝石，盯了很久很久。

他觉得自己的胸口有点热……

他伸出一只手，想要摸摸胸口，然而手里的木头盒子却忽然变得那样沉重，担心盒子会掉出去，他赶紧把盒子放在了膝盖上。

一只手继续覆盖在盒子上，另一只手轻轻摸了摸胸口。

明明没有心脏，然而此时此刻，他却觉得那里仿佛有动静。不存在的心脏开始跳动了。

小梅将手放下去，和另一只手一起，他牢牢抓住了膝盖上的木头盒子。

从这一刻开始，仿佛有什么东西不一样了。

"喜欢。"小梅低下头，看着手里的盒子，低声说道。

说完才意识到自己说了什么，小梅猛地抬起头来，却见荣贵朝他嘿嘿一笑："就知道你会喜欢。"

"新的身体一定要把这对蓝宝石用上啊！"荣贵帮他拿主意。

小梅点了点头。

"下车吧。"这才发现大黄早就抵达了目的地，两个人竟是在楼下说了半天话，抓抓头，荣贵对旁边的小梅说道。

小梅又点点头，两个小机器人各自拉开车门，一齐下车。

"今天的东西有点多。"拍拍大黄的屁股，打开装得满满的后车厢，荣贵道，"慢慢拿吧！"

大黄将里面的货物运出一件，两个人便一前一后，齐心协力把它一点点挪下来。

就在他们准备上楼的时候，房东大爷推门出来。

"搬东西呢？"看到两人手中巨大的箱子，矮人大爷挑了挑眉。

小梅立刻抬起头看向他——

有点戒备，有点提防。

"哈伦大爷，晚上好啊！"荣贵大大咧咧朝老矮人打招呼。

"嗯，好。"大爷点点头，他的视线随即又落在两个人手中的大箱子上，"挺重的吧，给我，我给你们搬上去。"

"啊？不不不、不用了，大爷你年纪挺大的了……"荣贵赶紧拒绝。

然而不等他将拒绝的话说完，老矮人已经走过去，钻进箱子底下，再站直身子，硕大的箱子已经被他一个人扛起来了。

两个小机器人的手里空空如也。

他们的个儿比矮人大爷矮。

"去吧去吧,还有其他行李不?你们一个人过去看车,一个人跟我一起上去。"稳稳地托着装满金属材料的巨大箱子,老矮人还帮两人安排好了工作。

眼瞅着大爷果然老当益壮,比两个年轻人强上许多,荣贵只得接受对方的好意。

"那小梅你和哈伦大爷上去吧,我去看着大黄。"荣贵迅速地在两人之间完成了二次分配。

不等小梅回应,他便嗒嗒嗒回到大黄身旁。

就这样,一趟又一趟,老矮人愣是一个人帮他们把所有东西都扛到屋子里。

"是做身体的材料吧。"作为矮人,老矮人一眼就看出里面的东西到底是什么,"你们俩干得不错,弄到的都是相当不错的东西。"

小梅于是又看向老矮人。

倒是荣贵又笑了:"没错,这是给我们两个做新身体的材料,都是小梅弄的!为了给我俩做身体,小梅还考了三级匠师资格证!"

荣贵说得异常骄傲。

虽然刚刚因为三级匠师资格证应聘上的工作遭遇了不好的事情,可是他丝毫没有因为这样就有所避讳。

"不过,制作小梅未来眼睛的宝石是我准备的,特好看特好看!"说完小梅准备的东西,荣贵没忍住,也说了自个儿准备的东西。

老矮人点点头:"真能干。"

说完,他对小梅招了招手:"跟我来。"

小梅不动,荣贵就推了他一把。眼瞅着小梅跟着大爷往大爷的屋里去,他也跟了过去。

这还是他们第一次到房东大爷的房间,房间里的东西多却并不杂乱,各种各样的手工金属柜将房间塞得满满的。

柜子应该是老矮人自己打的,矮人多半都有一双巧手,在他们的集市上可以买到各种精巧的手工制品,然而他们本身却很少在集市上消费,他们更喜欢自己动手做东西。

再往里面走一点,可以将房间里的摆设看得更清楚,看到房顶的时候,荣贵"啊"了一声。

只见在老矮人的房间最中央,确切地说是房顶的最中央,从上向下露出了几抹鲜嫩的绿色。

是"苹果"苗!

荣贵一下子就想到了。

他和小梅种在他们房间地板下的"苹果"种子,等了好久始终不见发芽,丝毫不气馁,荣贵依旧每天给它浇一点点水,以为"苹果"种子大概还要很久才能发芽,谁知其实它早就发芽了,只不过没有向上发芽,而是倒栽葱,在地板下面的天花板上顽强地顶开一道小缝隙,在矮人大爷家发芽了!

"哈伦大爷,你家的天花板没漏水吧?"荣贵立刻想到自己每天辛勤浇水。

大爷淡定地朝他摆了摆手，然后抬起胳膊示意他往上看，只见天花板上的小苗一共有两棵，缝隙有点大，不过上面罩了一层很细的金属网，还填了一些类似海绵的东西，两棵小苗就稳稳地在天花板上安家。

　　指点江山完毕，大爷从旁边的金属柜顶上拿起一个喷壶（看样子也是自制的），喷壶的喷嘴特别长。持好喷壶，壶嘴瞄准小苗根部的位置，大爷按压了两下，小苗又被浇了点水。

　　上面浇完下面浇，小"苹果"苗每天都喝得饱饱的！

　　"每天能够看到点绿色，挺好的。"放下喷壶，大爷道。

　　然后大爷在一个大柜子里翻啊翻。

　　翻了很久，他终于在箱底翻出来一个巨大的木匣子。将匣子抱出来，打开，里面的东西几乎闪瞎了荣贵的电子眼！

　　里面赫然整整齐齐码着十来颗宝石！五颜六色！看起来就特别珍贵值钱！

　　"小梅的眼睛你特别准备了，那你的呢？我也不知道你们是不是什么材料都有了，不过我也只有这些存货了，挑一个做礼物吧。"端着盛满宝石的匣子，大爷对荣贵道。

　　他的态度特别随便，仿佛他送出去的只是非常普通的东西。

　　可实际上——

　　不识货如荣贵也能看出匣子里的东西有多珍贵！

　　"赶紧挑，随便挑。"说着，大爷又把匣子朝他们的方向递了递。

　　荣贵和小梅对视一眼。

　　眼瞅着荣贵还不伸手，大爷终于不等他了，将手中的匣子转了个方向，送到小梅面前："他不挑，你就帮他挑一对。"

　　大爷微微低下头，小梅微微仰起头，两个人的视线相撞了。

　　静静地和老人对视片刻，小梅伸出手。

　　他拿出了角落里两颗最不起眼的宝石——一对漆黑的宝石。

　　"谢谢。"小梅向老人道了一声谢。

　　"居然选了黑色的……"看着小机器人手中乌幽幽的黑石头，老矮人顿了顿，半晌看向荣贵，"怎么样，你喜欢……"

　　话问到一半便戛然而止，明明只是机器人而已，然而荣贵现在给人的感觉却只能用"喜形于色"来形容！

　　"我最喜欢黑色的眼睛啦！黑色的眼睛最漂亮，除了这个颜色，其他颜色我都不想要！"简直用不着别人提醒，荣贵便将自己的想法一股脑说出来。

　　"喜欢就好，以及……"

　　"我也喜欢黑色哩！"矮人大爷笑了笑，送他们出去。

　　"以后你每天浇一次水就够了，剩下的我从下面喷。"关门前，他伸手向后指了指，指的是天花板上的小"苹果"苗。

　　"你们……"老人似乎还想说什么，不过顿了顿，他最终只是挥了挥手，"加油。"

　　他送走了两位小机器人。

再见！叶德罕城与朋友们

熟练地用"小拐棍"爬着楼梯，荣贵很快和小梅进到自己的房间，房间内摆着满满的材料，荣贵有点发呆，在他身后，小梅轻轻关上了门。

他将手里一直紧紧抓着的木盒子也放到地板正中间，再把两颗新得到的黑色宝石放在木盒子上。

"这就是我们的全部家当。"荣贵轻声道，"当然，还有外面的大黄。"

"几个月之前，我们还想着攒够这些东西到底要花多长时间呢！没想到这么快……"环顾四周，荣贵感慨道，然后，他做了一个挽袖子的动作。

"那……我们开始干活吧？"

看看他，小梅点了点头。

于是，荣贵立刻将早有预谋准备好的画纸抱出来。

还是之前小梅画肖像画剩下的纸，他一直攒着，就是想着等小梅设计两人身体的时候出谋划策用。

整个身子前倾几乎趴在地板上，右手抓着一支画笔，荣贵小拖车开始设计了。

"我们一定要做出比被拿走的那具人形更棒的身体啊！

"材料都用最好的！要更美，更高大，还要更强壮！

"腹肌都要多两块！"

荣贵一边说，一边在画纸上画下自己梦想中的设计图。

小梅斜眼看了一眼脚底的画纸："你确定要做这样的？"

还沉浸在脑中各种美妙的机械身躯中的荣贵瞬间清醒了，看了看笔下自个的"大作"——头大身子小，比例完全失调的儿童简笔画。

梦想是丰满的，现实是骨感的。

想象再完美也没用，他手笨啊！

荣贵果断摇了摇头。

小梅："……"

翻了翻材料清单，小梅计算了一下，然后如实告知："我们拿回来的材料如果只使用级别最高的，只能拼凑一具身高两米一的机械人形。"

荣贵呆住了。

"我还不想去打篮球啊……"他愣了一下，随后听到里面的另一个关键词，"而且，只能是一具吗？"

"不要，我要和小梅一起换身体。"摇摇头，他迅速将自己计划中"更高"这个要求划去了。

小梅计算，荣贵在一边不懂装懂地看。

最后，两个人决定用顶级的材料制作两具身体。

每具身体身高一米一一，刚好达到叶德罕城男矮人的平均身高。

"虽然我觉得杰克很帅气，可是我还是不想长得那么壮……"看着小梅在图上勾勒出来的两具只有躯干四肢，身材像男矮人一般强壮的人形，荣贵纠结道。

"那么，强壮这个特点就用武器来代替。"小梅立刻拿出了备选方案。

"哦哦哦！重装机器人吗？这个很酷！"想到小时候看到的动画片，荣贵立刻兴奋了。

设计图上的两具人形于是又变得苗条纤细了一点。

"眼睛要大一点啊！我们的蓝色石头和黑色石头都很大呢！"荣贵继续出主意。

设计图上人形的眼睛便被小梅调整得大了一些。

"加点腹肌呗！个子虽然小了，腹肌不够八块，至少弄个四块啊！"

……

就这样，小梅跪坐在地上画着设计图，他画图的时候，荣贵就在旁边看着，不光看，他还出谋划策。小梅便按照他的想法修改，涂涂抹抹用了好几个小时，两个人未来身体的分解图便细化在厚厚一沓图纸之上。

然后，小梅再次开工。

他是从荣贵的脚丫子开始做的。

当他拿起第一份材料的时候，荣贵就凑在他旁边开始唠叨："我的第二根脚趾和脚拇指一般长哦！小梅你的也是！"

于是，小梅拿着材料的手在停顿片刻，再次灵活地活动起来之后，他做出了一根和脚拇指一样长的脚趾。

之前制作的那个身体，就是被人偷走的那个……小梅顿了顿，那个身体的脚趾他忽略了这个细节。

当他继续准备在脚底板上镶入隐蔽型滑轮的时候，荣贵大声叫停：

"等等等等——小梅你要做什么？"

"这么漂亮的脚为什么要放滑轮哦！不要！不要这个功能嘛！

"你自己的也不许！"

于是，小梅只能放弃了将制作好的滑轮用到自己身上的主意。

不过做好的滑轮也没有浪费，从楼下大黄上把小黑拎上来，荣贵要小梅把滑轮安到小黑下面。

"牵一根绳子，以后也可以带着小黑去遛弯了。"说着，荣贵高高兴兴地拍了拍穿着蕾丝小罩衣的小黑。

好吧，看来荣贵对脚底板的便捷设计并不欣赏。

而且——

小梅看了一眼由于被安装了滑轮，结果被荣贵拖来推去的小黑，默默地低下了头。

心中有一点点庆幸，庆幸自己没有将滑轮装在自己身上。

就这样，脚、小腿、大腿……两个小机器人有商有量地做着，各个身体部件一点点成形了。

手指、手掌、小臂、大臂……然后是肩膀。

对于自己曾经做过物品的各项数据了然于心，小梅曾经做过的那具人形和他此刻正在制作的人形越来越不同。

原来以为那具已经是自己制作出来的最好的机械身躯，然而现在——

他手中正在成形的无疑更好。

因为荣贵正兴奋而充满期待地看着它。

破旧的小机器人脸上没嘴巴，可是小梅仿佛看到了他嘴唇不停张张合合的样子。

低下头，小梅继续手中的活计。

他做到头颅了。

想象着刚刚眼前忽然出现的，荣贵嘴唇开合的样子，小梅精雕细琢地做出了嘴唇，这一回，嘴唇不仅仅是装饰物，他甚至还做出了口腔。

他还在里面加了一个分析器。

"以后，你可以通过分析器品尝到食物的各项数据，分析器会将食物的味道以文字报告的形式传送给你。所谓的文字报告，就是苦、辣、酸……"

将分析器嵌入嘴唇后端，小梅解释着。

他的话还没有说完，下一秒，"咣当"一声，荣贵又搂住了他。

"爱死你啦！"紧紧搂住他的脖子，荣贵大声说。

静静地在荣贵的胳肢窝里待了片刻，小梅被松开之后，立刻若无其事地继续手中的活计。

不过，静静干了五分钟活之后，他忽然道："这个功能是刚刚想到的，之前那个身体没有。"

这是小梅第一次主动提及被抢走的那个身体。

荣贵先是愣了愣，随即坐到他的大腿边，八卦兮兮地，问他更多问题："还有什么不一样啊？"

小梅就把各种不同的地方以数据形式告诉他。

荣贵自然是听不懂的。

小梅就把外形上能够看出来的不同告诉他。

比如：之前的脚趾考虑到抓地力，所以脚掌比较宽，脚趾亦分得比较开。

（荣贵：反对！那是猴子吗？）

比如：之前的脚底板有滑轮。

（荣贵：幸好没弄！咱不是滑板少年啊！）

比如：之前做的只有嘴巴，然而嘴巴只能做出口型，内部是一个搅碎机，可以作为一个简易版成分提取仪……

（荣贵：什么玩意儿！）

一边干活儿，一边回忆，末了小梅停下了手中的动作，抬起头来道：

"因为你的脑容量特别小，所以那具身体的脑容量也没有很大。"

"而那个客人，是一名脑力劳动者。"

小梅说着，眼瞅着荣贵仍然一脸疑虑，便补充说明："也就是说，脑容量不匹配，未来他一定需要随身带副脑。

"要么同时佩带两颗头颅，要么在身上额外挂配一个脑容量条。"

荣贵情不自禁想象了一下，然后打了个寒战。

看着一脸冷静看向自己的小梅，他顿悟："小梅，你这是在幸灾乐祸吗？"

小梅没吭声。

荣贵就偷偷乐着抖了抖肩膀。

"还有……

"什么叫脑容量特别小啊？换个词不行吗？"

"那就是说，脑容量特别精致？"小梅歪了歪头。

"……"荣贵捶了小梅一下。

就这样，两个小机器人一边说话，一边干活儿，体内能量低于警戒线，警报响的时候，荣贵就拉一条长长的充电板过来，再把两个人插上去。

然后他们继续干活。

就这样，无休止地，小梅做了一天两夜，伴随着第二次灯光的升起，小梅终于完成了两个身体的制作。

已经拼装完毕的机械身躯静静躺在地上，小梅耐心地磨凿着手中的最后一颗黑色宝石，成品已经装配进去，原本的黑色宝石如今更像一颗黑色眼球。小梅又调试了片刻，确认没有任何问题，将放在旁边已经有一段时间的另外三颗眼球拿了起来。

"叩""叩"两声。

两颗蓝色眼球被他嵌入未来属于自己的机械人形中。

然后——

又是"叩""叩"两声。

荣贵的身体也完成了。

于是，静静躺在地板上的就是两具崭新的机械人形了。

两具机械人形一个拥有天空与海水一般的眼眸，一个则有着夜空一般的眼眸。

睁着大大的眼睛，两具崭新的机械人形的眼睛中倒映出一台破破烂烂小机器人的影子。

荣贵将两只手撑在地板上，俯下身子，一脸惊叹地观察着两具崭新的机械人形。

没过一会儿，机械人形眼中倒映的破烂小机器人又多了一个——小梅也凑过来了。

"就像两个小孩子。"荣贵愣怔道，"有点像小时候的我们。"

"真可爱！"转过头，荣贵对小梅笑了："对吧？"

小梅静静地看了看地上的机械人形，视线转向隔壁的破旧小拖车，没有说话。

半晌之后，他点了点头。

是啊，真可爱。

"不只可爱，还非常实用。"小梅冷静的声音响了起来。

伸出手指，他轻轻摸着地上有着黑色大眼睛的机械人形。

小梅抚摸人形的嘴唇非常轻柔，看着那具和自己幼年有几分相似的人形一动不动地被小梅摸嘴巴，荣贵忽然觉得有些怪异。

于是，他轻轻地抖了抖肩膀。

而小梅的手指已经按压到黑眸人形的嘴角了。

也不知道他按到了什么位置，下一秒，那个人形猛地张开了嘴巴，露出了里面的一嘴——

钢牙！

等等——

小梅你是什么时候把这么危险的东西放到嘴巴里的？

看着地上的机械人形一秒钟从小可爱变成了人形鲨鱼，荣贵一脸惊愕！

"门牙部分采用和普通人一样的平面板式设计，其余牙齿则设计成微型锯齿匕首，瞬间咬合力约400公斤，充满电可以用五次，上下各两颗虎牙，牙管附带抽血储血功能……"小梅面无表情地介绍着，他的手指还在黑眼人形的牙齿上指点着。

小梅的手指仍然放在自己未来身体的嘴巴上，然而这一次，荣贵一点怪异的感觉都没有了，他只觉得毛骨悚然！

紧紧抓住小梅的一条胳膊，荣贵问他："这个……这个……虽然我不太清楚，可是400公斤的咬合力好像很惊人……"

小梅回头看看他，思考了一下，回答道："大概一口可以咬掉杰克的头。"

考虑到荣贵有限的见识，他体贴地找了荣贵肯定见过的目标——也是体形最粗壮，脖子最粗最结实的那位。

荣贵低头看看未来自己身体的一口尖牙，抬头想想杰克……的脖子。

荣贵又往小梅的身后缩了缩。

"为、为什么要这么大的咬合力啊？"不是机器人吗？他早就断了吃肉的心思。

小梅偏偏头："因为这样很强。"

小梅给了他这个答案。

荣贵愣住了。

想要更加强壮的身体……不想块头那么大所以使用武器吧……咬合力媲美鲨鱼的牙齿等于武器……

小梅的心思其实真的非常好懂呢……

"那……抽血储血呢？"荣贵问。

"如果被袭击的话，可以留下嫌疑人的血液标本。"小梅一本正经。

荣贵："……"

然后，小梅继续往下摸。

手指轻轻按压机械人形银白色的胸膛……

"咔嚓"一声，一个立方体状的储物舱弹出来。

"开启的时候需要移开双手，因为储物舱喷射的力量很大，足以击倒……"小梅想了想，"一个杰克。"

他又用杰克举例子。

然后荣贵情不自禁想到杰克被自己胸前弹出的储物舱击飞的样子。

可怜的杰克……

话说杰克到底怎么惹到小梅了，让小梅每次举例都想到杰克，还是……杰克只是长

得刚刚好而已?

荣贵歪了歪头。

小梅却似乎说得来了劲,不等荣贵追问,他自行介绍起自己的"得意之作"。

戴着破旧白色手套的手指轻轻捏起崭新机械人形一根纤细的手指,就像邀舞一般优雅……

然而荣贵心里已经没有半点由于暧昧动作产生的尴尬。

"机械手可以拉长,其中机械管延长距离一米,金属线延长距离三米,方便擦洗或者拿取高处的物品,以及,预防丢失。

"必要的时候可以用作投掷武器。"

荣贵:"……"

看来我之前英勇的投掷小梅印象很深,而且——

看来小梅对小拳拳的攻击力比较认可。

怎么忽然有点小激动呢?

"左手食指可以拧动,下面是一把微型码十字改锥。"小梅继续介绍。

荣贵:"……"

果然是小梅的风格。

将荣贵未来身体全身上下隐蔽的设计拎出来给荣贵讲解了一遍后,小梅终于住嘴。

这还是第一次,两个人在一起的时候,小梅的话比荣贵还多。

以至于小梅说完了,荣贵没有忍住,伸出手掌给他鼓了鼓掌。

"要现在换上吗?"小梅说着,指了指地上的两个身体。

出人意料的,一直以来对新的身体期待得不得了的荣贵却摇了摇头,拒绝了。

"今天是莉莉和杰克的婚礼呢!我们还是这样去吧。"荣贵说着,又看了一眼陈列在地上的机械人形。

再也不是之前沉静睡着的乖巧小机械人,小梅一边展示,一边将人形的各个关窍都展开了。于是,人形现在长着一张布满媲美鲨鱼牙齿的大口,没有眼白的巨大黑眸圆瞪(小梅没有做眼皮),手被拉开,连接胳膊与手掌的金属线摆成长长一条,胸前打开,储物舱静止在半空中,内里空空如也……

看久了……也蛮可爱的。荣贵觉得自己的审美有点变歪了。

当然,由于没有被用作展示,旁边仍然乖巧沉睡着的未来的小梅还是很可爱的,那双由于没有眼皮一直仰望苍穹的蓝眼睛也可爱!

荣贵将两具人形又从头到尾打量了一遍,这才抬头对小梅道:"莉莉和杰克,还有其他的矮人们,认识的是现在这个样子的我们啊,所以,最终的告别,我们还是用现在这副模样吧。"

闻言,小梅愣了愣,抬起头,他看向荣贵。

"已经制作好新的身体,我们来到这个城市的目的已经完成了不是吗?

"一起去新的城市吧!"

小拖车端正地甩在身侧,荣贵对小梅邀请道。

再见！叶德罕城与朋友们

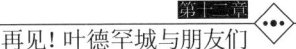

或许是在小梅制作的人形被偷偷卖掉的那一刻，亦或是在看到小梅独自一个人在工作室沉默制作一个手掌的时候……荣贵就作出了离开的决定。

正面朝向满窗"阳光"，光里的小机器人看上去竟一点也不破烂。

浑身金灿灿的，荣贵看起来是橙黄色的。

然而发完邀请，他就有点苦恼了："去哪里呢？这个我就不知道了，也没想好……"

"去西西罗城。"就在这个时候，小梅忽然开口。

"准入资格100万积分，那里有最出色的药剂师，可以调配出地下城里最好的强力营养液。"

荣贵还没反应过来。

小梅继续道："你原本的身体，只有使用强力营养液才能完全恢复成冷冻之前的样子。"

荣贵顿时懂了。

"好！就去西西罗城！"荣贵笑了，朝小梅伸出了手。

窗帘恰好于此时升起，部分"阳光"被遮挡，在矮小的机器人身后打出两道淡淡的阴影，竟像是扇动的翅膀……

小梅微微愣住，站起身来，他忍不住将手伸向荣贵。

然后，下一秒，他感觉自己的手被握住了。

由于是金属，他感受不到对方的温度，也感觉不到对方的力道，然而……

他抬起头。

刺眼的"阳光"中，他看不到荣贵的表情，却听到了荣贵的声音：

"一起去西西罗城！买强力营养液，把身体恢复原样，然后争取锻炼出腹肌吧！"

他听到荣贵爽朗地笑了。

小梅不记得自己是怎么回答的了，总之，当耀眼的阳光终于被拉上的窗帘遮挡住，恢复理智之后，他已经蹲在地上剪一张红纸了。

"不过，去西西罗城之前，我们得去参加莉莉的婚礼。"

"参加婚礼总得准备个礼物吧？"

"不知道这地方结婚的风俗是什么样子的，不过我们那里是送红包。"

"当时我还想着等到荣福结婚的时候，我应该已经赚了大钱，可以给荣福包个大红包的，谁知……"

小梅蹲在地上折红包，荣贵就在旁边指点外加唠叨。

等到小梅的红包做完，荣贵再次陷入沉思。

之前的红包里肯定是要塞钱的，可是这里，尤其是叶德罕城，明显更流行积分，积分都在通行证里哦。可怎么塞？

于是他只能抱着小拖车，充满期待地看向小梅。

小梅想了想，使用之前裁剪红包剩下的红纸，外加其他的金属材料，编织了一种非常复杂的绳结。

将一个绳结装饰在红包上，其他的放入红包，扁扁的红包瞬间变得饱满起来。

小梅将准备好的红包在他面前甩了甩，荣贵顿时眼前一亮：对啊！对于热爱编织与手工艺术的矮人来说，没有什么比这个更适合做礼物啦！

想了想，荣贵也捡了一张红纸，拿着笔，用不太熟练的笔法在红纸上写下了几行字：

祝莉莉杰克新婚快乐
&
早生贵女

小梅&阿贵

做完红纸还不够，感觉两个人就这样去参加婚礼似乎不够庄重，荣贵就央求小梅再用纸折两朵花。

小梅折了两朵美丽繁复的小红花。

看起来有些像玫瑰，可是比玫瑰漂亮许多。

两个小机器人一人一朵，荣贵将花簪到了两人的帽子上。再用"山猪"油将两个人的身体擦拭干净，两个人看起来就很体面了。

"出发吧。"回头看看小梅，荣贵招呼道。

两个小机器人便出门了。

今天的天气很好，灯……不，阳光明媚。

远远地，荣贵就听到钟声了。

那是叶德罕城市中心白塔的钟声。

据说这是举行婚礼的地方，不过由于女矮人很少，男矮人追求方式又笨拙，近年来叶德罕城竟是一场婚礼也没举办过。

钟有点锈了，敲了十来声之后，钟声才重新流畅响亮起来。

当当当……

声音厚重而悠远。

整个叶德罕城的人都听得到！

这种礼炮式的密集钟声，是举行婚礼特有的钟声，听到这种钟声，所有人都会赶到市中心。

幸好荣贵他们早就得知婚礼举办的时间，出门又早，只要再晚一会儿出门，他们一定会堵在路上。

周围实在热闹极了！

久违的婚礼让所有人脸上都带着笑，拥挤着，不管认不认识，人人都在向周围的人问好，先说"今天真是个好日子"，再说"真是个举办婚礼的好日子"。

就连原本还在路边争吵的小贩和客人都停止了争吵。

荣贵和小梅好奇地爬到了大黄的车顶。

再见！叶德罕城与朋友们

人太多了，即使已经抵达会场，他们也下不了车。

还是杰克重锤小分队的好友眼尖地发现了两个小机器人。

站得高，看得远，他们正在钟楼上用重锤敲钟呢！

于是，很快就有好几名膀大腰圆的男矮人费力地推开人群向两个小机器人走过来。

"让让啊！让让，车顶上是女方亲属哩！"

在叶德罕城，只要说一个"女"字，一切问题就很好解决了。

一听说车顶上的两个机器人是"女"方亲属，所有人瞬间友善让路。

两个男矮人随即将他们顶在肩背上，大笑着，带着他们飞快地向主会场跑去。

然后他们就看到穿着蓝色礼服的莉莉和杰克。

原来矮人的婚礼礼服是蓝色的！

莉莉好看极了，短款上衣很好地勾勒出女矮人曼妙的身材，还露出了结实的腹肌！而蓬蓬裙则让她的腰肢显得更加纤细。

蓬蓬裙的正前方垂着一条手掌宽的布带，上面用繁复的方法编织一朵朵复杂的花。

这个荣贵认得，莉莉以前教过他。

仔细看，莉莉教过他的所有花样都在上面了。

举行婚礼的时候，女方的礼服要由女矮人亲手制作，而布带上的花更是要由自己编织，女矮人要在布带上将自己最得意的花样展示出来，用以表明自己的手巧。

而男矮人则要在身后佩戴一把巨斧，必须是他亲手打造的最锋利的斧头，婚礼当天，他要将斧头送给自己的妻子，代表着守护。

站在广场上，荣贵拼命地拍着巴掌，激动万分，他看到杰克和莉莉交换信物了。

杰克将斧头送给莉莉，而莉莉则将身上的布带送给杰克。

"礼成！"旁边一名须发皆白的老矮人忽然发出一声暴喝。

周围便传来铺天盖地的欢呼声。

然后，婚礼现场瞬间变成了烧烤现场。

烤蘑菇！烤肉！大桶大桶的黑麦啤酒！

所有人都可以吃到饱喝到饱！喝到兴起，甚至好多矮人工匠当众打起了铁。

一高兴就做工，据说好多矮人大师的传世之作都是在节日里诞生的。

一片叮当声中，荣贵终于等来了莉莉她们。

荣贵赶紧示意小梅将两人准备的红包递过去："小梅做的。"

荣贵不失时机地介绍道。

果然，收到礼物的莉莉十分开心："谢谢！谢谢！"

她大声说着。

旁边，同样穿着华丽礼服的热雅、玛丽和琪琪围了过来，一齐观看小小梅大师准备的礼物……外面的漂亮绳结了。

几个姑娘立刻开展了一场绳结编法的学习与研究，她们你一句我一句，时不时爆发

出激烈的争论，站在她们中间，荣贵仿佛回到了手工兴趣小组在课外活动的时候。

等到她们讨论得差不多了，荣贵忽然从胸前的储物舱拿出一台小相机来。

相机同样是小梅做给他的。

"今天是个好日子，照个相吧？"他提议道。

妹子们欣然答应。

一开始只有小梅阿贵以及四位矮人妹子外加今天的主角新郎杰克而已，片刻，杰克想要和妹子们合影的重锤小队队员凑过来了，再后来，婚礼被邀请的其他客人来了，再然后……

相机成像框内的人头越来越多。

负责拍照的人眼瞅着人越来越多，赶紧按下了拍照键。

咔嚓一声，照片拍好了。

然后荣贵又和四位矮人妹子寒暄了一阵。

直到——

"阿贵，你们是不是要离开了？"今天婚礼的另一位主角莉莉忽然问道。

明明刚刚还在说有关婚礼的事的，莉莉忽然改变了话题。

然后，荣贵点了点头。

"我们要去西西罗城，身体已经做好了，再也不会走着走着就散架了，小梅说，西西罗城有最好的强力营养液，买到那个，我的身体就可以不再是一条咸鱼。"荣贵说着，还用手比画了一下。

他的动作很滑稽，然而此时此刻，四位女矮人却无法像平时一样被他逗乐。

特别是莉莉。

她的眼泪一下子掉出来了。

然后是琪琪，甚至连一向冷酷的玛丽都开始抹眼角。

还是热雅代表三位同伴对荣贵道："你们的身体一定会变好的，阿贵，你一定会成为最出名的歌星！"

在一起活动的时间久了，四位女矮人也知道了荣贵的理想。

"到时候，我们会再见的，我们会在电视上见到你。"热雅继续说着。

说着说着，这个最冷静的姑娘的眼泪终究也没忍住。

说完最后一个字，热雅眼底的泪水决堤，她抱住眼前破破烂烂的小机器人，将头埋在了荣贵的肩上。

然后是琪琪、莉莉还有热雅。

她们将荣贵和小梅层层抱紧了。

站在旁边的杰克劝也劝不住，只能眼瞅着自己的老婆抱住了其他男人，没有办法，他索性也抱过去。

大笑之后，矮人们又齐齐大哭了一场，然后，不知道谁第一个笑了，于是……

又是大笑。

荣贵最后是笑着离开的。

再见！叶德罕城与朋友们

"莉莉杰克，再见！

"玛丽，再见！

"热雅，再见！

"琪琪，再见！！"

拉着小梅的胳膊一起高高举起，荣贵一边挥手，一边朝身后的小伙伴们说着告别的话。

没有人将事情点破，仿佛这只是他们无数次再见中的一次，然而，说再见的人和接受再见的人都知道，再次相见的时间会很久。

很久很久。

"我不喜欢离开的时候有好多人告别，这样子就好，这样就很好……"坐回大黄上，摸了摸眼眶，荣贵小声说。

小梅静静地看着他，半晌后用残破的手指轻轻碰触了一下他的额头。

大黄开动了。

回到家，上楼之前，矮人大爷忽然再次将自家大门拉开。

招招手，老矮人示意他们过来。

老矮人从门内递出来一个花盆：花盆里绿油油，是舒展着枝叶的一棵小苗。

"一共两棵'苹果'苗，这是其中的一棵。"

"钥匙放在我门口，电视你们拿走就好。"大爷补充道。

然后，挥了挥手，将所有东西塞入荣贵和小梅的怀里，大爷关上了门。

"看来他比你还不喜欢说再见。"转过头，小梅对荣贵道。

点点头，荣贵随即和小梅一起，小心翼翼端着怀里的幼苗上楼。

将所有东西放下，然后，就到了他们期待已久，如今却有些不舍的一刻。

更换身体的时候到了。

"我要怎么做呢？"环顾了一下四周，荣贵忽然有点紧张。

"关机就好。"小梅对他道。

紧张兮兮地抓着小梅的手，抓了好半天，荣贵终于看起来轻松一点。

左右又看了一下，他走向了沙发的位置，将上半身靠在沙发下方，又将小拖车侧过来摆放，给自己调整了一个舒服的姿势，最后一次轻轻摸了摸自己的胸口，看了一眼小梅，抬起头来道："不知道为什么，好舍不得啊。"

说完，他便静静地看向小梅。

他看了很久很久，久到小梅忍不住走过来，仿佛想要安慰，又仿佛只是想要确定似的，小梅轻轻碰了碰他的头。

荣贵的头随即向后靠到了沙发上。

保持着静静凝望小梅的姿势，他关机了。

这并不是荣贵第一次关机，实际上，作息规律，荣贵每天都按时关机。

然而小梅却第一次茫然起来。

茫然又惶恐。

他又轻轻碰触了一下荣贵的头颅。

荣贵的头便在沙发上轻轻摇晃了一下，然后又一动不动。

僵硬地碰触着荣贵的头颅，小梅向荣贵的头顶摸去，如果仔细看的话，就会发现他的手指正在微微颤抖。

颤抖是因为这个身体的极限就快到了。

他告诉自己说：要加快速度。

颤抖地摸索着，小梅拿出工具在荣贵的后脑与脖颈相连处艰难地拧动了几下。

一共拧下二十颗隐形螺丝之后，构成荣贵头颅的金属噼里啪啦地四下散落，眼前那个熟悉的小机器人赫然消失了。

只剩半个破破烂烂的身体，以及脖颈与头颅相接处的一块芯片。

这便是荣贵的本体。

承载了荣贵整个人全部记忆、性格以及其他细节。

小梅便又僵硬了一下。

心中的茫然与恐惧完全感觉不到了，他的脑中忽然浮现了另一种全然陌生的情绪。

这一刻，他的身体完全僵硬。

身子剧烈地颤动着，脑中一片空白。

一片空白中，他看到自己伸出手去，从机械颈椎最顶端的嵌口处，微微用力，拔出了名叫荣贵的芯片。

下一秒，曾经属于"荣贵"的破旧机械身体便完全解体了。

接下来他需要做的就是尽快将这块芯片转移到荣贵新的身体上，然后……

然后……

最后看了一眼变成碎片的旧的"荣贵"，小梅拿着芯片走向新的"荣贵"。

荣贵在一片光中醒来。

反射性地坐了起来，他忽然觉得好像有什么东西不一样了。

入眼所见是他熟悉的物品，他正在他和小梅的出租屋客厅，然而似乎又有一些区别。

好像更清晰了些，颜色好像不再是记忆中的颜色，然后……好多东西看起来和之前也长得不太一样。

荣贵条件反射性地低头看向地板，看到身下熟悉的手工地毯，紧接着看到正抓在地毯长毛中间的手。

这手真美！

这是荣贵脑中的第一个想法，过了几秒钟，眼瞅着那只手向自己的头抓过来，他这才意识到：这竟是他的手。

啊……对了，睡觉之前他是在准备换身体啊！如今……这是身体换好了啊！

关机前的记忆瞬间回笼，荣贵恍然大悟。

他一骨碌站起来。

就这么一个简单的动作，之前的他是绝对做不到的。

再见！叶德罕城与朋友们

作为一个三头身的破烂机器人，他的关节相对简单，复杂的动作是完全没法做的，每天早上起床的时候，荣贵都感觉自己的动作像个老大爷。

这种一跃而起的感觉让他惊喜，同时又充满了怀念。

不过他并没有急于探索自己的新身体，他有更重要的事情要做。

"小梅！小梅！"荣贵大叫着小梅的名字。

他的声音也和之前的不同，有点沙哑的金属质感，又有些许金属管内共鸣产生的轻微回声，仍然是标准的机械音，然而和之前简陋的发声器发出的声音有本质区别。质感好了很多，声域也广了。

在所有人都拥有相同声音条件的情况下，不同的语速、声音发生的细微变化……种种条件综合在一起，最终发出的声音效果就会完全不同。

而荣贵是天生会控制声音节奏感的人。

他知道什么是好听的声音，也知道如何发出更好听的声音。

他呼唤小梅的声音就很好听。

简单的两个音节，他唤得好听极了。

然而被呼唤的人却没有回答他。

愣了愣，荣贵一边继续叫着小梅的名字，一边站起身，转过头，立刻注意到了身后的沙发。

小梅正坐在沙发前的地板上，背靠沙发，头微微歪着。

看起来像是睡着了。

停止呼唤，荣贵立刻跑过去。

换了新的身体，他跑得快极了，几步就跑过去了。

"小梅。"跑到小梅身前，荣贵蹲下，双手轻轻搭在小梅肩上。

他没觉得自己用了很大力量，然而——

就在他的手掌碰触到小梅身体的瞬间，小梅的半边身子崩塌了。

脑中一片空白，荣贵惊呆了。

不知所措间，他想要扶住小梅还没塌下去的另外半边身子，谁知，原本还没塌下去的半边身子也开始破碎。

最终，荣贵只能看到小梅变成大片大片的金属散落在地板上。

一些较大的碎块保存了下来，其中最完整的大概是小梅的右手，惊慌失措的时候，荣贵忽然注意到，小梅那只完好的手里，此刻正握着另外半只手。

破破烂烂的，有多次修补的痕迹，是他的手——荣贵一眼便认出来了。

他愣住了。

他这才发现小梅原本坐着的位置旁还有另一摊金属碎片，仔细想想，那里依稀是自己关机前坐着的位置……

"小梅……"完全不知道现在是什么状况，荣贵只知道自己把小梅弄坏了，情急中，这个笨拙的家伙只能选择撅起屁股，两只手一起伸过去，试图将较大的金属碎片拣出来。

就在这时，一道金属质感浓郁的少年音忽然在他身后响起来。

"我在这里。"

声音很陌生，然而那冷冰冰的感觉却是荣贵极为熟悉的。

抓着两块较大的金属碎片，荣贵惶然回头，然后——

他看到了一个有着天空与河流一般眼眸的机器人。

"小梅！"荣贵笑了。

瞬间，荣贵就安心了。

小梅没有被他弄坏！

小梅也换上新身体啦！

现在的小梅真好看！

然后——

"小梅你怎么是秃头？！"安心之后，荣贵立刻注意到细节。

"你也是秃头。"清冷的少年金属音回复他。

荣贵愣了愣，匆忙去平时放镜子的地方照镜子，这一照，瞬间……

天崩地裂！

"金属丝制成的头发没有其他作用，还容易钩挂，我计划找到更好的材料后再制作。"对于两个人的大光头，小梅是这样解释的。

使用坚固到可以做绳索甚至做武器，或者是更高端的材料，可以吸收暗物质成为移动的产能金属丝，这便是小梅式的头发计划。

在找到符合他要求的头发材料之前，他不打算要头发。

荣贵有点绝望啊……

亲，头发除了当作绳索、武器甚至储能器以外，最重要的功能是美观啊！

合适的发型可以拯救一个人的颜值呢！

双手在空气中抓了抓，眼瞅着小梅完全没有改变计划的意思，荣贵只能从碎片中扒出自己旧身体原本戴着的小帽子，勉强戴上了。

这个过程中，他又看到了那两只手。

两只破旧的金属手掌，手指交错，仿佛轻轻握着一般，静静躺在一摊金属碎片之间。

想象着在自己关机之后，一个破旧的小机器人坐到自己身边，轻轻握住自己手掌的样子，他的心忽然变得异常柔软。

抿了抿嘴唇，荣贵便不再抱怨。

甚至，他的嘴角微微翘了起来。

"拆卸掉最关键的脑的部分后，身体散架了。"误以为荣贵在研究眼前的金属碎片，小梅走过来解释，"那两个身体的使用极限差不多到了。"

听到这段话，荣贵没有说话。

刚刚的欣喜减弱了一些，荣贵蹲下，金属手掌摸向前方的金属废料。

在崭新的机械手的映衬下，手掌下方的金属碎片看起来更加残破。

就像是等待回收的垃圾。

再见！叶德罕城与朋友们

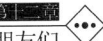

轻轻拨动间，一些原本还勉强用隐形螺丝连接着的金属片渐渐散开。

难怪如此。

之前的身体原本就是用手头现有的材料做的。由于环境艰苦，一路走一路坏，靠着小梅一路到处"捡破烂"，他们才能勉强修补残破的身躯。

最后，他们甚至连一块完整的金属都很难弄到了，小梅就用隐形螺丝细致地将不成块的金属拼接成一块块稍微大一点的金属碎片。

"辛苦了。"目光从一块又一块金属碎片上滑过，荣贵轻声说道。

他像是对面前的金属碎片说的，又像是说给后面的小梅听的。

然后他们开始做离开前的准备。

作为和房东关系不错的好房客，他们最紧要的事情就是将房间恢复原样。

呃……原样挺砢碜的，可以恢复得比原样稍微好一点。

从"翼"拿到的赔偿，除去用于制作身体的上好材料以外，还有很多普通材料，加上之前从男矮人那里收到的材料，他们手头的材料还挺多的。

条件允许的情况下，荣贵决定把房间修整一下。

首先是里屋电视机后面的破洞，荣贵提出建议，小梅负责制作，他们将那个破洞设计成一扇小小的窗户，这样一来，里屋有了窗户，看起来便不再那么压抑。

其次是外面客厅的地板。

这是一个大点的工程，毕竟他们之前不但将身体藏在地板下，还将地板上原本的破洞当成天然大花盆，在里面种"苹果"来着！

如今，荣贵种下的"苹果"种子一共长出两棵苗。一棵"苹果"苗早就破开楼下的天花板，在老矮人的房间安了家；另一棵则放在一个花盆内，被老矮人送给了他们，这样一来，他们的"地板上的小花园"已经没有存在的必要。

好在他们有小梅。

小梅大师不但可以做出非常精密的机械人形，还能制作金属地板！

小梅挑选材料制作新地板的时候，荣贵就去整理地板上的东西。

新的身体力气大了不少，他可以轻而易举地一个人将沙发推开，然后……就轮到沙发前曾经是他和小梅的两堆金属碎片。

即使有了新的身体，荣贵仍然笨手笨脚，在他试图将碎片全部装起来的时候，好多碎片被他碰成了粉末，风一吹，四散在房间的各个角落，好些更是透过地板间的缝隙掉到了地板之下，与这个房间再也无法分离。

就好像他们不愿意离开这里似的。

荣贵愣了愣。

"就埋在这里吧。"看看呆滞的荣贵，小梅忽然道。

于是，他们便当真将自己旧身体的遗骸全部放在了地板下。

混合着原本的沙土，他们的遗骸一点点被捧了进去，末了再将小梅新做的地板铺上去，封死，曾经的他们便永远安睡在这个房间里了。

看着仍然不舍地用手指抚摸地板的荣贵，天空一般颜色的蓝色眼眸向他看了一眼，

小梅重新拿起了刻刀。

找准安置他们身体的金属地板正上方，在左下角，他轻轻刻上了他和荣贵的名字。

就像之前荣贵每次要他做的那样。

他把地板上的小字展示给荣贵。

"干得好，小梅。"

荣贵先是愣了一下，然后，笑了。

只是一个很小的举动而已，小梅让荣贵重新开心起来。

在崭新的地板上铺了荣贵和矮人妹子们学着编织的地毯，整个房间看起来就很像样。

用荣贵的话说，就是"下一名房客可以随时拎包入住"。

花盆、板凳、小桌椅、镶着小梅三级匠师资格证的相框、"睡美男贵"和"睡美男梅"的画像……他们的东西比之前又多了好多，好容易将房间里属于自己的东西全部打包整理好，两个小机器人面前各多了一个巨大的包裹。

幸好荣贵闲着没事和四位女矮人学着做了好多大毯子大被子，否则这些东西还真不好打包。

也幸好他们现在换上了新的身体，力气大了不少，可以轻而易举背起两个特大包裹，否则一趟一趟运，光是放行李就要浪费很多时间。

全部整理完毕，荣贵和小梅将两个巨型包裹背了起来。

站在因为少了许多东西而变得空旷的客厅里，两个小机器人最后环视他们曾经住过的地方。

"要离开了呀。"荣贵叹了一声。

小梅没有说话。

风透过窗帘吹进房间里，再过两个小时，窗户外面的灯就会逐渐亮起，叶德罕的"白天"到来，然后新的一天开始。

就在这个时候，荣贵忽然再次开口。

"小梅，不要讨厌矮人。

"那一天，莉莉她们……还有拉布吉他们没有说出的话……应该就是这句。

"很抱歉，让你遇到了不好的事，可是，请不要因为这件事就讨厌我们。

"我看到他们的眼睛是这样说的。"

用有些陌生的嗓音以及难得正经的语调说着话的荣贵……小梅偏了偏头，很快，又将头正了回来。

"不讨厌。"他只说了这三个字。

"我们走吧？"荣贵又问。

"嗯。"小梅轻轻答应。

然后，背着巨大行李的两个小机器人便锁好门，将钥匙摆在老矮人房间的门口，轻声离开了。

再然后，他们便看到了停在对面的大黄，以及大黄车顶四个巨大的圆包袱。

花里胡哨,还带着蕾丝边,一看就是女矮人的品味。

顶着四个这样包裹的大黄看起来……就像梳了两对包子头!

扑哧——荣贵笑了。

这是四名女矮人给他的告别礼物。

车顶上还有两把大刀——有点像菜刀,看手艺,应该是男矮人的礼物。

瞅了一眼小梅,荣贵将手里的巨大包裹拆开,和车顶上的包袱一起分类整理,最终将所有东西都整理到大黄的后车厢去了。

女矮人们送了各种手工编织品给他们,其中有不少衣服,女矮人是轻易不送衣服给别人的,所以……

"我们收到的衣服应该是杰克缝的。"荣贵点评道。

小梅:"……"

关好车门,将标记了新城市地图的通行证接通大黄的系统,不用他们吩咐,大黄随即向城门的方向驶去。

熟悉的街道与店铺从他们身边掠过,耳边响起零星几声城市里最早的打铁声,他们飞快地远离这个城市。

大黄疾速奔跑。

道路两旁满满的蘑菇田飞快地倒退,偶尔可以看到在田间劳作的女矮人,没有昼夜的地下城,人们工作起来也不分昼夜。

灯火辉煌的叶德罕城就在车后,被他们甩开越来越远了。

蘑菇田开始稀疏,路上的车辆逐渐减少,而道路两旁的灯也越来越少,直到完全消失不见。

当周围一片黑暗的时候,他们彻底看不见叶德罕城了。

第十三章

紧急调令与约书亚

大黄疾驰在公路上，周围一片黑暗。纯黑色的背景下，车内的一点点光亮便格外醒目起来。

　　那是一种绿色的荧光，仔细看可以发现，光源来自车内驾驶台上方摆放的几个花盆里的蘑菇。那绿光微弱却坚持，仿佛是天地间仅剩的一点光。

　　周围安安静静，只有大黄在疾驰间车轮摩擦地面发出一点点声响。

　　直到车内传出一声长叹。

　　"呼……

　　"之前每天在黑乎乎的路上走着的时候总是想，什么时候能看到光就好了。

　　"没想到回到黑乎乎的路上，却感到好怀念。"

　　说话人叹出的第一道声音给人的感觉有点奇怪，带着些许金属质感，震动共鸣的嘈杂声，让人一听就感觉是机械嗓发出的声音。

　　不过当他继续往下讲的时候，之前那种机械感消失不见，声音轻快，带着点让人心痒痒的节奏，让人以为之前只是错觉，其实这是个声音有些特别的人罢了。

　　特别，却不难听。

　　甚至可以用好听来形容。

　　"一片黑暗，感觉世界上又只剩下我和小梅了。"说到这儿，那个声音甚至带上了点愉悦。

　　"虽然大城市也不错，可是偶尔在只有两个人的世界也不错！"

　　说完这句话，说话的人转头看向坐在一旁的，唯一的同伴。

　　说话人是荣贵，他旁边唯一的同伴自然就是小梅。如果荣贵旁边一定坐着一个人的话，那个人一定是小梅，这么想……好像也没什么不对？

　　拥有一对流水般眼眸的机器人便看了他一眼，然后继续低头缝帽子。

　　他正在缝帽子。没错，缝帽子。

　　"身体设计得这么好，脸长得在机器人里也算不错。

　　"可、是——

　　"居然是秃头啊啊啊啊啊啊！

　　"最要命的是，小梅你用了什么材料，想用染料画个发型都画不上去啊啊啊啊啊啊啊！

　　"简直不能忍！"

　　抓狂地在大黄上号叫了一阵子，荣贵便在矮人的爱心礼物里翻找合适的布头，准备给两人各做一顶新帽子。

　　可惜，他的手艺实在糟糕得很，离开了莉莉等人的指导完全没法看。

裁坏了两块布头之后，他只好向小梅求助。

于是缝帽子的变成了小梅，而荣贵则寻思着将缝坏的布头废品再利用。思来想去，他决定做两条裤头。

但是爱心包裹里大小材质适合做帽子的布头，除了被荣贵做坏了的就只剩下两块——绿的。

荣贵做坏了的那块布头则是红的。

于是，依照小梅绝对不会失手的办事能力，两个人将来注定要戴绿帽子，以及……可能穿红裤头。

想到那个画面，荣贵就想哭。

大黄稳稳地开着车，车上两人则各自坐在驾驶席与副驾驶席上做针线活。

没多久，小梅便将两顶帽子做出来了，一顶宽檐帽——小梅的，以及一顶棒球帽——荣贵的。

水色的眼睛往荣贵的方向斜了一眼：荣贵还在笨手笨脚地缝裤头，之前身上材料不好的时候，他经常在做手工的时候被针在身上戳个小坑，而如今，身上的材料全部升级，再戳到他身上的时候，针弯了。

小梅："记得我们身上就十根针来着。"

于是，伸出手指戳了一下荣贵，荣贵立刻将手里的针线活递给小梅，小梅再次闷头飞针走线。

小梅大师就是小梅大师，做机械人形上手，缝裤头也不差。没多久，荣贵死活搞不定的两条裤头就在他手下成形了。

然而荣贵却不太满意："哎呀，小梅，你现在缝的，是女款啊！

"男人的内裤前面得留个缝儿！"

小梅一句话就把他打发了："但是现在不需要。"

荣贵低头看看，然后什么话也说不出来。

也是啊……他们现在是机器人。

张着嘴巴目视前方，荣贵正在想的事情，小梅本领再大也想不到。

就在荣贵浮想联翩的时候，小梅手里的两条女款裤头出炉了。一人一条，布料还有剩余。

这也是不同级别匠师之间的另一个区别：他们对材料的运用不同，做同样的物品，当然，是指不同级别匠师都能制作的物品，一级匠师搞不好全部材料用上都做不完；二级匠师做完的同时材料也不剩，刚刚好；而三级匠师，做完之后，材料不但没用完，还能剩下不少。

小梅手中剩下了一条长长的红布条，眼瞅着小梅似乎要将布条收起来，荣贵灵机一动，立刻快嘴道："小梅，不要收起来啊，你不是把那块红色金属片留起来了？把它缀在布条上，然后固定在宽檐帽上，这样时髦很多呢！"

两个人旧身体的遗骸转移的时候，荣贵瞥到小梅从遗骸中拣出了一块红色金属，仔细想，应该是小梅头颅左侧像是一朵小红花的那块。

小梅停顿了一下，随即面无表情道："这块金属还算完整，留着以后用。"

哼！

明明是和自己一样舍不得旧身体，想要留个纪念品，偏偏说是想要留着以后用，小梅真是别扭！

不过体贴如荣贵，自然不会问更多的问题。

他喜滋滋地从新的储物舱里掏出几块破旧的金属片，递给小梅："这是我从咱俩旧身体上拿出来的，也分不清是谁的了，你给我镶在帽子上呗！就像铆钉饰品一样，这样的棒球帽一下子时髦值满点哩！"

凝视了他片刻，小梅到底接过了荣贵递过来的金属碎片。

最后，小梅的帽子上多了一条红布条，布条上还镶着一块红花一样的金属，看上去很……淑女温婉风；而荣贵的帽子上则多了好多铆钉一样的金属碎片，走的是街头嘻哈风。

美滋滋地戴上自己的新帽子，然后扭头看向小梅——荣贵注意到，小梅戴上帽子之后，果然将小红花的位置拨到脑袋左边去了。

荣贵便捂着嘴偷笑。

这段路上什么也没有，小黑早就收不到任何电波，而大黑——他们从老矮人处得到的新电视，更是收不到任何信号。小梅和大黄一个赛一个沉默，车上唯一的发声装置便只剩下荣贵了。

一个人也能撑起全场，荣贵和小梅聊着天。

刚刚不是用旧身体的遗骸装饰帽子吗？他就说两个人的旧身体。

"小梅，我忽然想到一个可能很严重的问题。"语气一敛，荣贵特严肃地对小梅道，"咱家种的'苹果'最后不都跑去哈伦大爷家里的天花板上了吗？你说，咱俩的身体……喀喀，除了好多碎片，不是还有一些相对完整的部分吗？比如小梅你的半张脸什么的，万一咱俩的身体从天花板上漏下去小梅你的半张脸、我的一个脚指头什么的……咋办啊？"

大爷会不会吓傻啊？

荣贵忧愁地想。

小梅仍然淡定地……做手工。

手边的材料很多，他做事似乎做习惯了，即使没事，他也能给自己找到点事做。

"我有写一张字条放进去，如果我们的身体从天花板漏下去，请他封回去。"一边做手工，小梅一边淡定道。

"我还留了封天花板用的石料、油漆、密封胶以及钉子。"

荣贵："……"

小梅办事，他放心。

"以及，我们的身体在我们离开之后就碎了，听上去真的很像灵魂离开，肉体立即死亡的感觉……"围绕着两个人过去的身体，荣贵浮想联翩，"小梅你不是说我们的身体快到极限了？会不会，就是在等那一刻呢？等到我们的灵魂离开，身体也终于得到解放，然后散开啦？"

这么一想，感觉真的好浪漫哦！

瞥了他一眼，小梅平淡道："其实只是固定身体最为关键的位置在头部，想要取出芯片，一定会碰触到那个关键位置，取出芯片之后，身体原本就容易散开，何况我们的身体已经非常破旧了。"

荣贵："……"

他再次肯定，小梅绝对是浪漫杀手。

大黄的身上如今已经多出一个屏幕：屏幕上是地图。

当大黄的系统接通小梅的通行证之后，地图规划完毕显示在屏幕上，正是通往西西罗城的。

确定要去西西罗城之后，小梅即刻在电脑上发出申请，申请通过之后，他们的通行证内便出现了前往西西罗的地图。

据说这里的道路很多，每一条通往不同的地方，如果没有正确的地图，人们一定会迷路。

即便通过某种方法走上了前往某座城市的道路，如果积分不够，沿途的交通管理局也一定会发现，然后将偷渡者扣押。

只要积分足够，他们的通行证便会得到地图，以后他们便可以自由来往这些城市，同时，在他们的通行证内，也会留下这些城市的信息。

之前他们的身体太破旧了，荣贵无法直观地将通行证里的地图调出来查看，如今升级了系统，他还是不太会用，倒是大黄上的屏幕这几天他有点玩熟了。

在小梅的通行证内，如今已经有三个城市的地图：鄂尼城的、叶德罕城的以及他们正在前往的西西罗城的。

三个城市看起来像三颗球，而连接它们之间的道路则像长长的管道。

荣贵忽然想到了花生。

他从小生活的孤儿院会在后院种一些东西，其中就有花生，小时候，荣贵最喜欢拔花生了。花生在地上的部分就像普通的绿色植物，猛地一拔，埋在土里的就是一大串花生，刚拔出来的花生植株还带着许多根须。

这三个城市看起来就像花生，而周围的管道看起来就像是花生的根须。

不过和花生不同，这些根须是长在一颗"花生"的表面，和另一颗"花生"相连的。

曾经完全想不出来的永恒之塔，如今在他脑中总算有一点点轮廓。

只是一个隐隐约约的轮廓而已，想要看得更加仔细一点，就超过荣贵的想象范畴。小梅曾经说过的"外部吸附星尘""一个星球的形成过程"什么的，更是荣贵无法想象的事情。

想了半天也想不明白，荣贵索性放弃思考。

作为生活在这座巨塔内的一个小小的机器人，他对于这个世界来说实在太过渺小了，就像曾经生活在地球上的人类荣贵，可能终其一生也没有办法窥见这个世界的完整面貌。

荣贵是这样认为的。

谁知在这之后的第三天，一场突如其来的意外却让他有了窥见这个世界一角的机会。

"紧急调令！萨喀尔城现面向域内所有人类发出紧急调令，只要您正在萨喀尔城域内，无论您即将前往或者离开萨喀尔城，请您立刻放弃您的计划，前往指定地点服役，服役时间三个月。"沉寂了许久的小黑忽然"说话"了，一开口就是如此强硬的一番话，荣贵愣住了。

好几秒钟后，他才反应过来：这是他们临时收到的广播。

听到电台里发出的声音，荣贵惊喜。

喜的是：这个声音特别耳熟，荣贵一下子就听出这是在鄂尼城陪伴他许久的电台DJ的声音！

那个电台DJ也离开鄂尼城啦！他现在是在那个萨、萨喀尔城工作啦？

惊的则是：那条所谓的紧急调令广播完毕，荣贵看到大黄上原本的地图瞬间消失，下一秒钟，再次出现在屏幕上的地图已经变成了截然不同的！

"提示，即将改道。提示，即将改道。"沉稳如大黄，只在关键时刻"说话"，而如今，它就在说话。

"改道。"小梅随即回复。

接收到主人的确认性指令，大黄随即按照新的地图行驶。

荣贵有点发愣。

"这个……这个是怎么回事啊？以及……

"那个DJ还是适合播放歌曲，用欢快的声音和听众聊天啊，他的声音实在不太适合播报这么严肃的广播……"

小梅一边迅速连接网络获取广播的相关信息，一边平静地回复荣贵："紧急调令非常常见。

"永恒之塔原本是人类最后的基地，居民军人占多数，在相当长的一段时间内执行军事化管理，民众从出生开始就接受各种集体教育，服从是每位公民都必须遵守的铁令。

"紧急调令就是其中的一项。

"这是必须执行的任务，任何因此被耽搁的事情都会被原谅，这是强迫性任务。

"不会是什么好任务，不过，报酬会不错。"

从未接受过军事化教育，连军训都没参加过的荣贵咋舌。

不过看到小梅如此淡定，他也镇定下来。

他甚至还有点小期待。

各种各样的小情绪中，荣贵终于和小梅一起抵达了广播中指定的场所。

当他们抵达的时候，那里已经有很多很多车，人们有的沉默不语，有的议论纷纷，集合点热闹非凡。

坐在大黄上，小梅冷静地看着窗外。

紧急调令与约书亚

前方的玻璃有加厚贴膜，从外面是看不到里面的情况的，其他的玻璃虽然没有这个功能，不过女矮人却细心地为其他车窗做了小窗帘——蕾丝边的，粉色的。

荣贵透过前车厢看看，然后又离开副驾驶席，撩开窗帘的一道小缝，从其他的方向看看。

周围停着密密麻麻的车，没有什么秩序，大家都是随便停的。有人在打电话，有人出车聊天，更多的人倒是和他们一样，坐在车上没下来。

荣贵想了想，赶紧从后面女矮人给的包裹里翻了翻，翻出两套衣服，抱着衣服走回了副驾驶席。

"我们先穿上衣服吧？"将其中一套衣服递给小梅，荣贵道。

看了一眼自己崭新的金属身躯，小梅没有反对。

新的身体太漂亮了，怕别人觊觎他们的美貌！心里这么想着，荣贵先穿上了裤头，然后穿上了裤子。

新的身体材料在地下城算是不错的，容易被人盯上。小梅心里则是这么想的，他谨慎地穿上上衣，系紧了扣子。

"很好，我们现在看起来一定是矮人城最受女矮人欢迎的男矮人。"等到两人着装完毕，荣贵瞅了一眼隔壁的小梅，乐了。

矮人的服装相当有特色，无论是用色、款式还是衣服边缘复杂的刺绣装饰，一看就是某个地方的传统服装。

一句话：民族风啊！

为了方便做工和打铁，矮人的衣服稍微有点暴露，他们的机械胳膊就露在外面，想了想，荣贵又在包袱里面翻了翻，翻出两件大斗篷，给两人披上。

两件斗篷也是民族风，都有鲜艳的纯色配上复杂的刺绣，图案一模一样，只是底色不同。荣贵盯着小梅看了一会儿，将深蓝色的那件拿给小梅，自己则穿了黄色的。

"小梅的眼睛是蓝色的，气质很安静，穿蓝色的合适，我的性格开朗，黄色最合适啦！"荣贵一边说着，一边给小梅穿斗篷。

说来也怪，荣贵的手笨是常态，可一到穿着打扮方面偏偏就灵巧起来。好比现在他们正在穿的斗篷，矮人穿斗篷是为了挡风，穿了几百年斗篷的款式也没发展出来太多变化，系法也是千篇一律。老实说，矮人的斗篷除了实用以外，其实并不算好看，可是荣贵特别会穿着打扮呀！他先是用传统方法给小梅穿了一遍斗篷，穿完一看：原本娇小玲珑的美"正太"机器人活生生变成了树桩矮冬瓜啊！

不能忍！

于是他调整，只见他将斗篷重新拆开，原本从肩膀开始系的斗篷提到头部，使用大披肩的披法围了一圈，一个非常有异域特色的神秘美小梅便出现了。

当然，小梅自己并没有觉得这种系法和之前的有什么不同，硬要他评论的话，大概就是荣贵的系法比较结实，不会轻易松开，比矮人的传统系法好很多。

面无表情地，他接受了荣贵的方式。

"不错！不错！"荣贵满意地看了看被自己打扮得漂漂亮亮却又不至于漂亮得太过出

格的小梅，满意地点点头，然后给自己用同样的方式系斗篷。

没多久，美美的阿贵也出现啦！

"嘿嘿嘿，我这身斗篷和大黄是情侣色哩！"荣贵得意地说。

小梅："……"

大黄："……"

好吧，其实，小梅深蓝色的斗篷上的花纹是黄色的，而荣贵身上黄色斗篷的同款花纹是深蓝色的，这两个人身上的斗篷才是"真•情侣款"。

女矮人的苦心完全没被当事人领会到，白费了。

同样是接到紧急调令，其他人在焦躁中打电话的打电话，议论纷纷的议论纷纷，像荣贵他们这样慢条斯理穿着打扮的，倒是独一份了。

就在他们打扮完毕，荣贵琢磨着要不要下车看看的时候，忽然，小黑……不！是鄂尼城的电台DJ，他又说话了。

"下面是答题时间，请大家回到车内，根据自己的能力、经验，如实回答每一个问题，这些问题的回答程度与内容将直接决定大家在紧急调令中领取的任务。"

"哎？"荣贵还没反应过来，外面的景象又不同了。

原本还在车外闲聊的人立刻钻回了车里，而一队人忽然从拐角出现，他们一边走一边将一张张答题纸塞进每辆车。

没多久，大黄的玻璃也被敲响，荣贵落下窗户，里面的人在询问他们有几人之后，将两张答题纸递给了他们。

说是纸，其实应该是一种金属制品，有点类似超薄的平板电脑，左上方有一个圆形的凹陷，荣贵感觉那似乎正是一张通行证的大小……

他向旁边看去，果然，小梅已经将自己的通行证扣上去了。

扣上去再拿开，原本黑色的答题纸忽然变成了白色。

开机了——荣贵心想。

于是他也赶紧把自己的通行证扣上去刷了一下。

他的答题纸也亮了，伴随着小黑一声"开始答题"，答题纸上显示出了密密麻麻的问题。

小梅开始答题，而荣贵……已经歇菜了。

一上来就是一道荣贵连题目也读不懂的问题，荣贵脑中瞬间一片空白。

而瞅瞅旁边，小梅却已经开始答题了，一行行小字比题目还要密密麻麻，仔细一看，全是各种公式！光列公式还不够，小梅居然还画图！圆形，三角形，配上指示用的数字，荣贵光看就知道：这题一定超难！

他只能看第二道题，然而——

荣贵的头更晕了。

荣贵读完第一页上三道题的工夫，小梅已经实打实做完了这三道题，两个人一起翻页。

翻页后的情况也并未好转，荣贵继续交白卷，而小梅则继续飞快地答题。

时间就这样一分一秒地过去了。

荣贵只回答了最后的一个问题。

特长：唱歌好听。

他原本还写了"长得漂亮"，不过想了想自己现在的尊容，又想了想答题内容直接与任务挂钩，怎么想也觉得长得漂亮领不到什么靠谱的任务啊！

于是，荣贵赶紧划掉写了一半的"长得漂亮"。

一脸绝望的荣贵最终和小梅同时交卷。

然后，不出所料，小梅拿到了全场的最高分，而荣贵则是全场最低分。

萨喀尔城的公务员发现全场最高分和最低分获得者居然坐在同一辆车内，表情有点微妙。

小梅面无表情地看着过来的公务员，荣贵则有点紧张。

对于这两个人的关系，不用他们解释，两人通行证上的家庭账户已经很能说明问题了。

而荣贵在整张答卷上唯一填写的答案则辅助说明了问题：唱歌好听以及长得漂亮（后者划去）。

一个利用年轻貌美的身体迷惑住大师的小妖精。现场几位公务人员虽然没吭声，但是脑中同时浮现了相同的答案。

（注：小梅在通行证上的信息包括取得三级匠师资格证，一般取得这个证的都是拥有相当资历的人——换句直白点的话说就是大爷大妈。）

因为两个人的身高以及穿着，公务员将荣贵和小梅当成矮人。

"小梅先生，您的学识储备相当丰富，这次任务中，您将被授予非常重要的工作。

"具体的工作这里不能说，稍后等你转移到更加适合谈话的地方，自然会揭晓。"

和小梅说话的是一位有着兽耳的男性公务员，他的个子非常高大，面容坚毅，光看长相就让人觉得特别可靠。

点点头，小梅对自己的工作内容并未多作询问。

感激地对小梅点了点头，那名公务员随即转向荣贵。

按理说，全场最差分数的获得者的任务根本用不着他负责分配，可是眼瞅着这人都在自己面前了，顺便分配一下也是举手之劳。

能让全场最低分数获得者领取的任务都不是重要任务，公务员索性当面询问他："后勤组还有一些空缺，你擅长料理吗？厨房需要几名新人帮忙准备新增人员的伙食……"

荣贵张了张嘴。

他还没回答，小梅先他一步开了口："不适合，他不会料理，最简单的食材处理都不会。"

荣贵抓了抓头，这是实话，给两个人的身体做营养液的时候，他总是笨手笨脚地弄坏食材，还经常将最有营养的部位扔掉，后来小梅就不让他做了。

"我们家的饭都是小梅做的。"荣贵实话实说。

"帮忙开车运输物资如何？"兽耳公务员想了想，又想到了一个新的非技术类工种。

"他不会开车。"小梅再次拒绝。

"是的呢！我们家大黄是小梅特意改造过的，每次出门，都是大黄自己驾驶呢……"说着，荣贵指了指小黄车，示意这就是自家大黄。

几名公务人员你看看我，我看看你，最后问："那清洗以及缝补衣物……"

这一次，小梅直接拿出了自己的手套："这是他缝制的物品。"

"那个……我们家主要的缝纫工作基本上都是小梅做的……"怯怯地，荣贵小声补充。

说完，他还赶紧把小梅手里的手套抢过来，藏起来了。

几名公务员已经无话可说。

几名公务员再也不同情小梅。

最后，还是那名兽耳公务员帮荣贵找了个他能干，小梅又没拒绝的活儿。

"去广播站当广播员吧，我们前阵子招了一个人负责发布紧急调令，任务开始之后，各种通知会更多，我们也确实需要另外一名广播员。"

哎？DJ？！

和鄂尼城的DJ当同事？！

听到这儿，荣贵的眼睛都亮了。

然后——

"能否让他和我在一起工作？他经常会遇到不会读的字。"小梅在旁边冷冷开腔道。

公务员："……"

行行行！你最行！这么能干的家伙，估计一般任务也难不倒你，活该你做两人份的活儿！

"可以。"再也不想和这两个人多说，公务员赶紧同意小梅的要求。

就这样，荣贵梦寐以求的"在电台当DJ""和鄂尼城DJ一起共事"的愿望打了水漂，分到了一套DJ设备，他最终被安排在了小梅办公地的一个小角落里。

勉强算是有个活儿干。

而小梅呢，由于拿到了最高分，同时通行证内还有三级匠师资格证，可以说，他可是这次紧急调令调来的人里面最有价值的！

这么有价值的人，还是文弱的技术人员，萨喀尔城的紧急征调部的公务员思来想去，最后把他分到后勤部。

负责管理仓库。

听起来不怎么样，荣贵还一下子想到了看仓库的老大爷的形象，殊不知，对于紧急调令调来的路人来说，这个职位是最安全且职权最大的！

每天入账的积分是其他人的好几倍，更是荣贵的十倍。

负责审核每一笔出入仓库的物品清单，定期清点库存，以及维护仓库内的所有器材，如果送进来的物品破损，还要负责修理……

第十三章

紧急调令与约书亚

这可真是把小梅的各种能力应用得彻底啦——荣贵咋舌。

既然已经穿戴矮人的服饰,索性就穿得彻底些,于是下车前,荣贵又帮小梅把收到的斧头锤子塞到后腰,依葫芦画瓢自己也带了一套,于是下车的时候,出现在众人面前的就是两名矮人。

还是非常华丽的矮人。

对于外面的人来说,矮人暴躁易怒而好斗的印象非常顽固,所以发现新上司是矮人,他们算是比较乖的,反正大家都是紧急调令调来的,没必要为个临时任务找事嘛!

没人捣乱的情况下,小梅迅速掌握了工作情况,顺利开始了仓库管理工作。处理工作之余,他还帮荣贵钉了个小隔音房,就在仓库的角落,距离小梅办公桌不远的地方。

透明的,隔音效果还不错,荣贵在里面发生了什么都可以看得一清二楚,外面的声音也传不进去,至于荣贵想和他说话嘛……

别忘了,这俩机器人可是有内置定向通话系统的,可以开一天,还是免费的那种!

于是,等到小梅抽空给自己做了一个小隔间之后,拿着工作人员发给他的广播员设备,荣贵也美滋滋地坐在小桌子前,准备工作了。

各种面向外部的紧急调令还是由先来的鄂尼城DJ负责播报,荣贵就负责对被分配到岗的人员的内部广播,他和鄂尼城电台DJ虽然是同事,然而两个人没在一起工作,也没有什么内部通信手段,所以"认亲"的计划只好搁浅了。

进入工作隔间的时候,荣贵手里有一张金属字条,上面有一条又一条通知等待他广播,小梅还帮他把他不认识的字标注了一下,他就更有底气了。

于是,荣贵坐在座位上,调试了一下话筒,身体坐得挺直,将第一条需要播报的通知看了一遍,开始朗读:"A小队的队长迅速去指定地点运送指定物品至仓库,具体工作内容已经发送到你的通行证,请即刻查收。"

柔和而悦耳的金属音,愣是将一条生硬的命令读得温和了许多。

原来自己现在的工作是点对点的消息通知啊!类似自己和小梅在公路上收到罚单,唉!

自己分到果然不是像鄂尼城DJ那样,可以面向很多人,搞不好还能有粉丝的风光工作啊!

有点像电话推销员。

不过这样也没什么不好,刚好可以练习一下自己刚换上的新发声器,音响买回家还要煲机呢,发声器肯定也不例外,刚好可以用这些通知煲一下嗓子!

煲机的时候往往需要用音域非常宽广的曲子,高声要飘到天际,而低音则尽量仿佛可以深潜至海底,煲发声器应该也要用一样的方法吧?

于是,接下来的时间,荣贵再读通知,都会变音。

声音时而高时而低,时而雄浑,时而空灵,时而沙哑,时而清脆……

以至于一边工作一边负责监听两名播报员工作的工作人员愣住了:"人员这么紧缺,你们到底找了多少人去播通知啊?"

全然不知萨喀尔城的工作人员的误会,荣贵工作得很高兴,而小梅那边似乎也不错,

短短一天内就完成了仓库的建造整理工作，两个人一起回大黄上休息。

对于紧急调令调来的人，一般会给他们安排住处。然而考虑到很多人都是自己开车来的，所以对于想要住在自己车上的人，也不会完全阻止，当然，需要随时待命的工种除外。

所以荣贵和小梅还是住在大黄上。

大黄也不是随便停的，工种确认之后，所有人都得到了停车位，荣贵他们得到的这个停车位离他们上班的仓库比较近，相对安全，也宽敞。

早在大黄改装之初，小梅就考虑过隐藏两个人的冷冻舱这件事，所以大黄的车底有一块凹陷，不但可以装载冷冻舱，还能装其他值钱的东西。这块凹陷被厚重的车底板隐藏住了，如果不是精确测量车内车外细微尺寸差别，基本上很难发现。

真的很隐蔽。

车上的驾驶席和副驾驶席同样经过特别设计，往后一放就是一张小床，充着电的同时，两个小机器人还能一起睡觉呢！

"如果大黄车顶有个天窗就好了，说不定可以晚上看星星。"舒舒服服躺在副驾驶"床"上，荣贵将双手交叉于肚子前，对小梅道。

"啊……忘了这里是没星星的。"荣贵随即推翻了自己的想法，"而且那么一弄，大黄看起来好像地中海啊！"

大概是想象了一下有了天窗的大黄，荣贵还偷偷乐了。

小梅："……"

大黄："……"

第一天，小梅的工作就是筹建仓库，完成一些基础物品的入库。

而同样是第一天，荣贵的工作是通知已经有任务的人，将一些指令点对点地传达给他们。对于荣贵来说，则是"煲机"的第一天。

第二天，荣贵的工作还是没有什么变化，仍然是按照广播稿上的内容播给新获得任务的临时被征调人员。

而小梅那边的工作则有了变化。

荣贵一开始有点提心吊胆的，生怕这种临时调是要他过来打仗什么的，谁知，第二天他就明白了：他们这群人是被征调过来修城墙的。

因为小梅仓库里收入的大件物资陆续来了，不是枪支大炮等战争物资，而是挖掘机、升降机、推土机等等等等。

这些机器的样子完全超过了荣贵的认知，他根本不认识，还是小梅告诉他的。也就是因为运进来的都是这种机器，所以小梅才告诉他，他们这次被紧急征调的目的大概是修城墙。

当然，小梅的原话不是这么说的，不过这并不妨碍荣贵将它简单理解为修城墙。

这让荣贵安心了不少，毕竟修城墙比打仗可安全多了，开挖掘机比开坦克简单得多，而修理推土机也比修理大炮工作稳定不少。

荣贵总算松了一口气。

第十二章
紧急调令与约书亚

果然，第三天的时候，他收到的通知稿就成了派人去开挖掘机。

一时间，他忽然有种自己成了工地工头的酸爽感。

这个时候，荣贵仍然以为自己和小梅只是参与了一场普通的修葺工作，直到他在某次广播中，忽然读到了"造星者"这个词。

那也是他唯一一向全体征调者播报的一条消息——开头是"致全体造星者"。

这是完全没有听过的名词，荣贵愣了愣，不过良好的职业素养还是让他朗读下去："感谢大家能够在收到紧急调令后立刻赶来，大家现在参与的是一颗新星球的制造，置于萨喀尔城附近的星核已经全面启动，接下来的时间内，将有大量富含镥、铁、锂等元素的星尘涌向新星核，一颗新的星城将在大家的帮助下建成，时间预计是三至五个月，若有星际季风帮助，时间还可以缩短一个月左右。

"这段时间内，希望大家共同努力，共建美好的新星城，新星城将永远镌刻诸位的姓名。"

荣贵大脑一片空白，将广播稿读完了。

因为太震惊了，所以他难得忘了使用伪音，所以这条广播是用他真正的声音读出来的。

不得不说，经过几天的"煲机"，荣贵的音色已经得到了相当程度的提升。

声音仍然是金属质感，然而却是一种极为圆润柔和的金属质地，隐隐带着少年特有的清澈，却并不单薄，每一个音都按照荣贵的习惯发出，那一刻，所有通行令上有接收频道的人都愣了愣。

这大概是所有人在听到好声音时都会有的反应吧？

明明只是一个稍微高级一些的发音器而已，运用的人不同，发出的声音却是完全不同的。

有的人天生就知道每个字怎么读会读得好听，会读出不同的韵味，这是天生拥有声音掌控力的人，而荣贵就是这种人。

正在做事的小梅愣了愣，每天都听荣贵用不正经的方式说话，他也是第一次听到荣贵真正的声音。

而负责分配任务的公务员也愣了愣："这个广播员声音不错啊，比之前那些好多了。"

不得不说，荣贵用自己的声音读出来的广播稿充满了真诚，让人听了就觉得自己正在参与一项非常伟大的任务。读稿其实很普通，一切效果都是声音的加成。

这天的工作效率挺高的，证据就是，原本平均三天送修一次的挖掘机，今天一天就送修了两次。

而小梅负责的仓库里一共有二十台挖掘机。

就算不是每台都会一天坏两次，今天的送修率还是比往常高了许多，小梅管理的仓库物品维修小队忙得不可开交。

用过来送修的人的话说："也不知道怎么回事，听完广播之后就跟打了鸡血似的，完全不想休息了，再难的地方也想挖，这不……冲得过头了，就把机器搞坏了。"

不是一两个人这么说，好多人都提到了，同时还到处偷偷摸摸打听负责广播的是哪位

小帅哥，如果可以的话，认识一下啊！下班之后可以一起喝个饮料什么的，兴许任务结束后还可以一起上路。

小梅："……"

对于自己已经有了点名气这件事，荣贵是完全不知道的。

他坐在小梅办公室角落的隔间里上班，小梅给他造的隔间隔音效果相当好，外面的声音他是一点也听不到。

他的心思完全扑在"造星者"三个字上了。

自从知道自己如今是在一座巨塔之中，荣贵觉得自己的想象力就欠费了，仅凭小梅的解释，他无论如何也想象不出自己现在置身的世界到底是什么模样。记得就在收到紧急调令之前他还在琢磨这件事，没想到，自己就在可能十分接近这件事的地方。

心里就像有只猫在抓，荣贵这一天广播得特别用心，他试图将所有的广播稿综合在一起，拼凑出来一点蛛丝马迹，然而很遗憾，接下来他并没有发现什么有用的内容。

倒是很多工作人员在听过一天荣贵"咬牙切齿"播报出来的广播后，对他充满了兴趣却寻人未果，联系到了萨喀尔城的公务员，想要让这名播音员多说点什么。

无意中找的播音员居然对大家的工作热情有如此大的激励作用，还是超乎公务员的预期，紧急调令虽然类似军令，所有收到通知的人必须赴任，然而这里毕竟不是什么军队，很多事情大家也都能通融。

事后那名兽耳公务员还真的找小梅谈话了。他已经知道荣贵很"废柴"，和他谈话没什么用。

对方表示，为了提高造星者的工作热情，根据大家的反映，他们想要在下班时间增设一些娱乐性广播，希望荣贵可以适当延长工作时间，甚至可以安排荣贵进入现场播报。

任何工作场合都可以去，可以和现场的工作人员交谈，将他们的交谈内容作为广播播出，大伙儿似乎都蛮期待这种节目的。

当然，获取的积分也会大大增加。

小梅听完，顿了顿，使用内线询问荣贵："他们想要你加班，做不做？"

将各种好处和形容全部去除，小梅将公务员的话概括总结成一句话询问荣贵。

"不去不去！我们每天要睡够八小时呢！"

荣贵的大嗓门通过功放传达给了等在一旁的公务员。

"他拒绝。"按掉内线，小梅面无表情地对兽耳公务员道。

兽耳公务员心想：您这样做好吗？

我们说的那么多条件您一句没说，就提了个加班，换成是我，我也拒绝好不好！

不过，小梅一身耿直，这……看着也不是故意的啊……他似乎真的只是太沉默寡言，以及太耿直了。

这终究不是什么大事，被拒绝了也没什么，反正他们还有一名DJ不是吗？

笑了笑，公务员告辞了。

紧急调令与约书亚

倒是荣贵事后听到鄂尼城DJ到处晃悠采访工作人员的广播时，大大羡慕。

"真好啊！我也想去其他地方看看呢！我今天才知道我们是被调过来做造星者啊！所谓的造星者，就是小梅你说的造星活动的造星者吧？

"这种地方是可以看到塔外的吧？就算看不到，应该也能近距离看看是怎么造星的吧？

"怎么办？我好好奇，好想看看啊！

"啊啊啊啊啊！羡慕死鄂尼城的DJ小哥了，我果然不如他专业啊，明明就两个播音员，人家居然选他不选我啊！"

越说越沮丧，荣贵在副驾驶席沮丧得打滚。

小梅瞬间有点心虚。

不过，他有应对心虚的方法：之后的日子里，尽量收集和造星活动相关的消息告诉荣贵。

比如，今天的主要活动是调整风力旋涡的走向，抓取了大量铁尘。

又比如，将真空中的土壤大规模吸收到星核处，星核的引力越来越大，人力的作用越来越小，星核开始自主运行，可以自动吸引周围的物质。

每一颗新星的未来发展规划都不太一样，所以他们并非全部星尘都要，挑选属于未来规划中的矿物质，不在规划中的则剔除，新星未来的主要矿产储备就会是一开始重点吸取孕育的矿产。

小梅不只是说，他还有证据。

第一天是一点点黑色的铁尘，第二天则是一点点红色的土壤。

将它们攥在手心，晚上两个人一起躺在大黄上，小梅才会张开手心，将里面的星尘展示给荣贵。

听到小梅说着这些星尘的来历，荣贵的表情丰富极了。

"这可真厉害！"将那些星尘从小梅的掌心小心翼翼扫到自己的手心，荣贵爱不释手。

"真想亲眼看看……"然后，荣贵盯着星尘浮想联翩起来。

小梅："……"

荣贵虽然不是一个会打破砂锅问到底的人，可是在某些事情上，他也非同寻常地坚持。

"不过，小梅你不是也没有离开过仓库吗？那你是从哪里弄到这些珍贵星尘的？"

小心翼翼地像小梅一开始那样攥紧手心，生怕风把它们吹跑，荣贵扭头问躺在自己旁边的小梅。

"从挖掘机上弄下来的。"小梅实话实说。

想象一下小梅一边修理机器，一边偷偷弄点星尘攥在手心的样子，荣贵乐了。

每天都有不同的星尘被小梅带回来，最后在荣贵的建议下，小梅索性烧了一堆精巧的透明玻璃瓶。原材料都是从小梅带回来的星尘中提取的，将这些有意义的星尘放在里面，荣贵把它们吊在车内，好像风铃一样，成了非常美观的饰品。

每天盯着这些瓶子里的星尘，荣贵想象那颗新生的星球如今变成什么样子，是什么颜色……

没办法，对于荣贵来说，造星这件事太神奇了！

虽然没有每天说，但他一直想去外面看看。

终于有一天，这个愿望实现了。

小梅有了一次去外场干活的机会。

有一台引力仪坏掉了，现场的专家无法维修，向全域发出悬赏令之后，小梅主动接下了这个任务。

他唯一的要求，就是带着荣贵一起去。

从仓库中调出一台备用的引力仪，小梅带着荣贵一起上路。

那是一台圆形的引力仪，不算大，正常体形的人类大概只能满满当当装下两名，不过荣贵和小梅矮啊，他们还苗条，所以两个小机器人坐在里面还是很宽敞舒服的。

驾驶引力仪从基地出来，从前方透明的玻璃望出去，荣贵看到急速后退的营地内场景，周围有一条条黑色的路，并非修葺的结果，倒像是这几天很多人经过被轧出来的。

直到这个时候，荣贵心里还没有什么太特别的感受。

周围的环境有点像他们之前工作过的矿坑，到处都是沙石、泥土还有矿石。

他们经过最后一道关卡，验证过身份之后，前方忽然出现了一扇门。

门不大，门板呈旋涡状自中心开合。

圆形门开启的瞬间，荣贵感觉身子微微向上一起，他们乘坐的引力仪径直向圆门的方向驶去。

他们近乎是"滚"过去的，引力仪翻滚的时候，他们前方的玻璃窗刚好到刚刚离开的地方，荣贵看到圆形门迅速闭拢。

他忽然感受到了强光——

非常、非常强烈的光，从他们身后袭来，小梅的机械手迅速按下了一个按钮，他们面前的玻璃窗迅速从外部闭拢，直到只剩下巴掌大的一小块。

极其强烈的光从那巴掌大的一小块透进来，原本还算明亮的引力仪内部在强光的对比下简直就是黑暗一片。

"这是什么……"荣贵愣住了，还好他现在使用的是机器人的身体，否则刚刚剧烈地翻滚，他非晕车不可。

"这就是永光带，塔外的样子。"手指有条不紊地按压在各种按钮之间，小梅沉声道。

荣贵又愣了愣，然后，向那块巴掌大的地方凑过去。

看清外面的样子之后，他惊呆了——

外面赫然是一片光的海洋！

那是——

光之海！

乍看起来，外面的世界是一片白色。就像一片白色的海。无边无际，看不到尽头。

第十三章
紧急调令与约书亚

一直盯着外面的话，仿佛时间都被刻意放缓了。

然而看着看着，荣贵又在一片炽白的光海中看到了其他情景。大概是成像器适应了室内外光感的巨大差别，经过一段时间的自动调整，荣贵看到的"景色"多了一些。

原来，外面的光之海并非一片炽白，那些光是有层次的。

非但颜色有层次，而且，这片"海"并非那样平静。

荣贵看到了"波涛"。

巨大的光球在他左前方的某个点爆开了。

听不到声音，非常缓慢地，荣贵看到了那里由原本什么都没有，忽然鼓起，越鼓越高，就像一朵含苞待放的花朵，绽放开来——

光之海中绽放了巨大的花朵。

花朵的花瓣层层叠叠，全部都是火焰！

那真是非常梦幻的场景，他将头紧紧贴在玻璃上，用黑色矿石做成的眼珠中盛开了两朵小小的火焰。

那些花朵盛开的速度是那样快，衰败的速度更快。

很快，就在那朵巨大的，火的花朵"开"到最盛的时候，荣贵看到那些"花瓣"落下来了。

它们像熔浆一般落下来，流入下方的光海之中，巨大的"海面"微微波动了一下，随即再度恢复了平静。

连一朵"水花"都没有溅起。

并不仅仅只有那一朵"花"而已，荣贵接下来又看到了好多种极为壮观的绽放。

最大的一次绽放实在太过壮观，终于激起了海浪。

原本平静的光的海洋上忽然掀起巨浪，那巨大的光织成的浪花铺天盖地朝他们的方向扑过来，一瞬间，荣贵以为自己和小梅所搭乘的引力仪一定会被卷入、掀翻，谁知那巨大的"海浪"在抵达他们所在的位置之前仍然熄灭了。

海面就这样看似平静，实则波涛起伏地荡漾在荣贵的双眼中。

过了好久好久，他才依依不舍地从窗户边离开。

"实在……太美了！"他转过头，对小梅道。

作为一个在这方面一点常识也没有的普通人，荣贵看到的只是热闹。

"那是什么呀？"看完了热闹，他这才想起这个问题。

"只是爆炸而已。"然后，"专业人士·小梅"实话实说。

"外面就是永光带，之所以都是光，是因为外面一直在发生爆炸。

"你觉得外面平静得像海面一样的光带是阿鲁法射线，宇宙中最明亮的射线——

"也是目前所知威力最大的爆炸形式。"

小梅一边继续驾驶着引力仪前进，一边平静地说道。

"那、那我们岂不是就在爆炸现场啦？"荣贵大吃一惊，转头再向玻璃看去，外面看似平静的光海瞬间成了洪水猛兽，仿佛随时都会将他们吞没。

"不，事实上，我们距离爆炸现场至少隔了三个星系。那些爆炸早就发生了，只不过

爆炸产生的光和射线如今才抵达这里被你看到而已。"小梅道。

"尤里斯的预言之后，整个宇宙的星球全部爆炸，爆炸之后的余留物仍然在不停地发生爆炸，爆炸时产生的光贯穿了整个宇宙，整个世界变成了一片光海，就是现在你看到的永光带。"

荣贵的嘴巴张了张，他不知道说什么才好。

他再次向玻璃外看去，看到的却不再是无边无际的光之海，而是——

无边无际的寂寞。

在到处都有星体爆炸的宇宙中生活？

不是一两起事不关己的爆炸，而是所有星球全部都爆炸了？

荣贵简直难以想象。

然而事实上他现在就生活在这样一个世界里。

小梅看了一眼荣贵。最初见到光之海的时候有多激动，在听到小梅的实话之后，他就有多沮丧。

站在远处看烟花，和发现自己可能就住在即将爆炸的烟花上的感觉是完全不同的，娇小的"正太机器人"身上的沮丧气息强烈到小梅都察觉了。

完全不知道荣贵此时的沮丧是怎么来的，也不知道消除的方法，小梅只能转移话题："那台坏掉的引力仪就在前面，我们该过去了。"

"嗯，好啊。"荣贵还是有点没精神，不过还是尽职尽责地拎起了小梅的工具箱。

他没有忘记，自己这次是作为小梅的助手来的。

荣贵原本以为坏掉的引力仪应该是一台和他们现在搭乘的引力仪差不多大小的机器，结果到了才发现，体积可比他们这台大多了！

他们的引力仪停在坏引力仪圆润头顶的接驳口，就像一个巨大圆球上多了一只耳朵。

双方随即打开各自的门，紧接着，荣贵就跟在小梅身后向对面的引力仪走过去。

他们降落的位置就是仪器内部的修理舱，支持仪器运行的大型零件都在这里，一看到小梅和荣贵，立刻有几名穿着工装的工作人员火急火燎地围了上来。

他们就是这台引力仪上原本工作的维修人员，但凡大型机器，出任务不但会配备驾驶人员，还会配备维修人员，这次的故障比较奇怪，他们研究了半天也解决不了，联系远程指导也没用，眼瞅着就要放弃准备回去，小梅他们就到了。

这次造星一共有三台大型引力仪，这种被称为"造星者"号的大型仪器承担了最重的任务，但凡有一台引力仪出了大问题，工程进度肯定大受影响！

"造星者"号是从上层塔分发下来的新型高端仪器，维修人员之所以不会修，是因为这种型号的引力仪目前还不算普遍，看到小梅——还带了一个助手——出现的时候，老实说，他们还有点不太相信小梅的工作能力。

也不和他们多说，小梅带着荣贵直接前往需要维修的线路组。

放置线路组的地方并不好，又拥挤又黑暗，还狭窄得很，没有攀爬的地方，维修人员只能用一根绳子吊在半空中维修。

小梅这么吊着修了六个小时，荣贵就在那边陪他吊了六个小时。

紧急调令与约书亚

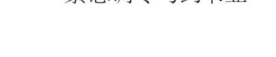

看着全神贯注工作的小梅越来越脏，荣贵手里捏了一块小手绢，想要帮他擦擦，然而又怕打扰他。

心里一方面觉得"认真工作的小梅真帅"，一方面更心疼。

他们家的小梅哦！为了给家里赚钱，实在太辛苦了。

之前的沮丧完全消失，变成了对小梅的怜惜。

眼里只有小梅，荣贵生怕小梅身上的零部件不小心掉下去。

这是使用上一个身体时养成的习惯，不过他们的新身体明显质量不错，直到小梅收起工具，宣布完工，他们身上也没有任何零部件掉下去。

扯了扯绳子，立刻有人把他们从下面拽上去。

不用小梅和他们说明，操作中心的工作人员早就发现引力仪修好了。

"谢谢啊！谢谢！"匆忙和小梅道了一声谢，穿着工装的人便各自离开，纷纷归位。

原本由于停止工作而变得安安静静的引力仪重新响起轻微的轰鸣声，预示着它又开始工作了。

而作为这一切的功臣——小梅，却没人管。

荣贵还傻愣愣站在走廊里，小梅已经重新检查自己的工具箱，确认工具全都放在应该放的位置，对荣贵道："走了。"

"这、这就走了？"荣贵还有点没反应过来。

"嗯，修好了自然就离开。"小梅却没觉得这有什么不对，相反，他还觉得这台引力仪上的工作人员不错。

少说话，多办事——这些人表现出来的样子还是很符合小梅的工作理念的。

看到荣贵还在发呆，小梅看似漫不经心道："你，不想看看他们是如何造星的吗？"

荣贵："……"

"想想！特别想看！"荣贵立刻抱住小梅的胳膊！

任由他抱着胳膊，小梅拖着荣贵离开了"造星者"号，走过接驳口，他们回到了自己的引力仪，小梅随即驾驶着引力仪离开。

特意将窗正对着远处的"造星者"号，小梅示意荣贵去准备。

"早在永恒之塔建立之初，尤里斯便提出了'造星'这个词。

"永恒之塔不是人类可以长久居住的地方，人口势必越来越多，未来要发展，一定要有可以媲美星球的环境。

"外部环境不允许的情况下，人类应当自己制造条件。

"就像建造一辆汽车、一栋大楼一样，星球也可以被制造。

"这项活动被称作造星活动。

"而经过这么多年的研究应用，如今的造星技术已经很发达了。"

站在荣贵身边，小梅慢慢解释着，仿佛就像印证他说的话一般，荣贵看到远处的"造星者"号动了。

非常非常缓慢，如果不是有机械成像器，几乎感觉不出它的变化。

它在旋转着移动。

通体银白色，即使是机械眼，按理说荣贵也不太能发现它在转动，然而荣贵看到星尘汇聚起来，就像一条腰带，环绕着围住了"造星者"号。

一开始只是零散的星尘，然后越来越多，"腰带"也越来越多，最后，"造星者"号几乎被星尘包围住。

那些星尘来自宇宙，除了星尘，还有大大小小的陨石及其他形式的固体。

它们密密麻麻地笼罩在"造星者"号四周，荣贵完全看不到被它们覆盖住的"造星者"号了！

这个过程仍然没有结束，"造星者"号仍然在旋转，吸引了更多星尘，渐渐地，它看起来竟像是一颗小星球！

"哇！"荣贵叫出了声。

"引力仪，利用自身的引力吸引宇宙里可以用作新星球的星尘，先将它们吸附在四周，然后倾倒到星核附近。"上一秒，小梅的解释听起来还是很高大上的。

"所谓引力仪，其实可以看作一台大型的挖掘机以及运土机。"下一秒，小梅又变回那副老样子。

荣贵："……"

不是我看不起挖掘机和运土机，只是……

不过这个说法确实很好懂，在小梅的解释下，荣贵终于理解什么是造星了。

吸收到足量星尘的"造星者"号离开了，小梅随即调整窗口跟上，忽然，荣贵眼前出现了一颗更大的"圆球"。

密密麻麻的大块陨石飘浮在一个圆球内，荣贵几乎以为里面有一台更大的"造星者"号，然而他很快就发现不是，除了他们跟着的"造星者"号以外，还有两台"造星者"号卷着星尘移动过来。

原本的"造星者"号已经够大了，然而在这颗"圆球"面前，它竟然显得娇小可爱。

荣贵看到几台"造星者"号外部的星尘忽然飘散，纷纷卷入那颗圆球的运转之中，由于体积已经很大，多了一些星尘的圆球看起来并没有更大一些，然而"造星者"号却"减肥"成功，光溜溜地回程。

荣贵忽然意识到：啊！那就是他们正在制造的新星球！

而接下来小梅的话印证了他的猜测："那里面有人工制造的星核，引力非常大，足以将运来的星尘集中起来，不断压缩再压缩，经过一定时间的孕育，它就会成为一颗新的星球。

"当然，星球的形成非常复杂，还需要其他的辅助手段，不过作为紧急调令征集来的临时工作人员，我们接触到的就是简单的搬运工作。"

伴随着他的声音，荣贵的双手再次扒住玻璃窗，他认真去看那颗正在慢慢形成的小星球。

随着角度的改变，他看到了更多。

除了那颗正在形成的小星球以外，他在下方的位置还看到了另外一颗圆球，然后换一个角度，又看到了一颗。

他看到了好多星球一样的巨大球体，并非悬浮于宇宙之中，周围还沾附着土壤巨石，它们一串串固定在一起！

"那、那是什么……"荣贵喃喃道。

然后，他再次听到了小梅的声音："那就是塔身。

"原本的塔身不能满足人们的居住需求，在原本的基础上，人类制造出了许多星城，这些星城彼此相连，被厚厚的星尘包裹着，盘根错节缀在永恒之塔的下方，就是现在人类生活的场所。

"你看到的每一个圆球就是一个星城，宇宙中的星尘和陨石被吸附在塔身，在那下面，每座星城之间都有管道连接，管道内是路，我们就是通过那些路，从一个星城前往另一个星城的。"

小梅难得一口气说这么长的话，还是荣贵也能听懂的。

听着他的话，荣贵仿佛看到了一颗颗人造星城在塔下的形成过程，然后一批又一批人在那里定居、生活……

他想到了小梅的故乡梅瑟塔尔，想到了自己在这里的家乡四平镇，想到了鄂尼城，又想到了玛丽她们生活着的叶德罕城……

"这个世界可……"盯着外面的永光带，荣贵愣了愣，稍后叹道，"可真厉害啊！"

"这里的人们更厉害。

"没有星球了，还能自己造。

"每一个城市都是一颗星球的话，小梅，咱俩之前去过的地方其实相当于星际旅行啊！

"大黄也相当于宇宙飞船呢！

"假如我以后成了全塔知名歌手，那可只是暂时的全塔知名歌手。

"等到了合适的地方，到了大家可以正常生活的宇宙，星城各自散开，重新成为一颗颗星球的时候，我就变成全宇宙知名歌手了啊！

"哎呀！接下来，我可得好好努力了！"

说着，荣贵还握紧了拳头。

"谢谢小梅，带我来这么漂亮的地方看到了这么厉害的东西啊！"饮水不忘挖井人，转头看向小梅，荣贵朝小梅笑了。

看到荣贵的笑容，小梅愣了愣。

这是个漂亮的地方吗？

明明只是个绝望的地方，不是吗？

还有……厉害的东西？是指这座塔？

这座塔难道不只是可悲的牢笼？

行驶在漫长的永光带之中，看不到一丝关于未来的希望，就这样虚无地飘浮着……

目光从荣贵的笑容移开，小梅看向玻璃窗外那片永恒的光之海。

和荣贵不同，他从来没有觉得那有什么好看的。

只是荣贵想看，所以带他来了而已，从头到尾，小梅并没有将视线多分给那片光之海一分一毫。

直到现在——

"之前还觉得外面看起来有点寂寞，不过现在看看却又不觉得了，小梅我们还可以在这里待多久啊？"荣贵拉住了小梅。

"一小时零五分钟。"即使在思考事情，小梅的回答依旧精准。

"啊！时间不多了啊，接下来的时间我们一起看海吧？"将小梅拉在自己身边，荣贵大方地将玻璃窗分了一半给小梅。

于是接下来的时间里，两个小机器人就真的一起看了四十分钟的"海"。

——直到小梅提前设定的闹钟响了，提示两个人即刻返航。

按照荣贵的习惯，离开前，他照例"咔嚓"了一张照片。

回到大黄上找小黑将照片打印出来，荣贵美美地将新照片挂在车上。

对了，由于荣贵强烈要求要一台可以打印照片的机器，小梅想了想，就把这个功能加在小黑身上，现在的小黑，前胸是收音机，后背则是打印机，为了方便将打印的照片吐出来，荣贵还用剪刀在小黑的蕾丝小罩衣的后面剪了一刀。

小黑穿上了开裆裤。

"和小梅一起看到了光之海。"拿起一支笔，荣贵还在照片背后加上了注释，最后还写上了日期。

这张照片会在大黄上挂几天，直到荣贵找到新的照片将它替换掉，然后它就可以被荣贵收到家庭相簿里。

看着白茫茫一片，看起来就像一张曝光过度废掉了的照片，小梅没吭声。

对于荣贵喜欢到处留下纪念品的爱好，他已经习惯着不作声了。

对于小梅来说，这件事就是他去外面修理了一台引力仪，顺便带荣贵看了他想看的东西，顺便而已，没什么大不了。

而对于荣贵来说，这件事的影响似乎特别大——

"那个……说来有点不好意思，我还没坐过飞机呢！不过我看过别人在飞机上拍的照片，飞机上的照片看起来密密麻麻全是楼啊！晚上的照片就全是灯光，简直连成线了！

"那时候我就觉得人真厉害，能把地球改造成这样。

"不过现在看起来，人比我想象中的还厉害，不但能够改造星球，没了星球还能自己造！

"原来我们现在正在干这么伟大的事情！造星啊！

"你也知道，我学习不行，就是长得比较漂亮，我原本想着，自己大概也就能建设建设人们的精神生活了，从来没有想过自己还有参加物质生活建设的一天。

"兴许一辈子就这么一次，我得好好干！"

歪七扭八绕了一大段路，荣贵最后说出了自己的结论。

小梅："……"

紧急调令与约书亚

于是，第二天，荣贵主动打报告说自己想加班。

小梅："……"

为了表明自己的决心，他说什么都可以干，不过他确实笨手笨脚，比较重要的事还是不要考虑他，需要跑腿的事、不怕弄坏的东西可以尽管让他来。

做人做到如此有自知之明……

小梅、公务员："……"

虽然不知道这位是怎么想明白忽然想增加工作量，不过公务员对于他的这个请求还是很高兴的。

另一位DJ其实挺不错的，从来不念错字，工作也积极，可惜不知道为什么，他的鼓舞力不够啊……就采访了几天而已，好多人都表示"这家伙在旁边说话真烦，别让他来了"。

那名DJ已经被打击到怀疑人生了。

如今荣贵主动申请，他们巴不得他来。

也不用荣贵加班，只要工作时间肯接点外面的活，到外面体验一下生活，然后和工作人员们聊聊天就行。

"保证完成任务！"荣贵严肃地说，还行了个四不像的军礼。

当然，这个"外星军礼"公务员是看不懂的，不过通过他的声音，他们很好地理解了他的诚意与决心，有点放心了。

于是接下来，荣贵每天多了两个小时的外部采访任务。

也没让他去很多地方，像上次小梅带他去的光之海更是一般人去不了的地方，其实就是让他在工作营地打打转，将所见所闻和工程进度结合起来和大家说一说，再和紧急调来的工作人员说说话，聊聊天，让大家工作起来感觉更轻松。

毕竟，对于现在的人来说，造星其实是个苦差事，属于大伙儿都不太乐意接的活儿。

总体来说，这是个荣贵挺擅长的活儿。

他最擅长和人聊天啦！

也特擅长鼓励别人！

比如，那一天他收到的活就是去工程小组C组采访。

C组的组长据说是位很关键的人，个子高活儿好，不过做事态度不太积极。

废话！他老婆要生孩子了，回家路上被征调了三次，如今这是第四次了，任谁也高兴不起来不是！

被他的情绪影响，整个C组的工作情绪都不高。

发现其中一位小组成员曾经写信想要荣贵多播报一些，公务员认为这是一个突破口，等到荣贵要求加班之后，就把他派过来了。

荣贵就和这个小组聊了两个小时的天……不，是做了两个小时的采访。

"你们是被临时征调过来的？我也是！

"一开始我还以为要被派去打仗哩！我平时也就打个架，打仗是万万不行的！

"你们一开始的测试拿了多少分啊？我敢打赌没我低，我可是整个营地的最低分，据

说至今仍然没有人能低过我!

"知道我们是被征调过来造星的时候,我有点激动哩!我可从来没有见过造星啊!当时就特别想去亲眼看看。

"然后,我们家小梅修东西的时候就带我过去了。

"不是假公济私哦!我们打过报告被批准了的。"

荣贵还慎重解释了一句。

"你们见过外面的样子吗?

"是一片光之海啊!

"特别特别炫目,我们就像光海中的一艘船,然后我们正在建造的就是船身的部件。

"当时我就觉得人类真是厉害啊!

"我觉得能够参与造星活动,真是太荣幸了!

"我特别想多做点什么。

"这不,第二天我就申请加班了。

"现在正在干的活儿就是分给我代替加班的活儿。

"等你回去,搞不好儿子都生了,据说参加造星活动的人可以将名字留下来,趁这段时间,不如给儿子想想名字,然后把儿子的名字留在这里?

"或者干脆给孩子起新星城的名字,那一定是个独一无二的名字,起码之前还没人叫过哩!"

荣贵之前哪里做过什么采访哦!在他生活的时代,做记者的可都是专业人士,一般人想当也当不上呢!荣贵学习成绩并不好。

他说的话也很简单。

估计换个人过来劝,大概也是类似的话。

可是他的语气真挚,节奏把握得好,最重要的是声音好听啊!

当人们听到好听声音的时候,总会下意识听一听,往常听不进去的话听进去了,这样一来,就方便下一步交谈。

一旦对方愿意开口,接下来的事情就好办了,说话的人便不仅仅是荣贵了,被采访的对象也有很多话可说,大家一起聊聊自己被征调来正在做的事,"吐槽",然后展望一下未来。

久而久之,"31557号下午的两小时采访时间"竟成了一档挺受欢迎的广播节目。

31557号就是荣贵,这是他在营地的工号。

他不仅采访,偶尔还会读一些特别抒情的稿子给大家。

那些稿子写得特别好!特别有感染力,还激励人!

31557号不但声音好听,还特别有文采——渐渐地,营地里荣贵的粉丝都这么想。

而实际上呢——

"小梅,你昨天写的稿子好多人点赞呢!他们都说小梅你特别有文采,稿子写得特别好,特别有感染力,还激励人!"荣贵将自己收到的赞美原封不动转告给小梅。

紧急调令与约书亚

他哪里会写什么文章哦!

以前做语文试卷,光是前面的填空选择题他都做不完,这么多年下来,他基本上都没做过后面的作文题——没办法,他做试卷的速度实在太慢了。

公务员请他写一些抒发感情的文章的时候,荣贵快愁死了。

然后一抬头,他看到小梅。

对了,他犯什么愁,他有小梅啊!

于是,小梅就过上了晚上埋头写作文的日子。

"小梅,继续练习,将来我唱歌,你给我写歌词啊!"站在一边看着小梅写文章,荣贵单方面作出了约定。

任务越来越多的小梅:"……"

就这样,在大家紧张的工作中,造星活动渐渐进入了尾声。

根据公务人员的最新通知,不超过一个星期,他们就可以结束这里的工作继续赶路。

荣贵最近的工作轻松了许多,由于大家的工作进入了收尾阶段,他不用发那么多通知了,也不用天天"跑外场"了。

不过他也没闲着,没有广播稿播的时候,他就从自己的小隔间出来帮忙。

当然,发给他的便携播音设备他还是带着的,万一有新的稿子进来,他照着念就是了。

做了这么久的播音员,荣贵相当适应这份工作。

这段时间荣贵一直在外面跑来跑去,帮忙也很有眼色,只选择自己真的帮得上忙的活去帮,会添乱的活儿一概不碰,久而久之,小梅对他这种名为帮忙实则到处管闲事的行为也就默许了。

这天,荣贵又带便携播音设备从小隔间出来。

"小梅,我去外面帮忙啦!"他还跟小梅打了个招呼。

朝他点点头,小梅继续低头做事。

工程快要结束的时候,其他部门可能会清闲,只有仓库管理部门非但不会清闲,还比平时更忙,之前发放出去的全部物资都要归还,他们要做各种统计,还要负责修理,总之,特别忙。

不再打扰小梅,荣贵在仓库里转了转,眼见这里的每个人都忙忙碌碌,他就在旁边看了会儿,发现没有自己能帮上忙的之后,就走到了外面去溜达。

"阿贵,拿个果子吃呗!"来往的仓库工作人员中有人认出他了,还抛了一个果子给他。

即使能够从荣贵裸露在外的皮肤看出他的身体有一部分机械化了,被盖住的部分兴许没有机械化呢?

因为阿贵的人缘好,或许也是因为小梅在仓库"位高权重",总之,大伙儿但凡有点什么好东西,还是愿意给荣贵留一份。

当然,这种地方,矿产之类真正的好东西是没有人敢昧下的,倒是一些吃的喝的,大

303

家多少可以留点，特别是吃的，出去干活儿的时候，路边偶尔会有果树，摘下来的果子大家可以自行留着改善伙食。

工作之余，荣贵就收到了不少这种礼物。

他都攒着，就算他和小梅吃不了，也可以留着嘛！等到他们离开这里之后，可以榨成汁给他们俩的身体喝！

荣贵也是很会精打细算的。

"谢谢！"手疾眼快接住了果子，荣贵笑嘻嘻道。

对方摆摆手，随即继续抬着东西离开。

将果子随手放进兜里，荣贵继续往前走，路过大黄的时候，他还朝大黄打了声招呼。

然后，他打算继续往前溜达。

意外，就是在这一刻发生的——

荣贵看到了一阵强光，他甚至没有感受到地面的颤动，下一秒，眼前又是一黑，他掉了下去。

如果问荣贵，他在什么情况下会认为机器人的身体比他原本的身体好，现在大概算是其中一种情况。

小梅给他做的身体实在太结实了，他连昏迷都没法做到，就这样全程清醒地看着自己忽然从塌陷的地面坠落，很快被沙石泥土盖了个严严实实。

想闭眼逃避一下都做不到，小梅没有做眼皮！

荣贵就这样眼睁睁地看着越来越多的泥土压满了自己的眼球，等到成像器被遮了个严严实实，他的眼前终于一片漆黑。

"小梅啊……"被压在冰冷的泥土中，荣贵习惯性叫了一声小梅。

不过这一回，小梅没有回答他。

什么也看不见，四下里一片黑暗。

身体不会疼痛，就是无法动弹，应该是压在身上的石头太重了。

原来被活埋的感觉是这样的——荣贵心想。

又过了一会儿，荣贵感觉周围又是一阵震动，他脑袋下方的土壤又陷下去了一些，整个人几乎呈倒葱状栽进泥土里了，大概是周围其他地方的沙土有些松动的缘故，荣贵感觉自己的手好像能动了。

虽然只是右手可以活动，但是这种时候，但凡能够找回一点控制自己身体的能力，对他来说都是安慰。

然后荣贵继续呼叫小梅——他并非只是口头呼叫而已，他们的体内有内线，可以无线呼叫对方。

并非求救，荣贵现在担心的是小梅那边的情况，自己都变成这样了，小梅呢？

小梅那边怎么样？

荣贵着急极了。

尤其在发现平时一打开就是接通状态的内线如今变成晦涩的电流声后，他脑中浮现不祥的预感，他越想越害怕。

没有其他的法子，荣贵只能维持着被压在泥土中的状态，轻声呼唤小梅的名字。

一声又一声。

始终听不到小梅的回复，荣贵越来越慌。

"小梅，你听到了没有？听到要回答呀！"惊慌达到最高点的时候，荣贵提高了声音。

然而对面仍然只有电流声。

荣贵内心空落落的，心里的漏洞越来越大，他忽然听到了那道熟悉的冷冰冰的声音。

"我在，别叫了，省电。"对面那头传过来的话语言简意赅，一如既往的小梅风格。

荣贵欣喜若狂！

"小梅小梅你终于回复我了！刚刚听不到你那边的回复，吓死我了！我差点以为你被砸烂了！"警报一解除，荣贵立刻把刚刚埋在心里的话说出来。

小梅："……"

隔着看不见的电波，荣贵仿佛看到了小梅的表情。

想着小梅仿佛自带六个点的惯用表情，荣贵居然笑了。

"你呢？被砸烂了没有？"停顿了片刻，小梅问道。

"没有没有，应该没有吧？因为没有感觉嘛！"一旦联系上小梅，荣贵的语气就重新变得轻松起来。

"我本来正在外面溜达，看看有没有人需要帮忙啊，看到大黄还和他打了声招呼，然后——

"BIU的一声，我就眼睁睁地看着自己掉下来了。

"我现在脑袋朝下，脚朝上，感觉自己就是一根萝卜啊！"

甚至，他还有心情打趣自己。

小梅那边又是沉默。

"小梅，这到底是怎么回事啊？"终于，荣贵问了一个有点建设意义的问题。

"初步推测应该是造星过程中引力失衡造成的地动，发生概率极低，但是不排除会有二次地动的可能，最好是待在原地等待救援。"小梅冷静地说道。

"现在开始不要说话，不要做任何动作，开启省电模式，减少不必要的能量浪费。

"你体内有定位仪，在我得知你的确切位置之前，务必保证体内还剩下至少30%的电量。"

说完这句话，小梅就关掉了两个人的通信。

即使是内线，也是很消耗能量的。

荣贵的世界再次一片寂静。

寂静，又黑暗。

不过这一次，他不怎么紧张害怕了。因为他刚刚联系到小梅了啊！小梅的声音听起来挺镇定的，没事啊！

对了，小梅还让自己省电，一直等到他确定自己的位置，这是小梅式的"等我来救你"啊！

想清楚了这一点，荣贵居然有点美滋滋。只要是小梅说的，就都是对的，他想了想，准备像小梅说的那样，开启省电模式。

这种模式下，他就不能说话了。小梅说过，每天他的能量大部分浪费在过多的说话功能上。

荣贵虽然不太相信，不过他比小梅更耗电确实也是真的。

按理说小梅干的活儿比他多得多，可是小梅每天的耗电量却和他差不多，区别大概就是他的话是小梅的很多倍。

早已默认自己话多的荣贵决定听话地闭嘴，开启省电模式。

然而，就在这个时候——

荣贵听到了哭声。那是一种压抑的、极为细小的哭声。如果他现在是人类的身体，一定听不到，即使是机械身体，如果没有在这种绝对安静的地方，他也一定听不到。

那声音实在太小了。

偏偏这里是如此安静，而小梅给他装的接收声波的机械耳蜗又当真性能不错。

荣贵听到了从层层泥土中传来的沉闷哭声。

"是谁？有人在那里吗？"仔细辨别着哭声的方向，荣贵大胆问了一声。

由于头部不能动，他现在只能听声辨位，根据他的初步判断，声音是从他的右侧下方传来的。

应该是一个比自己栽得更深的倒霉蛋——上一秒，荣贵还是这么想的，不过很快，听到下方传来的回应，他脑中瞬间一片空白。

"我、我好疼……"荣贵听到了一个微弱的声音，不是大人的声音，而是带着稚嫩，有点沙哑的小孩子的声音。

被埋在自己下面的人竟然是一个小孩子！荣贵惊呆了。

心脏为之一紧，荣贵随即轻声向对方说："会疼吗？会疼是好事啊，我现在全身都被压住了，连疼痛都感觉不到了呢。

"你是哪里疼？"

下面许久没有回答，在黑暗中等待着，终于，过了好长一段时间，那个孩子再次出声。

"我……我也不知道……是哪里疼……"声音嘶哑，不过仍然可以听出来是童声。

这可不是好现象啊，荣贵立刻想。

对方是个小孩子，乍一遇到这种灾难，受了伤，一下子陷入混乱也是情有可原的，这样下去可不行。

虽然大体上是个没常识的人，但荣贵除了擅长唱歌打扮，还擅长带孩子。从小在孤儿院长大，小的时候被大一点的哥哥姐姐照顾，大一点了就被要求照顾小一点的弟弟妹妹。

他知道怎么和小孩子交流，也知道小孩子遇到紧急情况的处理方法。

紧急调令与约书亚

于是，他的声音放得更加柔和。

"你先别急着说话，试着吞咽几口唾沫，然后闭上眼睛感受一下，想想自己的胳膊，想想胸，想想背脊，然后向下，感受一下自己的腿……"

他用声音引导孩子减轻伤痛。

他的声音原本就好听，刻意柔和之后，便更加悦耳，他不知道那个孩子是否还有能力坚持，也不知道那个孩子是否按照自己说的去做了，然而，自己一动都不能动的情况下，他只能这样做。

他说了三遍。

即将重复第四遍，他再次听到了那孩子的回应。

"头……头好痛……背……也好痛……

"我好冷呀……"

荣贵听到那孩子这样说道。

荣贵查看了一下体内的温度计，温度并不算太低，按理说这里不应该寒冷，而那孩子却说冷，这种情况下，他不是受伤失血太多，就是在发烧。

哪种情况都不算好！

作为孤儿院长大的孩子，荣贵知道很多治疗发热的土法子，伤口虽然包扎得不好，但是多少也会一点，然而现在这种情况下，他自己都无法动弹，要怎么去帮助比他埋得更深的孩子？

一个好办法也没有，荣贵的脑中一片空白。

他不知道接下来要怎么做了。

就在这个时候，那个孩子却忽然开口对他说话："我……知道你的声音，你……你是广播站的……播音员。"

愿意说话是好事！能够说话就代表他还醒着，而逻辑清楚的话则能证明他的意识清醒。

在没有更好的办法之前，只有一个办法——荣贵脑中电光石火一般闪过一个念头。

他决定陪这个孩子聊天。

一个人被活埋在土里，身体疼痛又孤独，吓也能把人吓死，而两个人就不同了，即使没被埋在一起，只要听到声音也算是安慰。

起码，刚刚他在一片慌乱中听到小梅的声音时，确实感觉自己得救了。

定下心来，荣贵看了一眼自己的电量：60%。比小梅说的30%还多出一倍。

小梅，抱歉，不能听你的话开启省电模式了。

荣贵对小梅说了声抱歉，继续和下方同样被困的陌生小男孩聊天。

"你听得出我的声音？"只要荣贵想，别人万万不会从他的声音听出一丝一毫的破绽。

如今也不例外。

他的声音听起来好极了，完全让人联想不到他此时此刻的窘境。

"嗯……我……我听过你……你的广播……"男童用嘶哑的声音回复他。

"一共有……两个……播音员。你……是那个经常……经常念错字……的播音员。"

荣贵有点无语。

"喂……不要一上来就踩别人的痛脚啊！那些广播稿是真的很难念啊！我就不信你能全部读对。"就像和自己同龄的朋友聊天，荣贵的语气中完全没有哄孩子的意思。

然后，他就听到那个孩子声音沙哑地笑了一声。

"我……能全读对。

"我在……整个……营地……的考试里……是第7名……"

荣贵的停顿更久了："原来你还是学霸啊。"

"不过我朋友是第一名。"自己这边没什么可说的，荣贵不要脸地用小梅臭显摆了。

下方又是一段长长的沉默，就在荣贵提心吊胆以为对方昏过去了的时候，对方总算再次开口了："真的？"

荣贵赶紧又松了一口气。

然后，他和对方就这个话题继续聊。

时间在他们两个人间隙很长的聊天中一分一秒地过去了。

荣贵的电量也在一点一点地消耗。

终于，他体内的电量剩余36%了——距离小梅告诉他的，在找到他之前，必须维持的安全电量不远了。

荣贵看了看时间：已经过去15个小时了。

看到这个数字的时候，他还有点难以置信：只是聊了一会儿天，时间居然就过去这么久了？

然而小梅给他安的计时器是不会出错的。

感觉时间过了没多久，而实际时间已经过去很久——这对他们来说是好事。

他们成功战胜了遇难后等待救援时最可能发生的恐慌。

然而——

"我……好饿啊……渴……"即使感觉时间没有过去多久，其他问题却不会因为感觉而有差异。

那孩子的声音越来越沙哑。

后来基本上变成荣贵说话的主场，那孩子几乎不用讲话，然而随着时间的消逝和体力的流失，另外的问题摆在了他们面前。

饥渴。

就像荣贵机器人体内的电量所剩不多一样，那孩子越来越饿了。

可是，他是一个机器人，平时都不用吃饭，身上又怎么会有食物啊！

很是抓狂，荣贵忽然愣了愣。

等等——

别说，他身上还真有食物！

荣贵立刻想到了掉落之前别人抛给自己的红果子。

紧急调令与约书亚

那时候,他习惯性将果子放到右边口袋。口袋!右边!

"你等一下!"荣贵对那孩子说,随即吃力地动了起来。

右手一点点撑开周围的泥土,他艰难地将手移向自己的身体。

看似简单的动作,做起来难度却极大,荣贵只是将手从身侧移到身边而已,不足十五厘米的距离,他却用了半个小时,然后——

他体内的电量一下子只剩下29%。

不足30%了!

预警红灯亮了起来。

发觉荣贵没有停止动作之后,警报器还响了起来。

"那是……什么……声音?"下方,那孩子的声音再次嘶哑地响了起来。

"呃……是我的肚子在叫,我也饿了。"想了想,荣贵这样回答对方。

一边说话,他的手指一边继续吃力地顺着衣服的纹路摸着,终于,他摸到右边口袋了。

"呵……你……也饿了吗?"那孩子笑了。

"嗯,很饿,不过还能忍。"荣贵对他道。

"不过,接下来要告诉你一个好消息,你不用挨饿了,我找到了一个果子!"摸到口袋里果子的时候,荣贵大声宣布了这个好消息。

"啊?可是……可是……你过不来……"那孩子愣了愣。

"谁说我过不来?你等着。"眼瞅着自己体内的剩余电量越来越少,荣贵心里焦急,语气却一点不显,找到果子的时候,他已经做出了决定。

他要把这个珍贵的果子给那个孩子送下去。

怎么送?用小梅给他制作的,可以伸长的手啊!

最长的距离是三米——他记得小梅说过。

他只能祈祷那孩子距离自己不要超过三米。

"现在开始,你要继续和我说话啊,这样我知道你的位置,就能找到你,把果子递给你。"荣贵对那个孩子说。

"真的?"那个早熟的孩子愣了一下。

然后,他就当真隔一会儿说一句话,引导荣贵过来。

黑暗厚重的泥土中,荣贵右手拿着果子,小心翼翼地前进。

荣贵体内的电量也在一点一点地往下掉。

机械手臂中的延长管伸出来。

延长管内的金属线出现了。

这相当于他的右手已经脱离身体工作,仅凭金属延长线相连,这样一来,他的右手无法收回了。

可惜了小梅给他做的右手——荣贵有点心疼。

心疼小梅的心血,却不心疼自己。

他牺牲的只是一只手而已,而下面的孩子可能会丢一条命。

309

他想把果子送给那个孩子。

他没有想过失败，仅仅怀着想把果子递过去的强烈念头，黑暗而寂静的地下，荣贵一点一点移动着手指。

又紧张又焦灼，紧张的是，他手臂的延长线马上就要拉长到极限了；焦灼的是，那个孩子的声音越来越弱……

就在这个时候，他听到了下方一道迟疑的声音："那个……那是你的手吗？"

"我……看到果子了……"

"好大一个果子啊！"

那一刻，荣贵的脑中一片空白，巨大的欣喜席卷了他，随即——

他感觉自己的手被一只小手轻轻握住了。

荣贵听到下面传来细小而密集的咀嚼声。

就像一只小老鼠——他心想。

"好吃吗？"荣贵问那孩子。

"好吃！特别好吃！"被果汁滋润过，对方的喉咙终于不再那么干涩，声音也变得圆润。

"可是，你真的不吃吗？"那孩子小声问，"我只吃了半个，还有半个。"

"不吃、不吃，你看我的手就知道，我已经机械化了啊，不用吃果子。"荣贵爽朗道，"你赶紧把剩下的半个果子吃了吧。"

"不，还不知道多久才能被救出去，我要留着这半个果子，省着慢慢吃。"小孩子却拒绝了。

荣贵："……"

忽然有种面对小梅的感觉怎么办？学霸是不是都这样啊？只要给他们一点点条件，他们就能思考得比任何人都周全。

不过，听到对方这句话，荣贵心虚地看了一眼自己体内的剩余电量。

5%。

一个非常非常危险的数字。

提示他电量即将告罄的警报不再响起，因为会费电。

荣贵愣了愣。

不过他很快又乐观起来：自己费了这么大工夫，费了这么多电，好歹把果子送到那孩子手里了不是吗？他吃到了果子，还说那果子好吃不是吗？

而且，那孩子还剩下半个果子，可以等到救援……不是吗？

不知道是不是缺电的缘故，荣贵觉得自己失去对身体的掌控力了。其他的也就算了，他心中一直想着那只送果子的右手，大概是他将注意力全都集中在右手的缘故，此时此刻，右手的感知能力反而提高了。

他感觉有一只小手在自己的手旁。

若有若无地挨着，没有攥住，但就是一直挨着。

他感到那只小手一直在轻轻地颤抖。

紧急调令与约书亚

是那孩子的手。

那孩子在害怕吗？是的，他应该在发烧，全身很难受的情况下，会更加害怕吧？只是他并没有把自己的害怕表现出来。

就像小梅一样。

荣贵又想到小梅了。

大概脑子聪明的人都这样？

黑暗中，荣贵的嘴角弯了弯，然后，他又轻声开口道："请问，能不能抓住我的手呢？我……我有点害怕啊……"

小梅这样的人自尊心都很强，不可以直接戳破，他需要一点技巧。

于是，反过来，荣贵请求对方握住自己的手。

他的表现实在很到位，声音中还带上了一丝隐隐的颤抖。

"别怕，会有人来救我们的。"原本蹲在他手边，一直在颤抖的小手立刻抓住他的手。

于是黑暗中，荣贵又笑了。

"请好好握住我的手啊……这是新做的手，特别好看，我特别喜欢……"

"请一定要握紧我的手，帮我保存好它啊！"荣贵还郑重其事拜托那个孩子。

"我……会的。"听出了他声音中的郑重，那个孩子的声音也变得郑重。

"那个……这只手真的这么珍贵吗？"大概是因为终于和荣贵混熟了，吃到了久违的食物，又或者是因为荣贵的手给了他安全感，孩子终于表现出了一点孩子的模样。

他小心翼翼地问，声音里带着一点点好奇。

荣贵回答："特别珍贵，这是小梅给我做的，特别珍贵的手啊！

"我们从老家出来，两个特别破烂的机器人，零件一路走一路掉，为了给我们换身体，小梅带着我去了鄂尼城，没有积分，他当了好久的矿工。

"被埋起来过好几次。

"头都被砸扁了。

"不过我们终于攒够积分，然后小梅就带着我去了叶德罕城。

"你知道叶德罕城吗？那是个可以买到很多不错金属材料的地方……"

荣贵和孩子说着自己和小梅的故事。

明明是很艰苦的生活，可是他的言语活泼，语气中充满希望。

荣贵就这样说着说着，然后，体内的电量越来越低，只剩下1%了。

糟糕呢……一提到小梅……话又多了……

抱歉呢……

可是小梅你这么厉害，一定能够找到我的吧？

自己的身体还算完整，只是少了一只手……

隐约间，荣贵又叮嘱了小孩一句："我快没电了，你一定要好好保管我的手哦！"

听到对方肯定的答复，他才放心。

然后，他的意识更模糊。

311

再然后——

"我给你唱首歌吧?"荣贵忽然道。

"在孤儿院的时候,我每周都会唱歌,唱完歌后,他们会给我面包吃……

"院长教我的歌我不懂是什么意思,但是真的非常好听。

"我唱给你听吧?刚好,到今天为止……煲机应该煲得差不多了吧?"

荣贵喃喃。

他的意识已经模糊不清。

然而,那首歌的每一个音节在他脑中却又那样清晰。

他开始唱歌。

只一个音节,就惊艳了听到它的人!

一开始只是低吟而已,非常单纯的音节,然而荣贵的声音干净极了,虽然带着点金属质感,但他巧妙地让这种金属质感融入歌中,反而让他的声音听起来别有魅力!

然后,他的声音缓慢地升高。

那有着圆润金属质感的声音轻灵地,从他的口中吟唱出来,然后钻入了黑暗之中,钻进石与石的间隙,钻入沙与沙的颗粒之间,钻入所有荣贵身体抵达不了的地方,最后进入地下那孩子的耳中。

黑暗的空间里充满压抑,一切都被压缩了。

荣贵的声音也被压缩了,然而声音却无惧于这种憋闷,甚至,正是由于这种环境,他的声音变得更加贴合他人的耳膜,仿佛一场面对面的现场演唱。

荣贵用他人听不懂的语言吟唱着,正如他自己所说,他其实也不明白自己唱的是什么。

可是他记得自己第一次听到这首歌时的场景。

蓝天、白云,还有天空中飞过的白色鸽子——

云朵的边缘是金色的,投射到地面的影子是黑色的,院长笑呵呵地,将一个苹果递给他。

那时候荣贵刚被收养他的第二个家庭送回来,伤心,害怕,迷惘。

或许还有一点点自责。

小小的孩子无助极了。

院长发现了他,递给了他一个红色的苹果,然后他就啃着果子在那里听歌。

直到睡着。

荣福他们找过来了。

荣福背着他,小女孩的脊背单薄,却温暖极了……

有种救赎的感觉。

这是荣贵之后每次唱起这首歌心中都会涌起的情感。

心中充满了感情,然后,在他歌唱的时候,便能够很好地将感情传递出去。

仍然被埋在深深的地下,不知何时才能等到救援,身体又痛又热又冷的男孩就是第一个被歌声传递出的感情救赎的人。

第十三章
紧急调令与约书亚

黑暗中，他猛地睁大了眼睛。

他直直向上看去。

透过无边无际的黑色的沙与泥，他仿佛看到了什么不可思议的情景。

紧紧握住手中的机械手掌，男孩低声道："我的名字是约书亚，可以……可以告诉我你的名字吗？"

就在他颤抖着等待荣贵回复的时候——

歌声戛然而止。

荣贵体内的电量告罄。

"矿工家属！那个人是矿工家属啊啊啊啊啊！"一片黑暗之中，忽然传来某人激动万分的吼叫。

"什么？什么矿工家属？那个人不是31557号吗？"另一个人用干裂的声音问。

"他是31557号……但是，他也是矿工家属！是矿工家属啊！"最开始说话的人说着，伸出乌黑的手背，抹去了脸颊上的热泪。

这个人，自然就是曾经在鄂尼城和荣贵有过一段"未曾谋面的交往"的鄂尼城DJ。

如果此时有人能在黑暗中视物的话，他会看到这个年轻人通红的眼圈，还有脸上未干的泪痕。

鄂尼城DJ并不是这个被埋在土下小房子里唯一的人，他身边还有八九个人，而每个人脸上都有泪。

这大概是他们除了又脏又饿的萎靡状态以外的另一个共同点。

小梅说得没有错：这次地动确实是由于造星活动中力的不平衡所导致的。事故发生得实在太突然，绝大多数人都被地动殃及，被掩埋的并不是一两个人，而是一大批人。

鄂尼城DJ的情况稍好，事故发生的时候他正在房间里朗读无聊的广播稿，地动发生之后，他即刻在下陷的过程中昏迷过去。

他是在某人的呼唤声中醒来的。

朦胧中揉着眼睛醒来，他听了好半天，才发现那人呼唤的不是自己的名字，而是"小梅"。

声音来自他身上带的收音芯片——加注在他通行令上的小芯片，被征调来的每个人都有。

那个声音非常熟悉，正是营地里另一名播音员，最近很出风头的那名，虽然有点同行相妒，不过鄂尼城DJ也承认对方的声音确实好听。

昏迷了太久，他的脑子晕乎乎的，多亏了对方一直呼唤，这才把他强行叫醒。

和鄂尼城DJ有相同遭遇的人不只一名。

相当多的人在地动之后陷入了昏迷，是荣贵的声音把他们唤醒，而他和小梅的对话又让大家稍微安下心来。

声音来自31557号，很多人都非常熟悉他的声音。

他大概是没有关闭播音设备，这才让声音传到了每个人的收音芯片中。

万幸他没有关闭，在这种时刻，很多人都是独自一个人被埋在冰冷的沙石之下，荣贵的声音对于他们来说就是最好的慰藉。

他们听到荣贵和小梅报平安，听到荣贵又发现了另外一个被掩埋的人，听到荣贵一直拼命地和那人聊天。

那一刻，被荣贵的声音救助的人并不只是那个小男孩。

那一刻，所有独自深陷地下的人，都将荣贵的声音当作了救命稻草。

荣贵对那个孩子说的话，仿佛就是对他们说的。

他们听着荣贵找到了果子，听到荣贵艰难地将果子递出去，听到那孩子吃果子的声音，所有人的口中都奇迹般地冒出了甜味，仿佛他们自己也吃到了荣贵送过来的珍贵果子。

他们也听到了那首让人的心为之一颤的歌——

那一刻，所有收听到广播的人都感觉自己被那歌声救赎了。

焦躁、疼痛、紧张、害怕……一切不良情绪都被压制住了。

听到那歌声戛然而止，所有人都热泪盈眶。

只有一个人例外——小梅。

和大多数人不同，小梅将通行证上的收音芯片关闭了。

他也是机器人，就像他和荣贵说的那样，他也要省电。

两个人的内线通话程序在地动中被干扰破坏，为了修复，他足足耗费了9%的电量。

对于精打细算的小梅来说，这是一个庞大的数字。

紧接着，他又用了15%的电量从坑里爬了出来——没有和荣贵说，他也被困在泥土中，不算浅，他仔细用声波勘测过周围的情况，一点一点蹭了出来。

出来之后的小机器人少了一条左臂。

他的左臂被困在一根巨大的钢筋下，留在原地固然可以保留手臂，可是他现在需要出来，所以他主动将手臂卸了下来。

就在他离开之后，他原本站立的地方又发生了一次小规模塌陷。

看着自己原本被困的位置再次变得面目全非，小梅知道，他留在那里的手臂应该是找不回来了。

他很快转身。

他要趁荣贵还有电，尽快定位荣贵的位置，把那个笨拙的家伙挖出来。

地动发生之前他的位置是在仓库，熟知仓库的每一个角落，即使在坍塌之后，小梅仍然有85%左右的准确率将仓库定位，他知道各种物品的存放地点。

他也知道自己现在最需要的工具。

小梅找到了一台球形挖掘机，接下来的时间里，小梅便开启了使用挖掘机挖人之旅。

寻找挖掘机的时候，他就挖到了好几个昏迷不醒的人。将他们抓出来，拍醒其中一个，小梅坐上了挖掘机。

他硬生生用挖掘机从仓库开凿出了一条小路。

紧急调令与约书亚

荣贵体内确实有定位仪，可是对应的识别仪却在大黄上，为了找到荣贵，他必须先找到大黄。

还好大黄不会乱跑，它就待在原本的位置，只不过在地动之后，它的位置比往常更深了。

大黄被埋在了深深的地底。

比预计的位置偏了很多，不过小梅还是找到了大黄。当然，寻找大黄的过程中，他又挖出了好多人。

老样子，将这些人摆到安全的位置，拍醒一个，其他的事情就交给那个醒来的人去做，他要继续寻找荣贵。

那个笨蛋体内的剩余电量估计已经不多了。

他只能祈祷那个家伙真的乖乖使用了省电模式。

面无表情地想着，小梅看到了大黄。

这辆被小梅用高级材料改装过的车如今非常结实，即使身上压着沙石，它依然挺拔。

只是左侧的车窗破了。

艰难地从球形挖掘机内跳出来，小梅顺着车窗爬到了大黄上。

这个时候，距离他和荣贵上一次通话，已经过去15小时32分。

如果荣贵使用了省电模式，他现在的剩余电量应该是45%左右；如果没有用，那么应该剩余36%。

还在安全范围内。

荣贵的定位仪非常耗电，调动需要20%电量，之所以告诉荣贵必须留30%电量，是因为担心他不走心，浪费太多电。

打开大黄上的屏幕，小梅看着黑屏——

定位仪坏了。

心里计算着荣贵的电量消耗，小梅冷静地修理定位仪。

在他心里荣贵体内的电量还剩28%的时候，屏幕终于亮了。

定位仪修好了。

然而——

"彼端装备电量不足，已关闭。"

等待他的却是荣贵体内的定位仪已经关闭的消息。

笨蛋就是笨蛋，那家伙还是把体内的电量耗尽了。

这个时候，他们的内线通话功能也无法使用。

坐在大黄上，小梅愣了愣。

然后，很快地，他又忙碌起来。

"我本来正在外面溜达，看看有没有人需要帮忙，看到大黄还和他打了声招呼，然后——

"BIU的一声，我就眼睁睁地看着自己掉下来了。"

最后一次通话中，荣贵说的每一个字他都记住了，他还精准地在大篇废话中找到了有用的信息。

大黄上有录像功能！之前只是预防有人偷车，现在看来，应该拍到了荣贵下陷的一幕！

心中立刻想到了这一点，小梅迅速调出了大黄上的录像记录。

万幸大黄不是荣贵，关键时刻没有掉链子，荣贵坠落之前的表情拍得清楚，坠落的过程也异常清晰。

小梅看到了那个有着一双黑色大眼睛的机器人掉下去的完整录像。

荣贵的脸上仍然挂有笑容，他像是没有发现到底发生了什么，就这么直挺挺地掉了下去。

小梅记住了荣贵坠落的方位。

重新从大黄上爬到外面的球形挖掘机内，此时，他体内的电量还剩36%。

外面的人越来越多了，官方派来的搜救人员也到了。各种挖掘机都开过来搜救被掩埋的人。

那些挖掘机上有生命信号识别装备，主要针对非机械生命，按照救援原则，救援队会率先营救可识别的遇难目标。

这自然不包括使用机械身体的荣贵。

夹杂在一群大型机器中，小梅面无表情地挖掘着。这个过程中，他又挖到三个人。每一次他都希望那个人是荣贵，每一次，那个人都不是荣贵。

旁边立刻有人大呼小叫地过来，将被挖出来的人抬走。

小梅继续挖掘。

他体内的电量越来越少。

只剩下5%了。

就在这个时候，他忽然有一种无法形容的感觉。脑中一阵波动，小梅忽然从挖掘机内跳了出来，伸出手在挖掘机之前工作的地面扒开最上面的一块砖石，摸到了一只脚丫子。

脚丫子的颜色、材质和他的右手颜色、材质一模一样，这是——

荣贵！

小梅立刻蹲下，继续挖。

他拼命地挖，动作迅速得简直不像是平常淡定的那个小机器人。

终于，小梅将倒栽葱状埋在地下的荣贵完整地挖了出来。任由睁着一双黑眼睛、没有丝毫意识的小机器人躺在自己仅剩的右臂上，小梅静静地看着。

然后，保持着这个动作，小梅一动不动。

体内的电量终于为0，小梅也关机了。

两个小机器人静止地依偎在一起，就像一组和谐的雕像。

荣贵是在小梅怀里醒来的。

紧急调令与约书亚

由于电已经充满，内部各个组件重新运转，成像镜头重新调整焦距，原本黯淡无光的黑色眼睛内部忽然涌出了一个小光点，荣贵"啊"了一声，醒了。

他一眼就看到了小梅。

小梅的眼睛像蓝天，像流水，是这片没有蓝天的地下城最珍贵的色彩。

荣贵看到小梅的眼睛也亮了。

"早上好啊！小梅！"荣贵充满朝气地朝小梅打了声招呼，就像每天早上做的那样。

"早上好。"小梅也例行公事般回复了他。

荣贵就朝小梅乐。

周围明亮，让他想起在叶德罕城他们租住的那个小房间的清晨。

在那里，每个清晨，灯光升起的时候，周围就是那么亮堂堂。

周围忽然传来了震天响的掌声。

荣贵歪了歪头，这才发现不知什么时候围了好些人，那些人一边吹着口哨一边鼓着掌，身上的工装又脏又破，就像一群从土里挖出来的泥猴。

荣贵看了一圈四周，视线又回到自己和小梅身上，这才发现自己下半身是横在地上的，上半身躺在小梅的臂弯内，而小梅单膝跪地，用右胳膊揽起他的背。

好奇怪的姿势。

下一秒，小梅也环顾四周完毕，若无其事地用右臂推了荣贵一把，让荣贵坐直身体，小梅站起来了，照葫芦画瓢，荣贵也赶紧跳了起来。

"英雄啊！你们终于醒啦！"一只脏兮兮的"泥猴"立刻从旁边走过来了，弯下腰，一把抓住了荣贵的肩膀。

没办法，荣贵的个子太矮了。

荣贵求助地看看小梅，这才发现小梅也被包围了，另一批"泥猴"围住小梅，每个人嘴里说的都是感谢。

他们你一句我一句地说着，跟随着他们的话语内容，"昏迷"前的记忆一点一点出现在脑中，荣贵终于想起了之前的事。

"那个小孩子！"荣贵立刻想到了那个比自己埋得更深的小孩子。

"放心，他已经被救出去了，顺着你的手，我们找到了他。"立刻有人答道，荣贵抬头一看，发现是那位兽耳公务员。

然后他就看向自己的右手：伸缩机械杆还在，已经收回他的手腕，然而金属线却被剪断了，他的右手也不见了。

心里空落落的，不过想到那个孩子得救了，荣贵随即好受了点。

"你们的身体感觉怎么样？因为你们的身体精细，我们怕弄坏了，就把你们原封不动运回来了。"就在这个时候，又有一个人打断了荣贵的思绪，和他说话。

听到"原封不动"这个词，荣贵一愣，随即想到了自己醒来时的姿势。如果是这样——

"是小梅找到我的？"他立刻想到了这个问题。

"没错！就是小梅先生找到你的！找到你的瞬间，他就没电了，你也没电。

317

"一开始还担心不知道怎么给你们充电呢！还好你们的充电器还在，这才充上电……"

后面的话荣贵再也听不到了，越过人群，他踮起脚尖向小梅的方向看去，然后，他终于看到小梅。

小梅刚好侧过身，他便看到小梅原本左臂的位置空空的。

荣贵愣住了。

分开人群，荣贵向小梅走过去，虽然不知道小梅的左臂是怎么没的，可是……

荣贵本能地感觉那一定和自己有关。

他抱住了小梅："谢谢你，小梅，我就知道你一定会找到我的。

"可是……

"对不起……你的左胳膊……"

原本面无表情麻木地站在人群中的小梅任由荣贵抱住自己，他的头微微偏了偏，镇定道："不关你的事，是我自己把胳膊卸下来的。"

"可是，如果不是为了过来找我，你大可以像我一样一动不动原地等待救援……"

明明是在有很多人的房间，可是两个小机器人站在一起的时候，身上名为"二人世界"的气场太过强烈，一时间，所有人都觉得自己多余。

于是，彼此使了一个眼色，他们偷偷摸摸退了出去。

这一刻，里面的两个小机器人不需要别人为他们庆祝，他们只需要彼此。

那个瞬间，几乎所有人脑中都浮现这么一句话。

他们醒过来的时间还算早，毕竟是机器人，只要充满电便自动开机了。在这段时间内，救援队已经非常迅速地完成了救援工作，所有人都被挖了出来。

由于救援及时，医疗技术高超，事故中并没有人死亡，但是很多人需要更换身体部件。

如果在荣贵的时代，这其实已经算是重伤了，不过到了这里，只是更换身体部件就会好的小毛病。

"整个营地，加上小梅先生，一共有三位三级匠师，接下来，如果可以的话，能否委托小梅先生为伤员制作一些机械部件呢？"那名兽耳公务员又来了，这回他带来的是新任务。

"当然，费用以积分支付，是外面均价的两倍。"

他说这话的时候小梅正在干活。

大黄的车窗坏了，他要重新安装窗户，除此之外，饶是大黄再结实，被压了那么久，车身也有点瘪，他还要从内部将大黄的外壳敲平整。

再有，大黄里面的蕾丝窗帘也有点勾丝，小梅拿出荣贵的针线盒，末了，还给大黄把窗帘重新补了补，实在破损严重没法修补的地方，小梅就在上面绣一朵花。

兽耳公务员："……"

完全不像一名在灾难中救了八十六条人命的英雄，此时此刻的小梅，看起来就是一名最普通的人，忙里忙外，做着最普通的活儿。

仅有一条胳膊也没关系，他照样做得很好。

反倒是荣贵在旁边老老实实地坐着，什么也没干。用小梅的话说：你坐着不动就是最大的帮忙。

荣贵也不生气，就笑嘻嘻地看着小梅干活，时不时和他说话，等到兽耳公务员过来，他就负责陪客。

换作一开始，兽耳公务员大概又要为小梅叫屈，恨铁不成钢找了这么没用的伙伴，然而经过这次灾难，他再也不这么想了。

"感谢你没有使用省电模式，没有关机。

"你的声音救了很多人，包括我。"

他诚心诚意地向荣贵道谢。

荣贵抓着头，不好意思地笑了笑。

干完了活，小梅接受了兽耳公务员给的新任务，然后又钻到大黄上去拿自己的工具箱，兽耳公务员办完了差事，也准备告别。

"你的歌声真的很好听，希望你以后成为一名出色的歌手。

"矿工家属。"

挥挥手，兽耳公务员离开了。

留荣贵在原地，表情很是纠结。

拎着工具箱从大黄上爬下来，小梅不解地歪歪头。

"啊啊啊啊！我是很想成为歌手没错，可是……

"我不想用'矿工家属'这个艺名出道啊！"

抱住自己的头，荣贵抓狂道。

"怎么也要来个字数特别多，特别有意境，特别难写，特别生僻，让人一见就觉得很震撼的艺名才行啊！"

小梅瞅瞅他："然后，因为太难写太生僻，一半人不认识你的名字，另一半人读错你的名字？"

荣贵："……"

不愧是小梅，总是一语中的。

事故发生以后，小梅一共救了八十六个人，全是在寻找荣贵的过程中顺手挖出来的。他的救援比救援队更及时，这些先被挖出来的幸存者清醒之后很快加入了救援工作，从而救助了更多的人。

由于荣贵而得救的人甚至更多，他在下坠的过程中无意中打开了播音开关，所以他在被掩埋过程中的一切声音都被广播，他鼓励那个孩子的时候，无意中鼓励了所有听到广播的被掩埋的人。

这些消息都是后来荣贵一点点从旁人嘴中获得的。

对了，荣贵的右手第二天就被送回来了，同时送回来的还有一段更加坚固的金属线。

右手成拳，就像握着什么一样，是一个很坚定的动作。

在没电之前，他应该是将右手交给那个孩子保管了，如今他的右手也可能是从那个

孩子那里找到的。

虽然早就确认过那个孩子已经得救,不过荣贵还是多问了一句:"那个孩子还好吗?他的身体没出什么问题吧?我能去看看他吗?"

"他很好,身体一点事也没有,甚至比以前还好。不过……"送手回来的人回答了荣贵的前半个问题,最后有点迟疑,"看不到他了,他已经被转移到上层的大医院。"

那个人往上指了指。

荣贵不是很明白,那个人却不打算多解释,简单地和他们道别之后,那人迅速离开了。

而小梅已经拿起荣贵的右手开始研究,招呼荣贵过来坐,准备先帮荣贵把手装上。

"比以前更好?是什么意思哦?还有……上层的大医院?"将胳膊摊平放在桌子上,荣贵还在纳闷。

"约书亚到底是怎么啦?对了,小梅,那个孩子叫约书亚,关机之前,我听到他的话了。"

荣贵一边纳闷,一边仍然不忘记和小梅聊天。

没有吭声,小梅只是埋头干活。

他干活总是又快又好,没多久,荣贵的系统便提示新硬件安装成功,重新调试了一遍,荣贵很快恢复了对右手的掌控。

右手恢复之后,荣贵做的第一件事,就是张开了手掌。

然后——

一片洁白的羽毛忽然从他掌间滑落。

那真是一片非常漂亮,纯白色的羽毛,羽绒幼细,还有些汗湿的卷曲。

荣贵愣住了。

"这是……"

"应该是觉醒。"就在这个时候,小梅忽然开口说话。

"体内隐藏的基因觉醒了,伴随着高热,背后生出双翼,恢复了原生血脉。

"这种情况虽然罕见,倒也不是从未发生过,有极少在地下城出生的人10至14岁觉醒血脉,从那一刻起,他们就可以摆脱地下城人的身份,火速被送往上层。

"比什么积分都管用,这是绿色快捷渠道。"

小梅平淡道。

荣贵抬头看了看天空:"你是说……约书亚到天空城去了?"

小梅点点头:"应该是先被送到隔离层,经过检测,证明他没有携带来自地下城的不良细菌,就可以上去了。"

"也不错呢。"长长地呼了口气,荣贵笑了,"之前还有点担心,现在看来,他应该可以过得很好。"

"谢谢小梅!"将手掌张开,收拢,反复调试了几遍,确定自己的双手完全恢复正常,荣贵便高高兴兴离开了,他要将羽毛收起来,然后帮小梅干活。

而小梅盯着荣贵的背影，沉默了许久。

他知道的比他告诉荣贵的更多。

约书亚这个名字，并不算什么稀有名。然而他知道的约书亚，从来只有一个。

典狱长约书亚。

掌控了天空城整个刑狱机构的男人。明明生活在天空城，却喜着黑衣。他不仅让黑色出现在自己的服饰上，还用这种颜色笼罩了他权力所至的所有地方。

在他掌控的场所，即使是天空城，也是一片黑暗。

无边无际的黑色牢笼，可以让最凶悍的囚犯疯狂的大狱之刑，就是他一手创造的。

没有人知道他为什么会使用这种方式，只是有传言说他在幼时有过类似经历。只有亲身经历过的人才知道那刑罚有多可怕——

这个约书亚……是那个约书亚吗？

所有的历史中，只有他与那个约书亚，每一次，都走到了相同的位置。

小梅又想了想。

然后他收拾工具。

他还有很多事情要做，没有时间想其他的事情。

那片羽毛最终被荣贵找了一根细线绑在梗上，吊在了大黄上，在小梅眼前晃了两天之后，荣贵找到了新的饰品，那片羽毛就被荣贵珍而重之地收起来了。

小梅的眼前也换上了新的饰品。

新的星城已经顺利运转，萨喀尔城的损伤也被修复完毕，所有人都得到了一笔让人满意的积分。

此次的紧急调令任务算是完成了。

所有参与紧急调令的人，名字都会被烙刻在新星城的土地上，当然不是让他们自己跑过去刻字，而是事先留下签名，然后有相关部门去负责处理。

荣贵和小梅的名字是连在一起的，就像他们之前每次在新地方留下的名字一样，"阿贵与小梅，于某年某日"继续出现在新的地点。

——还是从来没有人踏上去过的新星城。

拉着小梅写完了签名，荣贵心里美滋滋的。

简直是老天爷也在支持他和小梅的爱好，有没有？

在新星城留下来过的痕迹，荣贵和小梅即将重新踏上前往原本目的地的道路。

不过，这一次，不仅是他们给新星城留下了东西，新星城也回馈了他们一份礼物。

在他们做最后的整理工作时，兽耳公务员拎了一个大盒子走过来。

打开一看，里面竟是一条精巧异常的手臂！

左臂！

端着盒子，荣贵惊讶地抬头看向兽耳公务员。

"这是使用新星城的特殊金属制作的手臂。"

"为了救人，梅先生在这次活动中失去了原本的机械手臂，我们一直感到很抱歉，这不，加班加点赶了好几天，总算在你们离开之前，将材料准备好了，营地里另外两名三级

匠师又赶了一晚上工,终于合力完成了这条手臂。

"这也代表我们的感谢。"

听到这句话,荣贵和小梅都愣住了。

还是荣贵醒来得快一些,他很快高兴起来,催促小梅试试新的手臂。

在他的催促下,小梅慢吞吞地装上了新的手臂。

除了颜色和之前的有区别,新的手臂和原本的手臂几乎一模一样,看起来好极了!

"哇!金灿灿的!小梅你看起来特像土豪!"荣贵在一旁评论道,"这叫黄金左臂!"

小梅:"……"

"使用方面还可以吗?"兽耳公务员殷勤地问。

"可以。"小梅甩了甩手臂,冷静道。

然后,兽耳公务员笑了。

"那就好。"

"感谢你们为新星城建设作出的贡献!再见!祝你们在接下来的旅途中不用再收到紧急调令!"说着,兽耳公务员还促狭地眨了眨眼,露出"我也知道我们很讨厌"的表情,挥了挥手,转身离开了。

在他身后,两个小机器人肩并肩站着,站了很久,直到对方的身影消失在拐角,荣贵扭过头,看到小梅正在低头凝望自己的新左臂。

"即使小梅很厉害,偶尔用用别人制作的东西,也不错吧?"

小梅看了他一眼。

用新装的左手打开车门,小梅冷冰冰道:"上车了。"

"噢耶!目标——西西罗城!前进——"

跟随在长长的车队后,荣贵和小梅再次上路。